生還せよ

福田和代

角川文庫
21984

目次

プロローグ

やかましかった蟬《せみ》が、日暮れとともに静かになった。

――蟬も、闇に溶けたようだ。

大江誠《おおえまこと》は、校舎の窓から外を眺めた。校庭に、淡い月の光が落ちている。外が明るく見えるのは、校舎内の灯火を消したからだ。灯火管制は解除されたが、今は別の理由で、彼らがここにいると知られたくない。

――戦争は昨日、終わった。

大江らが終戦を迎えたのは、群馬県富岡《とみおか》町にある県立富岡中学校の校舎だった。空襲が激しくなった昭和二十年、もはや中野《なかの》の校舎で授業を続けるのは不可能となり、移転したのだ。戦局の変化とともに、中野における教育の重点が本土遊撃戦に移り、富岡の地形を実践的な遊撃戦教育に利用する意図もあった。しばらく前まで「陸軍中野学校」という筆運びも力強い表札が掲げられていたが、終戦が決まり、連合軍の上陸が明らかになると、慌ただしく取り外された。焼いたり、壊したりするのは忍びなかったので、地中に埋めたそうだ。その場にいた数名だけが、場所を知っている。

終戦まぎわまで、彼ら中野学校生は、富岡と静岡県二俣《ふたまた》町の二俣分校とに分かれ、訓練を続けていた。当初、海外で諜報《ちようほう》活動を行うための諜報員養成所として創設された中野学校だったが、この頃にはゲリラ戦を指揮するための戦術訓練機関と化している。終戦の報が届いた時、残された銃器類を前にして、学内の意見はふたつに割れた。身に付けた技量を活《い》かしてゲリラ戦を仕掛け、徹底抗戦すべしという声と、自分たちの能力は、戦争が終わった平和な時代にこそ、日本の繁栄のために活用できるはずだという声だ。まだ結論が出たわけではなく、今ごろ東京の某所に幹部が集まり、激論しているはずだった。

——自分にできることか。

もっと早く訓練を受けていれば、自分はとうに前線に送り込まれていたはずだ。そうすれば、少しは役に立てたのではないか。大江には、忸怩《じくじ》たる思いがある。

ほんのわずか出遅れたばかりに、終戦の報を受けた自分たちは、軍機を保護するため書類をすべて焼却し、学校に残された銃器類を集め、校庭に埋める役目を担った。作業が終われば解散し、原隊に復帰せよと命じられている。中野学校の存在を、連合軍の目から隠蔽《いんぺい》するためだ。山奥の中学校の校舎に間借りしていた陸軍の施設が、注意を払うほどのものではないと思わせるためだ。

——自分は、そうまでして生きたいか？

大江は、月明かりでぬめるように輝く、校庭の泥土を見つめた。中野の卒業生、およそ二千五百名。戦死した先輩、戦地に送り込まれたまま、連絡が取れなくなった同朋《どうぼう》もいる。こんなところで何をしているのかと、彼らの声なき声が責めるようで気後れする。

まだ燃え尽きぬ炎が、身の内でくすぶっている。

「——どうした、大江。こんなところで」

「榊《さかき》か」

同期の榊六郎《ろくろう》が、窓の明かりをたよりに近づいてくる。もとは主計を担当していたはずだが、才能を見込まれてここに送られた。

「今夜はいい月だな」

「——結論は出たのだろうか」

東京で話し合われている、中野の今後だ。榊はしばし無言で腕組みしていた。

「結果がどうであれ、みんな自分の戦いを続けるだろう。そう簡単にやめられるわけがない」

榊の言葉が、腹にじわりと染みてくる。中野に集められ、教育を受けた彼らは、いわゆる帝国陸軍の一般兵士たちとは、かけ離れた考え方を持つ。はるかに合理的、実際的で、自由主義的とすら言えるかもしれない。その優れた力を、目標のため活用するように、叩《たた》き込まれてきたのだ。

「そうだな。むしろ戦いはこれからだ」

大江はしっかりと顎《あご》を引いた。

「中野は言挙げせず」

榊が凛然《りんぜん》と言い放つ。中野学校の卒業生は、受けた教育の内容や、果たした役割について外部に漏らさぬ決まりがある。自分たちはどうだったと、ことさら言い立てはしない。言葉ではなく、行動のみで示す覚悟だった。

「俺たちは、死ぬまで『中野』だ」

大江は黙って頷《うなず》いた。

1

抑制された熱気が、真っ赤な花柄の絨毯《じゅうたん》に渦巻いている。

軽快な音楽のなか、スロットマシンのにぎやかな電子音、積み上げたプラスチックのチップを崩す軽やかな音が重なる。カクテルや軽食をトレイに載せてサービスするウェイターが、テーブルの間をすり抜けていく。安濃将文《あのうまさふみ》は、お茶の紙コップを片手に通りすぎる女性たちが、早口の中国語で会話している。中国語の勉強の成果を試そうと耳を澄ました。まだ、半分も聞きとれない。

シンガポールが誇るマリーナ・ベイ・サンズホテルのカジノは、二階から五階まで四フロアにまたがり、カードゲームのテーブルがずらりと並ぶ二階から、レストランや個室のある五階まで、中央部分が広い吹き抜けになっている。長いエスカレーターに乗って上層階に行けば、手すり越しに階下の様子を眺め下ろすことができた。

――輝く黄金と、気持ちを燃え立たせる朱色が目に飛び込む。

華やかを通り越し、安濃の目には装飾過多とも映る広大なカジノだ。単独の店舗としては世界最大規模だという。客のほとんどがアジア系――もっと特定すれば中国系だった。

賑《にぎ》やかだが、やかましいのは主に電子音だ。テーブルゲームが三百五十台、スロットマシンは二千台という規模で、それぞれに客が詰めているわりにはうるさくないと感じるのは、分厚い絨毯に音が吸収されてしまうからだろうか。

ルーレット、バカラ、シックボー――各種のコーナーには、賭《か》けの最小レートが掲げられている。懐具合に応じて、テーブルを選べる趣向だ。新規にゲームを始めるテーブルでは、金髪碧眼《へきがん》の白人女性ディーラーが準備を整えるまで、客が並んで待機していた。

カジノと聞いて、ギラギラした欲望がぶつかる場所を想像していたが、意外と紳士的で上品だ。安濃たちと同じようにゲームには手を出さず、ドリンクを飲みながら冷やかしているだけの観光客も多い。金のかかったゲームセンターのようでもあった。大金が動くゲームは、VIP用の個室で行われるのかもしれない。どこまでが観光気分のゲームで、どこからが欲望とギャンブル依存の、皮膚がひりひりするくらい真剣な〈賭けごと〉になるのだろう。

耳に飛び込んでくるのは、癖のある英語と中国語がほとんどだ。

――ずいぶん遠くまで来たな。

ふと、これまで感じたことのないホームシックにとらわれた。

ここは自分がいるべき場所じゃない。早く家に帰って、ささやかだが居心地のいい居間でくつろぎたい。成田《なりた》―シンガポール間は、直行便でおよそ七時間だ。それほどの距離でもないのに、と自分の感傷を嗤《わら》った。

「なあ、安濃」

生成りの麻のジャケットを着て、遊び人風のサングラスをかけた泊里《とまり》が、手すりに肘《ひじ》をつき階下を眺めてほくそ笑んだ。

「俺たち、００７みたいだな」

――何を言ってるんだ、この男は。

航空自衛隊の安濃将文三等空佐は、半ば呆《あき》れて無言で周囲を見回した。今は、同期の泊里三等空佐ともども、内閣府の遺骨収容対策室に出向中だ。泊里の冗談には呆れ顔をした安濃だが、彼もベージュの麻のスーツなど着てサングラスをポケットに引っ掛け、外見の印象はあまり自衛官らしくない。ネクタイはなし。シンガポールのカジノはドレスコードがさほど厳しくなく、若干カジュアルなほうが、周囲から浮かなくてすむ。

「ちぇっ、冗談じゃないか。ちょっとは笑ってみせろよ。カジノでゲームもせずに、くそ真面目な顔をしてじろじろ他人を観察してたら、変に思われるだろうが」

泊里が耳の後ろを掻《か》いてぼやく。どこまで本気なのか、今ひとつ読めない男だ。どこにいても何をしていても気楽そうなのが、安濃にはうらやましい限りだった。

シンガポールは、ジョホール水道を挟んでマレーシアと隣り合う、マレー半島の突端の島国だ。シンガポール島と、セントーサ、ウビン、ジュロンといった多くの島嶼《とうしょ》部とで成り立っている。東京二十三区よりやや広い面積に、アジアの金融センターとしての高度な機能と、五百四十万人を超える人口が詰め込まれている。

人口の四分の三を中国系が占め、あとはマレー系、インド系などが占めている。公用語は英語、マレー語、北京語《ペキン》、タミル語と四言語あり、住民はそれぞれ自分たちの母語をメインに育つため英語のシンガポール訛《なま》りが強く、シングリッシュなどと呼ばれる。新聞なども四か国語で発行されているようだ。

安濃がシンガポールから受けた第一印象は、南国の欧風都市国家だった。英国統治時代に、この国は建築を中心とするヨーロッパの意匠と文化をみごとに取り入れ、南国らしい植生や真っ青な空に適応させたのだ。

海のそばにそびえる、波間に浮かぶ船をかたどったマリーナ・ベイ・サンズホテルは、二〇一〇年に開業した。重なる波を模した低層の建築と、三棟の超高層ビルに船の形をした構造物を渡した特徴的な建物からなる。船形の構造物には、展望台やレストラン、プールなどが収まっている。シンガポールの新しいランドマークで、ホテルは来年の春まで予約で満杯とのことだ。カジノはショッピングモールとともに、低層建築の中にあった。

「田丸《たまる》の奴、来ないな」

泊里が吹き抜けの下方を覗《のぞ》き込むと、通りかかった黒いお仕着せのウェイターが、やわらかく非礼を咎《とが》めるような視線を向けた。二フロア下のカードゲームのテーブルなど、豆粒のようで手札が見えるはずもないが、それでもイカサマを恐れているのかもしれない。

小山《こやま》精機に勤める技術者の田丸信二《しんじ》と、午後二時にここで落ち合う約束をしていた。

ここならシンガポール人はあまり入ってこない。カジノ客向けのレストランで、遅めの食事でも摂《と》りながら、昨日の首尾を聞くはずだった。しかし田丸は、もう二十分以上、遅刻している。宿泊しているのはここマリーナ・ベイ・サンズで、これまでに相当な金額をカジノにつぎ込んでいるはずだ。部屋からカジノまで十分もかからないのに、遅刻とは。

「——逃げたかな」

泊里が目を輝かせて呟《つぶや》いた。この男は、意外に人が悪い。

「可能性はある。あれだけお前に脅されればな」

もともと不健康そうな顔色の田丸が、泊里と安濃に囲まれて、土気色になった唇を震わせていた様子を思い出す。痩身《そうしん》の猫背で、ふだんは眠そうでぼんやりした表情をしているのに、ポーカーテーブルについてカードを握っている時だけは、目が爛々《らんらん》と輝く男だ。

安濃の言葉に泊里が鼻で笑った。

「人聞きの悪い」

田丸は、映像解析技術の研究者だ。小山精機では、監視カメラから送られる映像をリアルタイムに解析し、侵入者検知などに役立てる三次元空間分析ソフトをパッケージ販売している。この技術はさまざまな分野に応用がきく。たとえば、ショッピングモールに設置したカメラの映像から客の行動パターンを分析し、その日どのような客層が多く、どのような商品が売れそうか判断できれば、販売拡大につなげることも可能だ。街路に設置された防犯カメラの映像なら、スリ、ひったくり、置き引きなどの犯罪者が取る行動パターンを分析して予防することも可能だろうし、犯罪容疑者の顔写真などを記憶させておけば、顔認識技術を利用して街を歩く容疑者を見つけ出すこともできる。もちろん、個人情報やプライバシーを守らねばならないから、技術的に可能であることと実行するかどうかは別の話だ。

(あんたがシンガポールでやってることは、俺たちには筒抜けなんだ)

(奥さんに知られたらどうなる？　会社の上司に、ひとこと知らせてやったら？)

安濃たちは一昨日、田丸をさんざん脅し、震え上がらせた。彼は目を真っ赤にして黙り込み、緊張と恐怖でシャツに汗が滲《にじ》むほどだった。

——田丸は泥棒だ。

小山精機における自分の研究内容と、会社が保有する特許技術の詳細を盗み、それを一本のUSBメモリに収めて、海外の産業スパイに売ろうとしていたのだ。

「まったく、カジノなんぞにはまると、ろくなことはないな」

泊里が涼しい顔で言う。

田丸は昨年、東京のバーで知り合った外国人女性に誘われてシンガポール旅行に来た。初めてのカジノで数万ドル稼ぎ、自分には博打《ばくち》の才能があると思い込んだらしい。最初は女性のエスコート役としてカジノ通いを続けたが、そのうち女性抜きで、休みになるとシンガポールに飛んで賭博《とばく》にうつつを抜かすようになった。もっぱら収支はマイナスだ。カジノにとっては、いいカモだろう。

　ギャンブル依存症になった田丸は、自宅マンションを抵当に入れ、借金を重ねてカジノに通うようになった。借金は見る間にふくらみ、カジノでひと山当てるしか、返済の目途が立たなくなった。そこに親切そうな笑みを浮かべて近づいてきたのが、産業スパイだったというわけだ。

（あなたの借金を肩代わりしましょう）

　このままいけば、抵当に入った自宅を失うのは目に見えている。家とともに家庭も失うかもしれない。会社に知られれば、職を失う恐れもある。何より、金がなくなればもうカジノに行けない。理性や冷静さを置き忘れてきた田丸は、わずかに抵抗しただけで、程《てい》と名乗る中国人男性の手に落ちた。

　産業スパイだと田丸は思い込んでいるが、安濃らは、相手の正体は工作員で、田丸が開発した映像解析技術を、兵器に応用するつもりではないかと疑っている。近年、アバゴ・テクノロジーとスカイワークス・ソリューションズから機密情報を盗んだとして中国人の教授らを含む六人が起訴された「アバゴ事件」を始め、中国政府や軍の関与が疑われる産業スパイ事件が、米国でたびたび明るみに出ているからだ。

「冷静に考えれば、話がうますぎるとわかりそうなものだが」

　泊里の口元はともかく、目は笑っていない。

「しかたがない。日本人は長い間、身近にその手の危険を感じたことがないから」

一連の状況を安濃たちが知ったのも、米国から警告されたからだ。内閣府に諜報部門が設立され、安濃たちが配属されたことを知ったCIAが知らせてきた。小山精機の三次元空間分析ソフトが無人機のカメラシステムやロボットに応用された場合、兵器開発に大きく寄与する可能性が高い。それは米国側も見過ごせない。

安濃たちは、ただ情報提供を阻止するだけではなく、偽情報を流して攪乱《かくらん》することにした。

(あんたがカジノに入り浸っているところを、奥さんや上司に見せてやろうか)

シンガポールのカジノに入り浸る田丸を動画に撮影し、本人に見せた。陳腐な悪党になった気分だったが、泊里は悪党役もそれなりに楽しんでいたようだ。

(――何をしろと?)

(難しい話じゃない。取引相手に渡すUSBメモリの中身を、すり替えてほしいだけだ)

産業スパイに技術を売ると決めていた男は、こちらの脅しに屈するのも早かった。

――ああはなりたくない。

田丸は、魂の支えをなくしたような男だ。一度失うと、取り返しがつかない。彼を見ていると、しみじみそう感じる。

昨日、田丸は、偽の情報を収めたUSBメモリを、取引相手に渡したはずだった。万が一にも見破られないよう、安濃たちは取引場所に近づかなかった。隠しマイクなども身につけさせなかった。取引相手の程は玄人だ。ばれたら田丸の身に危険が及ぶ。今日、たまたまカジノで会ったふりをして、首尾を確認するつもりだったのだ。

「外に出て、田丸に電話してみるか」

不正行為防止のため、カジノでは携帯電話の使用を禁じている。泊里は腕時計に視線を走らせ、同意した。

出入り口には空港の搭乗口のような読み取り機が数台並んでおり、係員がパスポートを要求する。入る時も同様に、パスポートを提示して外国人であることを証明すれば、すんなり通してもらえた。この国は、自国民がカジノに立ち入る際には一万円程度のカジノ税を徴収する。国民がギャンブルに溺《おぼ》れて生産的活動をおろそかにすることを恐れているのだろう。海外から来た金持ちには、どんどん金を落としてもらおうという魂胆だ。そこまで予防しても、ギャンブルにはまる国民はいる。自宅や会社を失い、家族に見捨てられ、それでもカジノ通いをやめられない。

「ポールの話では、マリーナ・ベイ・サンズの建物も、風水で形を決めたそうだ」

ポールは、シンガポールでの案内役だ。ポールというのは英名で、李陽中《リーヤンヂョン》というれっきとした中国系だが、英語が流暢《りゅうちょう》で日本語もネイティブ並みに話せる。泊里は彼と仲良くなって、個人的な会話もするようになったらしい。

「風水？　占いのことか」

「ただの占いと侮るなかれ。ポールによれば、シンガポールの発展は風水のおかげだそうだ。街の配置も、マーライオンの位置と向きも、噴水もホテルも百貨店も、みんな風水で決めるらしい。国家も企業も風水に頼るんだ。日本も風水で都市計画を立てるべきだな」

占いなど真っ先に「くだらない」と断罪しそうな泊里が、神妙な顔で言う。カジノを出るとすぐ、安濃は携帯電話で田丸にかけた。

「——出ないぞ」

「やっぱり逃げたか」

あれだけ震え上がっていた田丸が逃亡したということは、昨日はこちらの思惑通りに進まなかったのかもしれない。

エスカレーターで一階に下り、色とりどりの観光バスが何台も連なる道路を渡ってホテルのフロントに急ぐ。初めての任務だ。失敗に終わらせたくはなかった。

シンガポールは快晴だ。マリーナ・ベイ・サンズは広く、フロントにたどりつくのもひと苦労だった。吹き抜けで開放感のあるロビーには、各国からの観光客がのんびりたむろしている。急ぎ足でフロントに向かう安濃らは、異質な存在だ。

「3711号室のミスタ・タマルに連絡したいんだが、電話してもらえないだろうか」

泊里の英語は流暢ではないが、堂々と喋《しゃべ》るせいかそれらしく聞こえる。フロントの男性スタッフが内線電話をかけ、ミスタ・タマルは部屋にいるようだが電話に出ないと穏やかに答えた。安濃は泊里と顔を見合わせた。

「二時に待ち合わせていたのに、現れなかったので心配しているんだ。携帯電話にかけても出ない。ひょっとすると、部屋で病気にでもなっているんじゃないだろうか」

フロントの男性は、泊里の説明を聞いて真顔になった。

「わかりました。少しお待ちください、お部屋の近くにいるスタッフに確認させます」

内線電話をかけ始める。

「いよいよ、逃げられたか」

日本語を解するスタッフはいないようだが、声をひそめて話し合う。困ったことになった。

「しかし、部屋にいるようだと言ったぞ」

もし田丸が約束を果たさず逃げたのなら、これからどうしようか。田丸を追うべきか、それとも――。

安濃は、フロントの男性スタッフが、受話器を握って驚いた表情になり、口早に指示を続けるのを見た。死んだって、と尋ねている言葉が漏れ聞こえる。そのまま別の番号に電話をかけ始めたようだ。

「――まずいことになったようだな」

泊里も唇の端を下げた。受話器を置いた男性が、顔をこちらに向けた。

「たいへんお気の毒ですが、ミスタ・タマルはお部屋で倒れていました。呼吸が止まっていますが、いま救急車を呼びます」

「救急車？　病気ですか」

いえ、とマレー系らしい大きな目をした男性は言い淀《よど》んだ。

「もし必要なら、保険の手配をしなければいけないかもしれません。彼はどんな状態だったんですか」

たたみかけるように尋ねた泊里に、彼は視線を泳がせた。

「その――どうにも信じがたいことですが、ミスタ・タマルは撃たれたのじゃないかと」

――ここはシンガポールだぞ。

安濃は目を瞠《みは》った。シンガポールは、世界でも有数の治安のいい都市だ。下手をすれば、東京よりもいい。経済が強く、国民が豊かだからだ。おまけに、シンガポールを繁栄に導いたリー・クアンユー以来、一種の強権政治体制を敷いている。そんな場所で、撃たれるとは――。

――自分たちのせいだろうか。

安濃たちは、田丸が売ろうとしていた機密を、偽の情報とすり替えさせた。それが相手方にばれたのなら――。

「撃たれたなんて、信じられない。現場を見せていただけますか。倒れていたのは、本当にミスタ・タマルですか」

泊里が血相を変えてカウンターに詰め寄る。演技かどうか、とっさに安濃にも判断がつきかねたほどの名演技だった。スタッフは大急ぎで頷いた。

「間違いありません。ルームサービスをお持ちしたことのあるスタッフが、確認しました。申し訳ありませんが、警察の指示で現場は立ち入り禁止です」

警察が来るまで待っていてほしいと言われたが、安濃と泊里は目配せして、スタッフが目を離した隙にホテルを出た。もう、サイレンが聞こえ始めている。警察の事情聴取を受けるわけにはいかない。田丸と待ち合わせた理由を、警察に明かすこともできない。

彼らは諜報員の卵だった。

──能任《のと》と話さなければならない。

「防犯カメラに映ってるぞ、俺たち」

泊里がぼやく。ホテルやカジノの防犯カメラに、彼らがいた証拠は残されている。田丸と面会の約束があったと、フロントにも話した。顔も覚えられただろう。

目ばかりギラギラしていた、田丸の顔を思い出す。技術者としても人としても、死んだも同然の男だった。あんな男でも、異国で不慮の死を遂げたと聞けば哀れだ。

自分たちはまたしても、面倒に巻き込まれたようだ。

＊

サイードは、母親の声でうたた寝から覚めた。

じき兄の結婚式が始まる。一番上の兄ムハンマドが、族長の三番めの娘を娶《めと》るのだ。

自宅が破壊されたので仮住まいにしている白いテントから這《は》い出し、分厚い雲に覆われた空を見上げた。まだ雨季ではないが、この様子ではひと雨くるかもしれない。花嫁と花婿のために広場に立てられた巨大なテントには、色とりどりの飾り付けがされている。中では、夜っぴて足を踏み鳴らし、笛と太鼓に合わせて激しく歌い踊っていた兄の友人たちが、くたびれて眠ったり、腹ごしらえしたりしているはずだ。

結婚の宴《うたげ》は、七日間あまり続く。両家の親族や、新郎新婦の友人たちがテントに泊まり込み、歌い踊ってふたりの前途を祝福する。客人が遠路はるばる詰めかけている。羊をつぶし、山羊《やぎ》の乳をたっぷりと飲み、いつもなら食べられないようなご馳走《ちそう》が並ぶはずで、考えただけでも生唾《なまつば》がわいた。族長と縁続きになるので、父と母もほのかに高揚している。

族長の家にも、多くの客人が集まっている。ふだん見かけない、十代から五十代までの精悍《せいかん》な男たちが、二日ほど前から頻繁に出入りしている。彼らの習慣では、女性はめったに表に出ないので、花嫁の友人や親族の女たちは、女性だけで花嫁のテントに集まっている。

まだ子どものサイードは、花嫁のテントにも入ることができた。そっとテントの端を押し上げて覗くと、女たちが笑いさざめいて中に入れてくれた。好奇心を全開にして目を瞠っていると、女たちが勝手に飲み物や菓子を持ってきて、可愛がってくれる。大人の男になれば、他家の女性とは会うことも、口をきくこともできなくなるのだが。

族長の三番めの娘を見るのは初めてだ。シャルワール・カミーズという、膝《ひざ》まである深紅のシャツとズボンに大きな金とビーズのアクセサリーをつけ、頭からかぶったデュパータも深紅で、村の富と平安を象徴するように豪華で美しい。女性は外出しないので日焼けせず、ふっくらした身体つきをしている。おいで、とサイードは彼女に手招きされ、甘い米の菓子をもらった。白いふくよかな手を、ヘナという植物染料で描いた花の模様が彩っていた。近づくと花の香りがした。美しい人を間近で見ると照れて、サイードは面を伏せた。

「サイード」

自宅のテントから母親が呼んだのを潮に、彼は花嫁のテントから駆けだした。

すぐ上の兄アフサンの姿が見えない。きっと煉瓦《れんが》工場にいるのだ。アフサンは十歳の頃から、父の煉瓦工場を手伝っている。この国の家は、煉瓦を積んで漆喰《しっくい》で固めて建てる。あちこちに煉瓦を焼く工場の煙が上がっており、アフサンは小さい頃からそれを見に行くのが好きだったそうだ。今も、時間を忘れて仕事をしているのに違いない。呼びに行くのはサイードの役目だ。

ここ何年も続く内戦――タリバーンと政府軍との戦い――のせいで、村の病院や学校もすっかり破壊されてしまった。自宅を壊された一家も多い。サイードたちの家も、屋根や壁に大きな穴が開き、居間と浴室は崩れ落ちた。庭に仮設のテントを張り、もっぱらそちらで生活している。修理や建て替えにはたくさんの煉瓦と漆喰が必要で、父と兄たちは寝る間も惜しんで煉瓦を焼いている。

近道しようと腰丈の石垣を飛び越えて向こう側に降りると、古いライフルをぼろ布で磨き、手入れをしていた老人が、隙間だらけの黄色い歯をむき出して親しげに笑いかけた。

「いい日になって良かったな」

サイードは今にも故障しそうなライフルを興味深く見つめた。

「それ、撃てるの?」

老人が笑い飛ばした。瞬く間にライフルを脇に引きつけ、慣れた様子で空に向けて引き金を引く。惚《ほ》れぼれするほど素早い動きだった。パシュトゥーン人は遊牧民族で、誰でもライフルなど自在に撃つ。銃をかまえると顔つきが急に引き締まり、土埃《つちぼこり》まみれの貧乏たらしい老人が、戦士の表情になる。老人のライフルにまだ心を惹《ひ》かれながら、サイードは工場に走った。

窯の煙突から、灰色の煙がまっすぐ立ち上っている。煉瓦を焼成する臭いが漂う。子どもの頃から嗅《か》ぎ慣れた臭いだ。サイードは路肩にあった岩の塊に飛び乗り、小さな右手を庇《ひさし》にして人影を探した。

——いた。

作業帽を後ろ前にかぶり、こねた赤い土を黙々と煉瓦に成型している痩《や》せたアフサンを見つけ、サンダルをパタパタと言わせながら、迷わず駆け寄る。日焼けしたアフサンの肌を、汗が流れ落ちるのが見えた。この日差しのなか窯のそばにいれば、身体が溶けるだろう。

アフサンはサイードの足音を聞きつけたように、顔を上げた。十五歳になったばかりだが、濃い色の目に大人びた陰を宿している。

兄はいつの間にこんなに大人になったのだろうかと、五歳違いのサイードはふと妬《ねた》ましい気分になった。自分はいつ、兄のようになれるのだろう。

「アフサン。母ちゃんが、もう帰れって。始まるからって」

サイードは声を張り上げた。

「すぐ行く！」

兄が腕を振り、焼きを入れる前の煉瓦を並べた場所から、尻《しり》を上げた。

サイードは兄を待ち切れず、煉瓦工場の低い塀をまたぎ越えて近づいた。

アフサンはシャツの裾《すそ》を払い、サイードの頭を撫《な》でて歩きだした。

その時だった。

曇り空の一点が、分厚い雲に星が埋まっていたかのように、一瞬輝くのが見えた。光が尾を引いて村の方角に落ちた瞬間、ドーンと地響きがして足元が揺れ、転びそうになったふたりは互いに支え合った。引き裂くような悲鳴が聞こえた。

「——どうして」

声が震えた。村の方角が赤い。サイードの問いには答えず、アフサンがぱっと駆けだした。兄の肩が尖《とが》り、背中が憤っている。

──炎だ。

サイードもサンダル履きで走った。

婚礼のテントが燃えている。その向こうに、つい先ほどまで存在した、サイードたちの家と族長の家が、粉々に破壊され煉瓦が崩れ落ちていた。

サイードは駆けまわり、テントの火を消そうと分厚い毛織物で炎を叩いたり、桶《おけ》の水をかけたりしている人々のなかに、両親や兄、兄嫁になる人たちの姿を捜した。誰もいない。さっきまで、家はそこにあった。父も母も、新郎の両親にふさわしい晴れ着を着て、客たちに飲み物をふるまっていたのだ。

「──!」

崩れた煉瓦の前で、呆然《ぼうぜん》と立ち尽くしているアフサンに駆け寄る。彼がじっと見つめているのは、煉瓦の下敷きになった誰かの、ぽっちゃりと肉付きのいい白い腕だった。ヘナで描いた花模様が、汚れも消えもせず残っていた。テントが燃える、焦げくさい臭気がいつまでも広場に漂っている。

＊

二階の窓から覗く向かいの店舗には、「夜想来」と毛筆体で書かれた看板がかかっている。観光客向けの店ではないので、日が落ちると近隣の中国系の住民で賑わう。中華料理の油の香りが安濃のいる部屋まで漂うこともあるが、日没まで間がある今はひっそりしていた。

部屋のテレビは、英語のニュース番組にチャンネルを合わせてある。ボリュームを絞り、田丸の事件について新しい情報が入らないかと、かけっぱなしにしてあった。事件の背景は、シンガポール警察もまだ把握していないようだ。

企業の業績やインフレに関するニュースを聞き流す。ホテルで観光客が撃たれたというのは衝撃的な事件だったはずだが、今のところ続報はない。

窓を押し開くと、少し離れた大通りの、車のクラクションや人々のさんざめき——都会の喧騒《けんそう》が流れ込んでくる。安濃はペンキが剝《は》げかけた窓枠に肘をつき、風に吹かれながら外のざわめきを聞いた。

シンガポールもアジア諸国の例にもれず、車社会だ。ただし、シンガポールに車のメーカーはない。車の増加を抑制し、交通渋滞を緩和するため、政府は輸入する車輛《しゃりょう》の価格を上げたり、輸入税をかけたり、新規で車輛を登録する権利に数万シンガポールドルの登録料をかけたりしている。シンガポールで車を持つと、日本の三倍は費用がかかる。それでも、景気のいいこの国では車が増え続け、渋滞はひどくなるばかりだ。

日本政府が内閣府に遺骨収容対策室という名称の部門をひっそりと立ち上げたのは、今年の春だった。昨年の秋には設立準備室が置かれ、安濃と泊里を含む初期メンバー六名がそれぞれの省庁から出向という形をとり、立ち上げに必要な作業を行ってきた。

海外で戦没した兵士は、およそ二百四十万人。うち百十三万人の遺骨が、いまだ収容されず海外で眠っている。さらにその内訳を見れば、艦艇や戦闘機とともに海中に没したと見られる遺骨が、約三十万人。中国、北朝鮮など反日感情が強く、相手国の事情により遺骨の収容が困難なケースが約二十三万人。残る約六十万人分が、収容可能なはずの遺骨だ。

厚生労働省が公表している「地域別戦没者遺骨収容概見図」によれば、未収容遺骨の分布地域はロシア、モンゴル、中国、インド、ミャンマー、フィリピン、タイ、マレーシア、北ボルネオ、インドネシア、硫黄島《いおうとう》、中部太平洋、東部ニューギニア、ビスマーク、ソロモン諸島、西イリアンなど、アジアから太平洋島嶼部にかけての広大な地域に散っている。

厚生労働省の戦没者慰霊事業の一環として、昭和二十七年度から始まった遺骨収容ではあるが、遺族会や戦友会からの情報をもとに場所の特定を行うため、昭和五十年におよそ三万六千柱の遺骨を収容したのをピークに、年間の収容数は減少している。戦後七十年が経過し、遺族会や戦友会の高齢化とともに、得られる情報も限られ、記憶の風化も進んでいる。発見し収容した遺骨を遺族のもとに返したくとも、返すべき相手が見つからず千鳥ヶ淵《ちどりがふち》の戦没者墓苑《ぼえん》に祀《まつ》られることもある。

遺骨収容対策室は、時間の経過で年々困難になる遺骨収容を、各省庁の横の連携を取りながら、ひとりでも多く日本に帰すことを目標に立ち上げられた組織だった——表向きは。

安濃と泊里が派遣されたのは、裏の目的のためだ。すなわち、海外での情報収集と分析——諜報活動だった。

設立準備室に出向してすぐ、安濃たちが受けたのは英語と中国語の語学研修だった。英語はともかく、中国語は初体験だ。四声という、発音の基礎から叩き込まれる。語学は苦手だなどと言っていられないほどの、一日中英語漬け、中国語漬けの日々を送ることになった。一年間の語学研修を終えれば、海外の諜報機関で研修を受ける予定になっている。

遺骨収容という目的の陰に隠れて活動することを、安濃は忸怩たる思いでいる。そもそも、戦争が終わって七十年も遺骨を放置していたこと自体が問題なのに、今また彼らの存在をダシにするのだ。

以前、硫黄島に勤務していた間に、遺骨収容を手伝ったことがある。照りつける日差しの下で、だらだら汗を流しながらスコップで少しずつ土を掘っていると、土の底から黄ばんだ肋骨《ろっこつ》がふいにのぞくのだ。機械的に動かしていた手が、止まる瞬間だった。

——こんなところで誰にも知られず七十年間も。

ふと、そこに横たわる骨が他人でないような気分がする。七十年、眠り続けた見知らぬ男と、自分とが入れ替わったようで、安濃はいつの間にか、地面に寝て、土に半分切り取られた青空を見上げている。

(いい年をして、お前は根っから真面目だからな)

泊里はことあるごとにそうからかった。

(まあ、安濃はよく知ってるから言うが、俺なんかは生まれついての現実主義者なんだ。正直、俺自身がもし海外で斃《たお》れることがあったとしても、死ねばどこの土になろうと同じだと考えているよ)

(——そうかな。そんなものだろうか)

(俺たちの身体は、しょせん水と有機化合物とカルシウムの塊さ。死ねばバクテリアに分解されて土に還《かえ》る)

いつもは冗談ばかり言う泊里だが、時として乾いた感想を口にして、安濃を驚かせる。硫黄島で眠りについていた人骨は、ゆっくりとバクテリアに分解されながら、何を考えていたのだろうか。

(しかし——人の気持ちというものがあるだろう)

(もちろんこれは俺自身の考えに過ぎないし、他人に押し付ける気はない。それに、残される家族を考えると、話は別だ)

安濃はようやく合点した。

泊里がちらりと見せた複雑な表情に、思い当たるふしがある。自分の死について突然言及したのも、諜報活動という日陰《ひかげ》の任務に就いたからだろう。

（あいつは外国で死にましたと言われても、家族は俺の死に顔を見るまでは――せめて遺骨でも戻るまでは、信じられないものさ。人間ってそういうもんだよな。ひょっとするとあいつは生きてるんじゃないかと、心の中で引きずるだろう。そう考えると、俺も辛《つら》い。だから、もしもの時には、俺自身のためではなく家族のために国に帰してほしい）

泊里の妻の佳子《よしこ》は、小柄で見るからにおとなしそうな女性だ。何度か会ったこともあるが、いつもにこにこと人の気をそらさぬ笑みを浮かべている。小学校に上がったばかりの娘と、来年から小学校に上がる息子がいるが、彼らを遺《のこ》して逝くのはさぞかし後ろ髪を引かれる思いがするだろう。

事情は安濃も似たようなものだった。妻の紗代《さよ》と、小学三年生になった娘の美冬《みふゆ》は、自分にもしものことがあれば、どうなるのだろう。せめて美冬が成人するまでは見届けたい――と思うのは、親の人情だ。

泊里がにやりと口角を上げた。

（だから、万が一の場合には、お前が俺を連れて帰ってくれなきゃいかん。俺たちは一応、コンビらしいからな）

（逆もありえるだろう）

（その時には、俺がお前を連れて帰るさ。でなきゃ、紗代さんに恨まれる）

安濃は苦笑いした。どう見ても、泊里より自分のほうがあっさりあの世に行きそうだ。

自分で言うのもなんだが、ものごとに対する執着心が薄い。

とは言うものの——自分は、軽井沢《かるいざわ》でも釜山《プサン》でも、生き抜いた。たまたま運に恵まれたと自分では感じるが、他人から見れば、卓越した運と生命力が備わっているように思えるらしい。

(俺たちの仕事は、どちらかが生きて帰らなけりゃ、情報を持ち帰ることができない。任務を達成するためにも、どちらかひとりが必ず生きて帰るんだ)

携帯電話がポケットで鳴り始めた。表示を確認し、急いで電話に出た。

「安濃です」

『お疲れ様です。能任です』

安濃よりひとまわり年上のはずだが、能任康一郎《こういちろう》は青年のように爽《さわ》やかな声で、他人行儀な話し方をする。三人いる内閣府大臣政務官のひとりで、内閣官房長官のもとで遺骨収容対策室を担当している。涼やかなマスクのためにマスコミにも若手政治家とひとくくりにされているが、もうじき五十になるはずだった。

今の部門に異動した時、安濃たちの〈上官〉は内閣総理大臣の石泉利久《いしずみとしひさ》自身だが、平時は内閣官房長官が指揮を執り、連絡は能任を通じて行うと告げられた。能任のような存在を、〈ハンドラー〉と呼ぶそうだ。緊急時のために、石泉総理とのホットラインとなる携帯電話の番号も教えられているが、まだ一度もかけたことはない。このままずっと、かける必要がないことを祈るばかりだ。

もっとも、日本の総理大臣の交代は、海外の報道機関がジョークのネタにするくらい早いので、石泉政権が退陣すれば、彼に電話をする暇もなく、自分たちは元の職場に戻ることになるかもしれない。

『シンガポールは暑いでしょう。しばらくそちらのお仕事が続くと思いますが、お身体は大丈夫ですか』

安濃と泊里が貸与されているスマートフォンには、防衛省の技術研究本部が開発した、デジタル音声を暗号化するアプリが入っている。能任や石泉総理など、特定の番号と通話する際には、互いに暗号化と復号化を行うため、会話に若干のタイムラグができる。まるで昔の国際電話のような感覚だ。

昨日のうちに、暗号化したメールで能任に状況を報告済だ。メールの暗号化と復号化を行うアプリも、それぞれのスマートフォンに入れている。今はまだ、市販の暗号化ソフトを利用しているが、技術研究本部が専用ソフトを開発中だそうだ。メール連絡ですませればいいと思わないでもないが、毎日一度は安濃たちの声を聞くよう、能任は自分に課しているらしい。礼儀だと思っているのかもしれない。

「おかげさまで、ふたりとも元気です」

『それは良かった。田丸さんの件は、国内でもトップニュースになっています』

田丸の死は、青天の霹靂《へきれき》だった。機密が相手国のスパイに渡ったのかどうかも、はっきりしなくなってしまった。デビュー戦がこれでは先が思いやられる。

今ごろ、国内の新聞やテレビなどが、事件の裏側を探ろうと必死になっているだろう。マリーナ・ベイ・サンズホテルに現れたふたりの日本人の話を掴《つか》むかもしれない。

『そんな状況で、おふたりに新たなお願いをするのは気が引けるのですが』

能任の声は柔らかい。

『ある日本人の身柄を、できるだけ早く保護してください。詳しくはメールで送りました。身柄を保護したら連絡をください』

複雑な事情がありそうだ。通話を切り、メールを見た。

『上島芳郎《うえしまよしろう》、株式会社東洋イマジカ社員。手に入りしだい、写真を送ります。ノボテル・クラーク・キーホテル、503号室。帰国便の航空券を手配中。本件はシャルルロワ関連案件です』

音声データへのリンクがついている。泊里が戻ってから一緒に聞いたほうが良さそうだ。

――あいつ、どこまで行ったんだ。

能任は、「できるだけ早く」と指示した。メールの最後に書かれた、シャルルロワ関連という言葉が目を引いた。こんな言葉、研修で聞いたことがあるだけだ。

武器や兵器を、テロリストや国際犯罪組織に闇で販売する商売人がおり、ブラックマーケットが存在する。近年、フランスの風刺週刊紙銃撃事件やベルギーの連続テロ事件などでクローズアップされたのは、ベルギーの武器マーケットだ。襲撃に使用した武器を、首都ブリュッセルやシャルルロワなどの都市で入手したと容疑者が証言したためだった。国際刑事警察機構《インターポール》などを通じ、武器・兵器業者らの氏名なども伝わってきている。入国を阻止するためだ。

──上島という男と、それがどうリンクするんだ。

眉《まゆ》をひそめ、泊里に電話をかけて呼び戻そうとした時、ホテル代わりに借りている短期滞在者向けの賃貸マンションの、古めかしいチャイムが鳴った。

「入ってもいいですか、アノウさん」

声を聞いてドアを開けると、白い開襟シャツの男が廊下に立っていた。李陽中、英名をポール・リー。シンガポールにおける安濃たちの非公式の案内役だ。中国系シンガポール人の海運業者で、シンガポールに滞在するならこの男に会えと能任から紹介された、親日家だという評判の華人だった。とにかく、各方面に顔がきくという。シンガポール在住の日本人ビジネスマン向けに、賃貸マンションを経営しているから、そこに泊まれと指示された。李は日本政府の協力者なのだろうか。李に頼んで宿を取れとは指示されたが、田丸があんなことになるとは思わなかったので、李をどこまで信用していいのか、まだ手探りの状態だ。

「もちろんですよ」

「トマリさんはどこです?」

李陽中の日本語は、アクセントが若干異なるのを除けば、日本で生まれ育ったのかと思うくらいなめらかだった。五十代半ばだが、一度も日本に渡航したことはないという。ふくよかで色白な中年男で、愛嬌《あいきょう》のある丸顔は、いつもにこにこしている。

「新聞を買いに行きました。急用ができて、出かけなければいけなくなったので、呼び戻そうとしているところです」

泊里は近所のコンビニで新聞を手に入れてくると言って、出かけたばかりだった。

「マリーナ・ベイ・サンズの事件なら、気にする必要はありませんよ。殺された日本人は、カジノに入り浸って大きな博打を打っていたそうです。きっと、危険な人たちと知り合いになったんでしょう」

李陽中は微笑み、ベッドがふたつとソファのある小部屋に入り、ソファに腰を下ろした。背丈は安濃とさほど変わらないが、恰幅《かっぷく》がいい。丸みを帯びた身体を支えるソファがきしんだ。

安濃も曖昧《あいまい》に頷いた。陽中には、殺された田丸との関係や、自分たちもマリーナ・ベイ・サンズにいたことを話していない。

田丸が殺害されたのは、昨日の午後一時半頃、前後二十分の間だと警察が発表した。ホテルのエレベーターや出入り口の防犯カメラから、田丸の部屋に出入りした可能性のある男性を割り出したようだが、犯人は捕まってはいない。警察が、フロントから逃げた安濃たちを怪しんでいないか、心配だった。

階段を一段飛ばしに駆け上がる足音が聞こえ、泊里が戻ったのでほっとした。新聞を小脇に挟み、白いナイロン袋を提げている。李陽中と安濃がいるのを見て、どちらにともなく袋を持ち上げた。

「プラナカンの餅菓子《もちがし》だ。俺はこれが気に入ってるんです。ひとついかがですか」

李陽中に悪戯《いたずら》っ子のように笑いかけ、泊里はベッドの端に座り込んで、袋の中のパックを広げた。菱《ひし》餅を思わせる、桃色や薄緑色の餅を重ねた菓子だ。マレー人女性と、出稼ぎに来た中国人男性の結婚により生まれた、折衷文化をプラナカンと呼ぶ。パステルカラーの建築物を飾る、繊細な花とつる草模様のレリーフ、カラフルなタイル。ビーズや細密な刺繍《ししゅう》に彩られる民族衣装、ニョニャ料理と呼ばれる家庭料理などが今に伝えられている。人種と文化の混交が、シンガポールの魅力だ。

李陽中は丁寧に辞退したが、勧められて安濃はひとつ取った。とくべつ甘党ではないが、泊里が気に入った餅菓子は、素朴な甘みのういろうのようだ。

陽中の前で、能任からの依頼について話すわけにいかず、タイミングを計る。

十九世紀の初頭まで、シンガポール島はマラッカ海峡の両側にまたがる、ジョホール王国のスルタンに属する領土だった。当時は百五十人あまりの海賊が住む島だったという。英国東インド会社の職員だったスタンフォード・ラッフルズが、一八一九年に〈発見〉してスルタンと取引し、シンガポール島一帯を東インド会社領、すなわちイギリスの植民地とするまでは、密林の小島にすぎなかったのだ。

英国統治時代、先住のマレー人、出稼ぎや貿易のため大挙して押し寄せた中国人、インド人らによって作られたのがシンガポールの礎だ。第二次世界大戦時の日本による短い占領時代を経て、再び英国領にもどり、やがてマレーシアとともに独立する。一九六五年にはマレーシアから「追放」同然に分離独立し、現在にいたっている。ラッフルズの〈発見〉からわずか二百年、この小さな島が、アジアで最も豊かな金融センターと呼ばれる都市国家になることを、予見できた人間はそう多くないだろう。

「アジアを旅すると、意外なところで食文化に共通項を見つけて嬉《うれ》しくなりますね。言葉や習慣もそうです。シンガポールならたとえば、人力車ステーションとか」

泊里は餅菓子を口に入れ、さもうまそうに目を細めた。シンガポールには今もトライショーと呼ばれる人力車があるが、戦前にはジンリキシャと呼ばれる乗り物があった。チャイナタウンには、その名も「ジンリキシャステーション」という建物が残る。学生時代にさんざんアジアを歩きまわったという泊里によると、ジンリキシャやリキシャという言葉はパキスタンやバングラデシュなどでも聞いたそうだ。

のどかな会話の隙に、安濃が口を挟んだ。

「泊里、急用ができた。これからすぐ、ノボテルというホテルに行かなきゃならない」

「ノボテル？」

泊里がけげんそうな表情になる。

「そのホテルならわかります。車でお送りしましょう」

「助かります」

ホテルの名を告げると、陽中は車を用意すると言って部屋を出ていった。

「——親切だな」

泊里が陽中の消えた廊下を見やり、呟く。

戦時下の日本軍政期に、華僑《かきょう》の抗日救国運動の拠点がシンガポールにも置かれていたため、抗日分子の摘発と称して華人の虐殺が行われた。その数は五千人とも十万人とも言われている。そんな経緯があるため、シンガポールの華僑は必ずしも日本人に対して好意的ではない——とレクチャーを受けてきたので、陽中の歓待ぶりはやや意外だった。そして、これほど親しみを示してくれる人物に、自分たちの滞在目的について嘘をつき続けなければいけないことが、心の負担にもなっている。

「能任さんから指示があった。できるだけ早く、ある日本人男性の身柄を保護しろとのことだ」

能任のメールを見せ、音声データにアクセスする。電話の通話を録音したもののようだ。音質はざらつき、男性ふたりが緊張した早口で会話している。ところどころ音声がとぎれるのは、相手の名前などを削除したためかもしれない。

『——私です、上島です。あれを盗まれました。インドの空港で』

『盗まれた？　どういうことですか』

上島の電話の相手は、能任ではなかった。

『あなたが手を回したんじゃないんですか？　空港に着いたとたん、トイレでひったくりにあったんですよ。プレゼンの材料がなくなったので、僕らは先ほどシンガポールに戻ってきました』

『上島さん、落ち着いて。こちらは何もしていませんよ。ひったくり？　あれが盗まれたんですか』

『そうです。あなたの指示じゃないんですか？　それに、ホテルに戻る間、ずっとつけてくる車がいたんです。今も近くで見張っているようなんだ。助けてください』

上島の声は緊張感に加えて、怯《おび》えているのがよくわかった。

『落ち着いてください。相談してみます。あなたはすぐ日本に戻ったほうがいい』

音声データはそこで途切れている。安濃は泊里と顔を見合わせた。ただごとではなさそうだ。

「この上島という男をすぐに保護しよう。盗まれたのは機密かもしれんな」

「犯人は機密を手に入れたのに、なぜまだ上島を尾行しているんだろう」

「それは保護した後で聞けばいいさ」

あいかわらず、泊里は割り切りが早い。

「車の用意ができましたよ」

陽中が戻ってきた。

「夕食までにはお帰りですか」

「ええ、それまでには」

安濃は頷いた。ひょっとすると、客がもうひとり増えるかもしれないし、上島の身柄をどこかに届けなければならないかもしれない。そんなことは、陽中には言えない。

「父が一緒に食事をと申しておりました。ともかく、ホテルまでお送りしましょう」

陽中が階段を下りると、泊里が苦笑しながら肘でこちらの脇腹をつついた。

「お前も本当に、嘘のつけない奴だな」

「何が？」

「そんな、後ろめたそうな顔をするな」

呆れたような声だった。

——自分はそんなに、後ろめたそうにしていたのだろうか。

陽中の車に向かいながら、安濃は窓ガラスに自分の顔を映して見た。いつもと変わらぬ、茫洋《ぼうよう》とした顔がこちらを見返している。自分で見ても、つかみどころのない表情だ。この顔を見て後ろめたさを見抜く者がいるのなら、そいつはよほど人間の心理に詳しい者か——自分自身も後ろめたいのに違いない。

李陽中に送ってもらったのは、シンガポール一の繁華街、クラーク・キーの近くにあるノボテル・クラーク・キーホテルだった。シンガポール川のそばにある高級ホテルだ。

この後、どうなるかわからないので、陽中にはホテルから帰ってもらった。

「いいホテルだな。李さんには悪いが、俺もこんなところに泊まりたかった」

泊里の放言に安濃は苦笑した。能任のメールによると、ここに上島という名の日本人が宿泊しているはずだ。上島を尾行していた人間は、まだこの近辺にいるのだろうか。さりげなくロビーを見回しても、見るからに怪しい人物がいるわけでもない。

「まっすぐ503号室に行くか？」

「先に部屋に電話してみたらどうだろう。いきなり行くと、警戒されるかもしれん」

ホテルのフロントに、ロビーから電話した。503号室に宿泊している上島につなぐよう頼んだ。転送するあいだ、軽快な音楽が流れだす。電話がつながり、男性の声が応答した。緊張のせいか声がかすれぎみだ。

「上島さんですか？」

『――そうですが』

警戒心が全身にみなぎるようだ。

「身柄を保護するよう、指示を受けてきました。今からそちらに伺います」

『いや、私がそちらに下ります。ロビーでお待ち願えませんか』

そわそわした様子で上島が言い、有無を言わせず受話器を置いた。

「タクシーで、すぐ李さんのマンションに連れて帰ったほうがいいかな。それとも日本大使館か？」

身柄を保護すれば、まず能任に報告して、今後のことを相談しなければならない。荷物をどうすればいいかと、上島が尋ねなかったことに気がついた。大きなスーツケースを転がしてこないよう祈る。ほどなくエレベーターの扉が開き、濃い色のスーツにネクタイを締めた男がひとり、吐き出された。きょろきょろとロビーを見回している。

「あれだな」

四十前後の男だ。黒い革のビジネス鞄《かばん》を提げている。髪は耳の上できちんと調え、痩せてひょろりとしている。左の目尻に、少し目立つホクロがある。近づいて声をかけた。

「上島さんですか」

「あなたがたは——」

怯えた目をしている。安濃は安心させようと小さく頷いた。

「安心してください。あなたを保護するよう指示を受けたものです。私は安濃、こちらは泊里です。タクシーで行きましょう」

「少しだけ、待ってください」

上島がおどおどと目を泳がせた。低い声は、かすれて疲れた印象だった。よく見れば、目の下には茶色いクマがあり、ここしばらく寝ていないのではないかと思うような、くたびれた顔をしている。上島の手が、辛そうに腹部を押さえた。

「すみませんが、怖くて、急いで部屋を飛び出してきてしまいました。そこのトイレで用を足していいですか」

階段の陰に出ている表示を指差した。

「一緒に行きましょう」

「いえ、じき戻りますから」

無理に同行するのも失礼かと思い直し、先にトイレの内部を見て脅威がないことを確認した後は、外で待つことにした。

能任から指示を受け、すぐ予備知識を仕入れたのだが、東洋イマジカは、二十年前に大ヒットしたPCゲームを開発した会社だった。航空シミュレーションゲームを得意とし、一時期は太平洋戦争時の戦闘機を使った模擬戦を行うゲームが、世界的な人気を博したようだ。現在では、スマートフォンのゲームアプリも開発しているらしい。

「あいつ、遅くないか？　腹でも壊したかな」

泊里が眉をひそめる。安濃はトイレの中を覗いた。静まりかえったトイレの窓が、さっきと違って少し開いている。

「おい――やられた！」

個室の床に、黒革の鞄が置かれていた。

――助けを求めたくせに、なぜ逃げるんだ。

窓に飛びついて外を見ても、スーツ姿の痩せた男性は影も形もない。

天を仰いで自分の頭を打ちたかった。身柄の保護を命じられたのに、対象に逃げられるとはたいした失態だ。

「裏から出よう！」

泊里が呼んでいる。安濃はとっさに、上島の鞄を拾い上げた。手がかりが残されているかもしれない。

——どこだ。

裏の玄関口は、シンガポール川の渡し船乗り場に下りていく道に続いている。

「もう逃げたのか？」

安濃は呆然と周囲を見渡した。上島が脱出してから、さほどの時間は経っていないはずだ。どこに消えたのだろう。

ノボテルの裏からは、シンガポール随一のナイトスポット、クラーク・キーが見える。川の両岸に、レストランやバー、クラブなどが立ち並び、色とりどりのネオンがハリウッドのSF映画から飛び出したような街並みを照らし出している。クラーク・キーはこれからが本番だった。

「あれじゃないか？」

泊里がホテルの前の道を横切り、船着き場に駆け寄った。手すりに身を乗り出し、対岸に渡るリード橋と、その手前に見える和食レストランのあたりに目を凝らしている。安濃もそちらを注視した。

泊里がまた駆けだした。服を着ると小太りに見えるが、ほとんど筋肉だ。動きは敏《びん》捷《しょう》だった。自分も追いかけようと、安濃が左右を確認して道路を横切りかけた時だ。

泊里の身体が、船着き場の手すりを握ったまま大きく揺れた。直後に、破裂音が聞こえた。よろめいた泊里は、歩道に踏みとどまろうとしたように見えた。片手が泳ぐように空気を掻いた。

「――泊里！」

手すりを越えた泊里が、シンガポール川に落ちる。大きな水音で安濃は我に返った。

――泊里が撃たれた。

人が落ちた、と周辺のレストランの客や観光客が、騒ぎながら集まってくる。弾が飛んできた方向に、誰がいたのかもうわからなかった。水面は暗く、クラーク・キーの七色のネオンをぼんやりと映している。泊里はどこにも見えない。水底に沈んだのか、川に流されたのか。手すりを握ると、ぬるりとした感触がした。なま温《ぬる》い血が、手のひらを濡《ぬ》らしている。

――泊里！

じき警察が来る。ここにいてはいけない。

――あいつが死んだりするもんか。

安濃はもう一度、水面を覗き込んだ。泊里は自分の何倍も生命力が強い。こんなところで死ぬはずがない。

――必ず、連れて帰るから。

泊里は絶対に生きている。そう口の中で呟き、その場を立ち去った。

2

日付が変わる頃、安濃はチャイナタウンの賃貸マンションに戻った。階段で二階に上がり、扉の隙間から光が漏れているのを見て、はっと立ち止まりそうになる。

――泊里が帰ったのか。

慌てて鍵《かぎ》を取り出しかけ、ぎりぎりで理性が押しとどめた。泊里を撃った奴が、ここを突きとめたのかもしれない。足を止めずに、自分たちの部屋の前を通りすぎる。室内で足音に耳を澄ます奴がいても、別の部屋の住人が帰宅したと思うだろう。

警察が周辺道路を封鎖する前に、安濃は現場を離れた。銃声を聞いた人が大勢いるため、捜査は厳格に行われるだろう。

シンガポールでは、銃器犯罪は厳しく取り締まられている。強盗など一定の犯罪で発砲すれば、自動的に死刑だ。そのため、この国では銃器による犯罪はほとんど発生しない。それが、自分たちが来たとたんに、二日で二件続いたのだ。

室内の様子を確認する方法を考えていたら、いきなり扉が開いた。

「アノウさん、早くこちらへ」

李陽中が、厳しい表情で手招きしている。ほっとした。

「たいへんなことになりましたね」

陽中には、泊里とはぐれたのですぐに帰れなくなったとだけ電話しておいた。クラーク・キーで人が撃たれたことはニュースになっているだろうから、自分で考えて結論を出したのかもしれない。

クラーク・キーの現場を離れた後も、安濃はシンガポール川の周辺にとどまり、カフェや路上で交わされる会話に耳を傾けた。シンガポールは中国系が七割以上を占め、言葉は英語と中国語が多いので、ある程度なら理解できる。警察官の姿も多かった。泊里が見つかったり、病院に運ばれたりした様子はなかった。

――自力で岸に上がったのに違いない。

そう信じたかった。

泊里が、こんなことで死ぬはずはない。もし自分が撃たれても、誰にも知られぬよう逃げて身を隠すはずだ。自分たちは諜報員としては半人前だが、外国の警察に捕まって事情を聴かれるようでは問題外だろう。

「やはり、クラーク・キーで撃たれたのは、トマリさんなんですね」

安濃は陽中に曖昧に頷いた。能任にもまだ報告していない。

「すぐにここを出て、うちに来てください。差し出がましいようですが、緊急事態だと感じたので、荷物は先に詰めさせていただきました。勝手に申し訳ありません」

見れば、すっかり荷造りがすんでいる。ほんの数日間滞在するだけの予定だったので、荷物はわずかな着替えくらいだ。

「襲撃者の心当たりは？」

「いや、まったく」

「それなら、ますますここにいてはいけない。万が一、敵がここを突きとめていれば、アノウさんにも危険が及ぶかもしれません」

「しかし――」

陽中の言葉は正論だが、本当に自分たちを追っている人間がいるのなら、とんでもない迷惑をかけてしまう。撃たれたのが泊里だと警察が突きとめた場合も、ここを調べるだろう。入国申請の際に、滞在時の宿泊先として住所を書いた。

――とはいうものの、身を隠せる場所も、すぐには思いつかない。ホテルに宿泊するにもパスポートが必要だろうし、シンガポールは賃貸物件がべらぼうに高い。ごく普通のワンルームマンションを借りるのに、月額二十万円から三十万円はかかる国だ。情けないが、この部屋を出たら途方に暮れる。

「ご心配なさらずに。様子を見て、もっといい場所が見つかれば、そちらに移れるようにしますよ。父も、うちに来ていただくようにと申しておりますから」

陽中は、よく父親の話をする。九十代後半という高齢らしい。

「急ぎましょう」

自信ありげな陽中に頷きかけ、安濃は腹をくくって上島の鞄とスーツケースを手にした。泊里の荷物はまとめて陽中が運んでくれている。

荷物を積んで車に乗り込むと、すぐそばをパトカーがゆっくり走り去った。助手席の制服警官が、こちらをじっと見ていた。顔を伏せたり、視線を逸《そ》らしたりしないよう、努力が必要だった。

「今日は、街中にパトカーが溢《あふ》れてます」

陽中がこともなげに言う。シンガポールのような都市国家で、拳銃《けんじゅう》の発砲事件が相次いで起き、犯人が捕まっていないとなると、騒ぎが大きくなって当然だ。夜の輝きがことのほか美しい街だが、今夜は心なしかその輝きも色褪《いろあ》せて見える。

助手席で車に揺られていると方向感覚が曖昧になったが、橋を渡った後で目抜き通りのオーチャード通りを通過したので、自分のいる場所がわかった。髙島屋《たかしまや》やマンダリン、マリオットなどの一流ホテルとブランドショップが並ぶ、シンガポールの銀座《ぎんざ》のような通りだ。数日滞在しただけでも、この道だけは間違えようがない。

陽中の車は、オーチャード通りからふた筋入った、一等地に建つ鉄の門に滑り込んだ。とんでもない豪邸に通される覚悟をしたが、趣のある外灯に照らされた広い敷地は、オーキッドツリーやブーゲンビリアがうっそうと茂る庭でほとんど占められ、屋敷は植物に埋もれるように、隅に沈んでいた。西洋風の二階建ての木造建築だ。

とはいえ不動産の価値が高く、公団が建設して売り出す新しい住宅よりも、中古物件の価格がどんどん値上がりするシンガポールでは、これだけ広壮な屋敷の価格など想像もつかない。

陽中に促されるまま、玄関をくぐる。屋敷の内部も西洋風かと思えば、内装は朱色と金色の躍る中華の香りがした。しかし、とにかく古いことは間違いない。外は蒸し暑いが、中はエアコンが利いている。

天井の高い玄関ロビーで室内を見回していると、どこかに消えた陽中が、車椅子を押して戻ってきた。整えた上品な白髪に面長の、痩せぎすな老人が乗っている。

「――安濃さんですか」

老人の声は低いが、発音は明晰《めいせき》だった。

「父の李高淳《ガオチュン》です」

陽中の紹介に、安濃は急いで右手を差し出した。老人の手は色白で、細かい皺《しわ》に覆われているが、力強く握り返してきた。陽中に会社を譲った今でも、李家の家長として実権を握っているのだろう。

「このたびは、陽中さんにお世話になっています。安濃将文です」

「陽中はお役に立っておりますか」

なめらかな日本語に驚かされた。陽中もそうだが、外国人の日本語とは思えない。

「陽中さんがいなければ、我々はホテルから一歩も動けなかったかもしれません。今晩は食事に誘ってくださったのに、たいへん失礼しました」

高淳が微笑んだ。若い頃はさぞかし男前だったのだろう。清潔で品のいい老人だ。

「先の戦争で、お国のために命がけで戦った兵士たちの遺骨を収容して、弔おうという皆さんのお仕事はご立派です。私どもにできることがあれば、喜んで協力いたしましょう。陽中を使ってやってください」

お国のために、などという日本語が彼の口から自然に飛び出したのには驚いた。陽中が何か耳打ちすると、高淳が小さく頷いて口をすぼめた。

「泊里さんは、行方不明ですか」

返事をためらい、曖昧に頷くにとどめた。彼らは、客人が撃たれて行方不明になったと知らされても、動じていないようだ。

「すぐ現場を離れてここに来られたのは、良いご判断でした。さもなくば、今ごろ警察署か、帰りの航空機の中だったかもしれません」

その可能性はある。とっさに現場から離脱したのも、シンガポールに来た目的を警察に詮索《せんさく》されたくなかったからだ。

――必ず、泊里を連れて帰る。

約束したのだ。それまでこの国を離れるわけにはいかない。ギャンブル依存症の田丸信二に接触し、産業スパイに偽の情報を渡させるという目的と、東洋イマジカの上島芳郎を保護するという目的の、どちらも達成できていない。田丸は射殺され、上島は行方不明だ。こんな状態で、どのツラを下げて帰れるのか。

「とにかく、今夜はお休みになるといいでしょう。泊里さんのことがご心配でしょうが、私どもに任せてください。朝になれば、情報を集めてみましょう。警察に知り合いがいなくもない。いくらか様子がわかるかもしれません」

　高淳の親切な申し出がありがたい。李家のふたりには得体のしれぬ薄気味の悪さも感じるが、彼らがいなければこの国で手も足も出ないだろう。

「生きて帰ることです、安濃さん」

　高淳の言葉に、驚きを隠せず視線を合わせてしまった。高淳の目は、百歳近い老人とも思えぬほど澄んでいる。

「何があっても、どんな時でも生きて帰るのがあなたの仕事ですよ」

　――この老人は知っている。

　直感した。彼は、安濃らがどんな目的でシンガポールに来たか、知っているのだ。

　陽中が高淳の車椅子を押して姿を消し、戻ってくると二階の客間に案内してくれた。

「狭いですが」

　ベッドがひとつあるだけで簡素だが、白い壁にチョコレートブラウンの分厚いカーテンが美しい、居心地のいい部屋だ。洗面所とシャワー室が、二階の突き当たりにあると陽中は教えてくれた。

「何もかも、お世話になります」

　高淳の素性や、何をどこまで知っているのか尋ねてみたかったが、陽中の穏やかな笑顔を見るとその気も失《う》せた。

「ゆっくり休んでください。明日また話しましょう」

ひとりになると、安濃はスマートフォンで能任に短いメールを書き、暗号化して送った。

『泊里は銃撃にて負傷し行方不明。宿を移動した。上島には会えたが、保護前に逃亡した』

能任のことだから、シンガポールのニュースも見ているだろうし、大使館からの情報も入手しているだろう。それでも、この報告には困惑するかもしれない。折り返し電話があるかと思ったが、かかってこなかった。情報の裏を取っているのかもしれない。

持ち帰った上島の鞄を開け、ベッドの上で中を見た。ほとんど空っぽだ。財布、携帯電話などもない。逃亡する前に、上島が持ち去ったのかもしれない。鞄のポケットに、ノボテル・クラーク・キーホテルのカードキーが入っていた。収穫と呼べるものは、それだけだった。

明日になれば、能任から電話があるに違いない。上着を脱いでベッドに身体を横たえると、半日歩きまわった疲れが溢れるように出た。手足を伸ばすと筋肉が悲鳴を上げる。衣服を完全に脱がなかったのは、万が一、ここを飛び出さなければならなくなった時の用心だった。

——美冬の顔が見たいな。

親馬鹿だが、紗代のむすめ時代によく似た、愛らしい子だ。

何かあった場合に、こちらの素性に関する情報は少ないほどいい。家族の写真など、個人情報につながるものはパスポート以外ひとつも持ち込まなかった。スマートフォンも業務用に貸与されたものだから、連絡先も登録していない。能任の番号や総理のホットラインは、頭に刻み込んである。

海外出張に行くとは言ってあるが、連絡が取れないので紗代と美冬は心配しているだろう。居心地のいい、暖かい自宅の居間を思い浮かべ、いつしかぐっすりと眠り込んでいた。

傍若無人に階段を駆け上がる足音で、目が覚めた。跳ね起きて、何があってもすぐ飛び出せるよう、財布とスマホの入った上着を摑む。警官隊が踏み込んできたのかと焦った。

――落ち着け。

自分に言い聞かせる。ここは安全だ。

「志文《ヂーウエン》！　请安静《チンアンジン》！　有位访客《ヨウウエイファンクー》」

階下から、静かにしろと陽中が注意している。続けて客がいるんだぞと言った。派手な足音をたてたのは警察官ではないらしい。ほっとして腕時計を見れば、朝の八時になっている。疲れきって眠り込み、七時間近く寝ていたようだ。

分厚いカーテンを開くと、眩《まぶ》しい南国の陽光がまともに差し込んできた。目がちかちかする。窓から見下ろす庭が、昨夜、車窓から覗いた時よりも、さらに広々として手入れが行き届いていることに気づき、しばらく視線をあちこちにさまよわせた。

スーツケースは、昨夜運び込んだ状態のまま、ベッドの下に置かれていた。すっかり衣類を着替えた。顔を洗って階下に下りるつもりだった。ドアを開けたとたん、廊下にいた青年と鉢合わせした。

「対不起《ドゥイブーチー》！」

とっさに中国語で謝るくらいには、馴染《なじ》んできた。切れ長の目をした二十歳くらいの青年は、人懐こい表情でこちらを見つめた。髪を栗色に染め、片方の耳に金色のピアスをつけている。卵形の整った顔立ちが、李高淳に似ているようだ。カラフルなTシャツにボロボロのジーンズという、今どきの若者らしいかっこうをしていた。

「ひょっとして、日本の方ですか？」

青年が丁寧な日本語で尋ねたので、安濃は戸惑った。この家族は、日本語を話せるよう全員が教育されているのだろうか。

「そうです。安濃といいます。昨日からお邪魔しています」

「志文です。祖父が日本びいきで、僕たちまで日本語を勉強させられました」

切れ長の目に面白がっているような輝きが宿り、安濃は彼と握手して頷いた。そばで見ると、色白な鼻の頭にそばかすが浮いている。

「ゆっくりしていってください」

しつけの行き届いた李家の若者に感心しながら、歯を磨き、ざっと洗顔した。

能任と話がしたくて、緊急時の連絡先に電話をしてみた。日本はいま朝の九時過ぎだろう。何度か呼び出し音を聞き、諦《あきら》めて切ると、すぐに向こうからかけ直してきた。

『何が起きているのか、私にもわかるように教えていただけますか』

能任の声が苛立《いらだ》っている。暗号を復号してメールを読めば、その中身もまた暗号のような文章だったので、業を煮やしたのだろうか。

上島を保護するためホテルに行ったが、彼はなぜか逃げ、追いかけた泊里は撃たれて川に落ち、行方不明だ。安濃は昨日の騒ぎをかいつまんで説明した。メールの内容と、さほど変わらない。

「シンガポール警察が撃たれた男を捜しています。私は上島さんを追うつもりです」

『シンガポールでまた銃撃騒ぎがあったことは、こちらにもニュースが届いています。まさか撃たれたのが泊里さんだったとは――』

かすかに吐息が聞こえる。泊里を案じているのか、別の理由なのかはわからない。

『それで、あなたはいまどこに？』

「危険を感じて、宿を変えました」

自分の居場所は、しばらく能任にも黙っておくことにした。

「能任さん、インドで盗まれたものとは何ですか。上島さんは、なぜ狙われているんですか。メールにはシャルルロワ関連と書かれていましたが――」

能任がしばらく黙って考えている。

『——シャルルロワのブラックマーケットに潜入していたベルギーの捜査官が、銃器と無人機を購入しようとしていた武装勢力の関係者を逮捕しました。パキスタン・タリバーンと関連を持つ、ムジャヒディン解放運動の支援者です。詳しくは話せませんが、そこからあるテロの計画が浮かんだのです。インドで上島氏が盗まれたものについては、まずメールを送りますから、そこに書いてある男から詳しいことを聞いてください。私から聞いたと言えば話が通じるようにしておきます』

また連絡すると言って、能任は通話を切った。届いた暗号メールには、「東洋イマジカ、シンガポール支社営業部営業課長、河東良平《かとうりょうへい》」という名前と、オフィスの電話番号が書かれていた。会社の始業時刻を過ぎた頃に電話してみるしかない。

階下に下りていくと、白いブラウスと濃紺のタイトスカートの上に、エプロンをつけた女性がこちらを見て、陽中を呼んだ。年の頃から陽中の娘かと思ったが、メイドだった。肌の色が濃い、マレー系の女性のようだ。

「警察にいる知人と話しましたが、クラーク・キーで撃たれた男性は、まだ見つかっていないそうです。被害者の氏名や国籍も、彼らは摑んでいません」

朝食の席で、陽中が薄く切ったパンにマーマレードを塗りながら教えてくれた。李家の朝食は洋風に、コーヒーとパンらしい。

「撃たれた男性とアノウさんがノボテルにいたことは、まだ警察も気づいていないようです。すぐ川に落ちたので、被害者の人相風体もよくわかっていないのですよ」

「いろいろとありがとうございます」

陽中が微笑んだ。

「私たちには、いろんな友達がいます。撃たれて負傷したのなら、病院や医師の世話になったかもしれない。警察とは別に、情報を集めていますから」

いよいよ得体がしれないが、陽中の申し出はありがたかった。本心では、街中を走りまわってでも泊里を捜したいところだが、自分には他にもやらねばならないことがある。

——上島を捜さなければ。

手掛かりは少なく雲を摑むようだが、使えるものもある。上島が残した、ノボテルのカードキーだ。部屋に、上島の荷物が残っている可能性がある。昨日のうちにホテルに行って確かめたかったが、安濃自身が行くのは、あの時点では避けたかった。昨日は、周辺で大勢の警察官が目を光らせていた。どんなきっかけで、昨日あの場にいたことが明るみに出ないとも限らない。

ホテルの名前が入ったカードキーを、テーブルに載せた。

「陽中さん。上島という503号室の宿泊客がチェックアウトしたかどうか、ホテルに確認していただけませんか。私は昨日もフロントに電話したので、声を覚えられているかもしれないんです」

陽中はちらりとキーを見るや、すぐに携帯電話を取り出してふくよかな手でかけ始めた。英語でホテルのフロントと話しながら、こちらを見て眉を上げる。

「そうですか、まだチェックアウトしてないんですね。ありがとうございました」

陽中が通話を切った。

「ウエシマさんは、今週末まで部屋を予約しているそうです。デポジットを入れているでしょうから、このまま戻らなくてもホテルは困らないでしょう」

それなら、荷物はまだ部屋にあるかもしれない。

「――何か考えていますね」

陽中が、大黒様を思わせる丸顔にあたたかい笑みを浮かべた。コツコツと床を突く硬い音が聞こえ、安濃は振り向いた。李高淳が、今朝は歩いて食堂に向かってくるところだった。美しい彫刻のある、太い樫《かし》の杖《つえ》を突いている。陽中が腰を浮かせかけるのを視線で止め、ゆっくりと食堂の椅子に腰を下ろした。ホテルのカードキーに目をやった。

「ノボテルに行かれるのなら、志文をつけましょう」

「いや、そこまでご迷惑は――」

拳銃が飛び出すような事件なのに、孫に協力させるという高淳を止めようとしたが、彼はすぐさまよく通る声で志文を呼んだ。軽やかな足音が階段を駆け下りてくる。見れば、青年は大ぶりなボストンバッグを抱えていた。出かける途中のようだ。

彼らは早口の中国語で話し始め、安濃に理解できたのは、友達の家に行こうとしている孫を、安濃に同行するよう高淳が説得したということだけだった。志文は、しぶしぶ頷いた。中国人は目上の人間を大切にするという。李家では高淳の言葉が絶対なのだろう。

「あれはまだ子どもですが、目端が利きます。見張りや張り込みは、ひとりでは難しい。遠慮なく、うちの孫を連れていってください」

車を用意すると告げて、食堂を出ていく志文のきゃしゃな背中を、高淳がよく研いだ刃物のように鋭い視線で見送っている。

――この老人が、ただの引退した実業家などであるはずがない。

そう感じながら、安濃も立ち上がった。彼らと接触せよと命じた能任は、素性を知っているのだろうか。

「本当にありがとうございます。志文君は、必ず無事にお返しします」

「安濃さん。時間ができたら、ゆっくり話をしましょう。私は、あなたのような人に語りたいことがある人間なのです」

頷きながら、「あなたのような人」という高淳の言葉は何を指すのかと考えていた。

玄関まで、陽中が見送りにきた。

「お客様の前で息子が口ごたえなどして、お見苦しいところをお見せして申し訳ありません。志文は、今日これから、この家を出て友達と暮らすというのです」

円満な表情しか見せたことのない彼が、珍しくけわしい顔で愚痴をこぼした。彼らの間では中国語と日本語の転換が自然に行われるので、安濃が彼らの会話をほとんど理解できなかったとは思わなかったのかもしれない。

「それも、マレー人の友達と。のぼせ上がっているのでしょう。最近の若い者のすることは、信じられません！　父は、あの子の将来を心配して、あなたに同行させるのだと思います」

「――友達というのは、女性ですか」

それで察しがついた。志文には、マレー人の恋人がいるのだ。マレー人は多くがムスリム――イスラム教徒で、異教徒との結婚を禁じられている。志文が彼女と結婚するつもりなら、おそらく彼のほうがイスラム教に改宗せねばならなくなるだろう。

イスラム教徒は、ハラールの食事など戒律が厳しい。志文が家を出るのは、実家にいては戒律を守れないからかもしれない。

「お客様にこんなお願いをするのは心苦しいのですが、もし機会があれば、結婚を諦めて実家にとどまるよう、息子を説得してもらえませんか。日本人のあなたの言葉なら、あれも素直に耳を傾けるかもしれません。わが家の跡取りがムスリムになるなんて――」

恋愛に夢中の若い男が、会ったばかりの他人の忠告になど耳を貸すはずがない。中国系がイスラム教徒に改宗するのも、まったくないことではないし、悪いとは言いきれない。とはいえ真剣に悩んでいるらしい陽中をむげにもできず、努力してみると答えるしかなかった。ここ数日世話になって、陽中は聡明《そうめい》な男だと思うが、ことが息子の身上に及ぶと目が曇るらしい。

ふと、美冬が大人になった時、自分も今の陽中のように、傍目《はため》から見れば微笑ましいような動揺をするのだろうかと思った。

──気の早い心配だな。

今はそれよりも、無事に生きて帰ることだ。

車寄せに、志文がカムリを回してきた。この国で車を持つと、日本の三倍は費用がかかると言われる。まだ学生の志文まで、こんな車を持っているとは、李家はとびきり羽振りがいいようだ。

「用事があっただろうに、悪いね」

安濃が謝ると、志文は意外に親しみのこもった笑顔を見せた。

「いいんです。祖父の命令ならしかたないし、クラーク・キーの発砲事件に興味もありますから。事件に関係があるんでしょう？」

違うとも言えず、安濃は曖昧に微笑んだ。志文が丁寧に車を出すのに任せる。玄関先で、陽中がこちらを見送っていた。

3

何日も続く結婚の祝宴は、開くことができなかった。

アフサンの旅立ちの前に、残された親戚《しんせき》一同が集まり、焼け残った村の一角に、若い

——というより幼い——新郎新婦のテントを張った。

村のモスクも一部が破壊されたが、残った建物で指導者が結婚の宣言を執り行った。式が終わると、親族や友人らはそそくさとモスクから離れた。前回の攻撃も、結婚式の直前に行われたからだ。族長の三番めの娘とアフサンの兄ムハンマドの結婚式を隠れ蓑《みの》にして、族長の家にタリバーンの幹部が集まっていたのだと、後でアフサンは教えられた。族長の親族にタリバーンの幹部がいることは、ひそかに聞いていた。〈敵〉は、ある意味、狙いを過たず矢を放ったわけだ。

本来ならこの結婚を決めるのは、アフサンと新婦アーイシャの両親のはずだった。村が攻撃を受けた時に双方の両親が亡くなったので、実質的に決定したのは若い当事者ふたりだった。決めたのはアーイシャだったかもしれない。

彼女は族長の末娘で、すぐ上の姉がムハンマドと結婚するはずだった。ふたりとも、崩れた建物の下敷きになって亡くなった。アーイシャの兄で新しく族長になる若者は、アフサンとの結婚を認めると言った。

アフサンが遠くに行くという噂を聞きつけると、彼女は兄弟のテントに飛び込んできて、自分を妻にしろと迫った。結婚して、彼女の分も無念と怒りを連れていけという意味だろうと、アフサンは解釈した。

(なにも結婚しなくとも、アーイシャの気持ちは俺が必ず背負っていく)

暗い目で応じたアフサンに、アーイシャは黙って首を横に振り続けた。子どもの頃の彼女を知っている。デュパータの陰から見える切れ長の黒い目が、燃えるようで美しいと思った。アフサンは十五歳、アーイシャは十四歳になったばかりだ。あの攻撃の日に、彼はいっきに十歳も年をとったような気がする。

「そんなもの、どうするんだ」

初夜の翌朝、血のついたシーツを丁寧にたたんでテントの隅に大切そうに置いたアーイシャに、アフサンは身支度しながら声をかけた。彼はこのまま旅立つつもりでいた。

ベッドから下りてすぐ、部屋の隅に置いたたらいの生ぬるい水で身体を洗った。本当は蛇口から流れ出る水でシャワーを浴びたいが、今それはかなわない。ムスリムは一日五回の礼拝の前に、身体の不浄を洗い流す。襤褸《ぼろ》を着ていても、中身は清潔なのが誇りだ。

「汚いよ。始末したほうがいい」

アーイシャがちらりとこちらを振り向く。

「あなたは知らなくていいの。これは、私たち女の問題だから」

婚礼の支度をする余裕はなかったが、村の女たちの手で、アーイシャのまだ子どもらしい、ほっそりした白い全身には、ヘナで複雑な花の模様が描かれていた。彼女の幸せを祈って丹念に筆を運ぶ女たちの様子が、目に浮かぶようだ。

――この結婚で、彼女が幸せになれるわけがないのに。

アフサンは革のサンダルをしっかりとくるぶしに巻きつけながら、さらに目の色を暗くした。自分が村に戻れるかどうかもわからない。父親の煉瓦《れんが》工場でまた煉瓦を焼くことができるのかどうか。いつ戻れるかなんて――アッラーの思《おぼ》し召しだ。

少し大きくなってからは、母と姉以外に、デュパータで髪を隠していない素顔の女性など見たことがない。アーイシャの顔つきは、子どもながらしっかりとした、果断な性格を感じさせる。

――それに、美しい。

アフサンの身支度がすまないうちに、彼の叔母《おば》がテントの外から静かに声をかけ、滑るように入り込んできた。アーイシャとふたことみこと言葉を交わし、汚れたシーツを受け取って、素早く中を確かめると、彼女に頷《うなず》きかけて立ち去った。その秘密めかした行動を見て、子どもの頃から耳にしてはいたが、理解できていなかったことがずっと了解できた。

「女たちが代々守ってきた習慣なの」

アーイシャの言葉に頷く。この儀式を経て、彼女はようやくアフサンの妻として認められたのだ。彼女たち〈女〉の素肌にまとわりつき搦《から》め捕るような習慣に、原始的な恐怖を感じないでもない。時おり、盛大な結婚式を挙げた後すぐ、離縁される初婚の妻がいて、身内の恥とされる不幸な結婚がどうして起きるのか、アフサンは今まで本当の意味では理解していなかった。

「叔母さんたちが、アーイシャの面倒を見てくれるから」

こちらを見上げる彼女の尖《とが》った顎《あご》に手を添えた。本来なら妻の面倒をみるのは男の責任だ。しかし、アフサンは去らねばならない。

「身の回りのこまごましたことで何かあれば、弟のサイードに頼むといい。子どもだけど、しっかり者だから」

サイードもまだ十歳で、自力で生活の糧を得るのは難しい。叔母の一家がふたりを支えると約束してくれたが、暮らしの先が見えないなか、彼らを残して去るのは家長の務めを放棄するようで辛《つら》かった。

「心配しないで。もし本当にどうにもならなくなったら、私が働くから」

「——働く？」

こちらの胸を突きとおすような彼女の視線に、アフサンはたじろいだ。パキスタンの女は、外に出て働いたりしない。一定の年齢に達すると、ほとんど外出すらしない。外出しないから、上の学校に進むこともない。日々の買い物に行くのも男たちの役目だ。女は家の中で大切に守られて、家事をするのだ。家長の許しを得ずによその男と言葉を交わすようなふしだらは許されず、それで父や兄が娘や妹を殺すこともある。家族の名誉を守るためだ。

「街に行けば、女も働いてるって。女の警察官もいるのだって」

死んだ族長が聞けば憤死しそうなことを言い、アーイシャは赤く塗った唇でにっと笑いかけた。どうやら、自分が所帯を持った女は、ひと筋縄ではいかないようだ。

荷造りの必要はなかった。持っていくべきものは、さして多くない。

水筒をたすき掛けにし、普段着のままアフサンは旅立った。アーイシャがテントから
見送っていたが、一度手を振っただけでもう振り返らなかった。

村を出て山を下り、乾いて白っぽく、車の轍《わだち》ででこぼこになった道路を急ぐと、約束した木の下でくたびれた深緑色のジープに遭遇した。運転手と、アフサンと似た年頃の若者が三人先に乗っていて、彼が最後の乗客らしかった。

黙って後部座席に乗り込むと、運転手が車を出した。懐かしいワジリスタンの山と風景が、みるみる流れ去っていく。村の周辺を離れるのは生まれて初めてだった。

彼はいま、両親や兄、親族の命を奪い、生活基盤を根こそぎ滅ぼした奴らに、せめて一矢報いるため、立ち上がろうとしていた。

もはや、十五の若者ではいられない。

＊

『ウエシマは本日、出社しておりませんが』

能任から送られた電話番号にかけ、流暢《りゅうちょう》な英語を話す女性に、試みに上島がいるかと尋ねてみた。ネットで調べたところ、東洋イマジカのシンガポール支社は、金融街の高層ビルに居を構えているらしい。

「約束していたんですが、困ったな。休むという連絡があったのですか」

『それはなんとも――私が直接聞いたわけではありませんので』

歯切れの悪い女性の口調からすると、上島は無断欠勤しているようだ。安濃たちから
あんな形で逃げて、素知らぬ顔で出勤しているほうがむしろ驚くが。

「それでは、河東さんはいらっしゃいますか」

『カトウですね。失礼ですがそちらは』

「安濃と言います」

どちらの、とは聞かれなかった。女性が受話器を手で押さえ、背後の誰かと話し合う
様子が漏れ聞こえた。

『お電話代わりました。河東です』

男性の声に変わった。

『安濃さんとおっしゃいましたか。失礼ですが、どちらさまでしょう――』

日本語に切り替えた。

「あなたは、上島さんの上司ですか」

男は若干ためらい、上司ではないが仕事内容は知っていると答えた。

『上島は日本の本社に勤務しています。営業の関係で、よくシンガポールに来ますけど
ね』

「上島さんがインドに出張された際に、ひったくりに遭ったことはご存じですか」

『――どちらの安濃さんですか？』

河東の声に警戒心が混じる。

「私は上島さんの保護を頼まれていました。能任からあなたの名前を聞いたんです」

河東の息づかいが変わった。他の社員に聞こえないようにとの気遣いか、声が小さくなる。

『では――』

「お目にかかって、お話しできませんか」

この様子では、会社の中では話せないことのようだ。河東が承諾し、一時間後に東洋イマジカの事務所の近くで面会する約束をとりつけた。電話の間に、志文のカムリがノボテルの車回しに到着した。

「駐車してきます」

――昨日フロントにいたスタッフは、ロビーで上島を待っていたこちらの顔を覚えているかもしれない。

そう恐れて、衣装を柄ものの半袖《そで》シャツに替えてきた。髪を無造作に乱し、濃いサングラスをかけると、のんきな観光客に見える。正直、そんな身なりに慣れていないし、鏡を見ると自分ではないようで居心地が悪い。心の底まで他人になりきれと、変装技術を教わった教官から指導を受けたが、それが簡単にできるなら役者にでもなっている。

ぶらぶらとロビーを横切り、昨日のフロントマンが今日は勤務についていないことをさりげなく確認した。幸先《さいさき》が良い。

発砲した犯人がまだ捕まっていないせいか、街角のあちらこちらに、武装し防弾チョッキを着けた警官を見かけた。街に緊張感が漂っている。それはノボテルのロビーについてもいえ、ソファに腰掛けてちらちらと宿泊客らを盗み見ている男の中にも、私服の警察官がいるのは疑いようがない。

正直、逃げ帰りたくなった。

車を駐車場に置いて、志文が追いかけてきた。別々のエレベーターで、上島が宿泊していた五階に上がる。志文に迷惑をかけたくないので、ふたり一緒にいるところを防犯カメラに残さないよう配慮している。

志文とはスマホの番号を交換してあった。彼は誰かを待つふりをしてエレベーターホールに残り、廊下を見張る。誰かが上島の部屋に入ろうとすれば、安濃のスマホを呼び出すように頼んでいる。

カードキーは有効で、上島の部屋に難なく入れた。ドアのノブを持つ前に、ハンカチで手をくるんだ。

——ここに手掛かりがあるはずだ。

とはいうものの、何を探せばいいのかもわからない。見たところ、上島の荷物は大型のスーツケースひとつだった。クローゼットに、スーツの替えが一着吊《つ》られている。ポケットには何も入っていない。それ以外は、全てスーツケースに入ったままだった。インドから帰ってそのままなのかもしれない。徹底的に調べることにした。

ほとんどは着替えだ。上島は几帳面《きちょうめん》で、下着やワイシャツをきちんと畳んで詰めてある。汚れものが見当たらないのは、ホテルのランドリーに出したからかもしれない。見回すと、浴室のドアにクリーニング済の衣類を入れたビニール袋がぶら下がっていた。ゴミ箱は空っぽだ。浴室のタオルが新しいものに交換されているのを見ても、この部屋に清掃担当が入ったのは明らかだ。

機中の時間つぶしか、近ごろ話題のビジネス書が二冊。スーツケースのポケットに、クリアファイルに入れた書類を見つけた。プレゼンテーション用の投影資料を印刷したものらしい。英語で書かれているので、こちらの顧客に渡すつもりだったか、これを見ながらプレゼンの流れを練っていたのかもしれない。あちこちにペンで書き込みがある。ゆっくり読んでいる暇はない。ぱらぱらとめくり、はっとした。目次のすぐ後に、上島の写真とプロフィールがついている。四十代だろうか、眉《まゆ》の濃い、目鼻立ちのくっきりした男だ。いかにも研究者風で、白衣が似合いそうな、おとなしそうな男だった。

安濃はその写真を二度、見直した。

――やられた。

唇を噛《か》んだ。昨日、安濃たちの前に現れたのは、こんな男ではなかった。目尻に大きなホクロが目立つ、もっと目つきの陰険な男だった。

――あれは上島に化けた別人だった！

そう気づいた時、何が起きたのか悟った。あの時、この部屋にまだ上島がいたのだ。

監禁されていたのかもしれない。安濃は503号室に電話をかけた。犯人は、安濃たちをこの部屋に近づけたくなかった。すぐに下りるからロビーで待てと告げ、上島に成りすまして会い、トイレに行くと言って逃げた。その間に本物の上島は拉致《らち》された。エレベーターから降りた上島らしき男性に声をかけたのは、こちらからだったことも思い出す。あれで、こちらが顔を知らないこともばれただろう。

保護すると伝えたのだから、上島自身が偽者を仕立てて逃げ出したとは考えにくい。

――しくじった。

がつんと頭を殴られた気分だった。能任からはまだ、上島の顔写真が届いていない。電話などせず、いきなり訪ねるべきだったのか。だがそうすれば、ここにいた誰かと鉢合わせしただろう。自分たちがいま生きていられたかどうかも、心もとない。

上島の写真をスマホで撮影し、確認のため能任にメールで送った。昨日、彼らが会ったのは、別人だったとも書き添えておく。上島が、シンガポールの外に連れ出されるおそれもある。シンガポール警察に連絡して、警戒させなければならない。行方がわからなくなってから、一日が経過している。

――手遅れかもしれない。

胃のあたりから、苦い汁が上がってくるような気がした。

他に、犯人を追う手掛かりが残されていないか、調べた。スーツケースは硬化プラスチック製で、隠しポケットもない。洒落《しゃれ》た木のデスクの引き出しや、クローゼットの中、浴室の小物入れなども全て確認した。これ以上、何もなさそうだ。

上島のプレゼン資料は、持ち出すところを人に見られたくないので、柄シャツの胸から腹に押し込んだ。シャツが大きめなので、目立たない。部屋を出て、志文の前をそ知らぬ顔で通り、エレベーターに乗る。彼も別のエレベーターで追ってくる手はずだ。

東洋イマジカの河東と約束した時刻が近づいている。ロビーで志文と落ち合った。

驚いたことに、いつの間にか志文には連れがいた。ヒジャブという大きなスカーフで髪を隠しているので、ひと目でマレー系だとわかる女性だ。この国の女性は、服装で出自がほぼわかる。インド系は華やかなパンジャビ・ドレスに金のアクセサリーをつけ、マレー系はイスラム教徒らしくスカーフで髪を隠しているし、手と顔以外は露出しない。中国系は、東京でも見かけるような多種多様の服装をしている。

「友達のサラです。米国系の金融機関で働いているんです」

志文が紹介すると、はにかんだように彼女が微笑み、おじぎをした。どうやら志文はわざわざ彼女を呼び出したらしい。内心で困惑したが、安濃も穏やかに笑いかけた。

「初めまして。志文をよろしくお願いします」

まるで妻のような言い方をする。志文もそれを聞き、まんざらではない顔をしている。

――なるほど、彼女が問題の女性なのか。

志文の意中のひとで、家を出て一緒に暮らそうとしているという――。

美人というより、目に力のある女性だった。意志の力を感じるし、強い好奇心で瞳《ひとみ》がきらきらと輝いている。こんな際でなければ、好感を抱いただろう。生命力に溢《あふ》れた若い女性だ。

志文が、なぜ彼女を連れてきたのかわかった。第三者の安濃に彼女を見せて、万が一の時には父親や祖父に対して口添えを頼もうという魂胆ではないか。その父親たちから、安濃が既に志文を説得してほしいと頼まれていることは知らないだろう。難しい頼みであることは、彼女を見てすぐに理解した。

「ありがとう。ですが、志文君は家に戻ってください。これ以上、ここに残る意味はなさそうです」

「いいんですか？　ウエシマが戻ってこないか、見張ってもいいですよ」

自分の読みが当たっていれば、その必要はなさそうだ。

「後で何かお願いするかもしれません。連絡が取れるように、しておいてもらえませんか」

「いいですよ。こういうのも楽しいし」

志文は、若者らしい熱意をこめて頷いた。彼らとはノボテルで別れることにした。別れ際に振り向くと、サラが志文の腕に自分の腕を巻きつけ、にこにこしながら手を振っていた。なんとも、ほほ笑ましい光景だった。

東洋イマジカの支社は、シティホール周辺の金融街にある。ノボテルから歩いて行ける距離だ。金融街の川の対岸には、シンガポールを〈発見〉したラッフルズ卿《きょう》の純白の像が建ち、そこが彼の上陸地点であることを教えている。金融街の超近代的な高層ビルの林立を背景に建つ、腕組みした白亜の像は、西洋と東洋の文化がみごとに溶け合った、シンガポールの現在を伝えている。

約束の場所に急ぎながら、シンガポールの街並みが絵に描いたように美しい理由が理解できた。

——看板がない。

東京や大阪、その他日本の都会では必ず目にする、過剰な広告や自己アピールがない。シンガポールの目抜き通りでは、看板や電飾、窓を使った広告などは厳しく規制され、街の景観を守っている。都市計画の最初から、電線はすべて地中に埋められた。街のどこを見ても絵になる。

それでも、安濃はたとえば新宿《しんじゅく》・歌舞伎町《かぶきちょう》の雑多な街並みが懐かしかった。自己主張の強い、下品と紙一重の彩り豊かな電飾や、騒々しい動画広告が恋しかった。人間の息づかいを感じさせる街。自由で、なまなましい〈生〉を謳歌《おうか》する街だ。

シンガポールはこよなく清潔で、統制のとれた都市だ。マレーシアから独立した一九六五年以来、初代首相リー・クアンユーのもとで三十一年間、徹底した管理社会を構築した。政府に対する不満を公言することすら、刑事罰の対象となるのだ。リー・クアンユーの息子で、現在の三代目首相リー・シェンロンは、国民の不満をしずめるため管理社会を緩めようとして、逆に不満が噴出するきっかけを作ってしまったとも言われる。

すっきりと整った街の風景を眺めて、こんなふうに生活のすみずみまで管理下におく社会もあるのだとあらためて感じた。どちらを受け入れるのも、国民の好き好きだ。

河東が指定したカフェは、ペットボトルに入った原色の飲み物と、ベーグルを売る店だった。店内にいくつかテーブル席がある。セルフサービスだ。

能任に頼んで、河東のパスポート写真を手に入れてもらった。上島の時の失敗が教訓になったのか、能任も写真を入手する方法を確立したようだ。

写真の男がいた。白い半袖シャツにグレーのスラックス。えらの張った四角い顔立ちで、柔道かレスリングでもやっていたのか肩から胸にかけて厚みがある。ちょっと海外に出かけて新規市場でも開拓してみようかという、ガッツが透ける面構えだ。

「河東さんですか」

彼の前には真っ赤な液体の入ったペットボトルと、カラフルな粒チョコレートをまぶしたベーグルがあった。挨拶《あいさつ》しようと尻《しり》を浮かしかけた彼を、安濃は止めた。

「何か買ってきます」

なるべくシンプルなベーグルと水のペットボトルを買って、席に戻る。

「河東です」

河東は名乗っただけで、名刺を渡そうとしなかった。そわそわとして、他人の目を気にしているようだ。アスリートのような体格だけに、よけいに目立つ。

「この店は、うちの会社の人間が来ないので」

同僚に見られたくないと、婉曲《えんきょく》に伝えている。あまり時間を取らせることはできないようだ。

「上島さんが、昨日から姿を消しています」

単刀直入に切り込むと、息をするのを忘れたように、呆然《ぼうぜん》とこちらを見返した。

「姿を消した――」

「我々は、能任から上島さんを保護するよう命令されたのですが、間に合わなかった。彼が自分で姿を消すような、心当たりはありますか」

「いえ、ありません。上島が、どうして」

「自分から逃げたのでなければ、誘拐されたのかもしれない。インドで何が起きたのか、教えてほしいんです」

河東の前に置かれたベーグルは手つかずで残っている。食欲がなさそうだが、誘拐と聞いて吐きそうな顔になった。

「一昨日、シンガポールに戻ってから、尾行されているような気がするとは言っていましたが――」

「インドに持っていったのは何ですか」

青ざめた顔でこちらを見つめる。

「――聞いてないんですか」

「私たちは、昨日急に、上島さんを保護するよう指示を受けたんです。詳しいことは何も聞いていません」

「私と上島は、インドの顧客に新製品のプレゼンをする予定でした。三日前、ふたりでデリーに行ったんです。空港に着いたとたん、トイレに行った彼が、鞄《かばん》をひったくられたと」

河東がぽつぽつと話し始める。こちらの表情を窺《うかが》い、反応を探りながら言葉を慎重に選んでいるようだ。何がそこまで彼の口を重くさせているのか、見当がつかない。

「製品とは、具体的にどんなものですか」

「FFS――フル・フライト・シミュレーターです。航空機の操縦を、模擬的に体験できる装置ですよ」

製品の話になると、口が滑らかになる。安濃は、懐に押し込んだままの、上島の資料を思い起こした。見たことのない装置の写真があり、それが何かわからなかったのだ。

河東の説明によれば、上島はFFSの営業のためシンガポールに派遣されてきた。シンガポール支社はインドを含むアジア一帯を管轄しており、インドの企業から引き合いがあったため、本社の技術営業スタッフを呼んだのだった。FFSとは、航空会社が新人パイロットを育成したり、新しい機種に対応させたりするために利用する、模擬操縦装置だ。本物のFFSは航空機のコックピットと同じサイズで、操縦桿《かん》や計器類、各種スイッチなどもそっくりに作ってある。コックピットの窓にあたる部分はディスプレイ装置になっていて、窓の外の風景が映し出される仕組みだ。ボーイングやエアバスなどの各種航空機に対応している。

「ただし、FFS本体は重さが数トンありますし、簡単には持ち運ぶことができませんから、彼がパソコンに入れていたのはプレゼン用の簡易版のソフトなんです。簡易版とは言っても、操縦桿はゲーム用に開発されたものを外付けで使えますし、スイッチや計器も充分それらしく使えるんですが」

「では、インドで強奪されたというのは――」

「そのパソコンです。ですから、プレゼンをキャンセルして、翌朝すぐシンガポールに引き返しました」

犯人が、パソコン欲しさに強奪したという線は、上島本人が姿を消したことで、除外しても良さそうだ。

「上島さんが姿を消す理由に、心当たりはありませんか。あるいは、誘拐される原因になるようなことは――」

河東の目が泳いだ。彼の心の揺れが手に取るようにわかった。

「私にも――わかりません。ただ、上島は、シンガポールで尾行に気づいた時に、ハードとソフトの両方に掛けたセキュリティロックのせいじゃないかと怯《おび》えていました」

「パソコンがロックされていたんですか」

「パソコンには彼の指紋が登録してあって、正しく認証が行われなければ起動しません。ソフトの起動にも、パスワードが必要です」

パソコンを強奪した犯人が、起動の方法がわからず上島を誘拐したのだろうか。

「上島は――どうなるんでしょうか」

土気色になった顔で、河東が尋ねた。同僚が誘拐されたと聞いて衝撃を受けている男に、軽々しい慰めを口にする気にはなれない。

「空港に着いてすぐ、鞄をひったくられたと言いましたね」

「そうです」

「犯人は、あなたがたが乗る便を知っていたんじゃないですか」

河東はいま初めてその可能性に気がついたかのように、呆然としている。

「そんな――まさか」

「あなたが、犯人に情報を漏らしたんじゃないですか」

「どうしてそんな！　冗談じゃない。なぜ私がそんな真似をするんですか。上島とは東京本社時代から仲が良かったんです。入社も二年違いで」

「わざと漏らしたとは言いません。上島さんとあなた以外の人間が、インド行きの航空チケット予約の内容を知る機会はありませんでしたか。他に誰が知っていたんですか」

しばらく返事はなかった。

「何か思い当たることはないですか。上島さんの命にもかかわることですよ」

河東の指がぴくりと震える。

「――シンガポール支社と呼んでいますが、社員は日本人五名とシンガポール人三名の、あわせて八名です。後は、事務のアルバイトがふたりいます」

安濃は河東を励ますように頷いた。河東が舌で唇を舐《な》める。

「出張の航空券やホテルの手配は、アルバイトスタッフに頼みます。インド行きもそうでした」

「ふたりいるうちの、どちらですか」

「ノーラですね。アルバイトの子たちは、交替で勤務してるんです。その日はもうひとりの、エリーが休みで」

「ノーラ以外に、予約の内容を知ることができたのは？」

「私は一応、支社の決裁権限を持っているので、出張申請も私の権限で承認しましたから、上司も細かいことは知りません。ノーラと、航空会社の窓口ぐらいしか知らないんじゃないですか」

「ノーラというスタッフの連絡先を教えてもらえますか。できれば携帯の電話番号や、自宅の住所も」

河東はぶつぶつ言いながらノートパソコンを鞄から引っ張り出し、起動させた。

「社員を雇う時には、しっかりと身元を確認するんでしょうね」

「そりゃまあ。卒業証明書や、学校の成績を証明できるものを出してもらいますね」

「アルバイトスタッフはどうですか」

「アルバイトは、学生であることも多いし、そこまではなかなか。履歴書ぐらいは出し

てもらいますが、それほど厳格ではないです。頼むのは雑用ですから権限も与えません
し、機密情報に触れることもできませんからね」

――しかし、社員の出張情報を手に入れることはできるのだ。

ノーラというスタッフの個人情報を、アドレス帳ソフトから紙に書き写した。

「まさか、社内にスパイがいるなんて――」

河東がため息をつく。

「でも、薄々は疑っておられたんじゃないですか」

安濃が尋ねると、困ったような顔になった。

「上島は、大丈夫でしょうか」

河東の真摯《しんし》な表情を見て、ほんの少し残っていた彼への疑いも、解いていいと感じた。

「思い当たることがあれば、何でも教えてください。それが上島さんを助けるかもしれません」

河東はかすかに頷いたが、それ以上は知らないと強く言った。真っ赤なドリンクの入ったペットボトルをほとんど飲み残し、紙に包んだベーグルを鞄に突っ込んだ。別れ際に、直接連絡が取れるよう、携帯電話の番号だけ教えてもらった。

――河東はまだ、何か隠している。

隠すというより、初対面の相手には積極的に明かす気になれなかったのかもしれない。無理に口を割らせようとしても、ますます気持ちを閉ざしてしまうだけだろう。

ともかく、ひとつ確かなことがある。捜さなければならない相手は、泊里と上島のふたりになった。上島は、自分たちの判断ミスのせいで、誘拐されたのだ。

スマートフォンが震えている。知らない番号からの着信に、警戒信号が灯《とも》った。

「――はい」

『そちらは安濃将文さんでしょうか。経済産業省、安全保障貿易検査官室の高木《たかぎ》と申します。能任さんからお話を伺いまして』

きびきびとした口調の、若い女性の声が聞こえてきた。経済産業省と聞いて、はっとする。安全保障貿易検査官といえば、外為法に絡んでの不正な輸出を取り締まる部門だ。

『単刀直入にお尋ねしますが、東洋イマジカの上島芳郎さんが姿を消したというのは本当ですか』

「――そのようです」

彼女を信じていいかどうかわからないので、慎重に応じる。高木は電話の向こうでひとしきり悪態をついた。送話口を押さえているようだが、丸聞こえだ。机か何かを蹴飛《けと》ばす音もした。若い女性がそんな言葉で罵《ののし》るのを、安濃は初めて聞いた。しばらくして、彼女は澄ました声で電話に戻ってきた。

『実は私も今、シンガポールに来ているんです。どこかでお会いしてお話しできませんか』

場所を決めかねたが、金融街にいると言うと、ちょうど昼時なのでクラーク・キーで昼食を摂《と》ろうと誘われた。はきはきしたもの言いと、ぐいぐい会話を引っ張るたくましさが、遠野真樹《とおのまき》を思い出させる。

『上島さんは、会社の不正輸出を内部告発しようとしていたんです。姿を消しただなんて、何が起きたのか心配です』

通話を切る間際に、高木がさらりと告げた。それでようやく、上島を取り巻く環境と、河東が隠す事情が薄々理解できたと思った。知らないうちに、予想以上に込み入った案件を引き受けてしまったようだ。

4

目の前で、きついアイラインを引いた安全保障貿易検査官の高木摩子《まこ》が、真っ赤な口でチリクラブに齧《かじ》りついている。

「正直、仕事中に食べるものなんて何でもいいんですけど、せっかく出張で海外に来たんだから、少しでも話のネタを仕込んで帰りたいじゃないですか？」

高木はそう宣言すると、安濃の腰が引けるような価格のメニューを次々に頼んだ。シンガポール随一のナイトスポット、クラーク・キーでも有名な中華料理店、ジャンボだ。安濃は知らなかったが、ランチタイムでも予約なしでは入れないほどの人気店らしい。高木がしっかり予約を入れていた。

彼女が真っ先に頼んだチリクラブは、姿のまま茹《ゆ》でたカニに、甘辛いチリソースをからめて食べるもので、殻を剝《む》くのが下手な安濃は、さっそく食べあぐねている。

「きれいに剝かなくていいんですよ。殻が薄くて柔らかいので、口の中で嚙んで身を吸って、殻を吐き出せばいいんです」

シンガポールに来たのは初めてだというわりに、高木が知ったようなことを言う。隣のカップルを見ろと言いたげに、彼女が左肩をくいと動かした。確かに、男のほうがそうしていた。高木は観察眼が鋭い。

安濃は困惑しながら、チリソースにまみれたカニの足をつまみ上げた。味はいいが、指がソースでべたべただ。

彼女をどこまで信用していいのか、問題だった。彼女が本人の申告通りの人物であることは、能任に写真を送ってもらい、確認した。パスポートと運転免許証も見せてもらった。

「能任さんから、安濃さんには腹を割って話せと言われたので、包み隠さずお話ししますが──」

高木が、赤く汚れた指先をぺろりと舐めた。声だけ聞いた時には三十歳くらいの女性かとあたりをつけたが、会ってみると五十歳前後の貫禄《かんろく》だ。声が若い。短く刈った白髪は染めず自然のままで、化粧は濃い目だが、あまり女性らしい印象はない。小柄だがよく人に嚙みつくスピッツみたいな獰猛《どうもう》さを持ち合わせていて、四角く頑丈そうな顎で、チリクラブの殻をがしがしと噛み砕いていく。食べ方も豪快なら、言葉遣いも男のようだった。

「上島さんは、内部告発を検討していたんです」

「勤務先を告発するということですか」

思わず手が止まる。

「そうです」

高木が簡潔に答えた。

「上島さんたちが、インドのゲーム会社に航空機のフル《F》・フライト《F》・シミュレーター《S》を売り込みに行ったことはご存じですよね」

「河東さんから聞きました」

「ＦＦＳって、航空機の操縦方法をシミュレートするための機械で、航空機の操作もですけど、各国の空港の詳しい情報も必要なんですって。東洋イマジカは当初シミュレーションゲームの開発から始めたんですが、リアルで迫力のある映像や、操作の迫真性に感心した航空機メーカーとタイアップして、ＦＦＳを製造することになったそうです」

「東洋イマジカのゲームの精密さは、私もよく耳にしています」

「安濃さんは、航空自衛隊の方でしたね」

高木がにっと唇を横に引いた。獰猛な、という形容詞をつけたくなる女性だ。彼女の目には、自分が「若い男の子」として映っているのではないかと邪推して、居心地が悪くなる。

「上島さんの話では、あの会社のFFSは、軍事目的に転用できちゃうんだそうです。内部のデータを入れ替えれば、戦闘機の訓練用にもなりますし。ソフトウェアの一部を、無人機の制御にも応用できるそうです」

「しかし——それには、相当の開発が必要になるんじゃありませんか」

「もちろん、その通りですが」

高木は皿からひと口サイズの俵形の揚げパンを取り、チリクラブのソースをすくった。口に入れたとたん、とろけるような笑顔を見せて目を細めたところを見ると、気に入ったらしい。安濃は逆に、彼女の旺盛《おうせい》な食べっぷりを見ているだけで食欲をなくした。

「失礼ですが安濃さん。安全保障貿易管理について、どの程度ご存じですか」

「それなりに——世間一般の常識程度にでしょうか」

「それじゃ、失礼かもしれないけど、基本的なことも含めて簡単に説明させていただきますね。安全保障貿易管理とは、ご存じの通り、今は外為法——正式には『外国為替及び外国貿易法』に基づく考え方です。冷戦期にはいわゆるCOCOM《ココム》、対共産圏輸出統制委員会によって、共産主義諸国への武器輸出などを規制していましたが、ソ連崩壊とともにその存在意義も薄れまして、ココムは一九九四年に解散しました。その後は、ワッセナー・アレンジメント、通称新ココムと呼ばれる強制力のない紳士協定を結び、現在四十一か国が参加しています。日本も参加してまして、これに基づきいわゆる外為法で対外取引の管理と調整を行っているわけです」

　安濃は頷いた。時おり、外為法違反でニュースになる企業がある。外為法違反で海外に輸出された技術は、軍事力や外交問題にも直結する。古い話だが、一九八七年の東芝機械ココム違反事件など良い例だ。自衛官にも無関係な話題ではない。

「当たり前ですが、安全保障貿易管理の目的は、国際的な平和と安全を維持することです。ぶっちゃけ、武器や兵器、あるいはそれを作る工作機械、原材料などが、大量破壊兵器の開発者やテロリストなどの手に渡らないようにすること。ま、このあたりのお話は、自衛隊の方には釈迦《しゃか》に説法ですよね」

　高木はチリソースで赤く染まった唇を拭《ぬぐ》い、攻撃対象をチャーハンに切り替えた。よく喋《しゃべ》るし、よく食べる人だなと半分呆《あき》れながら、安濃自身の手はほとんど止まっている。そう言えば、遠野真樹も女性にしてはよく食べるほうだった。

「外為法に基づき、輸出規制に該当する案件は、事前に経済産業大臣の許可が必要となります。この輸出規制には、リスト規制とキャッチオール規制という二種類がありましてね。リスト規制というのは、兵器そのものとか、兵器の一部になりそうな高い性能を持つ製品とか、兵器の開発に使える高い性能を持つ製品とか、そういった直接的に兵器に関係するものの輸出規制です。これは、詳しい技術的仕様も含めてリストアップされています。もうひとつのキャッチオール規制というのは、用途要件と需要者要件と言ってですね、それ自体は兵器とは無関係でも、兵器を作るために利用される可能性があったり、買い手が大量破壊兵器の開発をやっていたりする場合の規制です。そして、リスト規制、キャッチオール規制ともに、製品だけではなく、技術そのものの輸出も規制の対象になるんです。お話、ついてきてくれてます？」

「ええ、大丈夫」

「ただ、これはあくまでも『輸出許可が必要』ということであって、申請すればいろいろ条件がついたりしますけど、輸出できるケースもあるわけです。ところが、兵器ではないから大丈夫だろうとか、輸出担当者の無知、無理解によって安易に輸出を行って、外為法違反で世間を騒がせる事案が後を絶ちません。東洋イマジカのＦＦＳの場合はですね、非常に高度な技術が使われておりまして、リスト規制にもひっかかるんですが、実はインド側の本当の取引先団体というのが、キャッチオール規制の需要者要件にもひっかかる先だったんです。つまり、インドは親日国ですけども、核保有国ですから」

「大量破壊兵器――核兵器の開発に転用されたり、開発に利用されたりするおそれがある取引先だった、ということですね」

そうです、と頷いた高木は、チリクラブとチャーハンをぺろりとたいらげ、満足げに椅子の背にもたれた。彼女が、ゆったりしたジャケットとシャツを着ている理由がよくわかった。目を細めてナプキンで唇を拭《ふ》いている彼女は、満腹した猫――いや、虎のようだ。

「ちなみに、需要者要件に引っかかる相手というのは、経済産業省が外国ユーザーリストという一覧表を公表してます。アフガニスタン、イラン、北朝鮮、シリア、パキスタン、イスラエルといった紛争地帯などの企業や団体の名前がずらりと並んでいるんです。その他にも、意外に思われるかもしれませんが、中国、香港、台湾、アラブ首長国連邦、それにインドといった国の、一部の企業や団体名も載っているんですよ」

指折り数える高木は、喋り慣れているのか立て板に水で国名を並べていく。口を挟む隙すらなく、安濃はただ頷いて聞いた。

「上島さんが懸念していたのは、会社の上層部が、許可申請せずに輸出するつもりらしいということでした。実際、FFSのシステムを、フライトシミュレーションゲームですと言われたら、簡単には見分けがつきませんし。おまけに、需要者要件をくぐり抜けるため、表向きはインドのゲーム会社に販売するという、二重、三重に悪辣《あくらつ》な手段を使おうとしていたらしいんです。日本でプレゼンの準備をしていた時には気づかなかったけど、シンガポールに来て、取引相手と電話で話したりするようになって、上島さんもやっと気づいたそうで。ああいった製品ですから、ひとつ輸出すると利益が莫大《ばくだい》なんですよね」

「しかし、いくら大きな利益が出るとはいっても、表ざたになれば罰則があるでしょうし、社会的な制裁もありますよね。何よりも、企業イメージに与えるダメージが大きい。東洋イマジカほどの名声を確立した企業が、どうしてそんな馬鹿なことを」

「いま危ないんですよ、経営が」

さらりと告げてお茶を飲む。あまりの人気店なので時間制限があり、高木が急いで食事をかき込んだのもそのせいらしい。

「もともとゲーム会社でしょう。近年は、携帯やスマートフォンのモバイルゲームに押されて、売り上げが激減してるんです。起死回生の奇策として、本来は輸出すべきでない製品を輸出しようとした。上島さんはそれに反対だったんです。ゲームという夢を売る会社が、兵器開発に利用できるものを売るなんて許されないってね」

「それで内部告発を？」

高木が頷き、伝票を取ると、もう食事が良ければ続きは歩きながら話そうと言った。話が上島の個人的な事情に差しかかったので、他人に聞こえない場所でという気遣いらしい。勘定を半分持つと申し出たが、彼女はほとんど自分ひとりで食べたからと、磊落《らいらく》に笑って受け取らなかった。

「上島さんはインドにサンプルを持ち込み、プレゼンをする予定でしたが、実はサンプルと言いつつほぼ完成版に近いソフトで、そのままインドに置いてくるはずでした。かなり状況が切迫していたので、私も三日前にこちらに来て、詳しい事情を聞く予定だったんです。でもすれ違いで、上島さんはインドに発《た》った直後でした」

クラーク・キーの運河沿いを、iＰｏｄのイヤフォンを耳に入れた女性が、タンクトップ姿でジョギングしている。

安濃と高木は、店を出て観光客のようにぶらぶらと歩いた。

「三日前、インドで上島さんは、鞄ごとサンプルを強奪されたわけですね」

「そうです。シンガポールに戻ってきた後、ずっと尾行されていると助けを求めてきました。すごく怯えていて――キナくさいと思いましてね。内部告発しようとしていた人ですからね。まさか東洋イマジカのような一流企業が、社員の口を封じようとするとは思えませんが――。私も心配になって国内に連絡を取り、上島さんを保護してくれる人を探したんです。最終的に、能任さんに行き着きました」

――それでは、自分はこの人の努力と期待を裏切ってしまったのか。

能任がメールで送ってきた音声データは、上島と誰かの会話だった。内容から考えて、高木との電話だった可能性もある。上島の相手の声は男性のように聞こえたが、音声を変えていたのかもしれない。

「上島さんと一緒にインドに行った、河東という男性については、何かご存じですか」

「詳しいことは知りませんが、上島さんは彼を信用して、内部告発を考えていることも打ち明けていたようです。河東さんも上島さん同様に、今の経営陣に不信感を持っていたんじゃないでしょうか。――さっき安濃さんも言われましたが、当座の利益のためにブランドイメージに傷をつけるなんて、長い目で見れば本当に馬鹿げていますから」

高木がストレートにため息をつく。安濃はだんだん、この女性が気に入り始めた。いわゆる役人のイメージから、かけ離れている。彼女がこちらを見て、にやりと笑った。

「私の話は以上です。次はそちらの番ですよ。いったい、上島さんの身に何が起きたんですか」

——どこまで手の内を明かすべきだろうか。

「高木さんは、能任さんとはどのようなお知り合いなんですか」

安濃の問いに、彼女は肩をすくめた。

「私はしがない公務員ですから。こういう件で助けてくれる人を知らないかと同僚や知人に尋ねて、議員を紹介されたり、別の省の人に紹介されたりしながら、多くの人を介して能任さんに行き着きましたが、彼と話したのはこの件が初めてです」

会ったこともないのに、能任は高木にこちらの連絡先を教えた。その事実だけでも高木の信用の高さが窺える。しかし、自分の立場では、簡単に喋るわけにはいかない。

「高木さんのお話を伺って、私もやっと、事情がわかりました。しかし、申し訳ないですが、実は私にもまだわからないことばかりなんです」

ホテルに行ったが、上島を名乗った男性がトイレに行くと断って姿を消したことと、それが上島本人ではなかったらしいことを話すと、高木の眉も曇った。

「上島さんとは電話で話しただけで、直接会えなかったんです。もし私が会っていたら、すぐ写真を能任さんに送ったんですけど。つまり、彼はホテルから誘拐されたんですね」

「現時点では、そう考えたほうが良さそうです」

「じゃ、シンガポール警察に届けなきゃ」

「高木さん。警察にこれまでの事情を説明してもらえませんか」

「どうかな。上島さんは喜ばないかもしれないけど。会社に内緒で、内部告発を検討していたんですからね」

「彼の命には代えられません。警察力を使って、早く救出の手配をしたほうがいいです。――ただ、能任さんや私の名前は出さないでいただけますか。あくまでも、内部告発を検討していた社員が消えたということで」

安濃の言葉に、高木が唇を嚙んだ。安全保障貿易管理というふだんの仕事がどのようなものか安濃は詳しくないが、誘拐や殺人に日常的に関わるような職場ではないだろう。

彼女がちらりと目を光らせた。

「昨日、このあたりで観光客らしい男性がひとり、撃たれて川に落ちたのでしたね。ノボテル・クラーク・キーホテルの近くとニュースで聞いて、心配していたんですけど」

視線がこちらを探っている。安濃は小さく頷き、微笑んだ。

「たいへんな事件です。私も心配しています」

嘘が苦手な人間は、嘘を吐かないのが一番だ。彼女はもの問いたげだったが、口にするのはやめたらしい。

「とにかく、知っていることは全てお話ししました。上島さんの無事を祈るばかりです」

安濃は彼女が差し出す手を握った。

「高木さんは、しばらくシンガポールにおられますか」

「ええ、事件の状況が落ち着くまではね。警察に上島さんの件を話してきます。それに、東洋イマジカがFFSの販売をどうするのか、監視しないと」

「新しい動きがあれば教えてください。それから、大丈夫だとは思いますが、何が起きるかわかりませんから、身辺には充分に注意してください。もし不安なことがあれば、日本大使館の保護を求めたほうがいいです」

ぶるっと身体を震わせてみせ、明るく豪快に笑い飛ばした高木とは、クラーク・キーで別れた。

現時点で判明したことを、能任に報告せねばならない。じっくりメールを書いたり、日本語で電話したりしていても怪しまれない場所を探して、歩きだす。

シンガポール川を渡れば、腕組みして立つラッフルズ卿の白亜の像は目と鼻の先だ。その近くに、アジア文明博物館の白と淡いカスタード色の洒落た建物があり、のんびりスマホをいじっていてもおかしくない広場があった。ここなら、誰かが近づいてくればすぐわかる。広場のベンチに腰を下ろした。

高木と東洋イマジカの河東から聞いた話を簡潔にまとめ、断定はできないが、上島は自分から姿を消したのではなく、誘拐された可能性が高いので警察の協力が必要だと書いて送信する。ノーラというアルバイト女性が、インドでの上島らの予定を漏らした可能性があることも書き送った。折り返し、能任から電話があった。

『お疲れ様です。上島さんは、誘拐されたんですか』

「――その可能性が高いです」

目の前を、金髪に小麦色の肌の女性が三人、談笑しながら通りすぎていく。シンガポールは、世界中から人が集まる観光大国でもある。欧州から来たと思われるグループと、アジア系のグループが通りを行きかう。こちらに注意を払う人間はいない。みんな、洗練された南国の都市を楽しんでいる。

「インドでパソコンを盗んだ犯人は、上島さん本人でなければ起動できないことに気づいたはずです。だからこの国まで追いかけて来て、彼を誘拐したのでしょう」

『パスワードを聞き出すでもなく、いきなり誘拐ですか』

「指紋認証も設定していたそうですから。他にも認証機能を仕掛けている可能性もあります。本人を連れていくのが一番手っ取り早い」

『誘拐でない可能性は？』

「その場合は、彼が犯人の仲間だったか、身の危険を感じて自ら姿を消したことになりますが、犯人の仲間ならインドで行方をくらますほうが早い。身の危険を感じて逃げたのなら、高木さんを通じて保護を求めたのが無駄になります。矛盾します」

電話の向こうで、能任も考えを整理しているようだ。

「高木さんがシンガポール警察に、邦人の誘拐事件について訴えます。警察庁から、応援を呼べませんか」

『さっそく手配しましょう。その、アルバイト女性の件も伝えます』

「田丸に接触していた工作員は、もうシンガポールを出たでしょうか」

『その件に関する情報はありません』

安濃も全てを教えられているわけではないが、能任のもとには外務省、警察庁、インターポール、防衛省などさまざまな官庁や組織が抱える情報が集まるはずだ。

こちらの手元にあるのは、田丸から聞き出した程という工作員の名前だけだった。尾行して身元を割り出したかったが、田丸を危険にさらすことを恐れて中止したのだ。もっと多くの要員をこの仕事に割くことができていれば、あるいは田丸も救えたかもしれない。そう考えると、腹の底に冷たいしこりが生まれる。

「シャルルロワの摘発で、テロ計画が判明したとのことでしたが」

『ムジャヒディン解放運動が、無人機を利用したテロを計画しているという情報が入ったのです』

ムジャヒディン解放運動は、タリバーンやアルカイーダとの関連をささやかれつつ、いまだその全貌《ぜんぼう》が明らかになっていない、国際的なイスラム過激派の組織のひとつだ。二年前に、オーストラリアで爆弾テロを起こして、捜査機関に名前が知られるようになり、米国などからテロ組織として認定された。

「しかし、摘発されて無人機は手に入らなかったのでしょう」

『シャルルロワではね。今どき無人機などどこでも買えますよ。彼らは別のルートで、無人機や武器を手に入れようとするでしょう。ほぼ同時期に、田丸さんや上島さんの情報が盗まれたのが気になります。無関係でないなら、彼らはなぜそれほど高度な機能を持つ無人機を必要としているのか』

田丸の三次元空間分析ソフトも、上島のフライトシミュレーションソフトも、どちらも無人機テクノロジーとの関連は深い。しかし、明確な関連の痕跡《こんせき》があるわけでもない。

安濃は迷いながら申し出た。

「正直、この件で、これ以上私にできることはあまりないでしょう。能任さん、私に泊里を捜させてください」

これ以上放ってはおけない。

『気持ちはわかりますが』

能任も暗い声になった。

『こちらも、シンガポールの情勢を注視しています。警察庁を通じてシンガポール警察と連絡を取り、撃たれた観光客についての情報が入れば、すぐ伝わるようにもしています。そちらは警察に任せてください』

安濃は唇を噛んだ。自分ひとりで何ができるというのか。充分な人的資源も資金もない。能任があたう限りの政治力を発揮して、新設の部門を守っている事情は理解しているが、こちらの現状も悲惨だった。

『そちらの協力者は、泊里さんについて何か言っていますか』

協力者とは、李陽中のことだ。

「任せてほしいと言われました。言ったのは彼の父上のほうですが」

『とにかく、このまま調査を続行してください。何かわかれば連絡します』

遮るように言い、通話は切れた。

安濃は天を仰いだ。真っ青な南国の空がまぶしい。周囲から聞こえる会話は、英語や中国語、知らない外国語ばかりだ。シンガポール川の対岸には、先ほどまでいたクラーク・キーのレストラン街が見え、その向こうにはまっすぐ天を目指す純白の高層ビルが、いくつもそびえている。輝かしい熱帯の都市だ。

日本を遠く離れて、自分はまたひとりだ。

――いつも、ひとりだな。

加賀山《かがやま》を救出しようと奮闘した時も、釜山で監禁された時も、常に自分はひとりぼっちだった。泊里や遠野真樹が裏で駆けずり回ってくれていたのだが、渦中にいた自分にはわからなかった。何度も、初めて会う人々に助けられ、慰められ、生き延びたものの、なぜか自分はひとりになる運命のようだ。

安濃は小さく笑った。

――柄にもない。

めったに出ない海外で、ホームシックになったのだろうか。

それより、今後の方針をすぐにでも立てねばならなかった。能任には、これ以上自分にできることはないと申告したが、わずかながら手掛かりは残されている。ひとつは、ノボテル・クラーク・キーホテルで上島を騙《かた》った男だ。自分の脳裏にはあの男の顔が焼きついている。もう一度会えば、見分けがつく。

もうひとつは、田丸と会っていた工作員、程だった。カジノで田丸と一緒にいるところを見たことがあるので顔は知っているが、今どこにいるのかはわからない。

ベンチから立ち上がる時、なんとなく妙な心地がして周囲を見回した。自分の全身を舐めまわすような、執拗《しつよう》な視線を感じた。

ラッフルズ卿上陸地点のほうから、写真を手にして近づいてくるふたりの制服警官がいた。写真と安濃を見比べている。嫌な予感がしたが、なにげない様子を装ってズボンのちりを払い、歩きだす。

「――失礼ですが、サー」

英語で声をかけられ、振り返った。濃紺の半袖シャツにズボンの制服と、野球帽のような制帽をかぶった、中国系とマレー系の警官だった。

5

警官たちは唇に淡い笑みを浮かべているが、視線は油断がない。

「私ですか」

「パスポートを拝見してもよろしいですか」

マリーナ・ベイ・サンズホテルの防犯カメラに、自分たちが映っていたのだとピンときた。田丸が殺されたと聞いて、ホテルから脱出した。それで怪しまれたのかもしれない。フロントは日本人のふたり組だと言ったはずだ。写真を持って、警官が繁華街や観光地を巡回しているのか。

「――ホテルに置いてきました。ちょっと散歩に出てきたので」

腰に手をやり、ポーチを置いてきたことに気づいた、という風情で肩をすくめる。

「名前と国籍は？　ホテルはどちらですか」

「山田《やまだ》一郎《いちろう》、日本人です」

李の名前は出せない。近くのホテルを思い浮かべたが、ノボテルはだめだ。警官が田丸の件で自分を呼びとめたのなら、わざわざもうひとつの事件と結びつけてやる必要はない。

「ホテルはラッフルズです」

とっさに、有名なカクテル、シンガポール・スリングの発祥の地でもある老舗《しにせ》ホテルの名前を挙げる。

「シンガポールには観光ですか？」

ラッフルズと聞くと、マレー系の警官が電話をかけ始めた。ホテルに確認しているのだろう。次の手を考えながら、笑顔で頷く。

「ええ、観光です」

「おひとりですか？　お連れの方は？」

「ひとりですよ」

「これ、あなたですよね」

突きつけられた写真は、解像度が低いせいでざらついた印象だった。かろうじて泊里と自分の顔が判別できる程度だ。やはり、マリーナ・ベイ・サンズで撮影されたものだった。落ち着いて眉をひそめる。

「――これが、私ですか？　さあ、私には別の人のように見えますが」

「よく見て、真面目に答えてください。殺人事件の捜査中なんです」

周囲を通りすぎていく観光客らが、警官に質問されている外国人を、興味深そうに見ていく。

ホテルに電話していたマレー系の警官が、険しい声で中国系の警官を呼んだ。

――ホテルの嘘がバレたな。

逃げ場を探して視線を泳がせる。

その時、すぐそばにある橋の方角で、甲高い悲鳴が上がった。女性の声で、助けを求めているようだ。

警官ふたりは、すぐさま役割分担を決めたのか、マレー系の警官が無線で応援を呼びながら駆けだした。中国系の警官は、こちらに軽く帽子のつばを傾け、近づいてきた。

「ホテルまで一緒に行きましょう。パスポートを見せてください」

警官が指差した先には、パトカーがあった。あれに乗れということらしい。

――冗談じゃない。

どうやって逃げ出すか、考えをめぐらせたが妙案がない。もうひとりの警官が、すぐ戻ってくるかもしれない。

「――すまない、ラッフルズと言ったのは嘘なんだ」

警官が顔をしかめた。

「その、実はホテルの名前を忘れてしまって。クラーク・キーまで遊びにきたのはいいんだけど、迷子になってるんだ。ラッフルズくらいしか、名前を知ってるホテルがなくてさ」

「どうしてそんな嘘を吐くんです？　殺人事件の捜査だと言ったでしょう」

「かっこ悪いでしょう、いい年をして迷子だなんて」

信じたわけではないだろうが、目を光らせながら、警官は地図を取り出した。

「どこのホテルです？　名前は忘れても、場所は？　ホテルのキーがあるでしょう」

「キーはフロントに預けたよ。――まいったな。チャイナタウンの近くで、シンガポールにしては安いホテルなんだけど」

「建物はどんなです？　壁の色は？　周囲に目印になるものはありましたか」

「白――かな。淡い色だった。目印は特に覚えていない」

ぶつぶつ言いながら、警官がホテルを探している。その間に、周囲を見回した。

「申し訳ないが、博物館のトイレに行ってきてもいいかな。さっきから困ってるんだ」

上島を騙った男にやられた手口を、拝借することにした。警官は眉間《みけん》に深い皺《しわ》を寄せたが、写真の男と同一人物だという確信はないのか、同行を条件に許可してくれた。犯罪者だと決まったわけでもないのに、外国人観光客に高圧的な態度をとって、後で問題になることを恐れたのかもしれない。

博物館の入り口でチケットを購入し、中に入る。警官はバッジを見せてそのまま通った。

「こっちです」

警官は内部をよく知っている。洗面所の中までついてきた。他は誰もいない。腹を決める時だ。

中に入った瞬間、ふいをついて警官の喉《のど》に左腕を回した。右手で警官の銃を抜き、銃把を後頭部に叩《たた》きつける。抵抗が弱まる。急いで手錠を探し、警官の腕と、洗面台のパイプを手錠でつないだ。

「――こんな真似をして！」

床に座り込んだ警官が怒鳴った。

「覚えてろよ！　必ず捕まえてやる」

「申し訳ない」

つい謝罪の言葉を口にした。泊里が聞いたら笑いそうだ。

——さあこれで、シンガポール警察を敵に回してしまった。

無線と銃を、彼の手が届かない場所に置き、何食わぬ顔で洗面所を出た。洗面所の前に、清掃中の立札を見つけて置いておく。博物館の売店で、帽子を買った。できれば服装も替えたいが、適当なものは見当たらない。

博物館を出て、どちらに向かうか迷った。もうひとりの、マレー系の警官が向かった川の方角には行けない。

追い詰められた末の思いつきだったが、シティホールの方角に向かって歩きだした。急がないほうがいい。急げば人の記憶に残る。

「——失礼ですが」

キングズイングリッシュで話しかけられ、今までの努力は無駄だったかと天を仰ぎそうになった。

振り返ると、半袖シャツ姿の中年男性がいた。中国系。色白で肉付きのいい顔に覚えがあり、驚きを見せないよう表情を殺した。

——程だ。

田丸から、技術情報を買おうとしていた工作員だった。近くで見ると、白目の部分が血走り、品がない。

「あなたを捜していたんです。少し、お話ししませんか。向こうに車があります。急いで」

最前からの、警官とのやりとりを見られていたらしい。自分に接触する理由はわからなかったが、こちらも彼を捜していた。田丸を撃ったのがこの男だという可能性が消えたわけではないが、毒を食らわば皿までだ。

――この男に撃たれて死ぬなら、運がなかったのだ。

安濃が頷くと、程は駐車場に案内した。車はレンタカーらしい。目立たないシルバーグレーのアメリカ車だ。助手席に乗せる前に、程は安濃の衣服の上から簡単に、武器を持っていないか検査した。丸腰だと確認すると、ハンドルを握り、すぐ出発した。

「あなたの顔写真は、シンガポール警察中に回っていますよ」

マリーナ沿いのホテルの駐車場に車を入れると、程が薄い笑みを浮かべて言った。こちらの対応のまずさを嘲笑《あざわら》うようだ。安濃は黙っていた。顔写真というのが先ほど警官に見せられたものなら、事態はそれほど深刻でもない。警官に暴力をふるって逃げたため、参考人レベルから容疑者扱いになるかもしれないが、警察が自分の名前や宿泊先など、何も摑《つか》んでいないこともわかった。

「私に何の用ですか」

「――お話ししたくて」

程はこちらの顔色を窺っている。長い、腹の探り合いになりそうだった。

「べつに話すことはありません」

「警官から逃がしてあげたじゃないですか」

安濃は微笑した。

「私が逃げたんです」

程も笑った。

「うん、なかなか気の強い人だな。田丸さんをご存じでしょう」

「田丸さんとは誰です?」

「マリーナ・ベイ・サンズで撃たれた日本人ですよ。あなたがもうひとりの男性と一緒に、カジノで彼と喋っていたのを、見た人がいます」

それが本当なら、程は自分たちが田丸に接触したことを知っているらしい。カジノで誰かに見られたのだろうか。ということは、程には仲間がいるのか。

「田丸という人を撃ったのは、あなたですか」

「まさか!」

程の否定は強く、早かった。

「私は彼と約束があった。しかし、田丸さんは約束した場所に現れなかったんです」

「それを警察に話しましたか」

「——どうも、話しにくいですね。私のことは、程と呼んでください。あなたを、何と呼べばいいですか」

「好きなように。佐藤《さとう》でも山本《やまもと》でも」

程がため息をつく。

「あまり友好的じゃないですね。せっかく警官から逃がしてあげようと思ったのに」

「どうして？」

程が、赤い目でこちらの腹の底まで見透かそうとするように、じろりと見つめた。

「難しい人だ。──いいでしょう。私も少し、手の内を明かさないといけないようだ。もしかすると、田丸さんが持っていたものを、代わりにあなたが持っているんじゃないかと考えているんですよ」

安濃は無表情に瞬《まばた》いた。

──田丸の情報は、まだ程に渡っていなかった。それで接触してきたのか。

「もしあなたがあれを持っているのなら、この国から脱出するのをサポートしますよ」

「残念ですが、私はいつでも好きな時にシンガポールを出るつもりです。お話がそういうことなら、もう失礼しますよ」

「待って。渡してくれるなら、それなりのものをお支払いする用意があります」

「何の話かわからない」

安濃は首を振った。

「だいたい、なぜ私が彼のものを持っていると思ったんですか」

「あなたは経済産業省の人ですか？　それにしては、どうも——」

程の態度に違和感を覚えた。こちらに対する怯えを隠そうと、努力しているように思えてならなかった。理由を考えてみて、ようやく思い当たる。

——自分が、シンガポール警察を振り切って逃げたからだ。

よほど後ろ暗いところがあるか、警察をものともしないアウトローだと思ったのかもしれない。

「田丸さんが撃たれた時刻、あなたはホテルのカジノにいた。フロントに、田丸さんと約束していたのに彼が来ないと言ったそうですね。カジノとホテルの防犯カメラに、あなたが映ってます。だから、警察があなたを捜している」

程はシンガポール警察の内部事情にも通じているらしい。

「程さんは、殺人犯の心当たりはないんですか」

「残念ながら」

程が、赤い目で答える。

それさえ聞けば、この男に用はない。安濃が助手席のドアを開くと、程は濁った目で睨《にら》んできた。

田丸が生きていれば、彼は偽情報を摑まされ、本国に持ち帰って大恥をかいたはずだ。偽情報に基づいて兵器の開発を進めていれば、甚大な損害をこうむり恥どころではすまなかったかもしれない。そう考えると、程自身は気づいていないだろうが、田丸の死で九死に一生を得たようなものだった。

「私は、田丸さんを殺した犯人を捜しています。他には興味がない」

「あなた、何者ですか」

程がぼそりと尋ねる。安濃が黙っていると、気弱に目を泳がせた。

「ひょっとすると、日本のヤクザなのかな。田丸さんはヤクザに借金して、返済を迫られていた。もしあなたが、仕事を離れて、少し稼いでみてもいいと思うなら、田丸さんが持っていたものを手に入れたら、私に売ってくれませんか。損はさせませんよ」

平然とした様子を装っているが、程は追い詰められているのかもしれない。田丸の急死と、手に入るはずの情報が失われたことで、立場が悪くなったのか。

自衛官の自分を、ヤクザと誤解しているらしいとわかり、くすぐったい気分だった。

「ひとつ聞きたい。どうして私がアジア文明博物館にいるとわかりました？」

程が肩をすくめた。

「日本人の女性を尾行していたんです。お役人はすぐわかりますね」

高木のことだ。

「調べてみたら経済産業省の人らしい。田丸さんが死ぬ直前にシンガポールに来たらしいので、てっきり彼を調べていたのだと思いましたよ。だから、何かわかるんじゃないかと彼女を見張っていたら、クラーク・キーであなたが現れたんです」

高木には、もっと身辺に注意するよう、厳しく伝えたほうがいいようだ。

ふと、別の思惑が働いた。

「田丸さんが持っていた、何が欲しかったんですか?」

程が期待に目を光らせる。

「USBメモリです。パソコンの記憶装置ですよ」

「もし私が見つけたら?」

「買います。連絡してください」

「いくらですか」

程が、黙って指を一本立てた。田丸は、程に二千万円でデータを売る約束をしたと告白していた。半値で買い叩くつもりだとわかり、安濃は唇を歪《ゆが》めた。

「一千万円? それとも一億円?」

「一千万円ですよ」

わざと無表情に、しばらく黙り込む。

「私たちが、田丸にいくら貸していたか、知ってますか」

程が青ざめ、うつむいた。血走った目の奥で、計算しているのだろう。

「わかりました。倍額の二千万円まで出しましょう。それ以上は無理です」

安濃は小さく笑った。

「――いいでしょう。見つけたら連絡します」

「ありがとう。ここに電話してください」

手帳に電話番号を書いて裂き、素早くこちらの手に握らせた。安濃は助手席から降りて、程が車を出すのを見送った。どうも、おかしなことになったようだ。

「アノウさん！　お帰りなさい。遅いので心配したんですよ」

李家に戻ると、陽中が両手を広げて現れた。

アジア文明博物館で何があったか説明するうちに、杖《つえ》を握った李高淳も来て、ダイニングルームに誘われた。高淳の顔つきに張りがある。

「今の時点でアノウさんは、タマルさんの事件について事情を知っているかもしれないという、重要参考人扱いでしょうね。もっとも、警察に追われて逃げたとなると、少し事情が変わるかもしれませんが」

「陽中、警察から逃げたのは、安濃さんの立場なら当然だよ」

高淳が口を挟むと、陽中が黙った。

「それより、船の件を話してあげなさい」

「はい。──トマリさんがどこに消えたのか、考えているうちに、ウエシマさんの行方についてもイメージがわいたんです」

陽中の説明は、耳寄りな話だった。

シンガポール港は、世界第二位のコンテナ取扱量を誇る、アジア最大級のハブ港だ。

シンガポール有数のリゾート地、セントーサ島の対岸にあり、二〇一〇年に上海《シャンハイ》に抜かれるまで、コンテナ貨物の取扱量世界一の座を、香港と競っていた。年間三千万個以上のコンテナを取り扱っており、その八十五パーセントが、大型船から中小型船に貨物を積み替える、積み替え貨物だ。

「誘拐した人を、飛行機に乗せるわけにはいかない。シンガポールは島国ですから、陸路というわけにもいかない。でも、コンテナの中に隠すことができれば、船で海外に密航できるかもしれない。コンテナは世界中からやってきて、シンガポールで積み替えられ、また世界中に散っていきます。ウエシマさんは国際的に誘拐されたと、アノゥさんは考えているのでしょう。犯人が彼をコンテナに隠したかもしれない」

——外国船か。

貨物にまぎれ込むのは、オーソドックスな密航の手口だ。時にコンテナの中で窒息死する密航者が出るくらいで、安全な方法とはとても言えないが、可能性はあるだろう。

「商売柄、港には伝手《つて》があります。もし良ければ、港で働いている人たちに、話を聞くこともできますよ」

「ぜひ、お願いします」

それに、他にも頼みたいことがあった。

「この姿のまま行動しては、いつまた警察官に呼び止められるかもしれません。出かける前に外見を変えたいので、いくつか手に入れていただきたいものがあるんです」

「何なりと」

興味をそそられたらしい陽中に、メモを渡した。陽中がメモを見て口笛を吹き、すぐ姿を消した。

「高淳さん。ここまでお世話になって、なんとお礼を言えばいいか――」

李家の手厚い協力には、ありがたいが戸惑いも覚える。高淳が皺深い顔に穏やかな笑みを浮かべ、首を振った。

「いいんです。ようやく、あなたとこうして、ふたりきりになれました。――陽中から聞きましたが、あなたが日本国内で、テロリストと単身渡り合ったというのは本当ですか」

安濃は苦笑した。

「渡り合うなんて、かっこうのいいものではありませんでしたよ。お恥ずかしい次第です」

「そのお話を少し、お聞かせ願えませんか。とても興味深い」

話を求められているのだとわかっても、口下手なうえに、あまり良い思い出でもない。自衛隊のF－2がテロリストに盗まれ、恩師の関与を疑って事件の渦中に飛び込んだことなど、訥々《とつとつ》とできごとを羅列して聞かせる。

「――なるほど。そして、あなたが海外に誘拐されて、独力で脱出したという話も本当ですか」

「そんなことまで、よくご存じですね」

やはり李家は、能任たちと深いつながりがあるのだろうか。まるで王を楽しませる夜《よ》伽《とぎ》の話に苦心したシェヘラザードのようだと思いながら、求められるまま、ごくあっさりと話して聞かせた。自分はシェヘラザードにはなれそうもない。

「素晴らしい。――この時代に、あなたのような人がいたなんて」

高淳の目が静かに輝いている。

「つまらない話で退屈されたでしょう」

「とんでもない。あなたとお会いできて、本当に良かった。なぜあなたが選ばれたのか、正直、やっと理解しました」

「高淳さんにも、お話があるとか」

前にも高淳はそんなことを言っていた。どうして、いまこの場で話さないのか、よほど込み入った話なのかと、不思議に感じたのが伝わったのだろうか。高淳は、屋敷の奥に消えた陽中を捜すように、気遣わしげな視線を奥にやり、また安濃に顔を向けた。

「まもなく陽中が戻るでしょう。あの子がいない時がいいのです。あの子も志文も、何も知らないから」

そう言われるとよけいに、好奇心が募る。

――あの陽中ですら、高淳にかかれば「あの子」になってしまうのだ。

感慨深く見直せば、テーブルに載せた高淳の手は、いかにも老いて皺だらけだった。

「こんな日が来るのを、ずいぶん長いこと待っていました」

細いため息をつき、彼は濡《ぬ》れた目を上げた。

「私の本名は、山岡敏明《やまおかとしあき》。日本人です」

安濃は、高淳の銀色の髪や、かすかに染みの浮いた色白な肌を、呆然と見つめた。

6

永田町《ながたちょう》一丁目の内閣府から霞《かすみ》が関《せき》一丁目の経済産業省までは、目と鼻の先なのだが、能任康一郎の移動には専用車が用意される。若手政治家と呼ばれる時期は過ぎたが、いつまでも若々しいスポーツマン的な風貌《ふうぼう》と体形を保っているせいか、党を背負《しょ》って立つ次世代の雄と目されている。

——そろそろ次世代と呼ばず、我々の世代に権限を委譲してほしいものだが。

後部座席の窓越しに、小雨にけぶる霞が関を眺めていると、合同庁舎第4号館から出てきた濃紺のパンツスーツ姿の女性が、わずかに天を仰いだだけで、傘を持たず颯爽《さっそう》と歩きだすのが見えた。少々の雨など意にも介さぬ風情に、微笑を浮かべて姿が見えなくなるまで見送った。その女性を、能任は知っていた。

——遠野真樹。

彼女は航空自衛隊の一等空尉で、この春から内閣府に出向中だ。今は、遺棄化学兵器処理担当室の事務局にいる。第二次世界大戦中に日本軍が中国に残した化学兵器を廃棄処理するため、平成十一年に設置された部署だ。

向き合って話したことはないが、自衛官らしくぴんと伸びた背筋と、凛《りん》とした涼しい目に、彼女のここ数年の有為転変を思う。能任の娘と七つしか違わないはずだが、遠野の沈着さは、実年齢をはるかに凌駕《りょうが》している。

経済産業省の車寄せで降り、受付で待っていた女性とともに、エレベーターで十一階に上がった。午後六時の約束に、二分遅れてしまったようだ。

「お待たせして恐縮です」

経済産業大臣の執務室に通されると、能任は深々と頭を下げた。応接セットのソファに腰を下ろし、ゴルフクラブを磨いていた望月東馬《もちづきとうま》がこちらを見て、にやりとした。

「外は雨だってね。こっちまで出張ってもらって、悪かったな」

望月は七十にあと二年で手が届くという、与党の重鎮のひとりだ。二十年前に、引退した「御前」から栃木県の地盤をそっくり引き継いで、政界入りした。それまで、「御前」の下で二十年にわたり秘書勤めをし、政界の裏も表も知り尽くした男だけに、華がなくどちらかと言えば実直で目立たない人柄だったが、党内の取りまとめ役として実績を積み、総務省や厚生労働省などの大臣も歴任している。

「それで、どうだい。例の、電話で話しにくい件はさ」

望月がゴルフクラブを置いて、唇を歪《ゆが》めた。細面で上品な公家《くげ》顔をして、ちらちらとこちらを油断なく窺《うかが》う目つきのせいか、狷介《けんかい》な雰囲気も漂わせている。一見すると好かれるタイプではないのだが、望月の面白いところは、見た目とは裏腹に決して約束を破らず、誠実な男だという定評があることだ。本人の実力も認められていながら、「御前」の下で二十年苦労した。伝説的な秘書時代もさることながら、息子のいない「御前」が後継者に望月を指名した後も、引退した「御前」に忠実に仕え続けているという逸話は、ほとんど美談として語られている。

「昼過ぎに、警察庁とシンガポール警察のパイプ役として、警視をひとり送りました。今夜の内には現地に着く予定です」

「さすがだな。仕事が早いね」

「望月先生から頂いた東洋イマジカの一件が、こんな形で絡んでくるとは思いもよりませんでした。先生の的確なご連絡のおかげです」

「高木君だな。彼女はうちの鉄砲玉だ。口は悪いし、人の言うことなんか聞きやしないが、仕事ぶりは抜群だという上司の推薦だよ」

経済産業省の高木には一度も会ったことがないが、電話でしばらく話しただけでも、その評価は納得がいく。彼女は仕事ができるのではない。プロフェッショナルに徹し、仕事に生きているのだ。そういうタイプが誉められない世の中になってきたが、能任自身は嫌いではなかった。

「何にせよ、この仕事は失敗できない」

望月が、磨き上げたクラブに曇りがないか確かめると、ゴルフバッグに落とし込んだ。

「承知しております」

「僕も能任君も、ここが正念場だな」

改めて望月に言われるまでもない。この初仕事をやり遂げられるかどうかで、

「遺骨収容対策室」の今後の存続可否が決まる。メンバーの教育途中のこの時期に、降って湧いたような事件だが、どうにか完遂させるしかない。石泉総理の失脚を虎視眈々《こしたんたん》と狙う連中もいる。行方不明の泊里が、万が一にも死んでいたりすれば最悪だ。

——生きていてくれよ。

もしふたりが失敗すれば、反対派は嬉々《きき》として牙《きば》を剝《む》き、遺骨収容対策室の真の任務を暴こうとするかもしれない。

「君が送り込んだそのふたり、実力はあるのかね」

能任は微笑んだ。

「さあ、実力は未知数です。しかし、石泉総理の肝煎《きもい》りですから」

ふむと呟《つぶや》き、望月が肘《ひじ》をついた。

「詳しい資料を読みましたが、過去にさまざまな事件に関わっているものの、それまでの成績がずば抜けているというわけでもないのです。そこが面白いというか、ユニークというか」

「それはいい。今の我々が何より必要としているのは、ごく普通の感覚だからな」

望月の即答に頭を下げる。望月ならそう言うと予想していた。

「そう言えば、こちらに来る途中で遠野真樹さんを見ました」

「例の、もうひとり予定していたメンバーという彼女かね」

「そうです。予算の制約上、こちらに呼ぶことはできませんでしたが、今は内閣府に出向しています」

安濃と泊里は、表向きとはいえ、太平洋戦争で置き去りにされた遺骨の収容対策という任務を負い、遠野は中国大陸に遺棄された化学兵器の処理という任務を負っている。七十年前の決着を、彼ら若い世代が揃って担おうとしているのだ。

「防衛省から他省庁への出向組の中に、例の三人が入っているというのは少々露骨だったかな」

「まず、気がつく人間はいないでしょうが」

「何にしても、成功させなくてはな。この仕事は、きみ、『御前』の宿願だ」

「はい。肝に銘じております」

能任は再び、深々と頭を下げた。

今さら「御前」の存在を持ち出すまでもない。フリーハンドで動ける内閣直属の諜報《ちょうほう》機関の設立は、能任自身の悲願でもあった。ひそかに計画を温め、石泉総理にも進言し続けてきたからこそ、遺骨収容対策室の設立準備に関わることになったのだ。

――二十一世紀は、反動の世紀になりそうだ。

雪解けを見た米ソの冷戦に代わる、新たな騒擾《そうじょう》が世界中で生まれている。まず、世界経済が盤石でない。人道危機が各地で発生しているが、世界はそのスピードと量に対応できず、大量の難民発生は、急激な移民や外国人排斥の動きを生み出しつつある。これまで、表向きにせよ、美しい言葉で包まれてきた寛容の精神が、面食らうほど原始的なナマの声に敗れかけている。まるで二十世紀がなかったことにされたかのようだった。百年、二百年も時が戻ったかのようで、何もかもがせわしなく、荒々しく、剝き出しになった。

——もはや、自分たちは「戦前」を生きている。

そう感じる人すらいるかもしれない。能任は、この時代を「戦前」にしないために、自分のような人間がこの時期、政界にいるのだと信じて疑わなかった。

激動の時代に、この小さな島国が生き延びるには、何より「情報」が必要だ。

時おり「御前」が昔語りをする陸軍中野学校のエピソードに、能任は夢を抱いていた。情報は戦争をすら、止めることができる。武力を行使せず、自国に有利に事態を動かすことができる。

——守ってみせるとも。

この、生まれてまもない赤子のような組織を、自分は守らねばならない。何があろうと、何を犠牲にしようとも。そのためには、多少、誰かの手を汚すことになろうとも、しかたがない。その誰かとは自分自身かもしれないが、うまく切り抜ける自信もある。撃たれて行方不明になっている泊里と、シンガポールで孤軍奮闘している安濃を思う。

能任はリベラルな環境で育った戦後世代だ。この現代で、命を懸けよ、そして生きて帰れと指示しなければならないアナクロニズムに、気恥ずかしくもなる。しかも、戦争で死ぬ兵士たちを生まぬために、彼らには命を懸けさせているのだから。

「シンガポール側の協力者は、何か言っているかね」

「いえ、こちらには特に何も」

李海運というシンガポールでも五指に入る海運業者の社長が、安濃らの受け入れに協力すると望月から聞いた時には驚いた。李陽中社長は大の親日家だというが、望月とどのような関係なのか能任も聞かされていない。李家のパイプは大切にしてくれとだけ、指示されている。

「なんとしても、あのふたりを生還させましょう。全てはそれからです」

そのための努力は、惜しまない。

＊

「船長の家は、この大通りをまっすぐ行って、左に入ったところにある公団です。このまま、車で行きましょう」

陽中が指さした。

「お願いします」

安濃は、車の窓ガラスにぼんやり映る自分の顔をチェックした。

——やはり、自分ではないようだ。

シンガポール警察が捜しているのは日本人だ。陽中に手に入れてもらったドーランで、顔から胸元にかけての肌の色を濃くし、平坦《へいたん》な顔立ちにアクセントを添えるためサングラスをかけ、黒々としたつけ髭《ひげ》を唇の上に糊《のり》で貼り付けると、国籍不明の怪しい男ができあがった。長袖《そで》の作業服に軍手をはめ、念のため、手袋に隠れる手の甲にも、ドーランを塗っている。マレー系のようにも、インド系のようにも見える。

昼過ぎに会った警官が見ても、あの時の日本人だとは気づかないだろう。安濃はあまり髭が濃いほうではないが、しばらく剃《そ》らずに伸ばすつもりだった。

安濃はこの何時間か、陽中とふたりでシンガポール港の貨物置き場を回っていた。上島が国外に連れ去られたのなら、貨物船に紛れ込む可能性が高いという、陽中の意見に従ったのだ。

シンガポールの国内総生産の約一割は、港湾産業から得られる。二十四時間態勢で稼働する港は、夕方になっても熱気に満ち、巨大なガントリークレーンが船からコンテナをひとつずつ積み出し、また積み込んでいた。

陽中の説明によれば、李家が経営する李海運は、コンテナ船を三隻持っており、港湾労働者とのつながりも深いそうだ。陽中は勝手知った様子で、コンテナの森にどんどん分け入っていき、時おり、トレーラーの運転手と、すれ違いざまに手を上げて挨拶《あいさつ》していた。相手の親しみに満ちた表情を見るに、陽中は港で働く人々の間に、親密に溶け込んでいるようだ。

クレーンのオペレーターに根気良く聞き込みを続けるうち、オペレーターのひとりが、パキスタン船籍でインドネシアや日本、韓国などを周航している貨物船のひとつが、動物園に送る生きた虎を載せていると言っていたと証言した。

どこに行っても顔の広い陽中は、港湾物流コントロールセンターで知人を捕まえ、センターのコンピューターを使って問題の船、アジアン・パール号の航路と運航会社、シンガポールにある代理店の連絡先などを調べ上げた。月に三回、シンガポール、ジャカルタ、香港、釜山、カラチなどを結び周航している定期船だ。今朝、シンガポールを出港した後は、予定通りならジャカルタに向かったはずだった。

――船長はシンガポール人だった。

ロラン・ディンと英語で表記されていたが、ディンが「丁」と書くようなら、中国系かもしれない。積み替え貨物とのことだが、シンガポールの動物検疫所の役割を果たしているAVAには、生きた動物を載せているという申告はなかったそうで、今のところもっとも怪しい情報だ。情報を摑《つか》んだ時には午後六時を過ぎており、代理店とは連絡がつかなかったが、船長の自宅に行くべきだと考えた。船と船長は、今もジャカルタに向かう途中のはずだが、家族がいれば話を聞くことができるかもしれない。

船長の自宅は、アン・モー・キオ地区にある。シンガポールの国土全体の、真ん中に近いあたりだ。

もう八時近かった。シンガポールの公団住宅は、壁の色がパステルカラーだったりして、昼間に見るとポップな印象があるが、こうして夜の闇に包まれていると、没個性なマッチ箱状の住宅が延々と続き、日本の昭和の街並みとも通じるようだ。

「――なんだか、東京にいるような感じがします」

助手席に腰を下ろして感想を漏らすと、陽中が微笑んだ。

「いろいろ似ているのかもしれませんね。前にも、日本から来た方に、同じことを言われました。シンガポールは日本よりずっと学歴社会ですしね」

「たしか、小学校卒業試験《PSLE》というのでしたか」

資源に乏しいシンガポールは、人材こそが最大の資源だと考えており、小学校に上がる前から子どもたちには過酷な受験戦争が待っている。小学六年生でＰＳＬＥを受験し、その結果によって最初の選別を受ける。中学から高校に上がる際にも、未来のエリートとそうでない層の、さらに過酷な峻別《しゅんべつ》が行われるのだ。

「志文の時も、たいへんでしたよ。なんとかシンガポール国立大学に押し込んだというのに――本人はすっかり恋人にうつつを抜かしているし。あ、その建物です」

愚痴をこぼしながら車を寄せようとした。

「陽中さん、申し訳ないですが、建物の周囲を車で一周していただけませんか」

万が一、船長の家が見張られていたりすると、厄介だ。

「了解」

陽中は察しがよく、何も聞かずにスピードを落として公団住宅の周囲をひとめぐりした。安濃は窓から周辺を観察したが、路上駐車している不審な車や、怪しい人物などは見かけない。見かけたのは、ビジネス鞄《かばん》を提げた、帰宅途中の会社員たちだった。陽中が元の場所に戻り、車を停めた。

「船長はいないはずですが、部屋に明かりが点《つ》いています。確かめませんでしたが、家族が住んでいるんでしょうね」

「陽中さんは、ここでお待ち願えますか。私が行って、様子を見てきます」

「私も一緒に行きますよ。ここまで来れば——何と言うのでしたっけ——『同じ穴のムジナ』？」

「たぶん、『毒を食らわば皿まで』かと」

「そう、それです。頼まれた本はこれでいいですか」

分厚いハードカバーの本を頼んでおいた。陽中が用意したのは、リー・クアンユー元首相の自叙伝だった。

「ありがとうございます。まさにこんな本が欲しかったんです」

「良かった」

嬉《うれ》しそうに陽中はエンジンを切り、車を降りた。船長の家は三階だ。エントランスは出入りが自由で、誰でもエレベーターに乗り込めた。３０２号室を探し、インターフォンを押した。

『——はい』

低い女性の声を聞き、安濃はわずかに口ごもった。たったそれだけの声を出すのも億《おっ》劫《くう》そうな、疲労と不機嫌を聞き取ったせいかもしれない。

「こんばんは、インと申します。船長に借りたお金と本を返す約束をしていたんですが、出港に間に合わなくて。お宅までお持ちしました」

金を返すと言われて、断る者はめったにいない。「遺骨収容対策室」に出向した後、工作員としてにわか勉強を叩き込まれた際に、講師のひとりがそう教えてくれた。

『——ポストに入れてください』

「すみません、本が分厚くて入らないんです」

そのために、陽中に小道具を用意してもらったのだ。相手の警戒心は強いようで、インターフォンはしばらく沈黙を続けた。

長い沈黙の後、ようやくドアが細めに開いた。チェーンがかかっている。隙間から怖々と外を覗《のぞ》いた女性は、五十代前半くらいで、ほっそりしたなかなかの美人だった。ただ、ひどく怯《おび》えている。国籍不明の安濃と、背後に立ちにこにこしている陽中に素早く険しい視線を走らせた。

「これ、お借りした本です。お金は本に挟んでおきました」

開いたドアの隙間は、分厚いハードカバーがぎりぎり通る程度で、強引に押し込まなければならなかった。疑われないよう、二十シンガポールドルを挟んである。

「──わざわざありがとう」

「どういたしまして。──奥さん、ご顔の怪我、どうなさったんです？」

左の頬が、赤黒く腫《は》れている。本を受け渡しする際に、顔を近づけたので見えた。殴られた痕《あと》のようだ。彼女ははっとしてドアを閉めようとした。安濃はドアの隙間に革靴の先を突っ込んだ。

「──助けが必要でしょう」

ぎくりとする。

「中に誰かいるんですか」

小声で尋ねた。彼女はかすかに、首を横に振った。中には誰もいないようだ。

「もう帰ってください」

「僕らはしばらくこのへんにいます。何かあれば紙に書いて、玄関の隙間から外に出してください。できれば電話番号も」

足の先を抜くと、彼女はすぐさまドアを閉めた。閉める前に、こちらを真剣な表情で見つめた。

「彼女はどうしたんでしょう」

陽中も異変を察知したらしく、周囲を見回しながら声をひそめる。反応はすぐにあった。ドアの下から差し出された黄色い紙を拾い上げると、簡体字の走り書きで「外に見張り。警察に知らせたり家を出たりすると殺される。主人も」とあった。携帯電話の番号も書かれている。

——誰かに脅迫されているのか。

「念のため、外の様子を再確認しましょう」

車に戻り、範囲を広げてもう一度様子を見たが、それらしい人物はひとりも見かけなかった。安濃は電話をかけた。彼女は応答せず、留守番電話サービスに接続された。かまわず習いたての中国語でメッセージを残す。

「インです。外に見張りはいません。我々がそこに行っても、問題ないと思う。何があったのか、中で聴かせてもらえませんか。力になれるはずです」

反応はなかなかなかった。決心をつけかねているのかもしれない。見ず知らずの男たちに、自分と家族の安全を委《ゆだ》ねろというのだから、逡巡《しゅんじゅん》するのも無理はない。

スマホに着信したので、彼女からかと思えば、知らない番号だった。この端末に電話がかかるということは、きっと能任の関係者だ。陽中に断り、電話に出た。

『警察庁の神崎《かんざき》と申します。能任政務官から、シンガポールに着いたらこちらにかけるようにと指示がありまして』

きびきびした男性の声が応じる。

——早い。

警察庁から応援を送ってほしいと能任に頼んだのは今日の昼過ぎだったのに、随分と手回しがいい。

「今どちらにおられるんですか」

『チャンギ国際空港に着いたところです』

「今夜の宿泊先は決まっていますか」

神崎は、金融街にも近い中級ホテルの名前を挙げた。

「まだこの時刻なら、MRTかバスでホテルの近くまで行くことができます。先にチェックインしてもらえませんか。今は手が離せないので、深夜になるかもしれませんが、もしよろしければ後でホテルまで伺います」

『明日の朝から、シンガポール警察と情報交換に入ります。できれば今夜のうちに状況を把握したいので、何時になってもかまいませんから、ご連絡いただけますか』

新しい助っ人は、なかなかやる気があるようだ。早々に通話を終えた。船長の妻が、留守番電話を聞いてかけ直してくるかもしれない。

「日本の警察官ですか。それは心強いですね」

説明すると、陽中がハンドルを握りながら頷《うなず》いた。彼女はまだかけ直してこない。もう一度電話をかけると、今度は出てくれた。

『本当に、見張りはいないんですか』

彼女は震え上がっている。誰かに聞かれないかと心配なのか、声も低めている。陽中にも会話が聞こえるよう、スマホをスピーカーフォンにした。

「大丈夫、間違いないです。誰がそんなことを言って、あなたを脅したんですか」

『知らない男たちです。突然、家に押し入ってきて、私と息子を殺すと言って主人を脅迫したの』

「もう一度、そちらに行ってかまわないですか。直接お話を聞きたいので」

彼女の承諾を取り、陽中とふたりで船長の自宅に戻った。こちらの正体がわからないので、おそらく彼女なりの賭《か》けだったのだろうが、今度はスムーズに部屋に招き入れてくれた。

2LDKの公団住宅は、決して高価ではなさそうだが、主婦のセンスが感じられる家具や雑貨が配置され、ふだんなら居心地のいい住まいのはずだ。居間の壁に作りつけた飾り棚は、誰かがぶつかったかのように左に傾ぎ、棚に並んでいたものが落ちたのか、あちこち隙間が空いている。棚を直す気力も、今の彼女にはなさそうだ。

安濃は自分の唇の前に指を立てて、喋《しゃべ》るなと身振りで彼女に指示した後、スマホをテーブルに置いて音楽を鳴らした。携帯型のラジオを取り出し、イヤフォンをつけてFMラジオの周波数をゆっくり上げていく。途中で、イヤフォンからはっきりとスマホの音楽が聞こえた周波数があった。

簡易な盗聴器発見システムだ。FM波を利用する盗聴器なら、これで見つけることができる。室内に盗聴器があるのは間違いない。場所はわからない。

『盗聴器がある』

メモを書いて彼女に見せると、青ざめた。

念のため、身振りで音楽をかけるよう頼んだ。大きめの音でジャズをかける。夜中に近所迷惑だろうが、こちらの会話が犯人にダダ漏れになるよりはマシだ。

あらためて彼女は、ニコル・ディンと名乗った。船長の妻だ。黄色い半袖のポロシャツに、ジーンズを穿《は》いている。顔の左側と、左腕にあざができていた。

「──ひどいですね」

安濃の言葉に俯《うつむ》いて肩をすくめる。冷やしていたらしく、タオルがダイニングテーブルの上に載ったままになっている。奥の部屋から十歳にもならなそうな男の子がひとり、神経質そうな目をして顔を覗かせていたが、ニコルは彼を叱りつけて部屋に戻らせた。

「その男たちが来たのはいつですか？」

「一昨日の夜です。主人が帰宅してすぐ」

つまり、上島がホテルから姿を消す前日だ。男はふたりいて、彼女と息子にナイフをつきつけて人質にとり、言う通りにしなければふたりを殺すと脅した。船長がためらうと、彼女を殴ったのだという。ふたりは船長と何か相談すると、彼女らの見張りとしてひとりを残し、もうひとりは船長と出かけていった。

船長とその男が戻ってきたのは、昨日の夜だ。他にも、四人の男がついてきた。そのうちふたりは手錠をかけられていた。朝まで、手錠のふたりは奥の部屋に転がされていた。さして広くもない居間とダイニングは、もういっぱいになっていたのだ。

「犯人が四人、捕虜がふたりいたんですね」

「そう。それに私たち家族が三人」

安濃は、スマホに上島の写真を表示させ、彼女に見せた。

「この人はいましたか」

「——さあ。覚えてない。なにしろ怖かったから、顔なんてちゃんと見る余裕がなかった。そう言えば捕虜のひとりが、トイレに行かせろって大声で連中に言ってた。部屋を汚すと、この家の奥さんに失礼だろうって。自分も捕まってるくせに、余裕があるので驚いたわ」

ふと眉間《みけん》に皺《しわ》を寄せて、陽中とこちらを見比べた。

「あなたたちは、本当に主人の知り合い？　あなたは外国人でしょ」

いくらなんでも、付け焼き刃の中国語がいつまでも通用するとは思っていない。陽中が安心させるように頷く。

「大丈夫だ。この人は外国人だが、私は同胞だ。私たちは、行方不明になった友人を捜しているだけなんだ。船長の船に乗せられた可能性が高いので、ここまで来てみた。たぶん、そのふたりの捕虜のどちらかだと思う」

「船は今朝、港を出てしまったわ」

ニコルがため息をつくように言った。

「捕虜のふたりは、船長の船に乗せられたということ？」

「たぶん。そう話しているのを聞いたから。彼らは、主人が停泊先に着いて、自宅に電話をかけるまで、私たちに外出せずじっとしているように命じたの。子どもには学校を休ませた。十日はかかるだろうからって、レトルト食品や水を持ってきた。警察に通報したり、言いつけに背いて外に出たりすれば、私たちばかりか主人も殺すって」

たぶんそれは脅しで、犯人は既に船で脱出したに違いない。なにしろここは、銃器を用いて罪を犯せば死刑になる国だ。一刻も早く脱出したかったはずだ。

「行き先について、犯人は船長と何か話していましたか」

「いいえ。私たちがいる前では、そんな話は出なかったと思う」

犯人の人相や、互いに呼び合っていた名前など、できる限りの情報を思い出してもらおうとした。極度の恐怖にさらされていたニコルが思い出せたのは、犯人のうち何人かはシンガポール訛《なま》りの強い英語で会話しており、全員がアジア系だとは思ったが、おそらくみんな別の国の生まれで、どこの国の人間か正確にはわからなかったことと、リーダーらしき男はオズと呼ばれていたということくらいだった。彼らがこの部屋にいた時には、捕虜の分も含め、食事とお茶の用意を命じられたそうだ。アルコールを出したこともあるが、誰も手をつけようとせず、すぐ下げるように命令されたとも言った。

「狂犬みたいな男だった。オズというリーダーよ。目が据わっていて、口数は少ないけど気に入らないことがあると突然キレるの。その棚もオズがやった。主人の胸ぐらをつかんで、壁に叩きつけた拍子に」

斜めに傾いだ棚を恨めしげに指さす。

ふと視線を感じて振り向くと、男の子が大きな目をいっぱいに見開き、扉の陰からこちらを盗み見ていた。

「息子さんからも話を聞いていいですか？　なるべく怖がらせないようにしますから」

ニコルの許可を得て、子どもに近づこうとすると、少年はびっくりしたように奥の部屋に逃げ込んでしまった。人に馴《な》れない猫のようだ。

「マーク！」

叱る母親を制し、ゆっくりと後を追う。そこは子ども部屋らしく、小さなベッドと学習机があり、少年はベッドに腰掛けて足を揺らしていた。安濃はベッドの前の床に座り込んだ。床にはおもちゃやボールペンなどの文房具、小さな衣類が散乱している。犯人が子ども部屋に押し入って、子どもを部屋から引きずり出したのかもしれない。今、この子どもも母親も、それを片づける気力がないのだ。

子どもは無言でぶらぶらと足を前後に揺らし続けている。戸惑いと、反発も感じる。刃物を突きつけられ、脅されたばかりだ。母親が殴られるのも目撃したかもしれない。

「怖かったね。びっくりしただろう」

子どもは無表情だった。ただじっと、こちらの目の底を見つめている。

「君はいくつ？　今日は学校を休んだのかな」

何を聞いても答えはない。娘の美冬も、このくらいの年だ。子どもが受けた衝撃の深さを思うとやりきれなくなり、安濃は床に視線を落とした。絨毯《じゅうたん》にひっかき傷がある。

尖《とが》った金属でひっかいた跡のようだ。それをぼんやり見ていて、はっとした。捕虜の男性ふたりが押し込まれた奥の部屋というのは、ここではないか。

「マーク。ここに、手錠をかけられた男のひとがふたり、いた？」

子どもはしばらく足を揺らし、盗み見るように素早く周囲に視線を走らせた後、頷いた。

――やはりそうか。

「この人だった？」

上島の写真を子どもに見せる。子どもが何度か激しく瞬《まばた》きし、首を縦に振った。子どもに聞いたのは正解だった。恐怖の真っただ中にいても、子どもの記憶力と好奇心は強かったのだ。

安濃はそのへんの床を這《は》い、人質の痕跡《こんせき》を探した。衣類の糸くずでもいい。血痕でもいい。何か残っていれば――。

ベッドの脚の一本を見た時、息が詰まりそうになった。木製の脚に、ボールペンか何かで、彫りつけるように何か書かれている。

――佳子。

かろうじてその二文字を読み取り、安濃は驚きのあまり小さく声を上げた。

――泊里だ。泊里がここにいた。

（もしもの時には、俺自身のためではなく家族のために国に帰してほしい）

佳子とは、泊里の妻の名前だ。泊里は上島とここに囚《とら》われていたのだ。ふたりめの人質は彼だった。犯人に見とがめられないよう、さりげなく小さく、誰かが彼を捜しに来た時のために——おそらくは安濃がここを突きとめることを祈りながら——名前を刻んだ。

「——見つけた」

あの磊落《らいらく》な男の死など想像することもできなかった。やはり泊里は生きていた。敵に捕まってはいるものの、こちらと連絡をつけようとしているのだ。

安濃は、急いでスマホで泊里の写真を表示させた。シンガポールに到着した時に、泊里が安濃のスマホでふざけて自分を撮影したものだ。

「この人も見たかな？　ここに捕まっていた人だった？」

子どもに見せると、目を丸くして頷いた。

もう間違いない。急いで子ども部屋を出て、手短に陽中にも事情を話すと、泊里が生きていたことを喜んでいいのかどうか、複雑な表情になった。

「この男は、怪我をしているようでしたか」

ニコルはしばらく首を傾げた後、否定した。

「いいえ。少なくとも、大怪我をしているようではなかった」

その言葉に少しほっとする。

「ニコルさん、もし良かったら、ここを出てしばらくホテルに移ってはどうでしょう。

ここにいるのは、怖くないですか」

盗聴器も仕掛けられている。もっとも、盗聴器自体は現在、機械が設置されているだけで、誰も聞いていない可能性が高いのだが。

陽中も、自分の賃貸マンションを提供しても良いと申し出たが、彼女は断った。もし犯人がまだ監視していたら、夫が殺されるかもしれないと心配しているのだ。安濃たちを部屋に入れるだけでも、ぎりぎりの決断だったのだろう。

「それでは、何かあったら連絡してください」

彼女たちを残し、車に戻った。念のためにしばらく公団住宅の周辺を見守ったが、怪しい男たちが現れてディン家に乗り込むようなこともなかった。

「泊里さんが生きていて、本当に良かった。——しかし、これからどうします？」

運転席に座り、シートベルトを締めながら陽中が尋ねる。安濃は答えあぐね、彼の問いを噛《か》みしめた。

少し距離があるが、警察庁の神崎と落ち合うため、金融街近くのホテルまで送ってもらうことになった。

「船がジャカルタに入港する前に手配して、積み荷と乗員を押さえてもらうしかないですね。万が一の際には、私自身が船を追います」

「——わかりました。その時には、李海運の船を提供しましょう」

陽中が、ほぼ一瞬で腹を決めて即答してくれたことには、驚くとともに深く感謝したが、その言葉に甘えるわけにはいかない。自分はシンガポール警察に追われる身だ。空港の出国カウンターを通れば、警察官が現れる。陽中はそれを承知の上で、密航を手伝うと言っているのだ。ありがたいが、そこまで危険な橋を渡らせるわけにはいかない。

「大丈夫。脱出方法については、心当たりがあります」

エンジンをかけながら、陽中が意外そうな顔をした。

「神崎です。警察庁国際課におります」

初めて会う警察庁の官僚は、耳にかからない程度の黒髪を七三に分けた、エリート然とした男性だった。安濃よりひと回り年上のようだ。シンガポールというお国柄を意識したのか、著名なゴルフプレーヤーのブランドロゴが入ったポロシャツを着ているのが、板についていない。スーツのほうがよっぽど似合いそうだ。経済産業省の高木が、まったくと言っていいほど役人臭をかもしていなかったことを思えば、こちらはまた期待通りの官僚らしさだった。

神崎安雄《やすお》と書かれた名刺を、安濃は見つめて記憶しただけで、受け取らなかった。今後、何が起きるかわからない。大事な情報は、記憶のみにとどめるのが一番だ。

安濃の変装を見て、神崎は明らかにぎょっとした様子だったが、何も聞かなかった。

神崎が予約したホテルにはラウンジがなく、ロビーで話せることでもないので、彼らは落ち合ってすぐに近くのバーを探して足を運んだ。暗黙の了解のもと、ふたりともビールを頼む。仕事中に強い酒はご法度だ。ぶじ日本に戻るまでが仕事だと、彼らはよく理解していた。

バーの隅にあるスツールに腰掛け、壁を背にして話し込んだ。これまでの経緯を話す安濃に、神崎が適宜、質問を挟む。能任が送り込むだけあって、話のツボを押さえるコツを知っている。

「泊里は上島さんとともにいます」

安濃の断言に、神崎は微妙な表情をした。佳子という名前と子どもの証言だけでわかるものかと言いたいのだろうか。

「とにかく、状況は理解しました。アジアン・パール号が入港する前に、インドネシア警察に連絡して、積み荷を検査するよう手配しましょう。船長の奥さんは、十日はかかると犯人に言われたそうですが、シンガポールからジャカルタまでなら、そんなに日数はかからないはずです」

「船長は脅迫を受けて密航に手を貸したんです。それも必ず伝えてください」

「わかりました。現地の入港予定時刻はわかりますか」

港湾物流コントロールセンターで調べたメモを差し出すと、すぐさまどこかに電話をかけ始めた。警察庁の誰かに、インドネシア警察と連絡を取らせるのかもしれない。

組織の力のありがたみを感じるのは、こんな時だ。ひとりやふたりの力ではできない。多くの人間の知恵と力が結集して、思いがけないパワーを発揮する。組織に属する安心感もある。ひとりではない、いざという時には助けを求めることができるという安堵《あんど》だ。

八分目まで残った、ほとんど気の抜けたビールを舐《な》めながら、安濃はぼんやり泊里と自分が投げ込まれた環境を思った。頼れるのは、自分自身の知恵と才覚だけ。

神崎が電話の相手に鋭く問い返す声で、我に返った。

「本当か？　よく調べたのか」

部下に対する神崎の口調は横柄だ。相手が何か調べているらしく、少し間が空いた。

「わかった。ご苦労だった」

通話を切る神崎に目を細める。異常事態が起きたらしい。

「どうしたんですか」

神崎が迷うようにこちらを見た。

「――アジアン・パール号の到着予定が、ジャカルタの港湾当局に出ているかどうか調べさせたんですが、出ていませんでした。どうやら、船は目的地を変更したようです」

愕然《がくぜん》とする。

――泊里。お前は今どこにいるんだ。

北欧系らしい隣のグループが、何に興奮したのか、わっと笑い声を上げて沸いた。夜が熱く更けていく。

7

『安濃さん。この件は当初、アジアでも比較的安全なシンガポールでの仕事だと考えられたから、ふたりに行ってもらったんです。すぐに帰国してください。上島さんが拉致《らち》された船を突き止めただけで十分です。あとは警察に任せましょう。状況が変わり、泊里さんが行方不明の今、あなたにまで危険を冒させるわけにはいきません』

電話から流れる能任の指示に、安濃はベッドの上で頭を抱えた。

「しかし、泊里がアジアン・パール号で連れ去られたことは、はっきりしているんです。東洋イマジカの上島さんも一緒です。いま彼らを見失うと、二度と発見できないかもしれません。アジアン・パール号の行き先を突き止め、救出しなくては」

李家の邸宅は、早朝からひそやかな人の気配に満ちている。使用人たちが忙しく立ち働き、食事を作ったり、車を磨いたりしているようだ。安濃は部屋にこもり、能任と電話をしていた。

——「佳子」と彫られたあの文字。

あれは、泊里から自分へのメッセージだった。俺はここにいる、助けに来いという、まごうかたなきSOSだ。

『泊里さんの救出は、あなたの仕事ではありません』

能任の声が無情に響く。

『我々はあなたに、スーパーマンになることを求めているわけではないんです』

そんなだいそれたことは露ほども考えていないと否定するより先に、能任が後を続けた。

『あなたはよくやりました。泊里さんが行方不明になっても、たったひとりで彼らの行方を探り当てた。研修期間中の初仕事としては、充分すぎるほどです。あとは警察に任せてください』

――それでは遅い。

「シンガポール警察は、田丸に接触していた私と泊里を怪しんでいます。田丸事件の真犯人が捕まらない限り、すんなり出国できないでしょう」

『それはどうにでもなります』

――どう能任を説得すればいいのか。

安濃は静かに歯噛みした。能任は、安濃が好きでやっているとでも誤解しているのだろうか。

シンガポール警察は、事件の背景を知らない。ムジャヒディン解放運動のテロ計画との関連性や、田丸のデータを買おうとしていたスパイがいることを知らないのだ。初動の遅さからも、彼らが的外れな捜査をしていることが窺える。安濃がアジアン・パール号にたどりついたのは、李陽中が港湾労働者たちに顔が利くおかげだ。

「帰る時は、泊里とふたりで帰ります。たとえ、どちらかが——骨になっていても」

互いにそう約束したではないか。ひとりが異国に斃《たお》れても、残された家族のために、必ずもうひとりが国に連れて帰るのだと。立場が逆なら、泊里はきっと自分のために戦ってくれる。

『安濃さん、これは命令です。必ず今日中に帰国便を手配して、戻りなさい。李陽中さんにも、そのように伝えます』

能任は苛立《いらだ》ちを隠さず、通話を切った。

安濃は、程から渡されたメモを取り出し、しばらく番号を見つめた。どうやらもう、この手しか残されていないようだ。

貸与されているスマホから、程に電話をかけるわけにはいかない。陽中に声をかけ、徒歩で李家を出た。しばらく歩いて、オーチャード通りのショッピングモールで公衆電話を見つけ、電話をかけ始めた。


——待ち人は、なかなか現れない。

安濃は、目の前にそびえる朱塗りと白の仏教寺院、新加坡佛牙寺龍華院《シンガポールぶつがじりゅうかいん》に目を奪われた観光客のふりをして広場に立っていた。

チャイナタウンの、市場やフードコートが入る複合施設《コンプレックス》の広場だ。中国人の観光客らしい団体客が数組押しかけ、案内所の前で集合写真を撮影している。広場の端には日よけのついたベンチが並べてあり、中国系の高齢者が将棋のようなゲームをしたり、会話に興じたりしている。

仏教寺院と複合施設のそばには、高層マンション群がそびえている。シンガポールでよく見かける、壁面を白とパステルカラーで塗り分けた、おもちゃのような外観の公団住宅だ。窓の下には、長い物干し竿《ざお》が何本も直角に突き出て、シャツやタオルが風にそよいでいる。

付近には、ヒンドゥー教のスリ・マリアマン寺院という、極彩色の神々や動物の彫刻に彩られたにぎやかな建物もある。そちらはシンガポールにおける、インド系住民の信仰の対象だ。観光名所が集まっているせいか、外国人が多い。今朝も顔と手にドーランを塗り、国籍不明の変装をしてきた。

白いシャツに濃紺のパンツ姿の中年男性が、タクシーを降りてあたりを見回している。

――程だ。

程に電話して、チャイナタウン・コンプレックスの広場で待ち合わせる約束をした。安濃から連絡があったことに、軽く戸惑うような声だった。

「程さん」

声をかけると、こちらを見て心底びっくりした顔になった。

「――まさか。本当にあなたですか」

安濃は無言でサングラスをずらしてみせた。

「警察に追われているので」

　サングラスを元通りかけると、程がため息を漏らした。やりとりに気づいた人間は、少なくとも広場にはいなかったようだ。

「ここで立ち話も変ですね。どこかで食事でもしますか」

　程が周辺に視線をやりながら尋ねた。近くには、屋台のような店舗で食品を購入して、そなえつけのテーブルで好きに食べられるフードコートもあれば、普通のレストランもある。しかし、安濃は程のような得体のしれない男と食事をするつもりはなかった。その気持ちが滲《にじ》んでいたのか、答える前に程自身が佛牙寺に親指を向けた。

「あるいは、中に入りませんか。ここはわりあい最近できた寺でね。まだ見てないなら、一見の価値がありますよ」

　彼も、安濃と食事をするのは気づまりなのかもしれない。

　寺には観光客がひっきりなしに出入りしている。いかにも観光客風の男がふたり、広場でいつまでも立ち話をしていると、いらぬ注意を引きそうだ。警官に見とがめられても困る。

　程の勧めに応じ、開いた朱塗りの扉から中に入った。入り口でもうもうと焚《た》かれている線香の煙が目にしみる。入場無料と書かれているが、程に倣って、小銭を賽銭《さいせん》箱に納めた。郷に入りては郷に従えだ。

　程の言葉通り、できて間もないようで、真新しい朱塗りの柱と、まばゆい黄金と孔雀《くじゃく》のような極彩色で彩られた多数の仏像が、巨大な寺院の壁を埋め尽くしている。ミャンマーで見つかった、ブッダの歯を祀《まつ》る寺なのだと程に説明された。関西出身で、京都や奈良の渋く落ち着いた寺院建築や仏像を見慣れた目には、キンキラキンの派手さに面食らうが、お国柄なのだろう。日本にだって、日光東照宮《にっこうとうしょうぐう》のようにカラフルな霊廟《れいびょう》もある。黄金色の仏像の前で、五体投地して祈る老婦人を見て、程はこちらを振り向いた。寺院観光は、もういいだろうと言いたげだ。

こうして並ぶと、程の顔には疲労の色が濃く浮いていた。

「盗まれた物の在処《ありか》に、見当がついた」

安濃は、五体投地する老婦人の、骨が浮くほど痩《や》せた二の腕を見つめて、ぶっきらぼうに告げた。赤い絨毯の床に膝《ひざ》を突き、クッションを置いた地面に身を投げ出して一心不乱に祈っている。他人の視線など彼女は意にも介さないだろうし、忘我の状態にあるのが、傍《はた》から見ていてもわかる。自分は、あそこまで熱意をこめて何かに祈りを捧《ささ》げたことがない。今後も、祈る自信はない。だが、他人の信仰にけちをつける気もない。信じるものがある人は幸せだ。心にのしかかる重みを、神仏に預けて救いを得ることができる。

「どこにあるんですか」

抑えた声音だったが、程の興奮が手に取るように伝わる。

「国外だ」

「――国外とは、どこですか」

「まだ言えない。私が取り返す」

「もし本当に取り返してくれたら、約束通り金は払います。成功報酬ですが」

安濃は頷いた。

「それには船がいる」

程が黙り込んだ。

「できるだけ航続距離が長く、足の速いのがいい。盗んだ奴らに追いつくために」

「あなたが、シンガポールから脱出するために、私を利用するつもりではないという保証は？」

「脱出ならいつでもできる。自力で」

程は即答しなかった。こちらの言葉をどこまで信じていいのか、測りかねている。

「あなたは、何者ですか。日本のヤクザだと考えていたが、どうも違うようだ」

安濃は微笑を浮かべた。できるだけ凄《すご》みを感じさせることを祈った。老婦人は五体投地を終え、今度は中年の男性が妻とともに祈り始めた。壁面には、大小のさまざまな仏像が、両足を結跏趺坐《けっかふざ》の形に組み、手は印を結んで虚空を見つめている。このような場所でこんな会話を交わすとは、不信心にも程がある。

「あんたは田丸の情報が必要じゃないのか。それとも、取り返すあてがあるのか」

――あてがないから、目の下にクマを作り、正体不明の日本人と話しているくせに。

その言葉を呑み込み、程に視線を投げる。意図は充分に伝わったようだ。

程はまた黙り込んだ。今度の沈黙は、情報を自力で取り戻す可能性について考えているのだろう。敵がわかれば、正体不明の相手に頼む必要はない。

「保証が欲しいですね。——あなたのパスポートを、預からせてもらえますか」

苦笑いした。安濃のパスポートは、表向き遺骨収容調査を申請理由とした、場所・期間限定、目的限定の公務用だ。そんなものを渡せるわけがない。

「この話は、なかったことにしよう」

あえて強気に応じ、程の反応を確かめもせず、さっさと寺院を出た。程は少し遅れて追いかけてきた。ようやく、賭ける気になったらしい。

「——わかった。船を用意しましょう」

「できるかぎり早くだ。遅れるほど、取り戻せる可能性が低くなる」

「船を借りるにも費用がいる。あなたへの報酬から差し引くことにします」

ケツの穴の小さいことを言う奴だ。

「かまわないとも。私のやる気をそぎたいのなら」

程を見もせずにそう挑発すると、タクシーを停めた。

「三時間後にまた電話する」

呆然《ぼうぜん》とこちらを見送る程の姿が、車窓を流れ去った。程に陥れられたせいで、田丸は命を落とした。船を出させるだけでは釣り合わない。彼には、もっと働いてもらうつもりだ。

「シンガポール警察は、上島さんの誘拐を正式に事件として扱うそうです。ホテルの部屋に荷物を残したまま、もう何日も帰った様子がないし、いなくなった時の状況が状況ですからね」

経済産業省の高木は、今日も唇を真っ赤に塗っている。連絡を取り合い、警察庁の神崎が宿泊するホテルで落ち合うことにした。

神崎がホテル側と交渉して、安濃と高木を客室に入れる許可を得たのだ。下手なレストランより、ホテルの部屋で話したほうが、他人に聞かれるおそれがない。

安濃の変装を見て、高木は面白がっていた。

「高木さん、シンガポール警察への通報、ありがとうございました。おかげで、正式に警察庁への協力要請がありました。マリーナ・ベイ・サンズで撃たれた田丸氏の件と併せ、警察庁も外務省とともに事件解決に向けて協力します。私は先遣隊ですが、進捗《しんちょく》を見て警視庁からも応援が来る予定です」

神崎の言葉に高木が頷く。

「心強いですね」

神崎がシンガポール警察との情報交換を終え、いったんホテルに戻ったのは昼過ぎだった。ビジネスホテルに毛が生えたようなシングルルームで、椅子は一脚しかなく神崎と安濃はベッドに腰を下ろしている。

三人揃うと、高木がフードコートで買ってきたというテイクアウトの料理を、狭いテーブルに並べ始めた。

「皆さん、食事のことなんか気にも留めないだろうと思って。勝手ながら、用意させてもらいましたよ」

シンガポール名物のハイナン・チキンライスに、エビの春巻きに焼きそばにと、テーブルに載りきらないほどの食べ物に、デザートのマンゴー・プリンまでついているのを見て、神崎が頬を緩めた。

「お気遣いありがとうございます。これはまた、豪勢なランチですね」

──そう思うのは、昨日の高木の凄《すさ》まじい食欲を見ていないからだ。

安濃は喉《のど》元までせり上がってきたその言葉を呑み下し、高木から箸《はし》と紙の皿を受け取った。彼女は泊里と話が合いそうだ。泊里ならきっと、この狭苦しくも豊かな食卓を見て、目を輝かせただろう。

「神崎さん。アジアン・パール号の行き先について、その後なにか掴めましたか」

安濃の問いかけに、神崎が「いやあ」と曖昧《あいまい》に言葉を濁した。

「──まあ、それはおいおいわかるでしょう。私からシンガポール警察には、アジアン・パール号の船長が脅迫されて密出国に協力させられたことと、安濃さんの調査に上ってきた、東洋イマジカの河東氏の証言について、報告してきました。上島氏の行動予定を外部に洩《も》らしたと思われる、ノーラというアルバイトスタッフの件です」

神崎が、自分の皿にチキンライスを取り分けながら話す。いかにもエリート官僚的な風采《ふうさい》だが、態度はざっくばらんだ。

「アジアン・パール号の船長の家族は、シンガポール警察が保護します。ノーラについては、河東氏から直接もう一度話を聞くと言ってました」

「警察がおおっぴらに船の行方を調べ始めると、船長の生命が危険にさらされるのではないでしょうか」

安濃はその心配を指摘した。なにしろ、ごく普通の家庭の主婦と子どもを相手に、警察に知らせたり家を出たりすれば、船長を殺すと脅すような相手だ。

神崎は眉《まゆ》をひそめた。

「──その心配はありますね。シンガポール警察も事情を把握しているので、目立つ動きはしないはずですが」

しばらく、三人は無言で食事に集中した。食事にふさわしい話題ではない気がしたせいかもしれない。途中で神崎が、ペットボトルのウーロン茶を、ホテル備え付けのティーカップやグラスに注いでくれた。

「──それで？　私は事件の全貌をいつになったら教えてもらえるんでしょう。それとも、安全保障貿易検査官はあくまで蚊帳《かや》の外？」

あれだけ大量にあった中華料理をぺろりとたいらげて、ティッシュで口をきれいに拭《ぬぐ》うと、高木が両手を広げた。

「いや、国を出る前に能任政務官から状況を伺いましたし、高木さんにも説明してほしいと言われましたよ」

神崎が即座に反応してくれたおかげで、安濃は下手な嘘をつかずにすんだ。

「日本企業の先端技術情報を盗もうとする、産業スパイが暗躍しているそうです。田丸氏と上島氏はその犠牲になった可能性がある。能任政務官は、安濃さんたちに命じて産業スパイをひそかに探らせていたんです」

「なるほど、そういう経緯ですか」

事実とは微妙に異なるが、その説明でも問題はないだろう。現に、高木も納得したようだ。航空自衛隊の自衛官だという安濃の元の身分と照らし合わせ、勝手に想像をたくましくしたのかもしれない。

「それで、これから神崎さんと安濃さんはどうなさるんですか？　上島さんが船で連れ去られたのは明らかですよね」

安濃は言葉を濁し、神崎に答えを譲った。

「──私はこのまま、シンガポール警察と警察庁の中継役として残ります。高木さんはどうされるんですか」

「私もしばらくシンガポールに残って、河東さんたちから詳しい話を聞くつもりです。場合によっては、東洋イマジカに処分を下すことになるかもしれません」

ふたりがこちらを振り返り、お前はどうするのかと言外に尋ねてきたので、安濃はためらった。泊里以外の人間と、こうしてチームめいたものを組むことになるとは予想していなかった。

「——私はしばらく、シンガポールを離れるかもしれません」

「日本に戻られるんですか？」

高木が尋ねた。正直に答えるべきかどうか迷って、膝の上に視線を落とす。

「いえ——アジアン・パール号を、追うつもりです」

虚をつかれたような反応が、ふたりから返ってくる。

「それはよしなさい、安濃さん。能任政務官がそんな命令を出すはずがない。あなたは帰国を命じられたのではないですか」

神崎があくまで冷静に告げる。表情を消すと、高慢なエリート官僚臭さが鼻につく。彼の言葉から、神崎と能任が今でも連絡を取り合っているらしいと気がついた。

「能任政務官に、私を説得して帰国させるよう指示されたんですか」

安濃の答えに、さも迷惑そうな顔をした。

「——私なら命令通りに帰りますね」

「人それぞれです。私は泊里を見つけるまで、帰れません」

「そうは言っても、アジアン・パール号の行き先をどうやって知るつもりですか」

「犯人は、船長の奥さんに、十日もすれば船長を解放すると告げました。アジアン・パール号が、シンガポールから十日前後で到着する港を探します」

「そんな港は腐るほどある」

「しかし、上島さんと泊里が乗っていることは明らかなんですから、シンガポール警察だけでなく、警察庁も手を尽くして船の寄港先を調べているはずでしょう」

神崎が薄く微笑みながら、肩をすくめた。

「もちろんです。あとはわれわれ警察に任せてください。あなたの仕事はここまでです」

能任は、警察庁から自分の助っ人をよこしたわけではなかったのか、とがっかりした。あの男は、自分と泊里に四角四面なお役所仕事をさせたいわけではないだろうに。

「神崎さん、シンガポールまで来て、われわれが縄張り争いをする意味がありますか？警察が必ず泊里を救出できるという、保証はあるんですか」

神崎が目を怒らせた。

「あなたの自衛隊における階級は、三佐だそうですね。三佐は、警察官なら警部にあたります。私は警視だから、本来あなたは私のカウンターパートにはなりえない。ここでは、黙って私の指示に従ってもらいたい」

「初耳だ。私に指示できるのは総理と能任政務官だけです。あなたの指示を受けろとは聞いていない」

高木が黙って腕組みし、椅子の背に凭《もた》れた。男たちの力比べと意地の張り合いには、つきあいきれないとでも言いたげに、真っ赤な唇を歪めている。

「シンガポール警察は、田丸氏殺害事件の重要参考人として、安濃さんと泊里さんの写真を押さえています。今のままでは、出国もできないでしょう。能任政務官は、私になんとかして安濃さんを出国させろと指示してこられたんですよ」

「彼らが押さえているのは写真だけで、身元が割れているわけじゃない。出国を拒否する材料としては弱いでしょう。似ているが別人だと、しらを切り通せばすむ話だ」

「甘いですね。職務質問された際に、警察官をふりきって逃げたそうじゃないですか。公務執行妨害は立派な犯罪です。私がシンガポール警察にひとこと話せば、彼らは飛んできますよ」

「神崎さんが、そうしたいのであれば」

互いに睨《にら》み合う。

先に目を逸《そ》らしたのは、神崎のほうだった。

「とにかく、今日の帰国便を手配します。私が手配する便に乗る限り、あなたが無事に出国できるよう、取り計らいましょう」

「神崎さん、無駄なことはやめてください。それより、アジアン・パール号の行き先を教えてくれるほうが、建設的です」

神崎の苛立ちが募っているようだ。

「まあ、おふたりともちょっと待って。安濃さんが自力で船の行方を追おうとしているのは、どうしてなんです？」

高木が目を細めて身を乗り出す。

「私が行けば、救出の可能性が高くなるからです。船長の自宅で、泊里が残したメッセージを見つけました。私以外に、あれが泊里のメッセージだと理解できる人間はいない。あいつは私が来ると期待しているんです」

「そう。神崎さんが安濃さんに行かせてあげないのは、どうして？」

「上の命令だからですよ」

神崎の答えはシンプルだった。

「それなら、神崎さんは命令通り帰国便を手配したけど、安濃さんが従わずに逃げたのなら、別にかまわないわけだ」

高木のあっけらかんとした言い草に、神崎が目を剝いた。

「さあ、神崎さん。船の寄港予定地を、安濃さんに教えてあげなさいよ。警察庁とシンガポール警察が、この午前中を費やしたのに、まだ船の行方を摑めていないとは思えない。もし摑めていないのなら、それはそれで警察の能力を疑わざるを得ないって話になるし」

神崎がむっとする。高木は人を喰《く》い殺したばかりのような赤い唇を、にいっと横に引いた。

「せっかく美味《おい》しいものを食べたのに、これじゃ消化に悪いわ。そう思いません？」

安濃は笑いだしそうになるのをこらえた。そういえば、高木のポストを聞かなかったし彼女も言わなかったが、貫禄《かんろく》は神崎以上だ。

「――パキスタンのカラチですよ」

安濃は神崎に目をやった。事態が自分の意のままに動きそうにないと気づくと、神崎の変わり身は早かった。諦《あきら》めたのか、不愉快そうに肩をすくめる。

「今日から七日後の予定で、アジアン・パール号からカラチの港湾当局に入港申請が出ていました。シンガポール警察からパキスタン警察に連絡して、入港後すぐ乗組員全員と積荷を確保するよう手配しています」

「ありがとう」

「パキスタンの状況はご存じでしょう。あんなところにひとりで乗り込んでいくなんて、無謀すぎます。勝手な真似をするのなら、これ以上あなたに協力はできませんよ」

「もちろんです。あとはこちらでなんとかします」

上司の承認を得ないどころか命令に背くのだから、公務を逸脱する行為だ。本来のパスポートは目的地をシンガポールに限定している。つまり、パキスタン行きは密航だ。何か起きても、もう国のバックアップを当てにすることはできない。

――今度こそ、クビかな。

安濃はため息をつきたくなった。何度も、自分から退職しようとしたこともあるし、クビを覚悟したこともある。今度こそ、逃れられないような気がした。せめて航空自衛隊に帰らせてくれればいいが――。

「本当に生きて帰れるんでしょうね」

安濃が立ち上がると、高木が腰掛けたままにやりと笑いかけてきた。

「そのつもりです。ありがとう」

ホテルを出て、駅の近くにある公衆電話ボックスを探し、程に電話をかけた。約束の三時間を、少しオーバーしてしまった。

『待っていたんですよ』

程が咎《とが》める口調で言った。

『行き先はわかりましたか』

「パキスタンだ。パキスタンのカラチ」

程が天を仰ぐのが目に浮かぶようだった。

「船の用意はできたか。今夜にも出港したい」

『すぐに手配しますよ。連絡先を教えてもらえれば、こちらから知らせます』

「だめだ。一時間後にこちらからまた電話する」

程が、わざとらしくため息をついた。

『正直、あなたから情報だけ聞き出して、私が現地に向かったほうが早いかもしれない』

「あんたも一緒に来るか?」

安濃の挑発を、程は無視した。本気ではないのだろう。パキスタンといえば、アフガニスタンの内戦の余波を受け、パキスタン・タリバーンのテロ活動が激しい国だ。特にアフガニスタンとの国境付近にまたがる部族地域には、パキスタン人でも危なくて入れないと聞いている。そんなところに、進んで行きたくはないだろう。

――しかし、一緒に連れて行く。

安濃はそのつもりだった。程には独自の情報網がある。仲間の助けも得られるようだ。完全に孤立している自分が、パキスタンで充分な情報と物資を得るには、程のような男が必要だ。

「言っておくが、田丸のデータを欲しがっているのは、あんただけじゃない。できるかぎり足の速い船を用意して、私に恩を売っておいたほうがいいんじゃないか」

『――それは本気ですか。いいですか、私を甘く見ていると、あなたが泣くことになりますよ』

程のうんざりした声を聞き、手のひらにじわりと汗が滲んだ。こんな仕事には慣れていない。いつか、慣れる日が来るのかどうかもおぼつかない。

「一時間後に」

通話を切り、わずかに身震いした。間もなく自分は、捕まれば言い訳できない犯罪者になろうとしている。

――命令に背いてまで。

自分の身の安全を第一に考えて、指令通り帰国する手もある。しかし、泊里はどうなる。国のために働いただけなのに、拉致され生命の危険にさらされている。見捨てることはできない。

——本当に、日本に帰れるのだろうか。

ふいに、悪寒に襲われた。

真っ赤な胴体に黒い受話器の、シンガポールの公衆電話を見た。テレフォンカードはまだかなり度数が残っている。意を決して、紗代の携帯電話に国際電話をかけた。この時刻なら出てくれるだろうと思っていたが、呼び出し音が鳴り続けるだけで応答しなかった。しかたなく、自宅の固定電話にかけ直し、留守番電話にメッセージを残した。

「紗代、美冬、僕だ。今はまだシンガポールにいる。なかなか連絡できないので、メッセージを残しておくよ。ふたりとも変わりないか？」

そこでうかつにも、「自分に何かあれば泊里を頼れ」と言いそうになり、口をつぐんだ。

「こちらのことは心配せず、美冬は勉強を頑張って。紗代、家のことをよろしく頼む。長い間留守にして、本当にすまない」

受話器を置いてから、もし紗代が電話に出ていたら、泊里は元気かと尋ねられただろうし、嘘のつけない自分は困って、しどろもどろの返事をしただろうと気がついた。

——佳子さんも心配だろうな。

泊里の妻は、おっとりして人づきあいが苦手なタイプだ。泊里だけを頼りきって生きているような風情もあって、心配だった。

もし、泊里に何かあったら。

――いけない。

ろくでもない想像をしている場合ではない。今はただ、前だけ向いて、泊里を連れて日本に帰ることを考えるのだ。

8

「なんだ、まだ食事に出かけてなかったのか」

太い声が頭上から降ってきて、遠野真樹は驚いて見上げた。

内閣府遺棄化学兵器処理担当室の駒川《こまかわ》室長が、上着を抱えてこちらを見下ろしている。

慌てて時計を見ると、二時を過ぎていた。駒川たちが食事に出る時に、一緒に行かないかと声をかけてくれたのを覚えているが、中国外交部からの電話を待っていたので断ったのだった。仕事に集中しすぎて、昼食に出かけるのを忘れるとは。

「すいません、今から行ってきます。すぐ帰りますから」

財布と携帯電話が入った小さなポーチを摑み、立ち上がった。駒川が首を振る。

「ダメだ。しっかり、人間の食事らしいものを食べるまで帰ってくるな。遠野の場合、栄養補助食品を買ってきて席で食べそうだからな。毎日そんな食事では身体に悪い」

――図星だ。

駒川に頭を下げ、部屋から駆けだす。食べることは嫌いではないし、むしろ好きだ。自衛隊の基地にいる時は、食堂で毎日きちんと栄養バランスのとれた食事を摂《と》っていた。そういう食事に慣れているから、今のように、自分で好きなものを選んで食べろと言われると、戸惑う時もある。

四月から真樹は、遺棄化学兵器処理担当室に出向を命じられた。

最初は、なぜ自分が内閣府に出向せねばならないのかと、愕然とした。自分は警戒管制の仕事が好きだった。骨を埋めるつもりでいたのだ。しかも、出向先で与えられた仕事ときたら、これまでの業務とは何の関係もない、第二次世界大戦の折に日本軍が中国大陸に残した、化学兵器の廃棄処理だ。警戒管制のキャリアを積む役には立たない。

もちろん自衛官だから、命令は絶対だ。不満は口にせず、ここに来たのだが――。

正直、全てが新しい世界だった。

霞が関で勤務するのも初めてなら、制服を脱いで仕事をするのも初めてだ。何より、ある程度は知っているつもりでいた、遺棄化学兵器の廃棄処理について、自分がほとんど何も知らなかったことがよくわかった。

旧日本軍が中国大陸に持ち込んだ化学兵器が、終戦後も残されたままだったため、平成二年に中国政府が非公式に日本政府に対して解決を要請したことから、全ては始まった。

平成九年に発効した「化学兵器の開発、生産、貯蔵及び使用の禁止並びに廃棄に関する条約」、いわゆる「化学兵器禁止条約」にもとづき、平成十一年度から遺棄化学兵器の廃棄事業が始まったのだ。

化学兵器は広く中国全土に残されており、平成十二年に黒竜江省《こくりゅうこうしょう》北安市《ほくあんし》で、〈きい弾〉と呼ばれるマスタードガス弾を含む八百九十七発を掘り出したのを皮切りに、全土でおよそ五万発の砲弾を回収した。そのほとんどは、既に処理済みだ。

しかし、遺棄された化学兵器のほとんどが、実はハルバ嶺《れい》と呼ばれる、吉林省《きつりんしょう》延辺《えんぺん》の朝鮮族自治州敦化《とんか》市から四十三キロの山中に埋められている。北朝鮮やロシアの国境からほど近い、冬場は地面が凍結して作業が困難になる寒冷地だ。

その地中に、三十万から四十万発の砲弾が、埋設されているという。

この砲弾の数は、確定ではない。平成二十年度から試掘調査を行い、砲弾の埋設状況を確認して推定したものだ。一九五〇年代に、各地に点在した危険な砲弾をかき集め、中国政府がハルバ嶺に埋めたという。数が多いことも予想されていたので、当初は機械を使って掘り出すことを検討していた。ところが試掘してみると、坑の中で砲弾がきれいに並んでいるわけではなく、縦、横、斜め、はては直立状態のものがあったり、互いに固着していたり、砲弾以外の木切れや鉄線などが混じっていたりと、手掘りするしかないような状態だとわかった。

おまけに、坑に入っていたのは旧日本軍の化学兵器ばかりではなかった。旧日本軍の通常の砲弾が混じっている、それはいい。通常兵器は「化学兵器禁止条約」の対象外で、掘り出しても通常兵器と判断すればそれは中国側に引き渡して処理してもらう。しかし、なかには米軍の五百ポンド爆弾まで混在しているというのだ。おかげで、ますます実際の砲弾の数がわからない。二百数十キロもある爆弾を掘り出し、移動させるために、クレーンが必要になるという新たな問題も発生している。

当初、十年間で終了する予定の処理事業だったが、予定の期間はとうに過ぎている。平成二十七年からようやく、ハルバ嶺の本格発掘作業が始まったものの、狭い坑の中で安全に手掘りできるのは一日におよそ三十発。廃棄処理できるのは、年間に一万発程度ではないかとの試算もあり、もし推定通り、三十万から四十万発の砲弾が実際に眠っているのであれば、このままでは作業終了まであと三十年近くかかるかもしれないという、気が遠くなるような大事業なのだ。

ハルバ嶺だけではない。中国全土で、宅地の造成中などに、いまだに砲弾が発見される。中国政府から日本の外務省に連絡が入り、外務省が調査して遺棄化学兵器だと判断すると、内閣府に連絡が入る運用になっている。つまり、今後もまだ対象が増え続ける可能性があるのだった。

ハルバ嶺など現地での作業には、陸上自衛隊の化学兵器経験者らが当たっている。中国政府との取り決めがあり、作業場所まで道路を敷いたり、電気やインターネットなどのインフラを通したり、埋設場所の上にかぶさる無害な土を取り除くのは、中国側に費用を支払って委託する。実際に化学兵器に触れる危険性のある作業は、日本側が実施することになっている。

砲弾を掘り出し、〈きい弾〉〈あか弾〉など種類を見極めるのも人力だ。掘り出した砲弾は、ハルバ嶺の敷地内に建設した、制御爆破方式と加熱爆破方式の廃棄処理設備で無力化する。

こんなにたいへんな事業だとは、正直、考えてもみなかった。

――第二次世界大戦が終わったのは、いったいいつのことだったのか。

七十年を経て、土に埋まった砲弾は劣化し、ヒ素などを含む液体が洩れて周辺の土壌を汚染したり、うっかり触れてしまった住民に健康被害を及ぼしたりする。砲弾の形をしていればまだ注意もするのだろうが、中にはドラム缶の形をしたものもあるのだという。まさか第二次世界大戦の置き土産だと思わず、金属を再利用しようとして、事故を起こしたケースもあるようだ。

春からの数か月で、自分の中で七十年の時が、いっきに縮まったような気がする。昭和二十年八月十五日、終戦の日として記憶しているその日付が、単なる情報ではなく、身近な人間の血と汗の記憶として、甦《よみがえ》ったようだ。七十年経過しても、忘れることのできない記憶として。

もちろん、中国に残された化学兵器が、終戦時にソ連軍によって武装解除され、接収されたものであって、字義通りの「遺棄」ではなかった、という意見があることも承知している。この場合、字義通りに旧日本軍が「遺棄」したかどうかは問題ではなく、いわば製造者責任を問われているのだと真樹は感じていた。そして、日本政府は、当初の予定よりはるかに長い時間をかけているかもしれないが、きわめて誠実に着実に、過去の負の遺産を処理しつつある。年間数十億から二百億円超の費用をかけて、愚かな過去を退治しつつあるのだ。それはむしろ、自分たちの誠実さの証《あかし》として胸を張るべきことではないかとも思う。開き直る必要も、卑屈になる必要もない。

おおかたの日本人にとって、「この前の戦争」と言えば第二次世界大戦だろうが、アメリカ人にとってそれは対イラク戦であり、韓国人にとっては今も休戦状態にすぎない朝鮮戦争なのだった。世界中のどこかで、今も飛び交う砲弾に怯える人たちがいる。日本人が、〈戦後〉七十年の平和を謳歌《おうか》する間も、世界のどこかで常に、戦いに明け暮れる国家は存在した。

――この国は、希有《けう》な国だ。

第二次世界大戦では、あの超大国アメリカを敵に回し、たとえそれが国民全ての本心ではなかったにせよ、一億玉砕などという自棄なスローガンを掲げて死に物ぐるいになり、戦争が終わると今度は、まるで憑《つ》き物が落ちたかのように、戦争の気配から身を遠ざけてきた。目立たない小国ならそれも自然なことだろうが、この国は戦後すぐに目覚ましい経済成長を遂げ、アメリカに次ぐ世界第二位の名目ＧＤＰを誇る経済大国になっていた。その流れの中で、エコノミック・アニマルと蔑《さげす》まれ、日本人は、金は出すけれども血は流さないと、海外から侮蔑《ぶべつ》めいた指弾を受けてきた。そうして、この七十年の〈平和〉を守り抜いたのだ。

――もちろん、その〈平和〉が湖に張った薄い氷のように、いつ割れてもおかしくない綱渡りのような代物だったことは、ともかくとして。

ふと、真樹は、とりとめのない思考を止めて周囲を見渡した。内閣府の建物を出て、どこで食事を摂ろうかとあてもなく歩き回っていた。いつもコンビニで栄養補助食品や弁当、パンなどを購入し、持ち帰って席で食べるのが癖になっていたから、食べてこいと指示されると逆に困ってしまう。ひょっとすると、地下に食堂があったかもしれない。そんなことも知らなかった。そこに行けば、こんなに悩む必要はなかったのかもしれない。

日比谷《ひびや》公園の近くで「ランチ」という文字を見かけ、ほっとしてそちらに向かった。まだランチを提供しているらしく、客が並んでいる。しばらく席が空く様子はなかったけれど、また動いて別の店を探す気にはなれなかった。少なくともこの店には、トマトソースをベースにしたパスタランチがあるらしい。客が列をなしているくらいだから、それなりに美味しいのだろう。

待ち時間にスマホを取り出すと、安濃の妻、紗代からメールが入っていた。安濃とは府中《ふちゅう》基地からの腐れ縁なのだが、彼とともに事件に巻き込まれるうち、紗代とも面識ができ、やりとりをするようになった。今でもメールで情報交換をしている。そう言えば、安濃と泊里は去年の秋に、内閣府の遺骨収容対策室に出向したと聞いた。今でも安濃は、紗代をハラハラさせているのだろうか。

メールを読むなり、驚いて真樹は紗代に電話をかけた。

「――遠野真樹です」

『遠野さん？　良かった、お元気そうで』

紗代の声は快活だった。

聞くところによれば、紗代は今、介護福祉士の資格を取るために勉強しているそうだ。実務経験が三年以上は必要なので、デイサービスでパートとして働いているのだとか。資格要件を満たせば、介護福祉士の資格を取るつもりだそうだ。

――紗代は、ずいぶん変わった。

魂がすりきれそうなほど安濃を心配して、何度も自分に電話をかけてきた頃と今とでは、別人のように強くなった。

安濃が、自分の妻のそんな現状を、ちゃんと把握できているとは思えない。

「紗代さん、安濃さんと泊里さんが、シンガポールに出張中で、電話連絡も取れないって本当ですか」

――まったく、あのふたりは。

安濃はともかく、泊里までいったい何をやっているのだろう。安濃がさまざまな危険に巻き込まれたり、勝手に暴走したりして、それをフォローするのが泊里の役割だと思っていた。

自衛隊の仕事をしているのなら、任務の内容によっては、家族に黙って長期の訓練や活動に行かねばならないこともあるだろうが、いま彼らがやっているのは、第二次世界大戦の時に旧日本軍が収容できず放置されている、兵士たちの遺骨を収容する仕事だ。しかも、出張先はシンガポールだという。電気も来ないような辺鄙《へんぴ》な島にいるわけではあるまいし、電話ぐらいよこせばいいのに。

『ええ、でも最初からそうなるって聞いてたのよ。最初の行き先はシンガポールだけど、遺骨の情報が入れば、どんな場所に行くことになるかわからないから、電話がなくても心配しなくていいって。自分の携帯は、電話代が高くつくから、向こうでは使わないようにするんですって。今朝、泊里さんの奥さんから、泊里さんからも何の連絡もないって愚痴を聞いてね。それで、つい遠野さんにもメールしてしまったの。ごめんなさいね。――でもね、さっき、留守番電話に主人からメッセージが入っていて、逆に驚いちゃった』

謝られる筋合いではなかったが、やはり気になる。

「それなら良かったですね。留守番電話には、なんて入っていたんですか――？」

紗代が、ごく短い間、ためらった。

『長い間留守にしてすまないとか、そんなことを言ってたみたい。ほんとに、なんにも連絡がないなんて困ったものだとは思うけど——でも、考えてみればしかたがないわよね。あの人が自衛官で、ある日突然、家族に連絡もせずに戦闘や訓練に出発してしまうことがあるって、わかってて私は結婚したんだもの』

肯定することも、否定することもできず、真樹は戸惑っていた。自衛官の立場として、それはしかたがないことだと思う。仕事なのだから、安濃の行動はむしろ賞賛されてもいいのかもしれない。しかし、それを肯定することは、女性という自分の性別に対する裏切りのような気もする。

「泊里さんのことは、何か言ってましたか」

『いいえ、何も。男同士ですもの、あんまりべたべたしないんじゃない？』

連絡がなくてもしかたがないと口では言うものの、やはり安濃からの留守番電話メッセージを聞いて安心したのか、紗代は饒舌《じょうぜつ》だった。娘の美冬が少年野球に入りたいと言っていることや、デイサービスでの仕事のことなど、ひとしきり喋って通話を切った。

真樹も、ようやくカウンター席に案内された。

——でも変ね。泊里さんも、自分の携帯を持って行かなかったということ？

遺骨収容対策室。くしくも自分の出向先と似たような場所だと考えていたが、どうもおかしい。

——あのふたり、いったい何をやってるんだろう。

＊

『今夜、出港する船を手配しました。スペースがないので、荷物を最小限にまとめてください。食事は船で出します』

MRTの駅にある公衆電話からかけると、押し殺したような声で程が告げた。声の様子から察するに、緊張しているらしい。

「──どうした。何かあったのか」

『あなたには関係ない』

程には相当のプレッシャーがかけられているようだ。

「あんたの船でカラチに行く。一蓮托生《いちれんたくしょう》だ。気になるさ」

『カラチには必ず安全に送り届けます』

「船の乗組員の腕は確かか。私が捕まれば、田丸の情報も手に入らないぞ」

『間違いのない船と乗組員です』

程がわずかにためらった。

『──だが、交換条件があります。あなたの言う、田丸の情報を欲しがっている他の奴とは、いったい何者か教えてください』

「田丸を殺し、情報を盗んだのは、武器や兵器の密売を仕事にする奴らだ」

程が沈黙した。

「奴らは自分たちが情報を握ったことを明かして、顧客の中から買い手を募っている」

『――やはりそうでしたか』

ほぼ安濃の口からでまかせだったが、当たらずといえども遠からずのはずだ。程がすっかり騙《だま》され、吐き捨てるように言ったのも無理はない。

『あなたひとりで、そんな奴らから情報を取り戻すつもりですか。できるんですか』

「私を甘く見るなよ。奴らの居場所や正体を突き止めたのは誰だ？　取り戻せるに決まってるさ」

安濃は自信たっぷりに笑った。程の疑いが、電話越しに伝わってくる。失敗すれば、全てが水泡に帰する。――もちろん程のような男が、これほど大切なことを他人《ひと》任せにできるはずがない。

『五分後に、またかけ直してもらえますか』

なぜと聞き返す前に、通話は切れていた。指示通り五分後に電話すると、程は平静な声に戻っていた。

『今夜八時に、これから言う場所に来てください。そこで待ち合わせましょう』

「待ち合わせ？」

『私もカラチに同行します』

安濃は黙った。沈黙が、当惑か怒りだと解釈されるよう願った。

『いいですか、パキスタンと私の祖国は親しい仲です。カラチのずっと西側ですが、グワダルには中国が租借する港もある。いろいろ考え合わせても、私のほうが向こうでは有利に行動できます。もし、私が船の上であなたを拷問して情報を聞き出すつもりではないかと疑っているなら、それは誤解です。安心していい』

「――現地で、あんたが邪魔にならなきゃいいが」

皮肉に聞こえるよう、祈った。

『そろそろ、あなたの名前を教えてください。カラチまで、十日近く一緒に船で生活するんですから』

懐柔するかのように、程が言った。

――名前か。

「名前など、記号に過ぎないさ。不便なら、山本でいい」

そう言いながら、脳裏に浮かんだのは李高淳の顔だった。本名は山岡敏明だと名乗った時の、あの切実な表情。彼にとって、名前は記号などではないに違いない。

『では山本さん。今夜八時に、今から言う店に来てください。軽く食事をして、それから港に行きましょう』

「いいだろう」

通話を終え、程が指定した、チャイナタウンのレストランを書きとめた。

――もう引き返せない。

今のところ、何もかもうまくいっている。アジアン・パール号の行く先を摑み、船にも乗れそうだ。その高揚した気分と不安とが、マーブル模様のようにまだらに混然としている。後は、李家に戻り、荷物をまとめるだけだ。

9

李家の二階でベッドに腰を下ろし、安濃は荷物を吟味した。迷ったすえ、貸与されているスマートフォンと、充電器をカラチに持っていくことにした。パキスタンの標準電圧は、二百三十から二百四十ボルトだ。シンガポールにいる間に、変圧器を手に入れた。あとは現金と着替えを少し。身元がわかるようなものは、持っていかない。

シンガポールにいる間は、李陽中に頼めば現地通貨を貸してもらえた。もちろん、後で日本政府から返済されるのだ。

——もう五時半。

留守中は、公用旅券を陽中に預けることにした。万が一、密航がばれて捕まっても、能任や国に迷惑をかけたくない。出向中とはいえ、自衛官でもある。ことが公になればたいへんな騒ぎになる。できれば、しばらくの間は身元不明の怪しい日本人として、時間を稼ぎたい。その間に、能任らが救いの手を差し伸べてくれるならそれもよし、それがムリなら——。

安濃はゆっくり首を横に振った。

——今は考えないようにしよう。

携帯電話も持っていくべきではないかもしれないが、現地で連絡手段がないと困る。最悪の場合には、どこかで拾ったと言い訳すればいい。

自分にもしものことがあれば日本に送ってもらうよう、封筒の表に自宅の住所を書き、公用旅券を短い手紙とともに入れておくことにした。

——紗代になんと書こう。

言いたいことは山ほどあった。こんなにふがいない自分と結婚してくれて、ありがとう。美冬を産んでくれてありがとう。心配ばかりかけて申し訳ない。美冬のことをよろしく頼む——。

しかし、それでは遺書を書くようだ。自分は泊里を連れて帰るのだ。そう決意を新たにし、陽中にもらった用箋《ようせん》には、「能任政務官に渡してください」とだけ書いた。旅券と手紙を封筒に入れ、糊《のり》づけして机に載せる。ふいに、これで自分と日本を形式的に結びつけるものは何もなくなったのだと、深い感慨を覚えた。

国籍、所属する自衛隊という組織、三十数年にわたる経歴——安濃将文という人間を外側から形づくってきた、殻のようなものを脱ぎ捨てた時、最終的に自分に残るのはいったい何だろう。そもそも、残るものがあるのだろうか。

車椅子がきしむ音が聞こえた。

「――安濃さんには、何も協力して差し上げられなかったのが心残りです」

穏やかな高淳の声に振り向く。陽中が車椅子を押している。安濃はベッドから立ち上がり、高淳に近づいてそっと手を握った。

「とんでもない。おふたりがいなければ、私はシンガポールで立ち往生していました」

彼らがいてくれたおかげで、物心両面でどれだけ心強かったことだろう。

高淳は生真面目な表情で、封筒を差し出した。

「パキスタンで調査を手伝ってくれそうな人物を探したのですが、なかなか見つからないのです。いい加減な人間を紹介するわけにはいかないので」

「そこまで骨を折ってくださるなんて、本当にありがとうございます。でも、自分で決めたことですから、自力でなんとかするつもりです」

「もちろん安濃さんなら、なんとかできると思っていますよ」

高淳が微笑んだ。

「せめて通訳代わりがいればと、パキスタンに事務所を置いて行き来しているシンガポール人に、ガイド役を頼みました。その男の連絡先を書いておいたので、向こうに着いたら連絡してみてください。先方の仕事の都合で、ずっと同行するわけにはいかないそうですが、助けになってくれます。パキスタンの公用語は英語ですが、都市部はともかく、地方ではウルドゥー語や地方固有の言葉しか通じない人も多いので」

「何とお礼を言えばいいか――」

ずしりと重い封筒をいぶかしみながら開けると、ガイドの連絡先だけでなく、少なからぬ米ドル札も入っていた。驚いて高淳を見た。

「これは――」

「陽中に聞きました。国からは、帰国を命じられたそうですね。あなたは命令に背き、パキスタンに行く決意をした」

能任が、安濃の行動を見越して陽中にも連絡したのだろう。李家に迷惑をかけないよう、能任がパキスタン行きに反対していることは隠すつもりだった。

「安濃さんのことだから、反対を押し切ってパキスタンに行くのに、国から費用を出してもらうわけにはいかないと考えているでしょう。ですから、これは私からの餞別《せんべつ》です。米ドルならパキスタンでも使えますから」

「そんな、頂くわけにはまいりません。李家の皆さんには、充分という言葉ではとても間に合わないほど、本当によくして頂きました。いくら感謝しても足りません」

ガイドの連絡先だけを抜き取り、あとは封筒ごと返そうとした手を、高淳の皺《しわ》だらけの手がそっと押し返した。優しく穏やかだが、その仕草はきっぱりとしていた。

「いけません、安濃さん。今からあなたは、孤立無援の土地に行くのです。どんな場所でも、使い方さえ間違えなければ、お金ほど心強い味方はない。いいから、お持ちなさい。その金が、あなたや泊里さんの命を救うことだって、ないとは言いきれないのですから」

高淳の親切が身にしみた。この老人は、なんと誠実に自分たちを支援してくれるのだろう。今では安濃にも、その理由がなんとなくわかりかけている。

「ありがとうございます。このお金は、ぜひ私がお借りしたことにさせてください。——頂かないと意地を張るわけではないんです。お返ししなければならないものがあると決意したほうが、必ず生きて帰るという強い気持ちにつながるので」

高淳が頷《うなず》く。その口元に、うっすらと微笑が浮かんだ。

「陽中、車の用意を頼んだよ」

「はい、お父さん」

陽中が車庫に下りていくのを待ち、高淳の車椅子の前に跪《ひざまず》いた。

「——なんとお礼を申し上げればいいのかわかりません。高淳さんには、他にもお約束していることがあります。だから私は、必ずここに戻ってきます」

「安濃さん、それがいい。必ず戻ってください。『諜者《ちょうじゃ》は死なず』です」

本名は山岡敏明だと名乗る彼の正体が、これではっきりした。

——諜者は死なず。

「謀略は誠なり、諜者は死なず、石炭殻の如くに」とは、陸軍中野学校の教えだ。昭和十三年に創設され、終戦までの七年間に、二千五百名ほどの卒業生を送り出した。情報勤務のプロを育成する目的で創設され、戦況の悪化とともに教育内容はゲリラ戦の専門家養成へと変化したが、中野学校があと十年早くできていたら、戦争は回避できていたかもしれないとさえ回顧される存在だった。

戦地で亡くなった卒業生も多く、行方不明になった卒業生も多数存在する。当時、欧米諸国の植民地だったアジア諸国を解放するため、現地の軍隊を教育したりするうち、彼らに共感して、終戦とともに現地の独立運動に身を投じた者もいたそうだ。

「心細いでしょうね」

ふと、高淳の口からそんな言葉が洩《も》れ、自分の心底を見抜かれた気がして、安濃はたじろぎつつ正直に頷いた。

「――おっしゃるとおりです。こんなに怖いものだとは思いませんでした」

素直に口にして、はにかみ笑いを浮かべる。高淳にはかなわない。高淳も微笑んだ。

「国家という後ろ盾が消えると、裸で往来に立つ気分がするでしょう。ふだんはほとんど意識しないが、私たちはみな、自分が帰属する集団の恩恵をこうむっています。しかし、いちど集団から完全にはみ出ると、己の実力と真価がよくわかる」

高淳の言葉が身にしみた。航空自衛隊きっての異端児を自認していた安濃だが、そうはいっても組織から完全に自由であったことは一度もないし、日本という国の一員であることが、多かれ少なかれ助けてくれた。

――ここからは完全にひとり。

膝《ひざ》が震える感覚がしたが、それが心細いせいか、武者震いなのかわからなかった。

「出自、学歴、地位、そんな虚飾をすべて脱ぎ捨てた時、あとに残るのは人の誠です」

高淳が呟いた。

「人を動かすのは、ただ人の誠実な心のみ。『謀略は誠なり』。嘘や偽りで人間は動かない。純粋でまっすぐな心が誰かを動かす時、計画は成るでしょう。あなたならそれができる」

高淳の過分な言葉に驚きながら、安濃は頭《こうべ》を垂れた。自分が能任の命令に背いてシンガポールを飛び出すのは、泊里を救いたい一心からだ。できると確信しているわけじゃない。ひょっとすると、できるかもしれない。可能性が少しでもあるのなら、それに賭《か》けないのは怠慢というものだ。

「諜者は死んではいけません。情報を持ち帰るまでが任務です。生き延びることに意味があるのです。何があっても生きて帰らなければ、その諜者は最初からいなかったのと同じことだ」

「——必ず帰ります」

約束しながら、いま自分の目の前にいる男は、七十年以上も前に自分と同じような職務に就いた男なのだと改めて思い、今度こそ指先が震えた。

「必ずですよ——必ず」

高淳が眩《まぶ》しげに目を細めた。

「あなたに話したいことがあると前に言いましたね。長い話です。戻ってきたら聞いてください。日本に会いたい人がいるのです。私もそろそろ、いつお迎えがきてもおかしくない歳です。過去を整理しておきたい。そう、願うようになりました」

高淳の口調に、初めて彼が助けを求めているのだと直感した。

「私にできることがあれば、力を尽くしてお手伝いすると約束します。もし誰かを捜すべきでしたら、教えていただければ捜します」

「いや、相手の居場所はよく知っています」

「では――」

「山岡敏明として、日本の土を踏むことはできないだろうか。祖国ではとうに、私は死んだものとされているはずです。しかし、昔の、私の本当の名前で――」

高淳は消え入りそうな声で囁《ささや》いた。

陽中が階下から呼んでいる。車の用意ができたようだ。

「現時点でお約束はできません。しかし、私の力の及ぶかぎり、ベストを尽くします」

高淳の手を固く握り、立ち上がった。

――何があっても、生きて戻る。

自分のためだけではない。百歳近い高淳には、これが最後の機会になるかもしれない。自分を信用し、七十年ものあいだ秘めていた望みを打ち明けてくれた。その信頼に、なんとしても応《こた》えたい。

部屋を出る前に、深く頭を下げた。高淳は車椅子の中で、縮んで見えた。

「急ぎましょう、安濃さん。この時間帯は道が混みますから」

陽中が急《せ》かす声に、階段を駆け下りる。玄関先に停めた車の中で、陽中が待っていた。安濃も助手席に滑り込む。

「よろしくお願いします」

「任せてください」

言葉通り、空《す》いた道路を選んで飛ばす陽中に運転を任せ、安濃は能任に暗号化メールを送った。

「――山岡敏明という日本人男性の身元をご確認願いたし。年齢は九十代半ば。国内では死亡もしくは行方不明とされている。陸軍中野学校の卒業生である可能性あり」

今日中に帰国便に乗れと指示したのに、ぬけぬけとこんなメールが届いたら、能任は激怒するだろうか。しかし、これは早い方がいい。なにぶん古いことなので、調査に時間がかかるはずだ。

――そもそも、能任はどこまで李高淳の素性を知っているのだろう。

メールを送り終えると、少し考えてスマホの電源を切り、電池を抜いて鞄《かばん》にしまった。どのみち今夜のうちには、自分は船の上だ。これからしばらく、電話は通じなくなる。

――待ってろよ、泊里。すぐ迎えに行く。

安濃がパキスタンに到着するまでに、現地の警察が泊里と上島を救出し、犯人を逮捕する。それが最良のシナリオだ。

「どうぞご無事で。またすぐシンガポールでお会いできるよう、祈っています」

「ありがとうございます。必ず戻ります」

程に指定された中華レストランのそばで車を停めてもらい、陽中と固く握手した。店に向かう自分の背中を、陽中が見送ってくれているのを感じた。

小さな鞄ひとつ抱え、レストランの扉を押し開ける。奥の席で、程が憂鬱《ゆううつ》そうに振り向くのが見え、安濃はそちらに頷きかけた。

＊

オフィスのブラインドシャッターの隙間から、店舗の受付にたたずむ若い男が見えた。そばに来客用の長椅子があるのに、そちらには目もくれず所在なげに突っ立ち、横目で窓の外を眺めている。土埃《つちぼこり》で汚れた窓の向こうには、フレアホールの壮麗な尖塔《せんとう》の先端が見えるはずだ。パキスタンがイギリス領インド帝国の一部だった頃に、ここカラチに建造された旧市庁舎だった。

若い男は、白いシャツにカラシ色のパンツ姿で、日焼けした肌に澄んだ目が、若さというより幼さを感じさせた。

「なんだ、あれは」

アリは男から目を離さずに、隣でパソコンを叩《たた》いているイムランに尋ねた。さっき、店舗から飛び込んできて、一心に何かを検索している。

「客だよ。八人乗れるボートを借りたいんだと」

「子どもじゃないか」

イムランは黙って肩をすくめた。子どもでも、金を払うなら立派な客だと言いたいのだ。アリも、その点に異存はない。

「うちにはファミリータイプの六人乗りしかない。提携先のマリーナにも、空きがない。三日後の予約なんだが」

イムランが唸《うな》るように言う。彼らが共同経営する〈カラチ・アドベンチャーズ〉が保有するのは、ひとり乗りの水上オートバイや、ふたり乗りのレースボートがほとんどで、せいぜい六人乗りのスピードボートまでだ。カラチの浜辺で舟遊びをする観光客や富裕層向けにレンタルしている。求められれば、操縦代行もする。その場合はチャーター船扱いで、料金が上がる。

アリは子どもの頃、長距離トラックの運転手だった父親の助手として、パキスタン中を走り回っていた。少しずつ金を貯め、従兄弟《いとこ》のイムランを誘って古いモーターボートを買い、〈カラチ・アドベンチャーズ〉を立ち上げたのだ。商売はどうにか軌道に乗ったが、家族を楽に養えるところまではいかず、父親はまだトラックに乗っている。今はアリの弟が父親を手伝っている。

「知り合いに頼んで、借りてやろうか？」

ヨットクラブで知り合った男が、十三人乗りのプレジャーボートを所有している。忙しい彼は高価で大きな船をもてあまし気味で、仕事をしているふだんは乗る機会もないから、アリの頼みに応じ、観光客に貸して小遣い稼ぎをしているのだ。

「頼むよ。客にはいくらで貸せばいい？」

少し考えた。アリたちの会社の船は、ダイビング用品などもろもろの小物とセットで半日貸して、だいたい十万から十五万ルピーだ。

「二十万かな」

相手があんまり若いので迷ったが、船が大きくなる分、少々ふっかけてもかまうまい。イムランが素早くメモに書きつけ、客のところに戻っていこうとするので、アリもぶらぶらと一緒に店舗に出た。若い客に関心があった。

「――お待たせしましたね」

こちらを向いた大きな目は、暗い茶色をしていた。澄んだ白目のせいで、ひどくくっきりして見える。思った通り、まだひげも生えそろわないような子どもだ。十七歳か、十八歳くらいではないか。

イムランが船の説明をし、価格をふっかける間、若い男は黙ってイムランの目と、印刷したパンフレットを見比べていた。態度が落ち着いており、表情がぴくりとも動かないので、年齢以上に大人びて見えるのは確かだ。この年頃にありがちな、若造と思われるのが嫌で背伸びしているようでもない。眼光に十代とは思えぬ老成した印象がある。三十代のアリが、どうかした拍子に気圧《けお》される気分がした。十三人乗りで二十万ルピーと聞くと、相手は首を横に振った。

「そんなに乗らない。八人でいいんだ」

低いがよく通る声で、ひどく訛《なま》りの強い英語だ。パキスタンの北西部に住む、パシュトゥーン人ではないかと感じた。タリバーンが支配する地域から逃げ出した人々が、カラチにも大勢流れ込んできている。

「ちょうどいいサイズの船はないんだ。これより小さいのだと、六人乗りになってしまう」

「ではしかたがない。十三人乗りにする」

イムランの説明を聞いて即断し、青年はカウンターに紙幣を並べた。料金を値切る気はないらしい。

「手付金だ。半額の十万ルピーある」

イムランがほくほくして手を伸ばそうとすると、青年は強い指先ですばやく紙幣を押さえた。

「夜釣りに使いたい。夕方借りて朝に返したいが、かまわないか」

イムランがちらっとこちらの様子を窺《うかが》ったので、アリは頷いた。こんな若いのが、夜釣りに二十万ルピーもの大金を払うというのが解せないが、断る理由はない。怪しいとは感じたものの、船を無傷で返してくれるなら、まあ問題はない。

「いいですよ。何時に来られますか」

日程の相談をして満足したのか、青年は手付金をイムランの側に押し出した。気が変わらないうちにと思ったのか、イムランはさっさと紙幣を取って勘定した。アリは、ふと気になった。船舶操縦のライセンスをまだ確認していない。

「誰が操船するんです？　あなたですか？」

「――伯父《おじ》が操縦する」

「それでは、ライセンスは当日、伯父さんが見せてくれるんですね」

「そうだ」

イムランが差し出したレンタルの申込書に、青年がペンでアフサン・シャーイルと署名した。ペンを持ち署名する瞬間だけ、彼は学校で勉強している子どものように、真剣な表情になった。アリは昨年結婚し、妻のシーザに子どもが生まれたばかりだ。青年の表情に、未来のわが子の姿を重ね合わせ、初めて「可愛い」と感じた。大人びてはいるが、どうしたってまだ十代なのだ。

「それでは当日に」

店を出て、マリーナのそばに停めた車に向かう青年の後ろ姿を見送った。車はずいぶん走り込んで埃だらけのスズキの軽トラックだった。ボートを借りるのに二十万ルピーもぽんと出す男にしては、古い車に乗っているものだ。

軽トラックに乗り込んだ青年は、慣れた様子で車を出し、走り去った。やはり、年齢以上に大人びた印象は変わらなかった。

10

程と待ち合わせた後、安濃は倉庫に連れていかれ、コンテナの奥に潜り込んだ。四十フィート・サイズの、特別製ドライコンテナだ。高さ約二・五メートル、長さ約十二メートル。万が一、扉を開けて検査された時のために、扉から六分の五は貨物を詰めてカモフラージュしており、奥に人間が隠れるスペースがあることには、まず気づかれない。安濃と程は、換気が確保された幅二メートルの真っ暗なスペースに入り、船が出港して沖合に出るまで息を殺して待った。

「沖に出て人目がなくなれば、ここから出してくれます。それまで寝ていたほうが得策ですよ」

程は暗闇でそう囁くと、それきり無言になった。数分後には寝息が聞こえてきた。

──本当に出してくれるのだろうか。

コンテナの重さは何トンにもなるので、港では巨大なガントリークレーンを使って船に積み上げる。船上でコンテナの扉を開き、中の荷物を出して彼らを外に出すなんて、本当にできるのだろうか。程は心配ないと請け合ったが、もしできなければ、あるいは乗組員が程との契約を反故《ほご》にすれば、十日近くもこの狭い空間に閉じ込められる。持ち込んだ水は、ペットボトル一本だけだ。食料はない。十日も経てば、まずコンテナの中で干からびて死ぬ。簡易トイレを持たされたが、海に出て懐中電灯を使ってもよくなるまで、手探りでは使えそうにない。コンテナがクレーンで吊《つ》り上げられた時も生きた心地がしなかったが、十日も漆黒の闇に閉じ込められると考えただけで、気が遠くなった。

かすかなエンジン音とともに船が揺れ、動き出すのを感じてしばらくの後、安濃は自分の身体の陰でスマホの電源を入れてみた。だいぶ沖に出た頃かと考えたからだが、出港の時刻から一時間も経っていなかったので驚いた。待つ身には、時間の流れが遅くなるものだ。陸地から離れたので、通信機能は使えない。眠ろうとしたが、神経が冴《さ》えてまんじりともしない夜を過ごした。

観音開きの扉を開き、荷物を引きずり出す音がし始めたのは、コンテナに隠れてから二十時間が経過した頃だった。その頃には程も目覚め、隅でゴソゴソと動いていた。

「――やっと出られますね」

荷物の一部が引っ張り出され、隠し小部屋にいきなり光が差し込んだ。乗組員が荷物の上から顔を出し、「問題ないか」と英語で声をかけた。爆発するような眩しさを感じたが、目が慣れてくるとそれは鮮やかな夕焼けの光だった。

「腹が減った。早くここから出せ」

程が言うと、乗組員らが笑い声を上げた。彼らは、ある程度気心の知れた仲間らしい。仰々しいコンテナといい、彼らはこういった仕事をたびたび経験しているようだ。

――コンテナから顔を出すと、大海原の真ん中にいた。

夕焼けで海が真っ赤に染まり、程の白いシャツも残照で赤らんでいる。

「誰に見られるかわかりませんから、甲板にはなるべく出ないでください。この船に、我々は乗っていないことになっていますからね」

程が念押しする。

船底に乗組員らの居室があり、安濃と程もそこへ移って寝泊まりした。船内の作業は必要ないと言われていたが、時間が余るので、掃除と洗濯は進んで請け負った。乗組員らの心証を良くしようと思ったわけではなく、じっとしていると、ものごとを悪いほうに考える癖が再発しそうだったからだ。安濃が船の上で時間を空費している間にも、泊里らはカラチに到着しているかもしれない。程は操舵室《そうだ》に入り浸り、船長らと話し込んでいる様子だったが、安濃を仲間に入れようとはしなかった。

食事は缶詰が多かったが、文句はない。飲み水は充分あり、時々は程がぬるいビールを差し入れてくれた。彼自身も、海上での思いがけない余暇に戸惑っているように見えた。

甲板に出るなと指示されていたので、天候の良し悪しすらわからず、時おり船が揺れる日はあったものの、大型貨物船ならではの安定感で、カラチまでの道のりを着実に消化していく。熱帯の海を行くのでとにかく暑く、船上で水は貴重品だが、短時間のシャワーを浴びてどうにかしのぐ。船室には、男たちの汗くさく、饐《す》えた臭いが染み付いている。

——八日目の夕方、程に誘われて船首の甲板に上がった。

「あと少しでカラチです。またしばらくコンテナに隠れますから、最後に少し外の空気を吸いましょう」

一週間以上ともに生活して、親近感が湧いたわけでもないだろうが、程は妙に馴《な》れた態度になった。船上でギスギスした空気が続くと、カラチに着いてから仕事に差し支えると考えたのかもしれない。

船の上を舞うカモメが見えた。潮風と、どこまでも広々とした海が心地よい。

「そろそろ、カラチに出入りする船とすれ違う可能性もあります。注意しないと」

深呼吸する安濃の横で、程は双眼鏡を目に当てて周囲を見渡している。彼が言うとおり、大小さまざまな船の影がいくつか見えた。

——いよいよ、カラチだ。

泊里たちに近づいている。上陸すれば、真っ先にアジアン・パール号を捜さなければならない。

「おや、あれは」

程が意外そうな声を上げた。双眼鏡の先に、中型のランチが白い波を蹴《け》立《た》てている。日本でいえば、海上保安庁の巡視船くらいのサイズだ。

「あの船がどうかしたのか」

「いや、船はグワダル港の巡視船です。船長に見覚えがあって」

見ますか、と双眼鏡をこちらによこした。

中国が、パキスタンのグワダルに港を置いている。真珠の首飾りと呼ばれる、香港からアフリカのポートスーダンまでを結ぶシーレーン戦略の一部だ。インドを封じ込めるような形で、ミャンマー、バングラデシュ、スリランカなどに港湾設備や軍事施設が配置されている。

グワダルから来たというランチには、確かに中国の五星紅旗がひるがえっていた。甲板に、軍服姿の男性がふたり立っている。距離があるため、双眼鏡を覗《のぞ》いても安濃の目には彼らの顔や表情までは見分けがつかなかった。ただ、軍人らしい姿勢の良さと、スピードを出すランチの上でも、びくともしない熟練の船乗りらしい雰囲気だけを感じ取る。

なぜか親しみを覚えたが、その理由は自分でも判然としなかった。

「以前は、中国人民解放軍海軍に所属する、最新鋭の潜水艦の艦長だったんですがね。部下が問題を起こしたので、連座して左遷されたんでしょう。まさかこんなところに来ているとは知らなかった」

「知人なのか」

「向こうは私のことなど知りませんよ。不祥事に連座する前は、有名な切れ者でね」

程が微笑んだ。自嘲《じちょう》めいた笑みでもあった。巡視船はスピードが速く、どんどん先に行ってしまう。これからグワダルに戻るのかもしれない。

「あんたはおかしな人だな、程さん。軍人の動向にも詳しいようだ」

「祖国のいろんな側面に好奇心がありましてね」

「本当はあんたも軍人なんだろう」

困ったように程が首を傾げた。

「軍人になりたいと思ったことはありませんよ。私はもっと利己主義ですから」

安濃は小さく笑った。──言えてる。

「今の職業には、なりたくて就いたのか？」

安濃の問いに、程の身体がこわばった。この男もいろいろ複雑な男だ。

「──今の仕事には、漂流して流れ着いたようなものです。まあ、その話はもういいでしょう。そろそろ行きましょう。暗くなったら、コンテナに隠れます」

暗闇に戻るのは気が滅入ったが、カラチまでもうひと息だ。安濃は程に双眼鏡を返し、最後にひと目、振り返った。巡視船は、あっという間に小さくなり水平線の向こうに消えようとしていた。

「軍人に興味があるんですか？」

程が、気まぐれを起こしたように尋ねた。

「興味がありそうな顔をしていたかな？」

安濃は微笑んだ。

「──興味があるなら、見せてあげようと思ったものがあるだけですよ」

ついてこいと身振りで示す。程に従い、きっちりと積み上げられたコンテナの間を通り抜けていく。程は時おり、コンテナの番号を確かめながら歩き続けた。

「めったに人に見せることはありませんが」

緑色のコンテナの前で立ち止まり、ハンドルに取り付けられたシールをいきなりはがし始めたので驚いた。コンテナの中身が途中で紛失しないよう、シールにはひとつずつ番号が振られ、積み荷の目録などにも記載されているはずだ。

「このタイプのシールは、途中で切れることがあるのが難点でね。ボルトシールに変えると切れないいんですが、我々の仕事には差し支えるので」

切れたシールをぶらぶらと振ってみせ、コンテナを開くと、程は中に積まれた段ボール箱をひとつずつ下ろし始めた。

「手伝ってください」

安濃も無言で箱を下ろす。程が何を見せようとしているのか、興味が湧いてきた。いくつか箱を出すと、狭いなりに通路ができた。懐中電灯を取り出すと箱によじ登り、這《は》うように奥まで進んでいく。安濃と程の密航に使われたコンテナと、ほとんど同じ仕組みだ。ただ、奥の扉の裏に隠れていたのが、木箱だったのが異なっていた。

程は手近に置かれていた釘《くぎ》抜きを取り、躊躇《ちゅうちょ》なく箱のひとつをこじ開けた。得意げにこちらを見て、両手を広げた程をうさんくさそうに見つめ、安濃は箱を覗き込んだ。

――なるほど。

黒光りする小銃が、無造作に詰め込まれている。

「ＡＫ‐47ばかり？」

「そうです。この箱はまあ、バーゲンプライスで売る予定なんですけどね」

「弾はあるのか」

「弾は別の箱です」

程がこちらに視線を流し、共犯者を見る目つきで笑った。

「向こうで動くときのために、あなたが欲しがるかもしれないとは思いましたが、ここの積み荷はだめですよ。見せるだけです」

「――なんだ」

落胆したように呟き、安濃は隠しスペースにぎっしりと積まれた木箱の山を見回した。

これが全て武器だとすれば、一個小隊どころか、場合によっては一個中隊に充分行き渡りそうな量だ。

――能任さんに見せてやりたい。

「戦争でもするのか」

「まさか」

「これをどこに？」

「世界中、どこにでも。欲しがる人間のいるところへ」

程が唇の端を歪《ゆが》め、木箱の蓋《ふた》を閉じ直した。安濃がまったく手を触れようともしなかったのが、不満そうにも見えた。どこでどんな目的に使われるかわからない銃だ。うかつに触れて、指紋など残せば、後でどんな目に遭うかわからない。

「手広い商売だな」

安濃の言葉に、程は肩をすくめた。この男は、この武器類を金と引き換えにするわけではないのだろうと感じた。需要はあるのに入手困難なものなら、通貨と同じだ。何とでも交換できる。情報、人脈、仕事——広い世界にはなんでもありだ。

「言ったでしょう。利己主義なんです」

程は木箱を元あった場所にしまうと、狭い通路を逆にたどり、コンテナから這い出ていった。

＊

マリーナのそばにある平屋の前に、胸をはだけて柄もののシャツを着た男たちが、腕組みして立っている。ターヒルはパトカーを降り、腰の銃を意識しながら、同僚のイスファとともにそちらに向かった。

平屋の前面には、〈カラチ・アドベンチャーズ〉と塗料で書かれている。困ったように立っていた男たちが、警察官の到着に顔のこわばりを解いた。

「通報したのはどの人ですか」

ターヒルが声を掛ける。

「俺だ。今日の船を予約したのに、店が閉まってるんだ。誰もいないようだが、様子がおかしい」

濃い茶色の顎《あご》ひげをたくわえた中年男が、額の汗を拭《ぬぐ》いながら応じる。午前中ながら、日が昇るにつれどんどん暑くなってきた。

〈カラチ・アドベンチャーズ〉の若い共同経営者たちには、観光客が水上オートバイで他人に怪我をさせた時に、事情を聴いたことがある。アリとイムランは従兄弟同士だ。商売はそれなりに繁昌しているようだったし、トラブルの気配も感じなかった。性格的にものんびりした連中だ。

客はこの事務所で手続きをして鍵《かぎ》を受け取り、マリーナに停泊している船に向かう。ドアのノブを試してみたが、鍵がかかっているらしくびくともしなかった。

「今朝は寝坊でもしてるんじゃないか」

ターヒルが腰に手を当ててそう言うと、店の前で待っていた男たちが、ためらいがちに顔を見合わせた。

「ここの窓から中を見てみろよ」

ひとりが扉の前から身体をずらし、覗き窓を親指で差した。事務所の中は薄暗く、目が慣れるまでぼんやりとしか見えない。

受付の大きなカウンター。長椅子。コンピューターのモニター。床に書類が落ちて散らばっている。よく見れば、誰かが踏んづけたらしく書類に靴の痕《あと》がくっきりと残っている。

——あれは、血液を踏んだ痕じゃないか。

「イスファ、他の出入り口を探してくれ」

ずんぐりしたイスファが、見かけよりずっと機敏に平屋の周囲を確認に走り、すぐ戻ってきて他の扉などはないと報告した。

「窓もみんな閉まってる」

つまり、この扉を開けるしかない。

「全員、そこから離れて」

ターヒルは扉に体当たりした。みしりと、木の扉が裂ける音がする。二度、三度と勢いをつけて身体をぶつけると、ようやく蝶番《ちょうつがい》が外れて開いた。油断なく銃をかまえ、中に踏み込んでいく。表の受付にも、部屋の隅を仕切ったオフィスにも、人の姿はなかったが、室内は荒らされている。

「ターヒル」

イスファがカウンターの裏を覗いて呼んだ。覗き込むと、おびただしい量の血が、床に流れてすっかり凝固していた。無線機をとり、本部の応援を頼んだ。これだけの血が流れたのなら、そいつはもう死んでいるかもしれない。

カウンターに、クリップボードに挟んだレンタルの申込書があった。何枚か残っていたが、クリップには引き裂かれた紙の切れ端も残っていた。誰かが急いで、用紙を引きちぎるように抜いたようだ。

──おそらく、証拠を残さないために。

「殺しかな」

イスファが唇を歪めている。いずれにせよ、アリたちはとんでもない事件に巻き込まれたようだ。彼らが扱う商品が、ボートだということが気にかかった。

＊

カラチに船が入港し、コンテナの積み出しが始まるまで、ずいぶん長く待たされた。このまま永遠に暗闇に閉じ込められるのではないかという不安に慄《おのの》き始めた頃、ようやくクレーンで引っ張り上げられ、運搬車に載せられるのを感じた。

──アジアン・パール号は、まだ港にいるのだろうか。

外を見たかったが、あいにくコンテナの中だ。運搬車が走りだすと、安濃は携帯の電源を入れて時刻を確認した。再びコンテナに隠れてから、二十時間以上は経過している。日にさらされたコンテナの内部は、蒸し焼きにされるようで、ペットボトルの水はとっくに飲みつくし、喉《のど》が焼けるようにカラカラだった。程も我慢強い男だが、さすがに腰が痛いなどと呻《うめ》いている。

パキスタンに到着すると、ローミングのおかげで通信機能が回復していた。どうやら、船に乗っている間に、能任が何度も電話をかけてきたようだ。不在着信を知らせるショートメッセージが、いくつも入っている。生死もわからず連絡もつかず、さぞかし気を揉《も》んでいるだろう。しかし、程がいるところでは、連絡できない。

電池をもたせるため、時刻だけ確認して電源を切った。

「――やれやれ、もう少しだ」

程も、疲労を隠しきれない。二十分あまり車で走り、どこかに停まると、シャッターが閉まる音が聞こえてきた。外からコンテナを開けようとしている。

「シャヒド、ずいぶん長くかかったな」

カモフラージュ用の貨物を掻《か》き出して通路ができると、程が外で待機している男たちに英語で言った。色の浅黒い、目の大きな男たちだった。全員が、頰から顎にかけて、短いひげをきれいに調えている。ひとりが程の呼びかけに頷いた。彼がシャヒドだろうか。正直、みんな似たような顔に見える。

「港のそばで事件があって、大騒ぎになっているんだ。船も荷揚げを待たされたし、警察の監視の目が港に光っていて、うかつに動けなかった」

「事件？」

どうにか貨物の隙間をすり抜け、コンテナから脱出すると、そこは蛍光灯の光に照らされた近代的な倉庫の中だった。コンテナの運搬車ごと、倉庫に連れてこられたのだ。

窓はなく、出入り口にはシャッターが下りている。なるほど、これならコンテナに隠した物や人を出すのにうってつけだ。ふだんは密輸入に利用しているのかもしれない。

「ボートを貸す会社の経営者ふたりが行方不明で、警察は殺されたんじゃないかって」

被害者ふたりは、知人に十三人乗りのプレジャーボートを借り、三日前の夕方にそれを客に貸すはずだったという。その夕方以降、誰も彼らを見かけていない。家族は心配していたが、様子を見ようと、まだ警察に届けていなかった。十三人乗りのボートは、マリーナから少し離れたビーチに放置されていた。今朝がた通報があって調べてみると、ボートの中にも血痕《けっこん》が残り、血液型が店に残っていた血痕と一致したそうだ。

「こんな時に、殺人事件か」

程がいまいましそうに舌打ちする。

「それに、シンガポールの貨物船の船長が、行方不明になっているんだ。密輸の通報があったらしく、その貨物船が入港すると同時に警察が踏み込んだんだが、船長はおらず、目当てのものも見つからなかったらしい。立て続けにそんな事件が起きたから、警察も警戒してる」

シンガポールの貨物船という言葉が引っかかった。

「何という船だ」

突然、安濃が口を開いたので、戸惑うようにシャヒドが程を窺《うかが》う。程が頷いた。

「答えてやれ。そのシンガポールの船は？」

「アジアン・パール号だ」

——遅かった。

落胆を顔に出さないよう、注意が必要だった。パキスタン警察は、アジアン・パール号の密航者を捜すため踏み込んだ。見つからなかったということは、入港前に船を降りたのだ。

「アジアン・パール号の入港はいつだ？」

「三日前だ」

パキスタンにいた仲間が、入港前夜にボートを出し、アジアン・パール号から密航者たちを降ろして上陸させたのだろう。貨物船から救命艇で海に下ろし、プレジャーボートに乗り移らせたのかもしれない。船長は詳細を知っているので、人質として連れて行かれたのだろうか。

——二日以上、彼らに遅れを取っている。

「——その船に乗っていたんだな？　田丸のデータを持った奴が」

程が目を光らせた。

「私はそう考えている。ボートの件も、たぶん無関係ではないな」

泊里や上島の件は伏せ、アジアン・パール号の船長が脅されて密航者を乗せたことや、ボートに乗り換えて先にカラチに上陸したのではないかという推理を話した。

「いまや警察も、彼らを追っている。警察より早く、見つけ出さないと」

安濃の言葉に、程が深刻な表情になった。

「どうやって捜すつもりだ」

安濃は無言で考えをめぐらせた。

密航者は泊里と上島、船長の家族を脅した犯人の四人を入れて、六人いたはずだ。ボートに乗っていたのは、密航者の六人と、アジアン・パール号の船長だ。

「アジアン・パール号は、今どこに？」

「ニュースで聞いたところによると、沖に停泊させられている。責任者の船長がいないし、警察の捜査が終わるまで、カラチを出るなと言われてるらしい」

程との会話を聞いて、敵ではないと判断したのか、シャヒドが素直に答えた。

「船に乗り込んで、アジアン・パール号の乗組員から話を聞きたい。上陸に使われたボートも見たいな」

「ボートは警察が管理してるよ。捜査がすめば、持ち主に返還されるだろうが。――なあ、あんた誰？」

シャヒドに人懐こい目で見つめられ、安濃は思わず程を振り返った。ひげのせいで年齢がわかりにくいが、子どもっぽい表情や澄んだ目を見ると、二十歳そこそこかもしれない。

「――山本だ。程さんと一緒に、盗まれた大事なものを捜している」

「山本さん。本当に、データを取り返す勝算はあるんですか。カラチは人口およそ二千万人の大都市ですよ。東京よりずっと人口が多い。その中に紛れ込んだ犯人を、どうやって捜すつもりですか。しかも、警察と競争だ」

ここまで来て、程が疑い始めたようだ。

「程さん。私はいいかげんなことは言わない。ちゃんと考えがあるんだ」

「どんな考えです？　そろそろ話してもらわないと、こちらも協力のしようがない」

安濃は肩をすくめた。

「データを盗んだ犯人は、ひとりじゃない。私が確認したところでは、少なくとも四人はいる。おまけに、シンガポールで日本人をふたり、拉致《らち》してる。今もそいつらを連れてるはずだ。そう簡単に、この国に紛れ込めるとは思えない。ホテルに宿泊するわけにもいかないだろうから」

犯人が四人いるという安濃の言葉は、程を刺激したようだった。

「拉致されたふたりとは何者ですか。何の目的で――」

「さあな。ひとりは技術者だ。田丸のデータと同じように、奴らが必要とする情報を持っているのかもしれない。程さんも気をつけてくれ。奴らは武装している。田丸がホテルで撃ち殺されたのを忘れるな」

これだけ言えば、あとは程が勝手にストーリーを練り上げるだろう。案の定、彼は黙って腕組みし、考え込んでいる。

「まずはアジアン・パール号の乗組員に話を聞こう。船で何が起きたのか聞いて、奴らが行きそうな場所の見当をつけるんだ」

程がふいに顔を上げた。疑い深そうな表情を浮かべている。

「――山本さんは、まさか官憲じゃありませんよね」

「私が警察官だとでも？　警察官が密航するのか？」

安濃はあえて薄笑いを浮かべた。程も笑ったが、どこか不承不承の匂いがした。

「失礼。捜査に慣れている気がしたので」

「警察官ではないが、他人を追い詰めることには慣れている」

程がうすら寒い顔つきになった。自分の態度のどこまでが演技で、どこまでが本気なのか、安濃自身にも曖昧《あいまい》になりつつある。この仕事が終われば、自分もえたいのしれない怪物になっているのだろうか。

「――まあ、いいでしょう。シャヒドに言って、アジアン・パール号に乗り込む方法を考えさせます。その間、私たちはシャワーを浴びて、少し身体を休めませんか。今日はもう遅い。コンテナで二十時間も隠れていると、さすがに疲れました」

程が弱音を吐くとは意外だったが、シャワーを浴びるのは大賛成だ。コンテナに隠れる時間が思いがけず長引いたのがこたえたのか、程の目の下には薄茶色のクマが浮いている。

「車でシャヒドの家に行きましょう。しばらく泊めてもらいますから」

倉庫のシャッターを開けて外に出ると、ほこりっぽい街路の向こうには、やはりほこりっぽく黄色い土にまみれてはいるが、高層ビルが並び近代化された大都市の夕景色が広がっていた。沈む夕陽が、ビルの壁面をオレンジ色に染めている。

――この街のどこかに、泊里たちがいるのか。

倉庫の前に用意された車は、かなり走り込んだ感じのスズキ車で、シャヒドは一九八四年製のスズキＦＸだと自慢そうに言った。三十年も昔の車は、角ばったデザインがかえって新鮮だった。街を走る車を見ると、ほとんどがスズキかトヨタだ。車種を見て、パキスタンという国に親近感を覚えるのも妙な話だった。

「アジアン・パール号と連絡をつけられる人間を捜すまで、うちを自由に使っていいです」

車で十分も走らないうちに、間口の狭い煉瓦《れんが》づくりのアパートに辿《たど》りつき、三階に案内された。シャヒドの家だ。周囲の白壁も真新しいマンションに比べると、見るからに築年数が経っている。アパートの裏に狭い庭があり、ケージの中に鶏が三羽いた。鶏たちは、地面に落ちた何かを、しきりについばんでいる。

「あれは俺のペットなんだ。卵を産むし、鶏肉を食べることもあるよ」

階段をのぼりながら、シャヒドが人懐こい笑顔で説明した。程の仲間とは思えないほど普通の青年だ。アジアン・パール号について調べるため、彼が部屋を出ていくと、程はため息をついて室内を見回した。日本風に言うなら、１ＬＤＫだ。決して広くはないが、荷物が少なく、カラフルなデザインの織物で壁や家具が彩られ、居心地のいい部屋だった。シャヒドはここにひとりで住んでいるそうだ。

「シャワーを浴びるなら、お先にどうぞ」

安濃が勧めると、疑い深そうな目でこちらを見たが、思い直したのか頷いて礼を言った。シャワーの水音が聞こえ始めると、安濃はシャワー室の外で耳を澄まして、程が本当にシャワーを浴びていることを確かめた。

スマホの電源を入れ、能任にかける。電池が切れかかっている。

『――生きていたんですか』

声を聞くなり、能任が嫌みを言った。

『十日も連絡を絶つなんて、言語道断です。何度も電話したんですよ』

「すみませんでした。海上にいたので電波が届かず」

『いったい、今どこにいるんですか』

「パキスタンのカラチです」

能任は黙り込んだが、その気配から察して、安濃の行動を予期していたのではないかと感じた。神崎から話を聞いたのかもしれない。どんな手を使ってパキスタンに入国したのかも、聞かなかった。聞きたくないのかもしれない。

「アジアン・パール号の件は、既にお聞きになったでしょうね」

『――聞きました。言っておきますが、もしあなたが三日前に電話していたら、私はきっと、もう日本に帰ってくるなと叫びました』

パキスタン警察が、アジアン・パール号に踏み込んだものの、船長や犯人とともに人質も姿を消した後だった。それを知っているから、能任も安濃を責めることができないのだ。

能任がため息をついた。

『――あれからまた、状況が変わったんです』

安濃は眉《まゆ》をひそめた。

「どういうことですか」

『別のルートで、新しい情報が入りました。中東のあるテロ組織が、炭疽菌《たんそきん》を培養する施設を作ったらしい。作られた炭疽菌が、ムジャヒディン解放運動の手に、既に渡ったという情報もあります。無人機の情報が盗まれたことと、関係があるようです』

能任の説明によれば、シリアのある村で、皮膚に水疱《すいほう》ができてつぶれ、黒い火傷《やけど》の痕のようなかさぶたが残る病気が発生し、並行して全身の倦怠《けんたい》感や呼吸困難を訴える患者が続出したのだという。当初は、羊毛を扱う集落のため、羊が炭疽菌で汚染されていたのだと見られたが、調査を進めると、集落のある家族が炭疽菌の培養施設を隠していたことが判明した。培養された炭疽菌のエアロゾルは、既にほとんどが運び出された後だったそうだ。

生物兵器のなかでも、天然痘ウイルスやボツリヌス菌と並んで、炭疽菌は扱いが容易なため生物テロに適していると言われる。二〇〇一年にはアメリカ炭疽菌事件で実際に使用され、五名が死亡、十七名が感染した。

『ご存じのように、炭疽菌をエアロゾル化して、航空機などから散布すれば、広範囲にわたり感染者を出す恐れがあります』

「エアロゾル化した炭疽菌は、数十年にわたり生き続け、感染する可能性がある——」

研修で教えられたことを、安濃はぞっとしながら復唱した。

「まさか、テロリストが無人機で炭疽菌を撒《ま》くと？」

爆弾テロなら、高価な無人機を使うより自爆テロのほうが手軽に実行できる。生物兵器によるテロの計画があるのなら、無人機の利用が信憑性《しんぴょう》を増す。

『彼らの標的も決行日もわかりませんが、その危険性が高まったとして、関連各国の捜査機関が警告を受けました。炭疽菌の行方は、いま各国の情報機関が追っています。無人機のデータを追いかけているのは我々だけです』

「では」

『誤解しないでください。私は今でも、あなたはさっさと日本に戻るべきだと考えています。泊里さんの救出はあなたの仕事ではないし、今となっては、私たちは組織を守ることを最優先に考えなければ。生まれたてのヒナのような、この組織をね。あなたの行動は命令違反だし、本来なら処罰の対象になる』

能任が長い吐息を漏らした。

『あなたはわかってない。この組織を立ち上げるために、どれだけの人間が汗を流したか。しかし——どうせ、言っても聞かないのでしょう。あなたがそういう人だから選ばれたのだし。カラチで何をするつもりですか』

安濃は考えをめぐらせた。

「彼らを追います。アジアン・パール号が入港する前夜、犯人は泊里たちを連れて、ボートでひと足先に上陸したようです。ひとまず、アジアン・パール号の乗組員に話を聞くつもりです」

『いいでしょう。毎日一度、暗号化メールで報告を送れますか』

「努力します」

『協力したくとも、そちらの国ではその手立てがない。せめて何かの時には、大使館に駆け込めば後はなんとかなるようにしておきます。それから——メールで依頼のあった山岡氏の件ですが』

能任が話題を変えてきた。

『あれはどういうことですか』

高淳について能任に話していいのかどうか判断がつかない。結局、今は自分の胸にしまっておくことにした。

「詳しいことはここで話せませんが、日本国籍を取り戻せないかと相談を受けたのです」

能任がしばらく沈黙した。

『――とりあえず、調査結果だけ伝えます。陸軍中野学校の卒業生名簿に、山岡敏明という名前はありませんでした。なにぶん昔のことなので、そんな名前の兵士がいたかどうかも、まだわかっていません』

「引き続き調査をお願いできませんか。国籍を回復してパスポートを交付し、本来の名前で日本の土を踏みたいということなんです」

『――努力はしてみましょう』

通話を切り、水音がまだ続いていることを確認する。コンセントを探し、変圧器を挿してスマホの充電を始めた。すぐに、変圧器が火傷をしそうなほど熱くなる。

李高淳が紹介してくれた通訳には、よほど困らない限り連絡しないつもりだった。最後の命綱だと思っておく。

「生き返った気分です。山本さんもどうぞ」

程がシャワーを終えて出てきた。安濃は何食わぬ顔で変圧器やスマホをコンセントから抜いた。程の目に触れる場所に、スマホを残しておくつもりはない。高淳が渡してくれた金もだ。服のポケットにねじ込んでおく。これから程たちと行動をともにする限り、大事なものは片時も離すことはできない。

シャワールームに入ろうとすると、突然、照明がちらつき、明かりが消えた。驚く安濃に、程は平然と言った。

「大丈夫、停電です。この国ではよくあることですよ。待っていれば、すぐに戻ります」

窓の外を覗くと、日没でぽつぽつと点き始めた明かりが、すっかり消えていた。

「商売人や金持ちは、自家発電機を持っているくらいですからね。一日のうち数時間は、停電するのが当たり前の国なんです」

こともなげに言う程に、さらに驚いたが、好きなだけ電気を利用できる日本のような国のほうが、珍しいのかもしれない。

しばらくして天井の照明が瞬き、明かりが点いた。街の灯も、なにごともなかったかのように戻る。

安濃はシャワールームに入り、脱いだ衣服とスマホなどが濡《ぬ》れないよう、隅の籠《かご》に入れた。トイレとシャワー、洗面台がひとつの部屋にまとまっている。トイレの脇にビデがついているのを、もの珍しく感じた。それに、トイレットペーパーがない。どうやらこの国では、ビデのようなもので洗浄する習慣らしい。

――パキスタンか。

自分が異国に来たのだと、強烈に印象づけられた。シャワーでぬるい湯を出し、安濃は頭からかぶった。身体中に染みついた汗と脂と、自分の頑《かたく》なな〈常識〉を洗い流している気がした。

11

砂漠の上空をたゆたうような、朗々たる男声の詠吟で目が覚めた。スピーカーを通した声だ。独特の響きを持つオリエンタルな旋律と抑揚が、妙に里心を刺激する。

安濃は、かすかにスパイスの香りがする毛布を身体に巻きつけた。昨夜、横になったのは午後十一時ごろだったが、神経が張っているためか眠れず、つい先ほど、とろとろとまどろみ始めたところだった。シャヒドが飼っている鶏たちが、夜の間もずっと、コッコッコッと裏庭でやかましく鳴き続けていたせいかもしれない。

安濃が横になっているソファの下では、シャヒドが床に額をこすりつけ、低い囁き声で祈りの言葉を呟いている。

――夜明け前の祈りか。

そう言えば、ここはパキスタンのカラチで、シャヒドはイスラム教徒だった。

程はまだ隣室のベッドにいるようだ。客人ふたりにベッドとソファを明け渡し、自分は床で寝たシャヒドは、敷物の上で一心に祈りを捧《ささ》げている。スピーカー越しの朗詠は、窓の外から聞こえてくる。

起き上がって外の様子を確認したかったが、シャヒドの礼拝が終わるのを静かに待った。祈りを邪魔してはいけない。信心とは無縁の安濃だが、他人の信仰は尊重している。

誰でも、心の安らぎを求める権利がある。そんなことを考えるようになったのは、以前、安濃自身が心を病んだ体験からだろうか。

朗誦《ろうしょう》は、響き合う透明な膜のように、街をすっぽりと覆っている。言葉の意味がわからない安濃でも、荘厳な印象を受けた。

「——おはよう。起こしたかな」

祈りを終えて敷物を巻いたシャヒドが、こちらの目が開いていることに気づいて微笑する。

「外の声で目が覚めた」

「アザーンだ」

シャヒドが立って窓を開けると、声がよりはっきりと聞こえた。安濃も窓に近づいた。まだ四時前だ。窓の外は暗いが、東の方角に淡くピンク色の光が滲《にじ》み始めている。あと少しすれば、夜が明ける。空気はひんやりとして、車が走っていないせいか、まだ埃っぽくもなかった。

——すがすがしい。

目を細め、涼しい風とアザーンの響きに身をゆだねる。ほんのひととき、仕事を忘れた。

「モスクが流しているのか」

「一日五回、ああして信者に礼拝を呼びかけるんだ」

パキスタンの正式名称は、パキスタン・イスラム共和国。国家を運用する法律がシャリーアと呼ばれるイスラム法に基づいて作られている、イスラム国家だ。だから国内での飲酒は、法律で禁じられている。

――酒好きの泊里が、さぞかし愚痴をこぼしているだろうな。

彼も今ごろどこかで、アザーンに眠りを破られているだろうか。

「初めて見聞きすることばかりだ。トイレの使い方すら」

安濃が片頬に笑みを刻むと、シャヒドが同じように悪戯《いたずら》っぽく笑った。

「あんたの国では、ボタンを押すとシャワーが出てくるんだろ。あれはいいな。――真面目なムスリムは、朝ベッドから出るとすぐ、なるべく床に足をつけないように、洗い場に直行するんだ。奥さんといいことした朝は、特にさ」

返答に窮し、曖昧に頷く。

――パキスタン人か。

パキスタンの歴史を遡《さかのぼ》れば、インダス文明にも行きつく。豊富な水源だったインダス川を中心として、現在のインド、パキスタン、アフガニスタンにまたがる肥沃《ひよく》な地域に、ひろく発展した文明社会だ。紀元前一五〇〇年ごろには、北西からアーリヤ人が流入し、この地にインド・アーリヤ文化の基礎を築いた。さらに紀元前三二七年には、アレクサンダー大王が率いるマケドニア軍の侵攻を受け、戦争を通じギリシア、ヘレニズム文化がなだれ込んできたのだ。

今の業務に就いてから、安濃たちは世界史、特にアジアの歴史について駆け足で研修を受け、知識を詰め込まれた。派遣される国が決まれば、もっと詳しい知識が必要になると説明されたが、その暇もなかった。まだ乏しい知識でしかないが、この一帯が高度な古い文明に裏打ちされた、長い歴史を持つことは知っている。

ササン朝ペルシアや、インドのグプタ朝による支配を経て、八世紀にはアラビア海を通じてアラブの軍団がシンド地方からパンジャーブ地方にまで侵攻し、ムスリム都市を形成した。それが、当地方とイスラム教との出会いだ。ティムールやムガル帝国による王朝を経験し、十九世紀に入るとインド亜大陸は、大英帝国の植民地となった。当時、大英帝国は現在のインド、パキスタン、バングラデシュ、マレーシア、シンガポール、ミャンマー、オーストラリアなどを植民地としていた。ベトナム、カンボジア、ラオスはフランスの、インドネシアはオランダのものだった。

二度の世界大戦を経て、民族の自治独立に目覚めたインドが大英帝国から独立を遂げた一九四七年に、イスラム教徒の国パキスタンも分離独立した。この時期に起きた、ヒンドゥー教徒とイスラム教徒の間の血なまぐさい殺戮《さつりく》や難民の発生、今も続くカシミール地方における戦争状態などは、安濃が生まれる前に端を発する問題ではあるが、さほど遠い昔の話ではない。

そして、現在パキスタンと言えば、日本人の脳裏に真っ先に浮かぶのは、パキスタン・タリバーンによるテロリズムだろう。

「むかし日本から来る観光客は、パキスタンと言えばガンダーラだったんだよな。今はタリバーンのテロ活動のせいでめっきり減ったけど、以前なら日本人観光客はどこにでもいたんだ。歌で覚えたと言って、みんなガンダーラを目当てに来る」

シャヒドの、のんきで転がるような饒舌《じょうぜつ》を聞き流し、朝焼けの色に染まる街並みを眺めた。アザーンは終わり、早起きの店主たちが仕入れに赴くのか、軽トラックが道路を走り始めている。クラクションとエンジンの音が、アパートの部屋にも響いてくる。街が目を覚まし、活気づく。

昔、世界史の教科書に載っていた、ギリシアなどの文化と仏教文化が融合した、神秘的な微笑を浮かべた仏像の写真を思い出す。ガンダーラの仏教美術のイメージと、この国が陥っている、テロの悪循環とが結びつかない。

「程さんとは、どこで知り合ったんだ？」

「俺は以前、観光ガイドだった。いろんな国の人をガイドしたよ。程さんもそのひとりだ」

観光客が激減し、ガイドの仕事でメシは食えないだろう。程からどんな仕事を請け負っているのか、尋ねるつもりはなかった。

「――なんだ。ふたりともやけに早いな」

窓辺でぼんやり外を眺めていると、目を覚ました程が寝癖のついた髪を撫《な》でつけながら、まだ眠そうに寝室から出てきた。

シャヒドが笑顔になり、すぐ朝食のしたくをすると言った。

「シンガポール沖で、コンテナからあの男たちがいきなり現れた時は、心底びっくりした。船長が、自分が責任を持つからかまうなと言ったので黙っていたが、そりゃ気味が悪かったよ」

男が肩をすくめた。アジアン・パール号の航海士だ。五十がらみで、こめかみに白いものが交じり始めている。

シャヒドが連絡を取り、昼にカラチで会う約束を取り付けた。船は警察の事情聴取がすむまでカラチに足止めされているが、乗組員をいつまでも船に縛り付けておくのは現実的ではなく、許可を得て、交替で陸に上がって羽を伸ばしているらしい。

航海士は、ハンバーガー店に現れると慣れた様子で注文した。安濃が頼んだチキン・ティッカバーガーは、スパイスの利いた異国の味がした。コーラで流し込んでも消えない香りだ。イスラム教徒の国らしく、バーガーの肉はチキンと牛のみ。ポークは見当たらない。

「船長は、彼らに脅迫されていたんだ。船長の妻子が人質になっていた」

安濃が説明すると、航海士はしばらく黙り込んだ。真っ赤に怒りを溜《た》めた目だった。船乗りらしい、赤銅色に日焼けした肌と筋肉質の太い腕を見ていると、棍棒《こんぼう》でも握らせれば今にも暴れだしそうだ。

「——それならそうと、相談してくれれば、俺たちがどうにかしたのにな。家族も同然なのに、船長も水くさいじゃないか。数の上では、俺たちのほうがあいつらよりずっと多かったんだ」

「乗組員を巻き込みたくなかったんだろう。密航者は、銃を持っていたはずだ」

「——あんた、俺に何を聞きたいって？」

彼が顔を上げた。安濃は静かな熱意をこめて身を乗り出した。

「密航者について詳しく教えてほしい。どこに向かったのかわかれば一番いいが、何人いたか、互いに名前を呼ばなかったか、言葉に訛《なま》りがなかったか、どんなに細かいことでもいいから知りたい。私たちは、そいつらを追っている」

「船長を見つけたら、助けてくれるか」

「——できるだけの努力はする」

船長は、もう殺されているかもしれない。船を借りるために、レンタルボートの経営者を殺すような奴らだ。そう思うと、やましい気分になる。船長を連れて行ったのは、警察に駆け込まれるのを避けるためだ。船上で船長に危害を加えれば、乗組員たちが黙ってはいなかっただろう。

安濃の逡巡《しゅんじゅん》を感じとったかどうかはわからないが、航海士はカラチまでの十日間について、船で見聞きしたことを教えてくれた。

コンテナに隠れていた男は、六人いた。日本人がふたりいて、彼らは疲労の色が濃く、他の四人から虐待を受けているようだった。後の四人もアジア系だが国籍は不明だ。

「ふたりの日本人は、この男たちだったか」

携帯に入れた泊里と上島の写真を見せると、航海士が確認した。

「間違いない。このふたりだ」

――泊里はまだ生きている。

船長は彼らに船長室を明け渡し、自分は蚕棚《かいこだな》のような乗組員の休憩室で寝たらしい。様子が変なので船長に尋ねてみたが、客人に船長室を使わせていると言うだけだった。食事なども、船長が面倒を見ていたようだ。乗組員らは、アジアン・パール号が密航に協力するとは思いもよらなかったが、船長に対する信頼も篤《あつ》いので、何か妙なことが起きていると感じ、黙っていた。

接触はほとんどなく、彼らの名前や素性を知る機会もなかった。コンテナから現れた時と、夜中にボートが近づいてきて、彼らを救命艇に乗せて下ろせと指示された時に、様子を窺うことができた程度だという。

「船長は、彼らの名前を言ったか？」

航海士は、眉を上げて首を横に振った。

「彼らの言葉は？」

「英語で話していた。俺と同じ、シングリッシュの奴もいた」

シンガポール人特有の訛りを、自虐的にそう呼ぶ。船長の妻から聞いた話と、基本的にそう変わりはない。新たな情報には結びつかないようだ。

「なぜふたりが日本人だと思った？」

「船長が、そう言ったからだ」

「どこに行くつもりか、言わなかったか。手掛かり程度でもかまわない」

航海士は、思い出そうとするかのように空を睨《にら》み、眉間《みけん》に皺を寄せた。

「――何も言わなかったな。船長も、すぐに戻るから心配するなと言って、奴らと一緒に行っちまったし。そもそも、あいつらの中に、パキスタン人はひとりもいなかった。顔見りゃだいたいわかる。なぜパキスタンに来たんだ？」

安濃は黙り、その指摘に考えを巡らせた。仲間がカラチにいたことは確かだ。そいつにボートを用意させた。

「アジアン・パール号の内部を見せてもらえないだろうか。彼らが手掛かりを残していないか、調べてみたい」

「あんたが船の内部を見るって？」

航海士が、露骨に嫌そうな顔をした。

「そりゃムリだ。俺はともかく、部外者を船に乗せるなんて、仲間や会社の連中が納得しない。忘れたのか。船長が密航者を乗せたせいで、こんな騒ぎになってるんだ。船はカラチから動けず、本来ならとっくに次の港に向かってなきゃいけない積荷が、海上で腐ってるんだぜ。会社の損害を考えてくれ」

「しかし、私たちが船を調べて、もし犯人の手掛かりが見つかれば、船長を救出できるかもしれないし、船を出していいという許可も取れるんじゃないか」

安濃の申し出を、彼はじっくり検討するように目を細めた。

「警察がとうに調べた後だが、それでもいいなら上に聞いてみてやる」

「ありがたい」

「俺はこれから、カラチ空港に会社のお偉方を迎えにいく。船長の件と、密航の件の後始末にわざわざシンガポールから来るのさ」

「私たちは車で来ました。良かったら、空港まで乗せていきましょう」

程が申し出た。

カラチのジンナー国際空港は、パキスタン国際航空の本拠地だ。国父ジンナーの名を冠した、三千メートル級の滑走路を二本持つハブ空港だった。安濃自身がこの空港を記憶しているのは、二〇一四年六月に発生した武装グループの襲撃事件のせいだ。襲撃は二度にわたり、一度目の襲撃では空港職員や保安要員、軍人、犯人も含めて三十六名が死亡した。過激派パキスタン・タリバーン運動と、ウズベキスタン・イスラム運動の共同作戦だったと、後に犯行声明が出された。

シャヒドの運転で空港に行き、車を降りて敷地に入るまでに、ひとりずつ丁寧な身体検査と保安検査を受けさせられた。武器や爆発物を身に着けていないか、X線検査だけでなく、厳しい目をした警察官が、いちいちポケットなどを叩いて確認している。テロが頻発する国だけに、警戒は厳重だ。

シンガポールからの到着便を待つ間、安濃は近代的で広々とした到着ロビーと、売店やレストランも完備した巨大な空港ビルに目を奪われていた。パキスタンに抱いていた、煉瓦と土埃の国という勝手な思い込みが、どんどん上書きされていく。国の外に出てみないと、わからないことがたくさんある。

ロビーで見かけるのは圧倒的に男性が多いが、女性もかなりいる。男性は、パキスタンの民族衣装を着用している人もいるが、多くはワイシャツにズボン姿だ。航空会社の女性スタッフは、華やかな民族衣装の制服とそろいのスカーフを身にまとっている。

「珍しそうですね」

程がにやにやしながら声をかけてくる。

「もっと保守的な国を想像していた」

「カラチのような都会では、ご覧のとおりかなり進歩的ですよ。近ごろは、女性の警察官もいます。私は行ったことがありませんが、地方はもっと保守的だそうです」

どこに行っても香辛料の匂いがつきまとう。仕事でなければ、心躍る体験になっただろう。

到着便のアナウンスがあり、しばらくするとロビーに人が溢《あふ》れ始めた。キャリーバッグを引いた中年男性に航海士が近づき、声をかけた。話しながら、ふたりしてちらちらとこちらに視線を送ってくる。

彼らの背後を、ヒジャブという大判のスカーフを巻いた若い女性が通りすぎた。背はそれほど高くないが、ほっそりした体型ですらりとして見える。

――おや。

彼女の何が注意を引いたのか、気がついた。迎えの男性と挨拶《あいさつ》している横顔に見覚えがある。李志文のガールフレンド、サラによく似ているのだ。

男性がボストンバッグを受け取り、女性とともに立ち去る背中を、凝視してしまった。

まさかと思ったが、彼女のヒジャブもサラが身に着けていたものとそっくりだった。クリーム色の生地にこまかい花模様の刺繡《ししゅう》が施されたものだ。シンガポールでマレー系の住民は少数派とはいえ、ヒジャブをまとった女性は何人も見かけた。それでも、織物の種類が豊富なのか、街で二枚と同じ布を見かけた記憶がない。

――他人のそら似だろうか。

「山本さん」

程に呼ばれ、我に返った。航海士が重役を案内して、車に戻ろうとしていた。

12

「このボートです。自由に見ていいらしい」

重役を警察に送り届けた後、マリーナに戻ってきた。

上陸に使われ、浜に乗り捨てられたボートは、警察が証拠として押収し捜査していたが、調べが終わったので今朝がた持ち主に返還されたそうだ。〈カラチ・アドベンチャーズ〉には六人乗りまでのボートしかなく、客が八人乗りを所望したので、経営者が知人に頼んで、十三人まで乗れるボートを借りたという。ボートの所有者は、店の経営者ふたりと連絡が取れなくなっているので、心配している。

ボートが警察から持ち主に戻ったという話を聞いて、内部を見せてほしいとシャヒドが交渉したのだった。航海士も、船長の行方が気がかりだと言って同行してくれた。

「ボートの中にも血痕《けっこん》があります。警察は、〈カラチ・アドベンチャーズ〉の経営者のものと見ているとニュースで言ってます」

乗り込むと、程が船尾を指差した。警察は調べるだけ調べて、掃除はしなかったらしく、血だまりの痕《あと》はそのまま残っている。

安濃は黙って、ボートの内部を観察して歩いた。ボートと言っても、パーティができるくらい、豪華で広々とした船だ。ソファが並ぶ船室の隣には、トイレとシャワールームも完備している。キッチンもある。このどこかに、泊里と上島がいたはずだ。

この船で何が起きたのか、想像してみた。

カラチにいた犯人の仲間が、数日前に〈カラチ・アドベンチャーズ〉で船を借りる約束をした。当日、〈彼〉は、店の経営者ふたりを殺害し、借りたボートに遺体を運んだ。

――なぜ殺したんだろう。

顔を見られたためか、あるいはボートを借りるのに免許証など身分証明書の提示を求められたためか。これだけの船を、何の保証もなく貸すはずがない。〈彼〉は、それを提示できなかったのかもしれない。

〈彼〉は、ふたりの遺体をボートに積み、海に捨てた。それからアジアン・パール号に接近し、救命艇に乗り込んで降りてきた仲間たちを乗せた。犯人は四名、人質がふたり、それに船長の計七名だ。それにカラチの〈彼〉を加えて計八名。「八人乗りのボートを借りたい」という要求にぴたりと合う。

操船を担当する〈彼〉は、操舵室《そうだ》にいた。残りの七名のうち、船長を含む三名は人質だ。見張るのに適した場所は、船室だろう。

——痕跡がないか。

船長の自宅に「佳子」と書き残したように、泊里はこのボートにもメッセージを残しているのではないか。チリひとつ見逃すまいと、革のシートの隙間や、大理石のテーブルの隅ずみまで舐《な》めるように観察した。

——何もない。きれいなものだ。ここに犯人と人質が数時間、一緒にいたのなら、せめてそれらしい臭いでもしていればいいのに、まったく何も残されていない。

さすがの泊里も、犯人の隙を見出《みいだ》すことができなかったのか。ボートが警察の捜索を受けることも予測していただろうから、見つけにくい形でメッセージを残しているのではないかと、漠然と考えていた。

船室を見回し、思いついてシャワールームとトイレを覗《のぞ》いた。シャワールームは、シャワーブースと呼ぶのが適切な、人間ひとりが立てるぎりぎりの空間でしかない。ここにも何もなかった。

洋式トイレも、見たところ血染めの文字や、壁に爪で彫った文字があるわけではない。小さな洗面台があるが、全てつるつるの白い陶器とプラスチックで、汚れひとつない。

――ダメか。

小さく吐息を洩《も》らし、諦《あきら》めきれずにふたや便座まで調べてみた。犯人に見つかるような場所にはメッセージを残さなかったはずだから、床に這《は》って便器の裏側まで観察したが何もない。いつの間にか程が外に来ており、床に腹ばいになって探す安濃を見て、呆《あき》れている。

シャヒドの自宅にはなかったが、外国人観光客に貸すことがあるためか、この船のトイレにはトイレットペーパーがついていた。新しい、封を切ったばかりのペーパーだ。

「これは、船が警察から戻った後に、取り替えたんだろうか」

「さあ、船の持ち主が来たから、聞いてみたらどうですか」

程が冷笑している。

「何か見つかりましたか」

「ボートのオーナーに話を伺いたい」

「私です」

程の近くに腕組みして立っている、浅黒い肌に黒々とした口髭《くちひげ》をたくわえた、四十代くらいの男性が顔を上げた。この国の人らしい、ぱっちりとした目と、人懐こい表情をした男だった。オーナーが手を差し出した。安濃は友好的に微笑み、彼の乾いた手を握った。

「警察からボートが戻ってきてから、トイレットペーパーを交換しましたか」

「ええ。もう残りが少なかったし、ふやけたようになってましたから。ボートに死体を乗せた可能性があるんでしょう。ペーパーも、何に使われたかわからないですよね」

どうやら勘が当たったようだ。胸が高鳴った。神経質な性格には見えないが、オーナーは意外に繊細らしい。

「捨てたものは、どこにありますか」

他のゴミと一緒に、ビニール袋に入れて車に積んであるというので、見せてくれるように頼んだ。変な奴だと思われたらしく、笑いながら車に案内してくれた。

「血痕も、すぐ拭《ふ》き取るつもりだったんだ。気持ちが悪いから。でも、こちらのシャヒドさんが、なるべくそのままの状態で見せてほしいと言うからさ」

ゴミ袋から取り出されたピンク色のロール紙を受け取り、ためつすがめつした。確かに残り少ない。紙質のせいか巻き方が緩く、一度ほどいて巻きなおしたようにも感じられた。

安濃は、ペーパーをゆっくりとほどいていった。心は急《せ》いていたが、焦って大事なものを見逃しては何にもならない。

——あった。

芯《しん》に近づいた頃、紙に開いたぶかっこうな穴が現れた。濡《ぬ》れた指でペーパーをなぞれば、こんな穴ができそうだ。広げてみると、それは指先でペーパーを溶かして書いた文字だった。

「佳子」

真っ先に、そうあった。自分が残したものだという、泊里のサインだ。続いて、カタカナで「コハト」と書かれている。覗き込んだ程が、カタカナを見て顔をしかめた。

「これは何だ？」

「コハト、と書いてある」

おそらく、トイレを使った短い時間で残したメッセージだ。これが精一杯だったのかもしれない。泊里が慎重に紙を巻きなおしたので、警察もまさかそこに文字が書かれているとは気づかなかった。気づいていれば、証拠として押収されていただろう。

「コハト？」

興味なさそうに、空や海を眺めていたシャヒドが、素っ頓狂《とんきょう》な声を上げる。

「知ってるのか」

「地名だ。ハイバル・パフトゥンハー州の町だよ。あっちのほうは危険だから、今は俺たちも行かないけどね」

安濃は再びメッセージに目を落とした。

「警察に届けたほうがいいかな」

ボートのオーナーが、気味悪そうに見ている。

「警察が見て、手掛かりだと考えるかな」

程が否定的に肩をすくめた。

航海士の携帯が鳴った。電話で話すうち、彼の顔が真っ赤になった。

「――船長の遺体が見つかったそうだ。警察から連絡が入った」

電話をポケットに入れ、疲れたように首を振る。赤い目をしているが、泣きだすことはなかった。

「残酷な殺され方だったらしい」

航海士が怒りを秘めた声で呟《つぶや》いた。

――助けられなかった。

安濃は、船長の妻子を思い出した。船長が殺されたと聞けば、妻は自分たちが助けを求めたせいだと思うのではないか。

「俺は警察に行って話を聞くよ。アジアン・パール号の件は、やっぱり諦めてくれ」

船長を捜すために、手掛かりを探す約束だった。船長亡きいま、その約束は無意味だ。

「船長はどこで見つかったんだろう」

「アムリという村らしい。カラチから二百キロほど離れた場所だそうだよ」

「アムリなら、コハトに行く途中だな」

シャヒドが呟いたが、安濃と程は、ふたりして黙れと目で叱った。他人に妙な話を吹き込まれては困る。

「農村だよ。見渡すかぎり、田んぼと畑の」

シャヒドが慌てて付け加える。

空港からシャヒドの車で来た。警察にも、シャヒドの運転で乗っていくことになった。

「頼みがある」

安濃は素早く航海士の腕を引き寄せた。

「面倒は困る」

「私たちは船に乗り込めない。だからあなたにお願いしたい。密航者たちがいた部屋に、さっきのようなメッセージが残っていないか、調べてもらえないか。あるとすれば、思いがけない場所にあると思う。必ず礼はする」

高淳から借りた百ドル札を、手に滑り込ませる。彼はしげしげと紙幣を見つめた。貨物船の航海士のような高給取りに、賄賂《わいろ》は逆効果だったかと、ひやりとした。

「——金はいらん。あんた、まだ密航者を追うつもりなんだな」

「もちろんだ」

航海士が、紙幣を押し戻しながら、こちらの目を見つめた。

「あんたを信用する。船長の仇《かたき》を討ってくれ」

「仇を討つとは？」

「――警察に突き出せ」

「船長と仲が良かったんだな」

「船の上では、家族みたいなものだ。家族が殺されれば、誰でも怒る」

どんどん責任が重くなる。いつか自分の双肩だけでは支えきれなくなりそうだ。そう感じながら、頼みを引き受けた。

「なにも真面目に引き受けなくても」

警察署に向かう航海士を見送ると、程が呆れたように呟き、ずるそうな目つきでこちらを見た。

「山本さんもおかしな人だ。本気で犯人を警察に引き渡すつもりですか」

「さあな。結果的にそうなるかもしれないが」

「嘘でしょう。あなたは真剣に約束したんだ。本当に、変わった人だな」

「それより、地図はないか。カラチからコハトまでの道を知りたい」

話を逸《そ》らすつもりではなかったが、程が大きく肩をすくめ、鞄《かばん》から道路地図を出して車のボンネットに広げた。

パキスタンの形は、東京都に似ている。アラビア海に面した海沿いから、世界第二位の高さを誇るK2や、ナンガパルバットに代表される山岳部に向かって、ほっそりした国土が伸びているのだ。英国領インドから分離独立を果たした時に、イスラム教徒の比率の高さなどを検討し、人為的に切り分けた国土だ。たとえばパンジャーブ州とベンガル州は、インドとパキスタン両国にまっぷたつに分割された。

カラチは南の海に面しており、コハトはずっと北に位置している。アムリという村を地図で探したが見当たらず、シャヒドがハイダラーバードの近くを「このへんだ」と言いながら指差した。

「コハトまで、ここから千二百キロある。車を飛ばせば半日ほどで着くだろうが、途中でテロリストに捕まるか、撃たれるほうに賭《か》けますね」

程が、うんざりした様子で眉間《みけん》に皺《しわ》を寄せる。彼はそもそも、パキスタンまで情報を追うことに乗り気ではなかった。安濃に取り返させ、金で買うつもりだったのだ。のこのこついてきたのは、どうやら誰かに命じられたからのようだった。今では、とんでもないことになったと後悔しているかもしれない。

「田丸の情報が必要なんだろう」

「命と引き換えにですか。そこまでの価値が本当にあるんでしょうかね」

皮肉に呟く程を、とりあえず無視する。

「シャヒド、ここまで飛行機で行けるか」

「コハトにも滑走路はあるが、軍専用だ。パキスタン航空でペシャワールまで行って、車で引き返すのがいい。車で行くよりはずっと安全だが、迫撃砲で狙われるおそれがないわけじゃない。それに、コハトはよくテロが起きる街だ。これまで何度も、警察や市場が爆破されてる。危ないから、俺は絶対についていかないよ」

ペシャワールは、二〇一四年にテロリストによる学校襲撃事件が発生した街だ。百四十人以上の人が殺害された。大半は十代前半の子どもたちだった。パキスタンでも、北方のアフガニスタンとの国境周辺や、連邦直轄部族地域と呼ばれる地域には、タリバーンなどのテロリストが自由に出入りして潜伏しているという。シャヒドが嫌がるのも無理はない。

「ペシャワールからコハトまでは、車でどのくらいだろう」

「二時間もかからない。何も起きなければの話だけど」

船長の遺体はアムリで見つかった。犯人はカラチから車で北上したらしい。犯人は、安濃たちより三日早くカラチに上陸した。とうの昔に、コハトに着いているはずだ。カラチからペシャワールまでの航空便は午前中のみで、次の便は明日まで待たねばならないとシャヒドが説明した。

「船長の遺体が見つかった正確な場所と、死亡推定時刻がわからないだろうか」

「なぜ？」

「彼らが通過した時刻がわかる。シャヒド、警官にツテくらいあるだろう」

頭を振りながらシャヒドが警察署に尋ねに行き、安濃らは外で待った。密入国者が、堂々と警察署に出入りするわけにもいかない。

「本当に、コハトまで行くんですか」

「程さんが行きたくないなら、カラチで待てばいい。向こうで車を運転する人間が必要だ。シャヒドがダメなら他を探そうと思う」

　程が苦虫を噛《か》み潰《つぶ》したような顔をした。田丸の情報について、よほど厳しく指示を受けているのかもしれない。この男をうまく取り込み、利用しなければ、泊里たちの救出は難しい。しかし、炭疽《たんそ》菌《きん》テロの情報を、程に知らせることはできない。現時点でその情報にアクセスできるのは、捜査機関のみだろう。自分が捜査機関に通じていると、教えてやるようなものだ。

「命知らずだな。勝算があるんですか。コハトとしか、手掛かりがないのに」

「敵は、田丸らの情報を、おそらくコハトで売りさばくつもりだ。田丸の情報は、三次元映像の解析技術だった。誘拐された技術者は、ドローンを自動制御する技術を研究している。ふたつを合わせれば、何か考えつかないか」

　程が黙り、自分の靴の先に視線を落とした。

「仮に、犯人がテロリストに情報を売り、テロリストはそれを自爆ドローンの製造に利用するつもりだとします。しかし、どこで作るんですか？　そんな精密機械を」

「精密機械というほどでもないさ。たとえば日本では、百ドルもしない安価なドローンがおもちゃとして売られている。その程度の機種なら、コントローラーとドローンの距離は、せいぜい百メートル程度だ。だから、自動制御技術が欲しいのかもしれない。コントロールする人間が近くにいる必要がないから」

「目的地さえセットしてやれば、ドローンが勝手にそこまで飛んでいくわけですか。カメラの映像を分析しながら」

「そうだ。ドローン本体さえあれば、映像の解析技術も、自動制御も、ようはソフトだ。おおげさな工場は必要ない。パソコンがあって、ソフトを組む技術者がいればいい。自爆目的なら、耐久性も必要ない。自力で目標に近づいて、ドカンだ」

程は腕組みし、目を怒らせた。

「しかし、その理屈は破綻《はたん》しています。テロリストの命の値段は、あなたが思う以上に安いんですよ。ドローンやソフトの開発に費用をかける必要はないんです。人間を使い捨てにするほうが、ずっと安上がりだ。後釜《あとがま》がいくらでもいますからね」

程の反論はもっともだ。爆弾を子どもの身体に巻きつけて基地に追いやったり、バックパックに背負《しょ》ったりして自爆テロを起こす人々がいるかぎり、自爆ドローンなど開発する必要はない。それは命の値段が高い先進国ならではの発想だ。

「イスラム教徒は、この世は仮の世だと教えられるそうです。次にくる世が本当の人生だから、この世の死は恐れる必要がない」

程の言葉に頷《うなず》いた。

「それはわかった。しかし、チェックが厳しくなれば、爆弾を抱えた人間は見破られやすい」

覚悟を固めていても、これから大勢の人間を巻き添えにして自爆しようという人間は、平静ではいられない。顔や手足はこわばり、汗が噴き出し、視線が泳ぐ。見る人が見れば、充分怪しい。その点ドローンなら、見つかりさえしなければどこにでも侵入できる。

安濃は、程が納得するまで粘り強く待った。

「取引の仲介者か、組織のメンバーがコハトに現れるだろう。そいつを探す」

「探す？　どうやって探すんですか。テロリストの関係者がコハトに来てないか、聞いて回るとか？」

程の表情に、こちらを馬鹿にする余裕が戻ってきた。

「そうではないが、あんたは何か思い当たる節があるようだな。コハトの街角で、テロリストの関係者を探していると吹聴《ふいちょう》して回るよりうまいやり方があるなら、聞こう」

程がむっとした。安濃が自分を試しているのか、本気で教えを乞《こ》おうとしているのか、測りかねるようだった。こんな仕事をしているくせに、考えが表情に出る男だ。

「山本さんがコハトを歩いてドル札をちらつかせるだけで、向こうから近づいてきますよ。命の保証はありませんがね」

「金銭目当ての強盗なんか、集めてもしかたがない」

「そうじゃない。噂をまくんです。米国から来たテロ対策の専門家だとね。パキスタン人には、日本人と日系米国人の見分けなんかつかないでしょう。組織が大喜びで誘拐してくれますよ。見せしめとして残虐に殺すか、身代金を要求するでしょうよ」

「罠だとわかれば、近づいてはこない」

「当然です。ふだんは隙を見せないで、何かの折だけ隙を作る。たとえば女性と遊ぶとか」

程が薄く笑った。安濃は頷いた。

「ペシャワールで、いい車を借りよう」

「それは妙案ですね」

シャヒドが警察から出てきて、こちらに駆け戻った。船長の遺体が発見されたのは、アムリの農家の納屋だが、詳しい場所までは聞き出せなかったらしい。死亡推定時刻は、彼らがアジアン・パール号から上陸した夜から丸一日後とのことだった。

——なぜ、すぐに殺さなかったのだろう。

アジアン・パール号では、船長の仲間が大勢いるから手を出せなかったのはわかる。しかし、どのみち口封じに殺す気なら、ボートの上で殺して海に捨てればてっとり早い。わざわざ生かしてアムリまで連れていき、そこで殺した理由がわからなかった。

程がシャヒドの肩を抱いて安濃から離れ、説得を始めた。どうやら、コハトまで同行させるつもりらしい。シャヒドは大声をあげて抵抗していたが、ついに折れたのか、見るからに不承不承の体で程の後ろについて戻ってきた。金のために承諾したわけではないだろう。シャヒドはどうやら、程に弱みを握られているようだ。

「シャヒドが一緒にコハトに来て、運転もやってくれます」

「それは助かる」

ふてくされたシャヒドに何食わぬ顔を向け、笑いを噛み殺す。程をパキスタンに連れてきたのは正解だった。

ペシャワール行きの航空便を予約させ、シャヒドの自宅に戻った。長い旅になりそうだ。


なぜ急に目が覚めたのかわからなかった。

今夜、程はベッドとソファの交代を申し出たが、安濃は断った。ソファで眠るのも悪くないし、昨夜で慣れた。寝心地を知らないベッドで寝るよりマシかもしれない。

窓から月明かりが差し込み、床に毛布を敷いてすこやかな寝息をたてているシャヒドの後頭部や、壁に寄せたテーブル、壁を飾る織物などを淡く照らしている。時計を見ると、午前二時だ。静かだった。

——静かすぎる。

眠りにつくまで、今夜もずっと裏庭の鶏がけたたましく叫んでいたのだ。ずいぶん迷惑な話だが、近所の誰も文句を言わないらしい。その鶏の声がやんでいる。

空気がぴんと張り詰めて、へたに触れると血が出そうだった。

——この空気には、覚えがある。

安濃は音をたてないよう、ゆっくりソファから起き直った。寝る前に靴と靴下を脱いだ。靴下だけ急いで履き、クッションのひとつを毛布の下に入れ、そこで誰かが寝ているようなふくらみをこしらえた。

　手近に武器はない。テーブルの上の、大理石を削り出した灰皿を握って、ドアの脇に立つ。誰かが階段を上がってくる、ひそやかな足音と衣擦《きぬず》れの音が聞こえた。程とシャヒドを起こす暇はなさそうだ。彼らが驚いて声をあげれば、相手に気づかれる。

　――ひとりだろうか。

　階段を上がってきた足音はひとつだが、階下に仲間がいるかもしれない。

　シャヒドが、軽いいびきをかき始めた。階段を上がってきた〈誰か〉は、ドアの前で耳を澄ましているようだったが、いびきが聞こえて安心したのか、鍵《かぎ》を開けようと試み始めた。安濃もピッキングの講習を受けたので、それが繊細で神経を遣う作業だと知っている。音をたてないよう、〈誰か〉は静かに鍵穴を試していたが、やがてカチリと音がして鍵が開いた。

　ドアがそろそろと開き、外の光が差し込んでくる。裏の家がまだ起きているらしく、照明を点《つ》けているのだ。隠れている安濃のすぐそばに、オートマティックの銃口が突き出された。暗さに目が慣れるのを待っているのか、〈誰か〉はドアを半分開いた状態で、しばらくじっとしていた。

　その銃口が、いびきをかいて眠っているシャヒドから、ソファのふくらみに向けられ、〈誰か〉が室内に踏み込んできた時、安濃はとっさに灰皿をその後頭部に叩《たた》きつけた。殺すつもりはない。相手は銃を落としもせず、頭に手をやり、銃口をこちらに向けた。

見覚えがあった。上島の名を騙《かた》り安濃たちをおびき出した、ひょろりと痩《や》せた男。泊里を撃った奴だ。

身体が動いた。銃身を摑《つか》み天井に向ける。そのままぐいと引き下げると、男が膝《ひざ》をつき銃を落とした。それを背後に蹴《け》り飛ばした瞬間、顎《あご》に頭突きをくらってよろめく。

「起きろ！」

シャヒドを呼んだ。

男は逃げだした。襲撃は失敗だ。半分開いたドアから飛び出していく。見逃せない。この男は犯人グループのひとりだ。大声と物音で目覚めたシャヒドが、もぞもぞ動き、寝ぼけ眼をこすっているのを横目に見て、安濃も部屋を飛び出した。

階段を一段飛ばしに駆け下りる。靴を履いていないので走りにくい。男はだいぶ先に行っている。

「待て！」

男はこちらとの距離を測るように、一度だけ振り向いた。路上に停めてあった車の運転席に飛び乗ると、エンジンをかけたままにしてあった車が走りだした。ナンバーを読み取ろうとしたが、暗くて見えない。

車の後について走った。加速する。負けている。どんどん車が先に行く。無理やり足を高く上げて、飛ぶように走る。それでも間に合わない。

——逃がしてしまう！

あの男は、泊里の居場所を知っているはずなのに。

「どいて！」

背後でシャヒドの声がした。ついで、銃声が轟《とどろ》いた。

仰天して飛びのき、路上に伏せた。銃声は二発、三発と続いている。車のリアウインドウが割れた。タイヤが破裂した。後部がふらついたかと思うと、対向車線に半分はみ出して停まった。

「両手を上げて出てこないと、車ごと燃やすよ！」

ライフルをかまえたシャヒドが近づいてくる。襲撃者は、しばらく車の中で息を殺していた。シャヒドが再び車内に銃弾を叩き込んだ。慌てて運転席のドアが開く。怯《おび》えた男が叫んだ。

「わかったから、撃つな！」

「そっちがおとなしくしてればね」

襲撃者が運転席からそろそろと出てきた。言われたとおり、両手を上げている。

「――シャヒド」

ありがとう、と言いかけたが、シャヒドが機先を制した。

「そいつ、ここで殺しとく？　寝込みを襲うなんて、最低だよね」

口調はのどかだが、明らかに本気で言っていて、襲撃者が震え上がった。安濃も、今この男を殺されるのは困る。

「いや、今は殺さない。聞きたいことがあるんだ」

立ち上がり、男の手を縛るものを探したが、適当なものが見つからない。

「このまま戻ろう」

「──やあ、捕まえましたね。たぶん、これが必要になると思って」

程がのんびり近づいてきた。細いロープを提げている。睨《にら》んだが、澄ました表情を崩さなかった。この男は、とうに目覚めていたようだ。助けに入るわけでもなく、寝室で様子を窺《うかが》っていたのだろう。

男の両手首を、身体の後ろできつく縛る。この男は、多少のことでは音を上げなそうだ。

「こいつを連れて、すぐに発《た》とう」

「これから？」

「仲間が襲ってくる可能性もある。こいつは、田丸を殺し、もうひとりの技術者を誘拐した連中の一味だ。道中、話を聞く」

驚く程を急かして三階に戻った。シャヒドはライフルを肩に掛け、口笛でも吹きたそうな表情で追いかけてくる。こんな深夜に銃声がしたのに、パトカーが駆けつけるわけでもなく、家々の窓に明かりが灯《とも》るわけでもなかった。あるいは、銃声を聞けば頭を低くして窓には近寄らないのかもしれない。通報すれば、後でとばっちりを食うと恐れている可能性もある。

「シャヒド、その銃はどうした？」

聞かないほうがいいような気もしたが、聞かずにいられなかった。シャヒドは大きな目を瞠《みは》り、おおげさに肩をすくめた。

「猟銃だよ。ガイドをしてると、山岳地帯にお客さんを案内して、鳥を撃つこともあるさ」

シャヒドの腕前はそんなものではないと思ったが、それ以上は聞かなかった。

男を部屋の床に跪《ひざまず》かせる。ようやく、落ち着いて観察する余裕が生まれた。上島を騙っていた時は日本語を話していたが、自然な英語も話せるようだ。シンガポール訛《なま》りはない。日本人だと言っても違和感のない顔だちで、年齢は四十前後だろうか。髪は短く、左の目尻にホクロがある。細面の顔は個性的で、眠そうな目つきをしていた。

「――名前は」

尋ねても、男はふてぶてしく黙っている。床に落ちた銃が、そのままになっていた。グロックだ。拾い上げ、カートリッジを抜いて弾の数を確認した。鋭い音を立ててカートリッジを装着し直し、男の後頭部に当てた。

「なぜここがわかった」

男は無言で奥歯を噛みしめている。撃たないと踏んでいるのかもしれない。車中で情報を聞き出すにせよ、苦労しそうだ。

シャヒドがそわそわと程の顔色を窺った。

「――俺は誰にも喋《しゃべ》ってないよ」

程がしばらく考えるそぶりを見せ、頷いた。

「山本さん。おそらく警察だと思います」

「警察とは？」

「シャヒドに、船長の遺体が見つかった場所を聞きに行かせたでしょう。そいつが警察に情報源を持っているとしたら、どうです。船長の死に関心を持つ人間がいると、気づいたんですよ。あとはシャヒドの後をつけたか、住所を調べたんでしょう」

ありそうな話だった。犯人グループは、シンガポールから追ってくる人間がいる可能性を恐れ、カラチに仲間を残したのかもしれない。船長について調べている理由を聞き出すつもりでここへ来たら、安濃と鉢合わせした。

「そうなのか？」

男は視線を逸《そ》らした。だが、その視線の揺らぎ方を見て、程の推測が正しいとわかった。

「シャヒド、車を用意してくれ。すぐに発つ」

「今から出発しても、飛行機は朝にならなきゃ飛ばないよ」

「飛行機はやめた。車でコハトまで行く」

敵がシャヒドの自宅を知っているなら、明日のペシャワール行き航空便を予約したことも気づかれた可能性が高い。こちらの行動が敵に筒抜けになる。なにより、航空機では逃げ場がない。

「遠回りして、コハトに行くのに通常は使わないルートで走るんだ。通常ルートには、見張りがいる可能性が高い」

「山本さん、敵は我々より三日も先行している。そんなことをすれば、さらに遅れますよ」

「途中で銃撃戦をしたいのか？　それに、奴らは三日も先行していない。アムリで半日は足を止めたようだ」

一度目の襲撃は失敗したが、男の仲間が諦めるとは思えない。仲間が戻らなければ、取り返そうとまた襲撃するかもしれない。

「車でコハトに行くなんて──命を捨てに行くようなものだよ」

「飛行機ではこの男を連れていけない。車の中で尋問する」

頭を振るシャヒドに、安濃は肩をすくめた。

「テロリストより、連中のほうが差し迫った脅威だ。さあ、行くぞ。この男の仲間が、夜のうちにまた来るかもしれない。こいつの車は、警官に見つからないよう、どこかに隠そう」

安濃が撃退しなければどうなっていたか想像したらしく、シャヒドがぶるっと身体を震わせて、支度を始めた。

13

雨はやんだが、永田町のビル群を覆う空は、どんよりと重たげな灰色だ。青空の片鱗《へんりん》なり――と期待して見上げた遠野真樹は、軽く失望して合同庁舎の入り口をくぐった。エレベーターを降りて遺棄化学兵器処理担当室のオフィスに向かう途中、ロビーの長椅子に腰を下ろした、上品な老人に目を留める。

――どこか見覚えがあるような。

つかの間、首を傾げたが、その老人が二十年も昔に政界を引退した元政治家だと思い出した。真樹がほんの子どもだった頃に、与党で大臣を歴任した男だ。

「道明寺《どうみょうじ》さん！　お待たせいたしました」

遺棄化学兵器処理担当室の駒川室長が、部屋から飛び出してくる。

――そうだ、道明寺誠《まこと》というのだった。

駒川は、珍しく背広の前ボタンをきちんと留め、老人の前で直立不動の姿勢をとった。

「ご多忙だろうに申し訳ないね。年寄りが気まぐれに、東京に出てきたものだから」

道明寺は穏やかな微笑を浮かべ、かすれ気味の声で話した。背は高くないが、嫌でも目立つのは姿勢の良さだ。引退した時、既に七十歳を超えていただろうか。今なら九十代のはずだが、そんな年齢に見えないのは背筋が若木のように伸びているからだ。瘦身《そうしん》で肌は色白、目尻《めじり》の皺が、彫刻刀で彫りつけたようにくっきりしている。

真樹がつい見とれたのは、道明寺の全身から自然に発散される、気品とでも呼びたいような雰囲気のせいだった。

「遠野さん！　いいところに」

駒川は目ざとくこちらを見つけて呼んだ。

――いつもは「遠野」と呼び捨てにするくせに。

ふだんと異なる空気に、剣呑《けんのん》な臭いを嗅《か》ぎながら慎重に近づいていく。駒川は、老人の前で緊張しているようだ。

「この春からここにいる、遠野真樹です。航空自衛隊からの出向者です」

「――そうですか」

道明寺は、長椅子に座ったまま、孫を見るような目で真樹を見上げた。紹介しながら、道明寺と駒川が、小さく目配せを交わしたような気がした。おかしな直感だったが、なぜだか道明寺は自分を知っているようだ。

「道明寺さんは、遺棄化学兵器対策について、中国政府との間に立ち、早くから尽力された方なんだよ」

説明した駒川が、どんな反応を自分に期待したのかわからないが、不器用な真樹は生真面目な表情を崩さず、頷いただけだった。態度の大きな若い女と思われたかもしれない。

「――七十年も昔に、僕らの世代がやり残した宿題を、あなたのような若い人に片づけてもらうのは、心苦しいのですが」

道明寺の穏やかな語り口に、惹《ひ》かれた。彼の年齢なら、終戦時には二十歳を超えていたはずだ。詳しい経歴は覚えていないが、従軍していたと何かで読んだ記憶もある。彼の雰囲気からすると、幹部候補生だったとしてもおかしくない。

「とんでもないです。毎日、自分の無知を思い知らされています。勉強になります」

自分でも思いがけず、答えに力がこもる。誇張ではなかった。大陸の遺棄化学兵器を調査していると、当時の日本軍の位置や行動、感情まで透けて見えるようで、胸をつかれる思いがする。川底に沈められた何発もの砲弾が意味するものは、なんとしても逃げ延びて故郷に帰るという意志だろうか。それとも、敗戦の混乱と恐怖だろうか。

――とり残された兵器が、七十年の時をひとまたぎに飛び越えさせる。

道明寺がおっとりと微笑んだ。

「無知に気づくところから、全てが始まるのでしょう。あなたには、よいご経験になりそうですね」

何と答えるべきかわからず、真樹はただ堅苦しく頷いた。道明寺は、駒川に向き直った。

「ハルバ嶺《れい》の最新情報を教えてもらおうと思いましてね。できれば近々、現地視察の許可をもらいたいのです。まだ身体の動くうちに、最後にひと目、見ておきたくて」

「どうぞこちらへ。まず、現地の状況を映像でご覧いただきます」

会議室に入っていくふたりを見送り、真樹は首を傾げた。

――ハルバ嶺の現地視察？

あの場所への、民間人の立ち入りは制限されている。元政治家とはいえ、引退したのだから今では民間人だ。駒川の様子を見ると、道明寺の依頼を頭から断る気ではなさそうだったが――。

――やめよう。

真樹は頭を振った。安濃のことといい、自分はよけいなことに首を突っ込みすぎる嫌いがある。あらためる頃合いだ。

スマホに紗代からメールが届いていた。仕事中だが、紗代からのメールはなんとなく無視できない。とてつもなく緊急な要件を、遠慮がちにメールで送ってくる人なのだ。

『遠野さん。もし近いうちに、お時間があれば、どこかでお茶かお食事でもしませんか？　相談したいことがあるの。紗代』

読み下して、特にたいへんなことが起きているわけではないらしいと、ホッとする。しかし、彼女があらたまって相談したいと言ってくるなんて、不穏な感じがした。仕事が終われば、夜はいつでも食事くらいできる。

紗代に返事を書きながら、シンガポールにいるという安濃と泊里の仕事に思いを馳《は》せた。今ごろ、何をしているのだろう。

＊

パキスタンの道を舐めちゃだめだよ、とシャヒドが脅した理由がよくわかった。さっきから車はほとんど進んでいない。前方を、ロバの引く荷車がのろのろ走っているからだ。

「シャヒド、他の道はないのか」

さすがに焦《じ》れて安濃が尋ねると、ハンドルを握るシャヒドがひげ面を子細ありげに振った。

「ここはあと少しで抜ける。すぐ走れるようになるから、我慢して」

――高速道路で十五時間かかる道のりを、敵の待ち伏せを防ぐため遠回りして、途中の一部とはいえ一般道を走ろうというのだ。

カラチを出たのは夜明け前だった。真っ暗で、夜明け前のアザーンが始まる前だ。そんな早朝の出立に、シャヒドはぶつくさ文句を言ったが、いざ車を走らせ始めると、礼拝の時間が来ても苦情は言わなかった。彼いわくアッラーは融通の利く神で、生活の都合で礼拝の時間を変えたり、複数の礼拝をまとめて行ったりしても、許してくれるのだそうだ。

夜明け前は高速道路を調子よく飛ばしていたが、昼前に生活道路に入ると、もうダメだった。

パキスタンの道路は、日本と同じで車が左側通行だ。走っている車も、スズキにトヨタと右ハンドルの日本車が目立つのはそのせいかもしれない。日本と決定的に異なるのは、公道を馬車、ロバ、牛、羊の群れなどが、のんびり草を食《は》みながら歩いていることだった。カラチがなまじ大都会なので、カラチを離れたとたん広がる光景に目を疑った。アジアはどこも同じらしいが、スクーターにふたり乗りは当たり前で、三人、四人と無理やり子どもらを乗せて走るのもいる。

シャヒドのスズキFXは、未舗装の道を、時おり小石を踏んでガタピシと跳ねながら、周囲に合わせてのろのろ走っている。目の前では、ほうれん草の束をありえないほど山積みにした荷車が、鈍重に走るロバに引かれて揺れている。

三十年以上も走った車のエアコンは、まったく利いていない。程が暑いと文句を言うと、シャヒドは一応スイッチを入れてみたが、腐ったため息のような空気が洩れただけで、すぐに止めた。その後はずっと汚れた窓を開けて風を入れている。少しは涼しいが、自動車の排気ガスと、砂埃《すなぼこり》と、動物たちの糞尿《ふんにょう》の臭気が絶えず流れ込んでくる。

「コハトに着く前に、この車が分解するんじゃないですか」

助手席の程が、あまりに跳ねる車に愚痴をこぼした。シートのスプリングも、サスペンションも、長年の酷使に耐えかねて弱り、車に乗るというより戦車に乗っている気分になってきた。喋ると舌を嚙みそうだ。

「大丈夫、このスズキはまだまだ走るよ！」

シャヒドが愛嬌《あいきょう》たっぷりに笑い飛ばす。今朝がたライフルを片手に、襲撃者を撃ち殺しかけた男と同一人物だとは思えない。

――その襲撃者は、後部座席で安濃の隣に座り、今のところおとなしくしている。外から見えると異様なので、さるぐつわを噛ませることができないのだが、両手と両足を縛っているので、逃げられるおそれはない。誰かがひょいと車内を覗き込んでもいいように、両手のいましめの上に膝掛けを置いて隠してある。警察官に呼びとめられると困ったことになるかもしれないが、そんな時のために、安濃は男の拳銃《けんじゅう》を隠し持ち、いつでも狙えるようにしていた。逃げようとすれば撃つと宣言してある。

拳銃を扱う安濃の慣れた手つきを見て、男もその言葉を信じたようだった。自衛隊で扱う六四式小銃ではない、市販のハンドガンの取扱いも、この仕事に就くことが決まってから、さまざまなメーカーの実銃で訓練を積んだ。能任は、拳銃を使用するような局面にはならないと請け合っていたが、初めての任務がこれでは、先が思いやられる。

シャヒドのライフル――AK-47は、トランクに収まっていた。

「どうせ他にやることもないんですから、その人に話を聞いたらどうですか」

程が、渋滞にうんざりした様子で言った。

「車は汚さないでよね」

すかさずシャヒドが言葉を継ぐ。今さら汚すもなにも、後部座席の合皮のシートはもうボロボロにすりきれ、砂だらけだ。座るのを躊躇《ちゅうちょ》したほどの汚さだというのに。

車に乗せる前に、襲撃した男の所持品を確認し、身元を探ろうと試みた。襲撃に使われた車も調べたが、パスポートも、運転免許証も、クレジットカードの類《たぐい》も、なにひとつ持っていなかった。安濃と同じで、身元を証明するものは持たない主義らしい。財布には現金、ドル紙幣とパキスタンルピーが少々入っていただけだ。多少、役に立ちそうなものといえば、古い型の携帯電話だけだった。電話帳の登録は「オズ」という名前の一件しかなく、通話履歴もその番号だけだ。船長の妻をさんざん怖がらせた、例の狂犬のような男だろう。この仕事のためだけに用意した電話のようだった。プロのやり口だ。番号から相手の位置情報を調べたかったが、程もシャヒドも、そんな手段はないという。携帯電話は電源を切り、安濃が預かっている。

襲撃者の車は、警察に見つかるとまずいので、シャヒドが運転してどこかに放置してきた。元は盗難車輛《しゃりょう》かもしれない。

「カラチでは強盗事件もよくあるしね。金持ちは装甲車で街を走るくらいだから」

シャヒドが平然とそんなことを言った。

「それにしては、シャヒドは平気な顔して深夜に外を歩いてきたじゃないか」

「もちろん。狙われるのは、金持ちと外国人だけ。俺たちみたいな貧乏なパキスタン人は平気だよ。外国人は夜八時以降になると、建物から出ないほうがいい」

カラチの街を車で走っていると、富裕層の家の門前に小さな付属物が見られる。シャヒドは、警備員の番小屋だと説明した。実際に強盗の襲撃を受けると、一目散に逃げ出す警備員が多いそうだが、それでも置かないよりは抑止効果があるらしい。

襲撃者は、安濃たちのどんな会話にも反応せず、黙りこくっていた。この男の口をどうやって開かせようかと思案しながら、安濃は男の横顔を眺めた。

「──シンガポールでは日本語を話していたな。日本人なのか？　もっとも、日本人だからといって手加減するわけじゃないが」

程やシャヒドにも内容がわかるように、英語で話す。男は表情を変えず、黙って正面にある運転席のヘッドレストを見つめている。

「仲間と人質の居場所は？」

男は無反応だった。抵抗や反論は、会話のきっかけを作ってしまう。何も聞かず何も言わないと決めたのだろう。

程が、興味深げにバックミラーを覗いている。尋問の様子を観察して、安濃の力量を測るつもりのようだ。

「私が質問しているうちに、答えたほうがいいぞ」

安濃は不機嫌を隠さずに告げた。

「私はこういうことが嫌いでね。めんどうだし、他人を痛めつけるのも好きじゃない」

バックミラーの程が微笑んでいる。

「だが、あんたがいつまでも黙っているなら、助手席に座っている男と交代する。彼はたぶん、こういうことが好きだろうな」

――ひとをダシに使うとは。

程の目がそう語り、鼻の上に皺を寄せた。安濃はそちらに暗い笑みを含んだ視線を送り、続けた。

「自白剤を持ってこなかったのが残念だ。注射を一本打つだけで、手を汚す必要もなく片がついたのに。――あいつはシートを汚すなと言うし」

運転席で、シャヒドがにやりと笑う。

「だからしかたがない。こうするしか」

安濃は銃を脇に置き、男の両手首のロープを素早く縛り直した。手首の皮膚が擦《こす》れて、血が滲《にじ》むほど強くした。血行が悪くなり、手首から先がピンク色に染まる。こちらの意図を察したらしく、男の色白な頰にも血がのぼった。

安濃は腕時計に視線を落とした。

「止血帯法では、三十分ごとに緩めてやらないと組織や神経が壊死《えし》するというからな。これだけきつく縛って、三十分もつかどうか知らないが」

男は我慢強かった。手首から先が紫色に変わっても、まだ歯を食いしばって耐えている。額に汗が滲み、腕が震えているので痛むのは間違いない。

シャヒドが急にアクセルを踏み込んだ。車や馬車の少ない、広い道に出たようだ。隣の車線を、極彩色の花や魚、孔雀《くじゃく》などの彫刻を背負った大型トラックが走り抜けていく。未舗装の、石ころだらけの道の両側に、見渡すかぎりの田畑が広がっている。黄色い菜の花畑が延々と続く、広大な土地だ。時おり、煉瓦《れんが》の家が単調な風景にアクセントをつけ、牛がのんびりと道端の草を食んでいる。

「耐えるのはいいが、両手をなくしても私を恨むなよ。あんたは、私がそこまでやらないと考えている。だが、必要なら何でもやる」

物憂く安濃は告げた。嫌だが本気だった。本来の自分は、無防備な他人を好んで痛めつけたり、むやみに暴力をふるうタイプではない。たとえ赤の他人の手でも、紫色になったのを見ただけで気分が悪くなる。それでも、泊里たちを助け出すためなら、感情を抑える自信はある。優先順位の問題だ。

それにこの男は、拳銃を握って他人の寝込みを襲うような奴だ。たまたま目を覚ましていたから良かったが、そうでなければ今ごろは立場が逆転していたかもしれないし、シャヒドの自宅の床で冷たくなっていたかもしれない。上島を誘拐し、泊里に銃を向けたのもこの男だ。田丸を撃ち殺したのさえ、この男かもしれない。そう考えると同情心も薄れる。

三十分でロープを緩めてやると、いっきに流れこんだ血液のせいで、男の両手が真っ赤に腫《は》れた。男は目を閉じて唇を固く引き結んでいるが、無数の針で刺されるような痛みに襲われているだろう。それでも耐える根性は誉めてやりたいが、このままだと安濃は、他人の手を腐らせる経験を積むことになりそうだ。

――パキスタンでこんな仕事をしていると紗代が知ったら、何と言うやら。

「シャヒド、この車には、針金を積んでないのか」

とぼけて尋ねた。

「針金？　どうして」

「彼は、ロープじゃものたりないそうだ」

ロープの代わりに、針金をねじって手首を縛ると、血行はさらに滞り痛みも激しい。血管や神経の損傷も起きるだろう。

男を脅すつもりで、残酷さを強調して教えてやると、バックミラー越しに、シャヒドが目を輝かせた。この若者は、拷問を想像して興奮しているらしい。

「積んでないけど、売ってる店を探そうか」

「私が持ってる」

ふいに程が口を挟んだ。ベルトから針金を引き抜き、にこりともせず後部座席の安濃に手渡す。まさかこんなものを持ち歩く奴がいるとは思わなかった。後悔したが、今さらどうしようもなく黙って受け取る。男の動揺が伝わってきた。

──気が進まないのは、こっちのほうだ。

「──手首の次は、腕に巻く。両腕が腐っても吐かないなら、次は足だ。あんまり強情を張るようなら、壊死した手足を全て切り落とさないといけなくなるかもしれないな。あんたは、何のために黙っている？　自分の命よりも大切なものを守るためか？　金のためならやめたほうがいい。後悔する」

程の針金を丸めて摑んだまま、安濃は穏やかに尋ねた。男のこめかみに汗が滲む。あとひと息だと感じたが、男はまだ口をつぐんでいる。

「——あんたも強情だな」

安濃は長々と息を吐き出し、針金を男の手首に巻きつけた。逃れようと男が暴れだしたが、両手と両足を拘束された状態では力が入らず、安濃は軽々と押さえ込んだ。

「——みんなの居場所は知らない！」

男の口から洩れた言葉に、安濃は身体を引いてまじまじと彼を見つめた。

「なんだ。口があったのか」

男は肩で息をしている。少しは脅しが効いたらしく、虚勢を張ろうと試みてはいるが、目に落ち着きがない。どう言い逃れるか、必死で考えている。

「あんたが知らないはずはない。仲間とどこで落ち合うつもりだった」

「俺はカラチ担当だ。どこにも行かない」

「仲間が取引を終えた後、カラチに戻ってくるという意味か」

男が黙った。肯定的な沈黙のようだ。

——それはまずい。

取引が終わってから連中を捕まえても遅い。安濃が欲しいのは、泊里と上島の身柄だ。

「田丸を殺したのもあんたか」

黙っていても、今や男の態度が雄弁に語り始めている。

田丸の名前が出たので、俄然《がぜん》、程が興味を示した。全身を耳にして、じっとバックミラーを見つめている。

「田丸のＵＳＢメモリを盗んだ奴がいる。あんた、持ってるだろ」

尋ねながら、万が一、この男がＵＳＢメモリを持っていたらまずいと思っていた。程は、田丸の情報にしか興味がない。それさえ手に入れれば、上島や泊里を追う必要はないと言うだろう。

田丸のＵＳＢメモリと聞いて、男は動揺を隠せなかった。しかし、男が持っていないことは、今朝がた徹底的に検査してわかっている。男の反応を観察し、程が満足するのがわかった。

――たしかにこの男は、田丸の死にも関係しているらしい。

「仲間が持ってるのか。――コハトで誰かに売るつもりか？　そういえば、アジアン・パール号の船長を殺したそうだな。なぜだ？」

男が表情を消した。手足を失うより、怖いものがあるのかもしれない。しかし、その反応はむしろ、コハトに仲間がいることを裏付けたようなものだった。

安濃はため息をついた。

男の手首に針金を巻きつける作業を続行した。男は観念したのか、それ以上は暴れもせず、目を閉じて俯《うつむ》いている。そんなに簡単に、自分の身体が痛めつけられるのを受け入れられるものだろうか。違和感を覚えながら、作業を手早く進める。針金を巻いた両腕を前のシートのヘッドレストにロープでくくりつけ、逃げられないようにした。安濃の胃のほうが、キリキリと痛んだ。

「この針金は、あんたが洗いざらい話すまで緩めない。今から三分おきに、少しずつきつく巻いていく」

時計の針を見せて宣言すると、男がごくりと喉《のど》を鳴らした。額に滲んでいた汗が、粒になってこめかみを流れ落ちた。

「知っていることを残らず吐け。まずは、あんたの名前から聞こうか」

男がひび割れた唇を舐めた。

「――ジョウン」

「シンガポール人か？」

シンガポール人は、中国系ならタンやリーといった姓が多いので、互いに名前で呼び合うことが多い。ジョウンが本当の名前ではない可能性も高いが、それはいい。この男にとっても、名前は記号にすぎないということだ。

「さあな。日本人かもしれないぞ」

ジョウンが突然、流暢《りゅうちょう》な日本語を喋った。

「あんたは日本人だろう。こんなことには慣れてないはずだ。前のふたりと、あんたは違う」

言いながら程たちへ顎をしゃくる。安濃がずっと英語で話している理由に気づいているらしい。この三人は、本当の意味で仲間ではない。腹の探り合いを続けているので、全員に理解できる言語を使っているのだと。

「いいから英語で話せ」

安濃は冷たく言い放ち、ジョウンの頭を小突いた。

「あんたと仲間は、テロ組織に武器を売っているんだな？　――心配しなくていい。俺は知ってるんだ。確認してるだけだ」

目にちらりと迷いが生まれたが、ジョウンは小さく頷いた。もう、両手は赤く腫れ始めている。

「しかし、ただの武器の密売人でもないな。商売人が相手を殺してデータを奪ったりしない」

無反応だ。

「なぜ田丸を殺した？」

「あの男が、データを渡さなかったからだ。無理に奪うしかなかった」

どうしてもあのデータがいる、とジョウンが囁《ささや》きながら、居心地悪そうに肩を揺すっている。

「なるほど、テロ組織と深い関わりがあるのか？」

ジョウンの答えはない。ないのが答えだ。

「あんたは、田丸のデータを持ってないんだな？」

「――持ってない」

「人質の今の居場所も知らないんだな？」

「そうだ」

「だが、田丸と接触したのはあんただろう？　仲間にデータを預けたのか」

複雑な表情がよぎりかけたが、ジョウンは答えなかった。

「――三分経ってないから、安心しているのか」

針金をひとひねりすると、ジョウンが目を剝《む》いて唸《うな》った。シャヒドがバックミラー越しに面白そうにこちらを見ているのに気づき、安濃は冷たく睨んだ。

「前を見て運転してろ」

見渡すかぎりの畑の中を、スズキFXはまっすぐ走り抜けていく。これなら、誰かに車の中を見られる心配もない。

「答えろよ。あんたの仲間は、データと人質をテロリストに売るつもりだ。取引の場所はコハトだな？　仲間と連絡を取る方法は電話か？」

電源を切った携帯電話を見せると、不承不承のていで頷いた。顔じゅうに脂汗を滲ませている。さぞかし耐えがたい痛みにさいなまれていることだろう。それでも抵抗を試みるのは、こちらがどこまで本気で責めるつもりか、試しているのだ。

――どいつもこいつも、自分を試している。

舌打ちしたかった。程、シャヒド、人質のジョウンまで、安濃がどこまでやるつもりか、やる勇気があるのか、見定めようとしている。

「仲間は何人だ。仲間の名前と連絡方法を教えたら、緩めてやる」

苛立《いらだ》ちを隠して安濃は告げた。

シャヒドなら、喜んでジョウンに銃を向けるだろうし、程はベルトに針金を仕込んで持ち歩く男だ。自分とはいろんな意味で違う。これは経験の差か、それとも訓練を積んだせいか。そもそもの性格の違いか。

「仲間は——俺のほかに三人」

ジョウンが唇を舐めて苦しげに吐き出した。

「三人の名前は」

「オズ、タイラー、マイク」

安濃は首を振った。嘘ではないにせよ、あだ名のような、どうでもいい名前だから明かしたのだとわかっていた。しかし、一応は程に書き留めさせる。

「彼らに連絡する方法は？　あんたが緊急に連絡を取りたくなったらどうする？　この携帯電話で、登録してある番号にかけるのか？」

ジョウンが無言で携帯を見て頷いた。

安濃は約束どおり、針金を少し緩めてやった。目に見えてほっとした様子で、ジョウンが深々と呼吸した。

携帯電話の電源を入れ、起動してアンテナが立つのを待つ。たったひとつ、「オズ」

という名前で電話帳に登録された番号にかけてみる。

『ジョウン？』

男の声が、驚いたように言った。

「――オズか」

『お前は誰だ』

「取引しないか。ジョウンを預かっている。そちらの人質ふたりと田丸のＵＳＢメモリを渡すなら、無事に帰らせる」

『ふん、欲張るな。ジョウンを出せ』

口数は少ないが、気に入らないことがあると突然キレる。船長の妻の言葉を思い出す。

安濃はジョウンの耳に携帯をあてがい、「捕まったことを話せ、よけいなことは言うな」と指示しながら、銃口をジョウンの脇腹に押し付けた。

「オズ――すまない。捕まった」

すぐに携帯を取り戻す。

「信じたか」

男は黙って考えているようだ。

「コハトで人質の交換だ」

『なぜ俺が応じると思う』

「兵器や金はいつでも手に入る。仲間はそう簡単じゃない」

『――いいだろう。ハングのバイパス沿いに、モスクがある。明日の正午、ミナレットの下で』

ミナレットとは、モスクに付随する尖塔《せんとう》のことだ。モスクの詳しい位置を聞き、程に書き留めさせた。

――奴らは、きっと何かしかけてくる。

電話を切り、ジョウンの手首に巻きつけた針金を解いた。

「おとなしくしていろ。いつでも撃てるぞ。忘れるな」

ジョウンが、物憂げに肩をすくめた。

「返すよ、あんたのものを」

針金をきれいに巻いて程に渡すと、彼は眉を撥《は》ね上げ、再びベルトに沿わせて腰に巻いた。慣れたしぐさだった。

「あなたを見直しましたよ、山本さん」

「そうか」

「飲み込みがいいんですね」

やけにこちらを試す気配を感じていたが、安濃がこういう状況や行為に慣れていないと、気づいているのかもしれない。

「シャヒド、近くで車を停められる場所を見つけたら、停めてくれ。トランクに積んである武器を、車の中に持ち込むんだ。何が起きてもいいようにな」

「わかった」

　シャヒドの答えは明快だった。敵に待ち伏せされないよう、目的地までずいぶん遠回りをしている。コハトまで、まだ十五時間近くかかりそうだ。シャヒドは、食事と休憩だけ挟んで、ずっとひとりで運転を担当している。疲労も溜《た》まっているはずだ。

　安濃は、ジョウンの携帯を、電源を切ってポケットに入れた。コハトに近づいたら、適当な場所で電源を入れるつもりだ。

　——追わせてやる。

14

　練った小麦粉の塊を、熱したフライパンに落とし、手のひらで円い形にさっと薄く延ばすと、座ったまま珍しそうに眺めていた人質が、感心したように嘆息した。「上手《うま》いな」とでも言ったようだが、英語をほとんど話せないアフサンには、どうでもいい。

　アフサンは、焼き上がったチャパティを次々に皿に載せた。人質の日本人はおかしな男で、捕まっているくせに闊達《かったつ》にふるまっている。タフなのか、タフに見えるようふるまっているのか、アフサンは最初戸惑ったが、彼以上にシンガポールから来た客たちが戸惑っているようだ。

　——いま客たちは、ラシードとテーブルで話し込んでいる。

ラシードとアフサンは、客人をカラチで拾い、無事にコハトまで連れてくるのが役割だった。仲間が山岳地帯から安全に下りてくるまで、彼らをもてなしている。

アフサンはまだ、ラシードのようにみごとに、人の喉を切り裂くことができない。貸しボート屋にいたふたりの男は、操船免許と身元を証明できるものがなければ、ボートを貸せないと言った。だから、ラシードがいちばん簡単な方法でけりをつけたのだ。ラシードをマリーナに待たせて客を迎えにいく時、アフサンはふたりの遺体をボートに積み込んで海に捨てた。

アフガニスタンにあるムジャヒディン解放運動のキャンプで、ライフルや武器の扱いは学んだが、アフサンは自分の未熟さをよく心得ている。まだ、一人前の兵士とは言えない。自分は一人前だと思えるようになるために、何人殺せばいいのかもわからない。ラシードは実になめらかに人を殺すが、彼のように熟練するまで、何年かかるのかもわからなかった。

ただ、未熟な自分が重要な作戦に参加し、ことの成否が仲間の活動にかかっているのだと思うと、いやおうなく気分が高揚する。

——必ず、成し遂げなくてはならない。

死を恐れはしない。所詮《しょせん》、この世は〈仮の世〉だ。来世こそ本当の世で、この仮の世でいかによく生き、よく死ぬかによって、来世での幸福が約束される。

人質が、カレーの香りを嗅ぐように、鼻を鳴らした。口の左側は殴られて切れているし、顎のあたりも内出血で青いあざになっている。手錠で椅子にいましめられているわりには、男は平気そうだった。殴られるのも、さほど気にしていないようだ。初めに見た時は太った男だと思ったが、触れると筋肉量の多い身体つきで、よく鍛えてある。もうひとりの人質とは対照的だった。もうひとりは壁を背にして座り、目立たないように全身を縮めている。まるで、目立たなければ自分のことは放っておいてもらえるとでも思い込んでいるかのようだ。アフサンにでもわかるぐらい、怯えていた。

ふたりとも日本人だそうだが、ひとりは科学者で、もうひとりは科学者から情報を盗むのが仕事だという。何が気に入ったのか、客たちは男を殺さず、ともに連れていくつもりらしかった。

——船長を拷問して殺したことを思えば、破格の好意だ。

カラチに着いたとたん、アジアン・パール号が当局の捜査対象になったらしい。ラシードの話によれば、客人のなかのオズという男が、船長が故意に情報を洩らしたに違いないと激怒していたそうだ。アフサンには言葉はわからなかったが、アムリに確保したガレージに到着すると、オズは大声で怒鳴りながら、スパナを握って船長をめった打ちにし、激しく蹴り上げていた。悲鳴と血しぶきで逆上し、よけいに残虐になれる男のようだった。

（狂犬だな）

ラシードが、オズに聞こえないようにこっそりアフサンに言ったものだ。

船長を海の上で殺さず、わざわざアムリまで連れて行ったのは、痛めつけて殺すためだったのだろう。アフサンにもラシードにも、人間を半日もかけてなぶり殺しにするような趣味はない。

深い大皿にカレーを注ぎ、チャパティを積み上げた皿とともにテーブルに運んだ。四角い顎をしたオズは、皿を見てあまり愉快でない表情をした。コハトに着いてから、カレーばかり食べている。客人の何人かはムスリムだったが、食事の好みはそれぞれ違うようだ。国籍も異なる「多国籍チーム」らしかった。

四十歳前後のオズが彼らのリーダーらしく、仲間にあれこれ指示をする。英語のわからないアフサンには内容はわからないが、常にぶっきらぼうで、とげとげしく怒っているように聞こえる。

オズが何か言うと、客人のあいだでため息が漏れた。きっと食事に文句を言ったのだ。

オズとふたりの仲間は、諦めたようにチャパティを自分の皿に取り、ちぎってぼそぼそと口に運んだ。このふたりも、必要な時以外、ほとんど口を開かない。ひとりはオズと変わらない年齢のようだが、もうひとりはまだ若い男に見えた。きっと、ラシードと同じくらいだ。

アフサンたちと人質のふたりも、同じテーブルで食事をする。痩せた男は食欲がないらしいが、もうひとりは健啖《けんたん》だ。自由に使える片手で器用にカレーをすくい、美味《おい》しそうに口に運ぶ。何か英語で言った。アフサンはラシードに視線をやった。

「お前は料理の天才だとよ」

ラシードが通訳して、鼻の上に皺を寄せながら苦笑いした。ラシードも、この人質には妙に好感を持っているようだ。自分の命が危険にさらされているのに、ここまで堂々とされるとむしろ尊敬に近い感情を抱いてしまう。客人たちの男に対する態度も、少しずつ変わってきたようだ。

オズが、ふいに自分の携帯電話を取り出して耳に当てた。彼が「ジョウン？」と尋ねると、客たちが瞬時に緊張するのがわかった。早口の英語で、彼らは会話している。ラシードも、チャパティを裂こうとした手を休め、オズの顔をじっと見つめていた。

電話を切ったオズが、仲間に短く何か説明し、再び電話をかけ始めた。

室内に緊張がみなぎっている。ラシードは、オズの通話に耳を澄ましている。狂犬と揶揄《やゆ》されるほどすぐ荒れ狂うオズが、冷静すぎるくらい冷静なのが、逆に事態の異常さを際立たせていた。

「今朝から行方不明だった仲間が、誰かに捕まったらしい。これからこっちにくる」

——それでは、ようやく動くのか。

アフサンは、身体に熱い湯をかけられたような、興奮を感じた。

客人をコハトに連れてくるだけでは、やりがいがない。オズたちは、シンガポールから追手が来るのを恐れ、迎え撃つ準備を整えていた。予想通りそれが来たのなら、こちらも反撃に手を貸すまでだ。

*

イスラマバードからコハトまで、高速道路の八十号線を西に向かう。

カラチからイスラマバードまで、およそ十八時間。さらにイスラマバードからコハトまでは、三時間ほどの道のりだ。遠回りしたため、休憩や食事の時間を入れて、まる一日がかりだった。

車窓の両側は、見渡す限りの畑と、街はおろか、人家すらたまにしか見えない広大な赤茶けた大地が広がっている。日が沈むと、高速を走る車も減った。日本の高速とはイメージが異なる。道路はよく整備されているが、高架ではないことも多く、八十号線は、鉄道の線路と互いにからみつくように交わった。パキスタンは鉄道網も発達している。

安濃は、イスラマバードで人質の携帯の電源を入れた。隙を見せて敵を誘い込むなら八十号線がいいという、シャヒドの意見を容《い》れたのだ。携帯の電源が入れば、GPSで追える。もちろん敵は、それがこちらの誘いだと気づくだろう。

――追ってこい。

ずっとハンドルを握り、レーサー並みの猛スピードで車を飛ばしているシャヒドは、さすがに疲れたのか無口になった。それでも、よくもちこたえている。

灯火は見えず、ヘッドライトだけがシャープに視界を切り裂いていく。

程は助手席で休んでおり、安濃の隣で人質のジョウンもくたびれて寝ているようだ。

この状況で眠れるのだから、大物だ。

──これから起きることを予想して、安濃は眠るどころではなかった。

これでも自分は、たびたび修羅場をくぐってきた。殺されかけたことも、殺したこともある。進んで危険を求めたことは一度もないし、仲間の命を助けるためとっさにやったこととはいえ、手にかけた男を今でも時々夢に見る。

これまでの自分はいつでも、危険な状況に巻き込まれるだけだった。

──今回は違う。

これは、安濃のミッションだ。自分の意志で引き受け、計画を立てた。万が一、誰かを殺すなら、それは自分の意志によるのだ。

本気かと、心のうちで呆れる自分もいる。ずいぶん野蛮になったものだ。任務の遂行が最優先とはいえ、本当に誰かを撃つ覚悟ができているのか。自衛官として撃つのとは、わけが違う。いつ、どんな状況なら撃ち、どんな状況なら撃たないと、明確に判断できるのだろうか。

「なんだか、怖い顔してるね」

運転席からシャヒドが言った。バックミラー越しに視線が合う。安濃は憮然《ぶぜん》とし、手のひらで頬を撫《な》でおろした。

「もうじきインダス川を越える。コハトまで、あと一時間もかからないよ」

「──そうか」

「何をそんなに考え込んでるのさ」

この若者に話しても無意味だとは思うものの、妙に楽天的なくせに、襲撃されたとたん、ライフルを持ち出して敵を殺しかねなかったシャヒドなら、何と言うか聞いてみたい気もした。

「どんな場合なら撃ってもいいか、考えていたんだ」

「なんだい、それ」

シャヒドが笑う。

「撃たなきゃ撃たれるから撃つんだろ。難しいことを考えるね、ヤマモトは」

そんな単純な話じゃないんだと、焦れったい気分になった。それほど簡単なら、悩みはしない。自分は、自衛のためにですら武器を取ることに拒否感を抱く、平和な国で育ったのだ。世の中には、自分が撃たれるとわかっていても、他人を撃たないという選択をする人もいる。他人を傷つけないことが最優先なのだ。ただし、今の自分には許されない。任務を果たし、泊里たちを救出するために、撃たねばならない時は撃つ。

また世の中には、自分が圧倒的な優位に立つ時だけ、相手に殴りかかるタイプもいる。

撃つ、撃たない。殺す、殺さない。その境界線をどこに引くべきなのか。どこからどこまでが人間として許されるのか。自分はどこまで手を汚す覚悟があるのか。

自衛官として表の世界で生きていた頃は、その判断を上官や他人に任せることができた。攻撃を許される要件は、法規で厳しく定められていた。今は、自分の意志で、全て手探りで選択しなければいけない。選択の結果には責任が伴う。

「考えすぎだよ」

シャヒドが朗らかに言う。

「昨日の朝、あんたは襲撃を受けて、誰よりも先に反撃した。身体が先に動くタイプだろ。俺もそうだ。何かあれば勝手に手が動く。敵なら撃つ。撃ってきたら撃ち返す。簡単だ」

──簡単か。

安濃は自分の手を見た。たしかに自分は、とっさの場合に考えるより先に身体が動くようだ。それでも、だからこそ自分なりの規範は必要だと思う。そう言おうとして、バックミラーに反射する光を見た。

──車が追ってきている。

「来たぞ」

シャヒドも後ろのトラックに気づいていた。背後にぴたりとつけ、ハイビームでこちらを照らし煽《あお》ってくる。派手なデコレーションの大型トラックだ。こちらがスピードを上げると、トラックも上げた。舌打ちし、シャヒドが無口になる。

「連中はコハトにいたんじゃないんですか。どうして逆方向から？」

程が目を覚まし、瞬時に状況を判断して唸った。たぬき寝入りだったのかもしれない。

「ただの暴走トラックだという可能性はないんですか？」

「それなら追い越すだろう」

ピシリと鋭い音がして、車体の側面に石が跳ねる音がした。トラックの運転席から、運転手がこちらに腕を伸ばしている。

――タイヤを狙ったな。

このスピードで運転しながら、当たるわけがない。

寝ていた人質が、驚いて身体を起こす。間違って撃たれないよう、安濃は彼の上半身を座席に伏せさせた。

「追いつかれるな」

シャヒドに命じ、窓を下ろす。運転手を撃てば逃げられるが、できれば泊里たちの正確な居場所を聞き出したい。安濃は窓から身を乗り出し、グロックの銃口をトラックに向けた。あのトラックもきっと日本製で、エンジンを運転席の真下に収めたキャブオーバー型のはずだ。

撃とうとして、トラックの運転席がちらりと目に入った。ヒジャブだ。運転手は女だ。

「前からも来た！」

シャヒドが叫んだ。程が窓を下ろす。AK－47を掴んでいる。安濃はトラックのエンジン周辺に、立て続けに撃ち込んだ。

――トラックは止まらない。

前方からは乗用車が一台、センターラインを越えて逆走してくる。程が器用に左手でライフルを掴み、逆走車に向けて撃った。狙いをつける余裕はない。

「避《よ》けろ！」

前後から接近する車に、シャヒドが反対車線に逃げようとするが、前後の二台もついてくる。スズキFXは八十号線の路肩から、コンクリートブロックを乗り越えて、猛然と荒野に飛び出した。石と岩だらけの道なき道を、がくがくと揺れながら進んでいく。

「行け、行け！」

程が珍しく叫んでいる。トラックもコンクリートブロックを乗り越え、追いかけてくる。逆走車は、行きすぎて向きを変えるのに手間取っている。この悪路を行くなら、タイヤ径の大きなトラックが有利だ。シャヒドが顔を真っ赤にして、アクセルペダルを踏み込んだ。何かが車の下をガリガリとひっかく音がした。

「貸してくれ」

安濃は程からAK-47を取り上げた。射撃の腕に自信はないが、後部座席からのほうが狙いやすそうだ。窓から身を乗り出し、トラックのタイヤを狙う。エンジンを守る鋼板は、先ほどグロックの九ミリ弾をものともしなかった。前輪に一発ずつ撃ち込むと、がくんと揺れたトラックがずるずるとスピードを落とし、弧を描いて停まった。

まさにトリガーを引く瞬間、ヒジャブをまとった女性の顔に、コハト方面から走ってきた無関係な車のライトが当たった。

――サラ？

停車したトラックは後方に引き離されていく。女の顔も車内の暗闇にまぎれた。――まさかと思う。李志文の恋人の、サラだった。まちがいない。そういえば、カラチの空港で見かけた女性も、彼女にそっくりだった。あの時も、まさかと思ったのだ。女の顔に恐怖や怒りはなく、ただ兵士の冷静さがかいま見えた。あれがサラなら、シンガポールで会った時の、好奇心の旺盛《おうせい》そうな初々しい女性の印象はかけらもない。

「シャヒド、高速に戻れ」

まだもう一台、敵がいる。先ほど、彼らのカーチェイスをよそに通りすぎた車は、警察に通報しただろうか。

リアウインドウが割れ、頭からガラスが降ってきた。敵が撃ってきた。安濃は首をすくめ、人質の頭を摑んで、身体をさらに深く沈めさせた。

「山本さん、銃をください」

助手席から程が言う。拳銃に慣れているようなので、シート越しにグロックを渡した。

車は再びコンクリートブロックを踏み越え、蛇行しながら八十号線に戻った。異音がする。先ほど荒れ地を強引に走った時に、底の何かをひっかいたのかもしれない。

敵の車輛《しゃりょう》は、スズキの小型車だった。運転席と助手席に人影が見える。発砲しているのは助手席の男だ。

「程さん、助手席の奴を頼む」

「任せてください」

──殺すなと言うのを忘れた。

程が相手の助手席に連続して弾を叩き込み黙らせるのと入れ違いに、安濃が窓から身を乗り出して運転席を撃った。三発でフロントガラスがひびだらけになり、車はスピンして停まった。シャヒドに停車させ、安濃は人質のジョウンの襟首を摑んだ。

「一緒に来い」

足首を縛ったロープを解《ほど》いてやる。

弾よけにされると誤解したらしく、ジョウンは観念したように車を降りた。銃をかまえながら用心して近づいたが、敵は撃ってこなかった。助手席の男は、額と胸から血を流してこときれている。精悍《せいかん》な顔つきをしたパキスタン人の青年だ。運転席の若い男は、右肩が真っ赤に染まっていた。まだ生きている。

「知ってる男か」

彼は一瞬ためらった。目が赤かった。

「助手席の男は知らない。もうひとりは仲間だ。頼む、助けてやってくれ」

ジョウンを程に預け、運転手が武器を隠し持っていないことを確認する。

「交換する人質はどこだ」

運転手はこちらを潤んだ赤い目で睨み、血のついた唇をわななかせた。アジア系のようだが、どこの国の人間かはわからなかった。

「答えろ。おまえらの人質の居場所だ」

「――くそったれ」

血液を失っても、気力は失っていない。睨む目つきに力がこもっている。

「人質の居場所を吐けば、ジョウンは助ける」

安濃の脅しに応じ、程がジョウンの頭にグロックを突きつけた。荒い息をつき、男はしばらく考えていた。

「ミナレットの下に行け。そこでお前らは死ぬ」

不吉な予言をし、もう何も言わないと決めたのか、目を閉じた。

安濃は男のポケットを探った。血の臭いがひどい。鉄錆《てつさび》を舐めた時のような、金物の臭気が車内にこもっている。ポケットには、携帯電話と財布が入っているだけだ。

死んだ助手席の男の持ち物も探った。まだ身体が温かい。死者のポケットを探る行為が、これほど陰惨なものだとは知らなかった。平静を装っていたが、吐きそうだった。

助手席の男はさらに、潔いくらい何も持っていなかった。

「USBメモリは見当たらないな」

「私が捜しましょうか」

程が申し出た。

「よせ。データを持ってるのはオズだ。捜しても無駄だ」

ジョウンが歯を食いしばるように言った。死にかけている仲間を前に、必死で平静を保とうとしている。

「助手席の男は、何者だ？」

「——取引相手がよこしたんだろう。俺たちを出迎えるために」

つまり、ムジャヒディン解放運動の一員ということか。

まだ三十歳にも手が届かないような若い男だ。この国の男性の例に洩れず、顎から頬にかけてたっぷりと短いひげに包まれているが、その肌はずいぶんなめらかだった。

「女が逃げたよ」

安全だと見て、シャヒドも車を降りてきた。停まったトラックのはるか向こうに、オートバイで遠ざかるヒジャブの後ろ姿が見えた。安濃は舌打ちした。オートバイをトラックに積んでいたのか。彼女は仲間に失敗の報告をするだろう。

「——このままコハトに行こう」

「この男はどうします？」

程に聞かれ、安濃はまだ息のある男を見下ろした。長く放置すれば、出血で死ぬかもしれない。とはいえ医者に連れていく余裕はない。

「このままだと、警察が来たらやっかいなことになる。こいつ、警察に俺たちのことを証言するよな。俺ならここで殺しておくな」

シャヒドが顔をしかめて言う。

——どうする。

安濃はしばし、静寂に包まれた深夜の高速道路を見渡した。いつ次の車が通りかかるかわからない。サラは逃げた。彼女が警察に通報する気づかいはない。しかし、この男は病院に運ばれ、警察の事情聴取を受けるだろう。

抱えていたライフルの筒先を、男に向けた。ここで殺すしかないのか。自分には、ミッションを成功させる責任がある。

程が、ライフルの筒先を握り、押し下げた。

「よしなさい。この車を、道路の外に押し出しましょう。私たちが充分離れてから、通報すればいい」

安濃は程を見た。真面目な表情で、程が頷いた。

「いちど殺せば、歯止めが利かなくなります」

程は、自分の迷いを見抜いている。

「――車を外に出そう」

小型車のシフトレバーをニュートラルに入れ、シャヒドとふたりがかりで押した。コンクリートブロックを乗り越えさせるのが手間だったが、パキスタン人の遺体と運転手を乗せたまま、小型車はずるずると荒れ地の坂を下っていった。携帯電話は、持ち去ることにした。通報されては困る。去り際に、一時間以内に警察にこの場所を通報すると教えておいた。複雑な表情をしていたが、内心ではほっとしただろう。

これだけのカーチェイスと銃撃戦を繰り広げても、まだ警察が駆けつける気配はない。

「――借りだな」

スズキFXに戻りながら、程に告げた。程は肩をすくめ、ジョウンを乱暴に後部座席に押し込んだ。

15

『ずいぶん朝早いんですね、安濃さん。そっちとは三時間くらい時差があるのに』

高木摩子の明朗な声を聞いて、安濃は苦笑いし、少しほっとした。彼女は「生きていたのか」とも言わないし、ことの進展を尋ねもしなかった。東京の街なかでばったり出会っても、こんな調子だったんじゃないか。そう思わせる声音だった。誰かを食い殺したばかりのような、彼女の真っ赤な唇を思い出す。

「調べてほしいことがあるんです」

夜明け前のアザーンが、遠くで反響している。この国にいると、時間の感覚が日本と少し変わるようだ。

コハトに到着し、いま程とシャヒドは、目的のモスク周辺を偵察している。安濃は人質の見張り役として車に残った。人質が日本語も堪能《たんのう》なので、車内で内緒話をするわけにいかない。彼をロープでヘッドレストに縛りつけ、車を降りて電話をかけている。

車のリアウインドウは撃たれて割れ、ひどい状態だった。銃撃を受けた形跡が丸見えだと具合が悪いので、シャヒドが泣く泣くAK－47の銃床でガラスを砕き、きれいに取り除いていた。

既にコハトの市街地に入っていた。昨日通りすぎてきた、馬車や牛が通るのどかな道路の光景とは打って変わって、日本の地方都市並みの建築物や市場の光景が広がっている。シャヒドの説明によれば、コハトは基地の街だそうだ。パキスタンでいちばんの権力者は軍人だ。権力と金が同じ場所に集中しているので、優秀な人材はこぞって軍人を目指す。基地の街はどこも整然と美しく、高級マンションや高級住宅がずらりと並んでいる。豪邸の前を車で通りすぎながら、シャヒドがガイドよろしく「この家なら価格は四百万ドルくらい」と解説した時には、愕然《がくぜん》とした。ここまでに見てきた貧しげな住宅は、住人が自分で煉瓦《れんが》を積んで建てたものがほとんどだという。この国の格差は、日本の比ではない。

『なぜ私に連絡を？　どうして上司か神崎さんに電話をしないんですか』

「うちの上司は東京ですから」

——それに、おとなげないようだが、あの居丈高な神崎にものを頼むのはごめんだ。

高木が聞こえよがしにため息をついた。

『あのねえ、安濃さん。サル山のマウント合戦に、私を巻き込まないでくれません？　こう見えて、私も忙しいんですけど』

高木は何もかもお見通しだ。——サル山のマウント合戦とは辛辣《しんらつ》だが、言いえて妙だった。彼女は安濃と神崎の意地の張り合いを、よく理解している。

「――おっしゃる通りです。お恥ずかしいことですが」

　高木が小さく笑い声を上げた。

『その素直さは認めてあげますよ。私も、カチンコチンの神崎さんにはこんなこと言いませんから』

　神崎が聞けば、プライドを傷つけられて舌を嚙《か》みたくなりそうなことを、あっさり言う。

「おそらく、高木さんにも興味深い話です」

　こんな言い方で、本当に彼女の気を引けるかどうか自信はなかったが、高木はとりあえず黙って耳を傾けることにしたようだ。

　安濃は、李家の息子、李志文と恋人のサラについて手短に説明し、サラがパキスタンに現れ、自分たちの命を狙ったことを話した。

『そのサラという女性が、武器商人の仲間かもしれないんですね。安濃さんの見間違いではないかなんて、野暮だから聞きませんよ』

　高木の関心を引くことには成功したらしい。

「二度、見ました。遠目ですが、人違いではありません」

　高木の笑いを含む声に慰められる。周りが敵しかいない環境で、少なくとも敵ではない人の声を聞くと、安らぐ。本当に聞きたいのは妻と娘の声だったが、いま彼女たちの声を聞いてしまうと、心がくじけそうだ。

『わかりました。気の毒な志文君にはバレないように、サラの居所を確認しましょう。神崎さんの手を借りることになりますけど』

――結局、神崎に頼るのか。

肩を落としたが、当然の話だ。高木は安全保障貿易検査官で、警察官ではない。

「申し訳ありません。よろしくお願いします」

『それで、肝心の上島さんは取り戻せそうですか。聞くところによると、アジアン・パール号に警察が踏み込んだ時には、誘拐犯は人質を連れて逃げた後だったとか』

高木は東洋イマジカの事件を追い、上島の証言を取るためにわざわざシンガポールまで飛んできたのだった。彼女の声には、彼を気遣う気持ちがさりげなくこめられていた。

「手がかりは摑《つか》んでいます。現在、彼らの足取りを追っているところで、まだ希望はあります」

犯人の仲間を捕えたことは、黙っておくことにした。血なまぐさい話を聞かせる必要はない。

『そう聞くと、こちらも協力しがいがありますね。お電話のついでにお伝えしておきます。上島さんのインド渡航情報を洩《も》らしたアルバイト女性がいたでしょう。シンガポール警察が彼女から事情を聴いたところ、認めました。ただし、大学で知り合った若い女性に頼まれただけだと証言しているそうです』

「若い女性に頼まれた？」

『大学で知り合った女性が、上島さんとつきあっていたがフラれた。彼は近くインドに出張するので、追いかけて自分の本気を見せたいというんですって。気の毒に思ったし、面白そうだったので、上島さんの渡航情報を教えてあげた。相手が上島さんのインド出張を知っていたので、信用したそうです。――まさか、ロマンスがらみとは予想外でしたけど』

「相手の女性の名前は？」

『全然違う名前でしたが、あるいはサラかもしれませんね。アルバイトにもサラの写真を見せて確認させましょう』

程とシャヒドが、ぶらぶら歩いて戻ってくるのが見えた。これ以上の通話は危険だ。

「もう切りますが、よろしくお願いします。サラはきっと、事件の鍵《かぎ》を握っています」

『――安濃さん。ほんとに大丈夫？』

短いためらいの後、高木がさらりと言った。その言葉は質問ではなく、次の瞬間には通話が切れていた。

――まったく。

ある種の女性たちは、どうしてこうもたやすくこちらの心を読むのだろう。妻もそうだし、遠野真樹にもそんな一面がある。高木など、この短い通話のどこで、安濃が直面する危機を察したのか、思いつきもしなかった。彼女たちには、自分の内面が透けて見えているのではないかと、薄気味悪く感じることがあるくらいだ。

近づいてくる程たちを待ち、ポケットに携帯を無造作に突っ込んだ。二十四時間ばかりのドライブの間に、電池が切れかけている。

「指定されたのは小さなモスクですが、尖塔《せんとう》は立派なものでした。空港の西側に、市街地を避けてハング方面に向かうバイパスが通っている。モスクはそのそばにあります。バイパス沿いは住宅地や学校も多いが、モスクの周囲には草原と畑が広がっていて、西側を流れるコハト・トイ川まで見通しがききます。礼拝時間以外は、人通りもないでしょう」

程の説明を聞く限り、犯人グループには土地勘があり、取引に都合のいい場所を選んだようだ。地図を眺める。シャヒドに頼んで、バイパス沿いの住宅密集地域や学校などの目印になる建物を記入させた。

程の視線が、さりげなくポケットのあたりに向かうのを感じた。留守の間に、誰と電話していたのか考えているのかもしれない。

「俺は偵察のついでに、モスクで礼拝に参加してきたよ。次の礼拝、ズフルは、午後一時過ぎだそうだ。人質交換は正午だね？　まだ六時間以上あるけど」

シャヒドがライフルを肩にかついで尋ねた。彼が平気でライフルを持ち歩くのに驚いたが、程の護衛だと説明すれば問題ないと笑っていた。しかも彼は、敬虔《けいけん》なムスリムで時間を見つけては礼拝を欠かさない。何から何まで、日本の常識は通用しない。

――六時間か。

自分が相手なら、たとえ土地勘のある場所であっても、数時間前には現地に着き、あらかじめ仲間を潜ませておく。こちらが同じ手を使わないという手はない。

「現場の近くに、隠れる場所はあるだろうか？　姿を隠しながら、ミナレットの周辺を監視できる場所だ」

安濃の質問に、程が肩をすくめた。彼も同じことを考えていたようだ。

「それは私も考えました。しかし、見た限りでは難しいですね。モスクに入れば姿を隠すことができますが、外は見えません。周囲は見晴らしの良い草原と畑で、一番近い民家でも、三百メートル近く離れています。狙撃用のライフルでもあれば、話は別ですが」

——狙撃用ライフルか。

そんなものが、ここで簡単に手に入るとも思えない。

「バイパスの交通量は？」

「我々の感覚では、多いというほどではありませんがね。皆無ではないです」

あとは算数の問題だった。敵は早朝の襲撃でひとり減り、人質を入れなければ三人だ。だが、向こうにはテロ組織の支援があることもわかった。こちらは泣いても笑っても三人だけ。人質は、こちらがひとりで、向こうはふたりだ。こちらの手にある武器は、人質から奪ったグロックと、シャヒドのライフル銃。それに朝の襲撃で敵から奪った拳《けん》銃《じゅう》が二挺《ちょう》。弾は残り少ない。敵は、潤沢な武器を用意していると考えたほうがいいだろう。

いろんな面で、こちらが不利だった。加えて、USBメモリも取り返さねばならない。あれは、程とその背後にいる組織に摑ませるため作らせた偽情報だった。そもそも、安濃と泊里は、あのUSBメモリを程に渡せば任務完了だったのだ。

――取り返すさ。程のためにも。

安濃は朝まだきのコハト市街を見渡した。

交通量は少ない。これから店や市場が開くようだ。疲労困憊《こんぱい》していては、反応が鈍くなる。取引の前に、少しでも身体を休めてまともな食事をとりたかった。

「シャヒド、ホテルをとって、部屋で二、三時間でも休めるだろうか。店が開いたら、食事を買ってきて部屋で食べる」

「交渉するよ。あいつはどうする？」

シャヒドの指が、車内の人質を差した。車を降りれば、手足を縛っておけない。

「馬鹿な真似をすれば撃つと言えば、逃げないだろう。部屋の中では縛っておく」

「誰かが見張っていないと」

「交替で休めばいい」

シャヒドと話して、人質の存在も意外に面倒の種になるのだと気がついた。向こうは泊里と上島を逃がさないように、どんな手を使っているのだろう。

そうか、こちらは三人じゃない。

——泊里がいる。

一瞬そう考えて、安濃は自分に苦笑した。今回は、泊里の助けを期待するわけにはいかない。

車に乗り込み、ホテルを探すことにした。シャヒドには心当たりがあるらしい。ガイドの経験がものを言うようだ。

マーケットの裏にある、地元の人間が宿泊するようなホテルに、シャヒドと安濃が交渉に乗り込んだ。ロビーの隅に柵《さく》があり、孔雀《くじゃく》のつがいが悠然と歩きまわっている。この国では、孔雀は富裕層のペットだ。

受付でベルを鳴らすと、奥の部屋から白いシャルワール・カミーズを身に着けた男性が出てきて、シャヒドを見ると顔をほころばせ、抱き合った。旧知の仲のようだ。交渉は短く友好的で、古めかしい鍵を受け取ると、シャヒドがこちらを振り返ってウインクした。

「友達だと言っといたよ。昼まで部屋を使わせてくれるそうだ」

四人でひとつの部屋を借りたので、奇異に思われなかったか心配だった。ふた部屋に分かれると人質の見張りがたいへんだ。ツインの部屋しかなく、ソファで休めということらしい。ホテルで軽食を用意し、部屋に運んでくれる。シャワーを浴び、しばらく交替で休もうというと、さしもの程もやれやれという表情をした。

——午前七時だった。

「私は車の中で少し仮眠しました。最初の見張りをやりましょう。二時間したら、山本さんと交替でいいですか」

程が殊勝に申し出る。

「ありがたい。シャヒドはずっと運転し続けて、疲れているだろうから休ませよう」

相談がまとまると、シャヒドは真っ先にベッドに潜り込み、一分とたたずにいびきをかき始めた。安濃も軽くシャワーを浴びて汗と埃《ほこり》を落とし、もうひとつのベッドに入った。程と人質は、ソファに向かい合って腰を下ろしている。部屋に入るまで、人質の縛《いまし》めは解いてあったが、今は再びきつく縛っていた。

とろとろと眠りに落ちかけた時、誰かが自分のそばに立つ気配を感じた。息を殺し、じっとこちらを窺《うかが》っている。安濃の呼吸に、自分の呼吸を合わせようとしているようだ。こちらの眠りをさまたげないためだ。

安濃は目を閉じたまま、相手の動きを待った。シャヒドの軽いいびきと、人質の寝息も聞こえるから、そばに来たのは程だ。

――スマホか。

程は、安濃のポケットにあるスマホを取ろうと試みていたようだが、しばらく呼吸をはかった後、諦《あきら》めたのか静かに遠ざかった。安濃がたぬき寝入りしていると悟ったのかもしれない。スマホを身体の下に敷くように持っていたことが功を奏したようだ。

とはいえ、もう眠るどころではなかった。眠れば、また程が隙を狙うだろう。しかし、いま起き上がると、程に気の小さい奴と思われるかもしれない。このまま、息を殺して静かにしているしかない。

交替までの二時間に、よけい気疲れしそうだ。

「シャヒド、この線はなんだ？」

ホテルが用意してくれた豆と芋のカレーを、薄く焼いたチャパティで食べながら、安濃は再び地図を広げた。約束の正午まで二時間しかない。安濃は二時間眠り、程と交替した。程はまだベッドにいて、小さくいびきをかいている。

シャヒドが地図を覗《のぞ》き込んだ。少し眠ったせいで、シャヒドはよけいに疲れたように見えた。寝起きが悪いのかもしれない。人質のほうが元気そうだ。

「鉄道だよ。コハト駅から空港を迂回《うかい》して、トイ川沿いにハング方面に向かう線路があるんだ」

「使われている線路か？」

「いや、ここは今、あまり使われてないんじゃないか。以前は、ラワルピンディからコハトまで鉄道が走っていたんだが、今は一時的に運休しているはずだ。コハトからハングまでの線路は、当初はハングまで鉄道を延ばすつもりだったのだろうが、実際には貨物列車の引き込み線として使っていたんじゃないかな」

「つまり、バイパス沿いに、現在は使われていない線路が走っているのか」

考えすぎかもしれないと思ったが、その線路がちょうどモスクのそばでバイパスと交わっているのが気になる。さまざまな状況が不利なだけに、不安材料はひとつでも潰《つぶ》し、少しでも有利な状況をつくりたかった。

程も現地で線路を見たはずだ。なぜ言わないのかと不審に感じたが、使われていない線路だとわかって無視したのか、あるいはまだ安濃の力量を試しているのかもしれない。

安濃は、食事に集中している人質を見つめた。両手を縛られているので不自由だろう。もどかしそうにチャパティをちぎっている。

「シャヒド、車をもう一台、用意できないか」

「どんな車？」

「走ればいい。できれば安くて頑丈なのを手に入れてほしい」

「できるよ。金さえあればね」

シャヒドの確信に満ちた言葉を聞いて、ふとシンガポールの李高淳を思い出した。

(使い方さえ間違えなければ、お金ほど心強い味方はない)

彼に借りた金を、ありがたく使わせてもらう時が来たようだ。シャヒドは手が切れそうな百ドル紙幣を何枚か受け取り、急いでカレーを口に詰め込んだ。

「きれいな紙幣だな。こんな紙幣は喜ばれるよ。パキスタンで流通するドル札は、武器や麻薬の密輸入で布袋に押し込んで乱暴に扱うから、すぐぼろぼろになるんだ」

目を輝かせて物騒なことを言い、そそくさと部屋を出ていった。

「シャヒドはどうしたんです？」

あくびをしながら、程がベッドを下りた。いかにも寝起きを装っているが、弛緩《しかん》した表情が本物だという保証はない。

「少し買い物を頼んだ」

身支度をすませて食事を始めた程が、ちらとこちらに妙な視線を投げた。

「悪いことをしましたね。あれから寝られなかったでしょう」

「──何の話だ」

「私は初め、あなたを日本のやくざだと思いました。田丸はいろんな奴らに金を借りていましたからね。しかし、やっぱり違うな」

程は首を傾げている。安濃はとぼけて、グロックの手入れを続けた。手入れと言っても、道具がないので銃身を拭《ふ》いてやる程度だ。弾はあと三発しかない。

「やくざなら、あんな時、高いびきで寝ていますよ」

安濃は無言で肩をすくめた。程の想像にまかせることにした。

安濃は程の目を見つめ、すぐに人質に目を向けた。あいつが何もかも聞いているぞと、無言で言ったつもりだった。察したのか、程もそれきりその話題には触れなくなった。

人質はどうにか食事を終え、眉根《まゆね》を寄せて目を閉じたまま床に座り込んでいる。この姿勢のほうが逃げにくいからと、シャヒドが床に座るよう命じたのだ。

「聞きたいことがある」

人質はまぶたを開け、無表情にこちらに顔を上げた。

「仲間があと三人いると言ったな。しかし、数が合わない。今朝、女をひとり見かけたぞ」

相手は唇を結んだまま、視線を床に落とした。答える気はないようだ。車の中では少し口を開いたのに、まただんまりに戻ってしまった。タフだし、相当な訓練を受けているようだ。程が鼻を鳴らした。

「トラックを運転していた女ですか」

「ヒジャブ姿の若い女だった」

人質は無言だった。

「仲間はもっと大勢いるのか。それともあれは取引相手か。あんたはイスラム教徒じゃない。あの女はイスラム教徒だ。ムジャヒディン解放運動の支援者か」

「その女が気になるんですか」

人質の代わりに、程が話に食いついてくる。

「彼らが何を考えているのか知りたい。田丸を殺して情報を盗んだ。ずいぶんやり口が強引だ」

程が肩をすくめた。

「大金を積まれたんでしょう。べつに、高尚な目的や思想のせいじゃない」

そうかな、と安濃は呟《つぶや》いた。

多くのグループや派閥、組織に分かれるイスラム過激派は、西洋諸国の間ではひとくくりにテロリストと指定されているが、イスラム諸国のなかでは、ムジャヒディン、すなわち「ジハードを遂行する者」だと考えられている場合もある。パキスタンでも、ムシャラフ元大統領などは、「テロリストとムジャヒディンを分けて考えてほしい」という立場を取り続けていた。

「文化が接触する時、必ず摩擦が起きる。知っての通り、私の国も、七十年以上前、世界を相手に戦争をした。摩擦が激しくなりすぎたからだ。この国に来たのは初めてだが、イスラムの文化はとても興味深い。自分との違いが大きいからだ。つまり摩擦も大きい」

「まさか、この男たちがイスラムに共鳴して、西洋文明に対抗するために武器を流しているとでも考えたんじゃないでしょうね？」

小馬鹿にした調子で程が言い、冷ややかな視線を人質に送った。

「ありえませんな」

「十字軍の昔から、西洋文明とイスラム文明は激しい衝突を繰り返してきたじゃないか、程さん。彼らが何を考えているのかは、聞いてみなければわからない」

その一方で十字軍は、築城技術などのイスラム文化を西洋に持ち込む役割も果たした。

「まあね。仏教徒の私から見れば、キリスト教とイスラム教の衝突は、近親憎悪にしか見えませんからね。理解できませんよ」

「理解できないからといって、思考停止したくないんだ。それだけだよ」

「それはわかりますが、この男はイスラム教徒じゃありません」

「イスラム教徒でなくとも、何か考えがあるのかもしれない。何を考えているのか、互いに言葉で語ることが、互いを知る第一歩だ。彼は何も語らない。だから、気になるんだ」

人質は反応を見せなかった。聞いているのかどうかも、はっきりしない。

「山本さんは、本当に人がいいですね」

程の皮肉に無言で肩をすくめた時、シャヒドが戻ってきた。意気揚々と頬を紅潮させている。

「車を手に入れた」

「よし。集まってくれ。どうするか説明する」

話の腰を折られても、程は気にするようでもなかった。三人は、地図の上に額を集めた。

16

砥石《といし》にナイフを滑らせる。

シュッと小気味のいい音がして、刃先がその都度、尖《とが》っていく。

アフサンはまだ、内心の動揺を鎮めきれなかった。

――今朝、ラシードが死んだ。

正確には、殺されたのだ。人質を取り返すため、ラシードとシンガポールから来た客人が、敵の自動車を襲撃した。失敗し、返り討ちにあったらしい。客人の仲間には女がひとりいて、彼女が知らせてきた。

――まさか、ラシードが死ぬなんて。

自分よりずっと戦闘に熟練した、大人の戦士だった。目標でもあった。ナイフでの戦い方を教えてくれたが、銃で撃たれて死んだそうだ。ナイフの技を披露する暇もなく。

――馬鹿な、馬鹿な、馬鹿な！

考えるにつけ、鼓動が速くなった。ラシードにも、大きな目標があったはずだ。イスラムの大義のために闘っていた。戦闘を有利に進めるための、武器を手に入れる。そのため、武器商人を守ってカラチからここまで連れてきた。その作戦は、大切なものと信じていたし、今も疑うわけではない。しかし――。

目に焼き付いているのは、無人機が放ったミサイルで焼かれた村と、失われた結婚式と、つぶれた家と、下敷きになって死んだ父母、兄、兄嫁になるはずだった女性の姿だ。あの光景は、死ぬまで忘れられない。

聖戦に身を投じたのは、彼らの仇《かたき》を討つためだ。弟と、幼い妻も賛同してくれた。彼らの期待を背負ってここに来た。しかし、ラシードはあんなに簡単に死んでしまった。

遺体は警察にあり、取り返すことすらできない。ラシードが死んだのに、自分が死なないという保証がどこにある？

——仇を討ち、その結果を誇らしげに弟たちに報告できると、漠然と考えていた。まさか、そのはるか手前で自分自身が命を失うかもしれないとは、予想もしなかった。

「おい。アフサン」

アフサンは、ほとんど英語を喋《しゃべ》ることができない。ラシードがいなくなると、客人との会話は、オズという男が操る片言のウルドゥー語に限られた。オズの言葉は、短く乱暴だった。

隠れ家の台所でナイフを研いでいるアフサンのそばに来て、「狂犬」のオズはじろりと砥石を睨《にら》んだ。今朝の襲撃が失敗してから、彼はずっと苛立《いらだ》ちを隠さず、赤い目をしてあちこちに電話をかけていた。

「やめろ。仕事がある」

アフサンは仕事という言葉に反応し、手を休めた。

「これから、ラシードを殺した奴らを殺す。喜べ。ラシードの仇を討てる」

オズが手にしているのは、爆薬を装着したチョッキだった。

「なにそれ」

「お前が身に着ける。敵に近づく」

ドカン、と口まねをしながらオズが右手をぱっと開いた。自爆テロをやれと言っているのだと理解した。

――冗談じゃない。

この男が、本気でラシードの仇討ちなど望んでいるとは思えなかった。

「――やらない」

「ほう！　本気か？　ほかに何ができるんだ？」

拒否されたオズが、さも驚いたと言わんばかりに両手を開く。部屋の隅で彼らのやりとりをじっと見つめていた人質が、何か言った。アフサンの料理を誉めたほうの男だ。もうひとりの人質は、身を縮めて震えている。オズは、男の言葉を聞くやいなや、つかつかと人質に近づいて彼の頭を思いきり殴りつけた。それからものすごい形相で振り返り、歯を剝《む》いた。

「ラシードの代わりに、お前が死ぬべきだった。役立たずのお前が」

仲間を失い、オズは傷ついている。しかし、それはアフサンも同じだ。

「銃を撃てる。パシュトゥーン人は、誰でも戦士だ。子どもでも」

突きつけられたチョッキに、アフサンは首を横に振り続けた。

「――やらない。それは俺の役目じゃない」

いきなり、オズが胸元を摑み、ぐらぐらと揺さぶった。反射的に、アフサンは摑んでいたナイフを出しそうになった。

「それで俺を刺すか？」

馬鹿にしたようにオズが挑発する。

「たいした戦士だな。戦士は仲間のために死ぬんじゃないのか？」

胸ぐらを摑み、台所の隅に投げつけられた。十六になったのに、まだ華奢《きやしや》な自分の身体つきを呪いたくなるのはこんな時だ。

「死ねよ、アフサン。自爆して、死ね。お前なんか何の値打ちもない。死ぬしか利用価値がないんだ。やれ、言われた通り」

「断る。お前の指図ではやらない」

「聞け、小僧。人間には、役割がある。王には、王の役割。戦士には、戦士の役割。みじめな小僧には、それなりの役割だ」

かっとなったが、膂力《りよりよく》で太刀打ちできないことは、今しがた既に証明されていた。アフサンはオズを睨《にら》んだ。

「やらない。自爆テロをたやすく考えるな。天国に行くには手順が必要だ」

オズは大きく目を見開き、「弱虫が」と吐き捨ててどこかに姿を消した。もうひとりの客人は、鉄道の整備係を探しに行っている。

アフサンは、壁にぶつけられて痛めた肩をかばいながら立ち上がった。くるぶしに鋭い痛みを感じて調べると、握っていたナイフの切っ先が当たり、血が流れていた。

「アフサン」

人質の男が、床から呼んでいる。こい、こい、と手招きするのを、アフサンは近寄らず見つめた。男が何か言ったが、あいかわらず英語で、理解できない。ただ、彼の手が何かを撫《な》でるように円を描いた。

——ああ、チャパティを焼く手つきだ。

男はアフサンを指差し、大きく頷《うなず》いた。お前は上手にチャパティを焼く。そう言いたいのだと思った。

アフサンは舌打ちした。

立場の弱い人質から慰められているらしいことに、屈辱を感じた。同時に、自分の内側をくすぐられるような、奇妙な気分にもなった。

＊

正午だった。

ぎらつく太陽が、モスクの純白の尖塔を輝かせている。

モスクのそばに車を停め、安濃は降りた。程と人質が、まだ車の中にいる。

昼の礼拝までは時間があり、アザーンが流れるのも半時間は後になるだろう。周辺は畑と草原で、モスクのそばに人影はなく、車が、バイパスを時おり走り過ぎるだけだった。

——なるほど、取引におあつらえ向きだ。

地図で見た通り、モスクの近くに踏切があり、バイパスと線路が交わっている。ただし、線路が使われていないので、踏切は常に開いたままだ。

ハング方面から、古いタイプのトヨタのランドクルーザー、プラドが走ってくる。モデルチェンジする前の、二十五年以上は昔の型だった。元は白だったようだが、薄汚れて灰色っぽくなっている。

プラドは離れて停まり、後部座席から男がひとり降りた。背の高い東洋人だった。目が充血して、すさんだ印象だ。とげとげしい雰囲気を漂わせ、こちらを睨みつけている。「狂犬」と表現した、船長の妻を思い出した。この男がオズかもしれない。

プラドの車内は、よく見えなかった。運転席に男がひとりいる。それだけだ。後部座席は暗すぎて、泊里と上島が乗っているのかどうかもわからない。

車が一台だけなのも、良くない兆候だった。

「人質はどこだ！」

安濃が声を張り上げると、東洋人がスラックスのポケットに手を突っ込んだ。安濃はすぐさまグロックの筒先を向けた。向こうの運転席が緊張し、銃を抜くのが見えた。

「ポケットに手を入れるな！　撃つぞ！」

相手はしかめ面をしてポケットから手を抜いた。

「撃つな。つい癖で入れただけだ」

「人質は」

「そっちから見せろ。連れてきただろうな」

「車内にいる」

「こっちも車内だ」

「降ろせ。こちらも人質を降ろす」

程に合図すると、後部座席から人質を引っ張り出し、車のそばに立たせた。いちいち振り返って見なかったが、程のことだからぬかりなく銃口を頭に押しつけているはずだ。

東洋人が人質を見た。合図すると、やはり運転席の男が降りて、後部座席からまず上島を引きずり降ろした。写真で見るよりずっと痩《や》せて、ひげ面で髪もぼさぼさだった。両手を後ろで縛られている。運転席の男は上島を最初の東洋人に預け、車の後ろに回ってトランクを開けた。暑さで死ぬかと思ったとぼやく、懐かしい声が聞こえてきた。

——泊里。

そのまま、引きずるように車の脇に連れてこられた泊里が、地面に跪《ひざまず》かされた。

安濃は拳《こぶし》を握りしめた。泊里がこちらをまっすぐ見つめていた。感情を表に出さないようにしている。顔はひげ面、あざとすり傷だらけでひどいありさまだが、極端に痩せたわけでもなく、堂々と胸を張っていた。上島が彼の隣に引きすえられた。こちらは、見栄《みえ》をはるどころではないらしい。おどおどと上目づかいに周囲の様子を窺っている。

「人質の交換だ！」

安濃は声を張り上げた。

「お互い、中央まで歩かせる」

「ひとりだけだ！」

長身の東洋人が言い返した。安濃は無言で腕組みした。

「舐《な》めるな！　そっちの人質はひとりだ。ひとりだけなら、交換に応じる」

上島は土に膝《ひざ》を突き、俯《うつむ》いて汗を流している。顎《あご》から滴った汗が、土の上にぽたぽたと染みを作っているのが、離れていてもわかる。事態が思いがけない方向に向かい、生きた心地がしないのだろう。

「選べ！」

安濃は泊里を見た。この要求は予想の範囲内だった。そう言われたら、答えは決まっていた。逆の立場なら、泊里も必ずそうする。

「そちらの、痩せた男だ」

上島がはっと顔を上げる。助かるかもしれないという期待より、他人を差し置いて自分だけ助かるかもしれないという罪悪感が、彼の目を暗くさせていた。彼が気に入った。

泊里がかすかに頷いたように見えた。それでいい、と言っているのだ。

相手がどう出るか、全てはそれにかかっている。彼らが必要としているのは泊里ではなく、上島の持つ情報と頭脳だ。黙って返すはずがない。

長身の東洋人が、上島の後ろ襟を摑んで立たせた。安濃は人質のジョウンを振り返った。程に命じられて、両手を頭の上に載せている。

「ゆっくり向こうに歩いていけ。こちらから銃で狙っている。あの男とすれ違っても、おかしな真似はするな」

　頷き、一歩踏み出しかけて、ジョウンがふと足を止めた。こちらを振り向く。

「――お前は何もわかってない。俺たちの商売は、必要とする奴らがいるから成り立つ。世界で二番目に古い商売だ」

　安濃はわずかに顎を引いた。こちらからジョウンがゆっくり歩きだすと、向こうから上島も促されて歩きだした。両手を頭に載せ、本当は走りだしたいのかもしれないが、背後から銃で狙われて、肝が冷える思いで歩を進めているのだろう。

「おかしな真似をするなよ！」

　オズが言い、泊里の頭に銃口を突きつけた。だが、敵側は、泊里を殺せばむしろ不利になる。撃つはずがない。

　ふと、聞きなれた音を耳にした。

　風を切る、列車の走行音だ。畑や草原の向こうに見える、ひとかたまりの民家の隙間から、こちらに向かって走ってくる貨物列車らしき車輛《しゃりょう》が見えた。上島とジョウンは、ちょうど中間地点あたりですれ違おうとしていた。

　程の意識が列車に逸《そ》れたのを感じたのか、ジョウンが駆けだした。

「上島さん、走れ！」

　安濃の叫び声に、上島が泡を食ったように走りだす。列車はまっすぐこちらに向かってくる。貨車の小さな覗き窓から、ライフルの筒先が二本、見えた。こちらが射程距離に入るのを待っている。奴らは上島を返す気なんか、ないのだ。

一本のライフルの陰から、美しい布がはためいた。見覚えのあるヒジャブだった。

――サラか。

あの女が仲間と合流したのだ。

上島の足が遅い。安濃はこちらから駆け寄って上島の手を取り、引っ張りながら車に駆け戻った。程が運転席に飛び込む。こちらは車の陰に逃げるのがやっとだった。ライフルが火を噴き始めた。車のサイドミラーが片方飛んだ。

安濃たちの背後、コハト方面から猛スピードで飛ばしてきた頑丈そうな4WDが、踏切に突っ込んでいく。踏切の手前で急ブレーキを踏み、線路をまたいで斜めになって停止した。シャヒドが運転席から転がり出て、這《は》うようにこちらに逃げてくる。

貨物列車の運転士の顔が見えた。線路をふさぐ4WDに気づき、伸ばした口ひげの下で、あんぐり開けた口と、青ざめた顔。急ブレーキの、金属がきしむ耳をふさぎたくなる摩擦音が響いた。貨車の窓から、ライフルが消えた。撃ち手は列車の急ブレーキで、体勢を崩したはずだ。

列車は停まりきれず、車に衝突して畑に弾《はじ》き飛ばし、衝撃で機関車と一両目の貨車が脱線して傾いた。運転士の姿が機関車から消えている。運転席から飛び降りて、逃げたようだ。一両目にいたライフルの撃ち手たちは、衝突のショックでしばらくまともに動けないだろう。

プラドの男たちは、計画が見破られたことを悟り、すぐさま脱出を図った。泊里と取り返した人質を車に押し込み、自分たちも飛び乗ってエンジンをかける。グロックでは届かない距離だった。安濃も上島を車に押し込み、後部座席に乗り込んだ。

「シャヒド、早く！」

車から降りて駆けてくる間に、足をくじいたらしく、よろめきながらシャヒドが戻ってくる。

「やったな！」

シャヒドは助手席にころがり込むと、それでも陽気に喚《わめ》いた。安濃は程の肩を叩《たた》き、プラドを追えと命じた。程はもうエンジンをかけている。

「上島さん、奴らが持っていたUSBメモリを知りませんか。田丸という男のものですが」

安濃が尋ねると、九死に一生を得た上島が、緊張で声を震わせた。

「おそらく、オズが持っていたものでしょう。あの、背の高い奴です」

その返事に、程自身にもエンジンがかかったようだ。列車がバイパスをふさぐ形で停まったため、畑に飛び込んでアクセルを踏んだ。車の下部が何かに当たりガリガリと音をたて、シャヒドが悲鳴をあげる。

「俺の車！　勘弁してよ」

程は聞く耳を持たず、畑を走行し列車を大きく迂回してバイパスに戻った。背後で、貨物列車の車輌から、細身の青年が飛び降りるのが見えた。ライフルを肩から提げ、体勢を整えて、すばやくこちらに狙いをつける。

「伏せろ！」

安濃は、上島を後部座席のシートに引き倒した。発射音は複数聞こえたが、車のスピードが勝っていた。射撃の腕は悪くなかった。あの青年が、後部座席の人影を狙ったのが運の分かれ道だ。タイヤを狙っていれば、話は違ったろう。

青年は必死の形相で走っていた。しかし、彼の影はみるみる小さくなった。途方に暮れたように立ち止まり、肩で息をする姿を最後に見た。

「後ろはクリアだ」

安濃は座席に座り直し、ウインドウを下ろした。今回は、銃を撃てるシャヒドが助手席にいる。シャヒドがライフルを握り、安濃はグロックを摑んだ。距離が遠い。プラドも同じように列車を迂回したため、さほど引き離されていない。向こうの車に乗っているのは敵が三人と泊里。こちらは程、シャヒド、上島と安濃の四人だ。戦闘能力はおそらく五分と五分。向こうには人質がいて、こちらには足手まといがいる。

前を走るプラドが、どこに向かっているのか見当もつかなかった。

「ハングに行くつもりだ。コハトに戻ると、市街地に入ってしまうから」

シャヒドが推理した。ハングに向かう道は、畑や荒れた何もない土地と、時おりわずかばかりの集落があるだけだと言った。ひっそりと身を寄せ合う民家のすぐそばを、プラドとスズキFXが駆け抜けていく。

交通量は少なく、対向車線をたまにジープが走り去るが、安濃たちに追いつく車はなかった。

連中はあくまで人目を避けるつもりらしく、それはこちらにも好都合だった。あれだけ派手な列車事故が起きたのだから、たちどころに警察が呼ばれ大騒ぎになるだろう。ちょうど、昼の礼拝が近づいている。

なかなか距離は縮まらない。追う側も追われる側も、死に物ぐるいだ。シャヒドのFXは、走りながら分解しそうな激しい音をたてている。

——このまま走り続けて、どちらかが運転ミスを犯すか、ガソリンが切れるか、市街地に飛び込むまで走るのだろうか。

絶望的な考えが浮かんだ時、プラドがスピードを緩めた。賭《か》けに出たらしい。オズとさっきまで人質だった男が、拳銃を握り窓から身を乗り出した。

「シャヒド、タイヤを狙え！」

「オーケー」

どこで習ったのか、シャヒドの腕も正確だ。走る車の助手席から、プラドの後輪を狙う。

「程さん、もう少し左に寄ってくれ」

狙いやすいように安濃が指示した。前の運転手も、そうはさせじと左側に滑っていく。

「もっと近づけ！」

　程がアクセルを踏み込んだ。プラドの後部座席から顔と左腕を出したオズが、運転席の程に銃口を向けて撃った。奴は左利きらしい。届かなかったが、程が反射的にアクセルから足を離す。

次の瞬間、突然、オズの上半身が窓から大きくはみ出した。ぎょっとしたようにオズが目を剝いている。運転手も驚愕したのか、プラドがふらついて尻《しり》を振った。妙な具合に蛇行している。オズは窓から身体半分はみ出し、車内に戻るに戻れず、外に落ちないようバランスを取ろうと苦労していた。

オズの隣に座ったあいつが、無理な姿勢のオズに体当たりして押し出したのだ。

──泊里だ。

「シャヒド、今だ！」

シャヒドがそっと引き金を引いた。二発目があたり、後部の左タイヤがパンクしたプラドは、スピードをがくんと落として、左後部を引きずるように走り始めた。

近づくと、プラドの車内が見えた。男が助手席から振り返り、泊里に銃を向けている。リアウインドウ越しのその視線が、一瞬こちらと合ったような気がした。撃つなよ、と安濃は念じた。

「銃を捨てて停まれ！」

腹部まで身を乗り出し、窓から落ちそうになっているオズが、こちらを睨んだ。いくら憤激しても、あの姿勢で銃を撃っても当たるまい。

安濃はグロックをホールドした。

──撃つか。

腹を決めた。奴らが停まらなければ、オズを撃って泊里を救出する。

プラドはまだ未練がましく蛇行している。安濃は目を細め、オズの腹部にポイントを合わせた。

「──！」

オズは諦めなかった。窓からはみ出した姿勢で歯を剝いて唸《うな》り、猛然と撃ち始めた。当たるわけがない。安濃は彼が弾を撃ち尽くすまで、待てば良かった。

引き金を引いても反応しなくなるまで撃ち、オズは猛《たけ》った獣のように雄たけびを上げると、拳銃をこちらに投げつけた。銃は、安濃の横を通りすぎていった。

「停まれ！」

プラドは停まらない。安濃はオズの身体の下の地面を狙い、撃った。土と石が弾けて、車の側面とオズに当たった。オズの顎から頰にかけて、小石で切れたのか血が滲《にじ》んでいる。

ようやくプラドが速度を落とし、きしむような音を立てながら、傾いて停まった。こちらもその後ろに停まり、安濃はシャヒドとともに飛び出した。

オズ以外のふたりは戦意を喪失しているようだ。負けと決まった勝負で、悪あがきをしてもしかたがない。ひとり、オズだけが目を光らせ、悪態を吠《ほ》え続けている。

——なるほど、「狂犬」か。

「待たせてすまない」

後部座席から這い出した泊里が、傷だらけの顔でにやりとした。

「もう少しで、人生初のアフガニスタンかと思ったんだが。あるいは天国か」

「ひとりだけ天国なんか行かせるもんか」

シャヒドが銃で狙っている間に、三人の男たちに両手を上げさせ、武器と所持品の検査を安濃自身が行った。彼らは今朝がた病院送りにした男と同様、戦闘の場では個人の身元を特定できるものを持たないらしい。USBメモリも見つからなかった。オズに向き直った。

「お前がオズだな。上島のパソコンと、田丸のUSBメモリを持っているだろう。こちらによこせ」

オズは鼻でせせら笑った。

「おそらく、コハトの隠れ家にある」

泊里が英語で口を挟んだ。オズたちに聞かせるためだ。

「彼らは午前中、パキスタン人の青年と一緒にどこかに行った。その間、女が俺たちを見張っていた。彼らが戻ると俺たちも車に乗せられたが、パソコンはまだ隠れ家の食堂にあるはずだ」

オズが、眉間《みけん》に皺《しわ》を寄せた。気魄《きはく》で殺したいといわんばかりに、泊里を睨んでいる。

「リーダーはこの男だな」

「そうだ」

安濃はオズに自分のほうを向かせた。

「船長を殺したのもお前か」

口を閉じているオズの代わりに、泊里が「そいつがやった」と横から応じる。

「半日がかりで。吐き気を催すほどの凄惨《せいさん》な拷問だったよ」

「では警察に突き出す」

怒りのあまり蒼白《そうはく》になったオズが、歯ぎしりして、再び泊里を睨んだ。

「殺しておくべきだった。お前を」

「今さら遅い」

泊里が肩をすくめる。安濃が続けた。

「田丸と上島の情報を、テロリストに売るつもりだったな。奴らは無人機を改造して何に使うつもりか、知っていたのか」

無言だったが、表情を消した顔の裏に、何かの感情がうごめいているようだ。それが、愉悦だと気づいて吐き気を覚える。この男は、炭疽菌《たんそきん》テロの計画を知り、それを楽しんでいるのだ。

安濃はオズに銃口を向けた。オズ本人より、泊里が動揺するのがわかった。

「あんたをここで殺しておくほうが、世のためだな」

「俺ならぶっ殺すね。そいつのせいで、俺の車はぼろぼろだ」

シャヒドが無責任に口を挟む。

額に銃口を突きつけられたオズは、まだ口元に淡い笑みを浮かべていたが、慎重に口を開いた。

「――そんな真似をしても俺は怖くない。死は解放だ」

「『狂犬』か。あんたをそう呼ぶ人がいたよ」

「狂っているのは俺じゃない。世界のほうだ」

「話にならないな」

安濃は銃口を下げた。この歪《ゆが》んだ男のために、時間を割くつもりはなかった。あとは警察にこの男の始末を任せるべきだ。

「先に、パソコンとメモリを回収する」

抜け目のないシャヒドが、プラドのタイヤを切り裂いて回っている。置き去りにされるふたりが、天を仰いだ。親切なドライバーが停まってくれるのを、願うしかない。

安濃は泊里とオズを連れて、車に戻った。

「隠れ家の場所はわかるか」

泊里に聞くと、曖昧《あいまい》な表情をした。初めての土地で、道案内はできないようだ。

「なら、お前はこっちだ」

トランクを開けると、泊里が眉を八の字に落として、情けない表情になった。

「おい——さっきも俺はこの中だったんだ。少しは人質をいたわれ」

「何人いるか数えてみろ。上島さんをここに入れるわけにはいかないだろう」

運転席に程、助手席に上島、後部座席に道を知るオズと、シャヒド、安濃だ。

長い吐息とともに、泊里が自分でトランクルームに転がり込んだ。

「住めば都ってな」

「熱中症に注意しろよ」

「おい——」

さっさとトランクルームのふたを閉めた。

どれだけ自分が安堵《あんど》し、喜んでいるか、泊里には見られたくなかった。互いの無事を喜んで祝杯をあげるのは、シンガポールに着いてからでも遅くない。

「俺が道を教えると思うのか？」

後部座席でシャヒドと安濃に挟まれたオズが、眉を上げる。

「教えるさ。教えなきゃ、車を壊されたシャヒドが礼をすると言ってる」

シャヒドが銃を持ったまま、座席でしのび笑いした。

＊

サラの運転は荒っぽかった。そもそも、パキスタンでは女性がハンドルを握ることなど、まずない。

アフサンは舌を噛まないよう、助手席のシートをしっかり摑んで、口を閉じていた。

後部座席では、この車の元の持ち主が、うつろな目を開いて死んでいる。外から見えないようにシートをかけているが、血は臭った。バイパスを通りかかったジープにサラが手を振り、ヒジャブ姿の女性が困っているのを見かねた男が車を停めたのだ。サラのナイフさばきは、死んだラシードに勝るとも劣らない峻烈《しゅんれつ》さだった。

「大至急、隠れ家に戻る」

サラはそう宣言し、先ほどからアクセルを踏みっぱなしだった。

隠れ家には、仲間に渡す大切なものが、残されている。ドローンとかいう新型兵器の情報が詰まった、パソコンやその周辺機器だという。アフサンはパソコンの使い方を知らないが、死んだ兄は多少、学校などで教わっていたようだ。

「私はあれを持って、ひとまず引き上げる。取引は失敗。仕切り直すわ」

「帰るのか？　取引せずに？」

アフサンは青ざめて顔をしかめた。約束が違う。

「あくまでも、一時的にね。オズはもうダメね。こんな騒ぎが起きてしまっては、あなたの仲間もコハトに来られるはずがない。時間をおいて、取引をやり直しましょう。仲間にはあなたから事情を説明して」

愕然としたが、サラの言い分にも理屈はある。警察や軍が、この一帯を調べるだろう。

アフサンも早く身を隠すべきだった。

「奴らも、必ず隠れ家に来る。来ないはずがないわ。わざわざシンガポールから、情報を追いかけてきたんですもの」

サラの言う「奴」が誰のことなのかわからなかったが、彼女はなぜか、ひどく慌てていて、焦っていた。怯えていると言ったほうが、正しいのかもしれない。

ジープは市街に入った。アフサンはジープのフロントウインドウ越しに、その喧騒《けんそう》を眺めた。ズフルのアザーンが聞こえる。

17

オズが案内したのは、コハト市内の市場だった。地元の人間が、日用品の買い出しをするマーケットらしい。夕方、食品の包みを抱えた男性客で混雑している。この国では、買い物のために外出するのも男性だ。殺伐とした銃撃戦の後で、安濃は市のにぎわいに目を細めた。

――別世界のようだな。

駐車スペースを探して停める。

「この向こうの通りだ」

オズが裏通りへと抜ける脇道を示した。やけに素直なのは、シャヒドがさんざん脅したせいではないだろう。何か裏があるのかもしれない。安濃は、周辺に目を配りながら指示を出した。

「シャヒドは、車で待機してくれ。ふたりを残していくから」

泊里がトランクルームからぬっと姿を現すと、通りかかった人々がぎょっとするか、面白がって指差すかして笑った。泊里は手を振って愛敬をふりまいている。外国人が珍しいのか、近づいてこようとする子どももいる。泊里は子どもにも如才なく対応していたが、やがて車の中に逃げ込んだ。彼とシャヒドがいれば、上島を車に残しても安心だ。

その上島は、長い監禁生活の後に突然、解放された反動か、極度の緊張状態にあるようだ。指と瞼《まぶた》の下が、ずっと痙攣《けいれん》している。精神状態が心配だったが、今はとにかく逃げ切ることと、データを取り戻すことが先決だった。

「程さんは、一緒に来てほしい」

「もちろん行きますとも」

程とふたりで左右を固め、オズを連れ出す。他人から見えないよう、背広の上着に隠した銃をオズの腰に突きつけた。

「妙なことを考えるなよ。こちらが銃を持っていることを忘れるな」

オズが憮然《ぶぜん》とした。彼の仲間ふたりは、タイヤを切り裂いた車とともに、バイパス沿いに置き去りにしてきた。逃走手段がないので、警察に捕まっただろう。しかし、サラとパキスタン人の青年はどうなったかわからない。

――どこかで見ているかもしれない。

通りを行き交う人々のなかに、怪しい動きがないか油断なく観察する。車、バイク、自転車、馬車――異常はない。

オズが「あれだ」と示したのは、角から三軒めの白壁の家だった。煉瓦を積んだ二階建てで、白いしっくいで塗り固めている。窓が極端に小さく、鉄格子がはまっているのが、両隣の建物と違うところだ。

もしもサラが通りにいれば、嫌でも目立つはずだった。女性ひとりの外出をタブー視するお国柄だ。近隣の住宅の窓も確認したが、怪しい動きは見えない。

「よし――あんたが先に行け。ただし、ゆっくりだ。走れば撃つ」

オズに隠れ家の扉を開けさせる。鍵を開け、オズが暗い室内に足を踏み入れた。

「明かりを点《つ》けろ」

壁のスイッチを押すと、天井の裸電球が灯《とも》る。素朴な造りの家だ。部屋の奥に、二階に上がる階段と小さなキッチンがある。キッチンと呼ぶのもためらわれるような、流しとコンロがあるだけだ。鍋《なべ》や食器が積んであるところを見ると、彼らはここでしばらく暮らすつもりだったのかもしれない。あとは、四本脚の木のテーブルと、椅子が四脚、ふたり掛けの長椅子があるだけ。殺風景だった。

「そこで止まれ」

安濃はオズに命じ、屋内の物音に耳を澄ました。静まりかえっている。安濃は程に目配せし、オズに続いて中に入った。程に、二階に上がれと指で合図すると、銃をかまえて慎重に階段を上がり、すぐに戻ってきた。

「誰もいない。この家は無人ですね」

「パソコンと、USBメモリだ。渡せ」

安濃はオズを急《せ》きたてた。それさえ手に入れば、ここに用はない。オズを警察に突き出し、パキスタンを脱出できる。

「──パソコンは、そのテーブルに置いてあった」

オズが周囲を見回し、テーブルを指さした。

「ないのか」

「仲間も、ここの鍵を持っていた。持ち去ったのかもしれない」

──サラが先に来たのか。

安濃たちがここに来ると踏んで、彼女は先回りした。パソコンを取り戻せば、ひとりでも取引を続行できると考えたのかもしれない。

オズはまだ何か探している。

「仲間はどこに行った？　仲間の行き先くらい、わかるだろう」

「──待て」

オズはソファに目を留め、表情を引き締めた。

「あった。USBメモリだ」

指さす先に、小さなUSBメモリが置かれている。急いでソファに近づこうとしたオズの足元で、何かがきらりと光った。透明な糸だった。

「待て！」

引き止めようとしたが、遅かった。こちらを見たオズが、にやりと笑ったような気がした。オズの足が、椅子の脚に張ったピアノ線を蹴《け》った。安濃は程を突き飛ばして床に伏せた。次の瞬間、爆風とフラッシュのような光の洪水に、息を止めて目を閉じる。激しく建物が揺れ、熱風が背中を焦がした。耳鳴り以外は何も聞こえない。両足に、何かがずしりと落ちてきた。押しのけようとしたが、重くて持ち上がらない。火薬と硫《い》黄《おう》の臭いが漂い、真っ白な煙に取り巻かれて咳《せ》き込んだ。バラバラと煉瓦の破片が降りそそぐ。

同時に倒れた程は、頭でも打ったのか、もうろうとした表情で咳《せき》をしながら、手探りで身体を起こそうとしていた。シャツの背中が焼け焦げ、血が滲んでいる。安濃も背中に痛みを感じた。

「大丈夫か、程さん」

自分の声が、水中の会話のように遠く聞こえる。程が呻《うめ》いた。

「いったい何が――」

うつ伏せたまま、足にかかる重みのせいで身動きもままならず、安濃は背後を確認しようとした。刺激性の煙で目がヒリヒリする。涙が滲んで視界がかすんだ。

――オズは。

見えたのは、床に点々と飛び散った赤い塊と、背広の袖《そで》だった。肩の付け根から、腕が引きちぎられたようだ。その手が、USBメモリを握りしめていた。

――くそ。

サラだ。正体を知られたので、安濃を始末するために仕掛けた。オズはそれを予期して、仕掛けを利用して自爆し、安濃たちを道連れにするつもりだったのだ。刑務所に入るくらいなら、ここで敵をひとりでも殺して死んだほうが自分らしいとでも考えたのかもしれない。

「――『狂犬』め」

部屋の奥で、ソファやテーブルが燃えているらしく、パチパチと爆《は》ぜる音がして煙はいよいよ濃くなった。

「山本さんの足に、材木が」

程が、腹ばいからどうにか身体を起こした。安濃は自分の太ももをがっちりと押さえ込んでいる丸太を両手で押した。レンガの家を補強する木材だろうか。びくともしない。

「――私ひとりでは無理だ。シャヒドを呼んできましょう」

程がオズのちぎれた腕に駆け寄り、無理やり指をはがして、USBメモリを奪った。何食わぬ顔で自分のポケットに押し込んでいるのを見て、はっとした。

――この男、本当に戻ってくるだろうか。

USBメモリさえ手に入れば、安濃には用がない。警察が来る前に脱出したいだろう。安濃とオズは爆発で死んだと泊里たちに報告して、逃げればいい。泊里は確認に来るかもしれないが、万が一、上島が程の手に落ちれば、厄介なことになる。

「程さん。――」

厳しく釘《くぎ》を刺そうとした時、半ば崩れた扉から、小柄な影がするりと入り込んできた。爆発に驚いて好奇心で覗きにきた子どもだと思い、外に出るように言いかけた。影が、こちらに銃口を向けた。

逆光だったが、サラとともに列車で襲撃した、パキスタン人の青年だった。程には見向きもしない。安濃を殺せとサラに命令されたのは明白だ。程はまだ頭がぼんやりしているのか、その場に膝をついたまま凍りついている。安濃はまっすぐ銃口を見つめた。青年はこちらを狙ったまま、身じろぎひとつしない。指は引き金にかかり、そのまま力をこめれば撃てる。しかし、その決心がつかない。彼はまだ、誰かを撃つのに気力がいるのだ。安濃にはその心情がよく理解できた。遠くからライフルで撃つことはできても、顔が見える距離で人を撃つのは初めてなのかもしれない。

――やめておけよ。

強い目をした青年に言ってやりたかった。

――お前は利用されているだけだ。若さと直情さを、いいように使われているだけだ。

青年の背後で影が動いた。安濃は、ぎくりとしてそちらを見た。青年の背後から猫のように足音を忍ばせて入ってきたシャヒドが、ライフルで青年の頭を狙っている。

——よせ、シャヒド。

シャヒドはこちらを見ない。彼には迷いがない。相手が十代だろうが、ためらわず引き金を引くだろう。

「待て、アフサン」

泊里がシャヒドに続いて入ってきた。青年が肩を揺らす。通訳しろと、泊里がシャヒドに促し、話し続けた。

「動くなよ。ライフルでお前を狙っている」

青年がその場に凍りついた。

＊

シンガポールのチャンギ国際空港に降り立つまで、サラは気が気ではなかった。

パキスタンのイスラマバードを夜の十一時半に発《た》つタイ航空の便に乗り、途中、スワンナプーム国際空港でトランジットして、シンガポールまで九時間近い旅だ。シンガポールに到着すると、時差も手伝って翌日の十一時過ぎになっている。

航空機内の化粧室でシャルワール・カミーズを脱ぎ、下に着ているゆったりしたTシャツとジーンズに戻った。パキスタンの若い女性が海外旅行をする時も、よくこうしている。シンガポールで生まれて各国を渡り歩いたサラは、同じムスリムとはいえ、パキスタンのように厳格な国にいると息が詰まりそうだった。

飛行機が着陸し、ぶじターミナルに着くとすぐ、サラは待ちきれずに携帯の電源を入れた。


――雲の上にいる間に、着信があったらしい。留守番電話が一件、入っている。

『爆発でオズが死んだ。あの男は生きていたから、俺が撃ち殺した。他の連中がどうなったかは知らない』

パシュトゥーン人の青年アフサンの声で、メッセージが残っていた。

――オズが。

サラは、チェリーピンクに塗った唇を噛んだ。アノウが隠れ家に入る時に、仲間が同行しているのは当然ありえる。だが、まさかオズが死ぬとは思わなかった。良心の呵責《かしゃく》は感じないが、自分がやったことの言い訳は必要かもしれない。

とっさに脳裏でストーリーを組み立てる。無理や齟齬《そご》のないよう、何度も見直してストーリーの強度を確かめる。この才能を生かして、彼女は李志文に取り入り、李財閥のふところに入り込もうとしているのだ。とにかく、アノウが死んだのは朗報だった。

――生きていたら、志文に私の正体がばれる。

アノウともうひとりの男が、標的のタマルの周辺をうろつき始めた時、オズたちは彼らの正体と目的がわからず困惑していた。李志文を通じて彼らが日本から来たとわかり、情報の流出を恐れた日本の役人ではないかと考えたのだ。しかも彼らは、こちらが誘拐したウエシマまで追い始めた。

——まさか、パキスタンまで追いかけてくるとは。

本当にしつこい連中だった。おかげでこちらは、顔を見られてしまった。

しかし、アノウは死んだ。もう大丈夫だ。

——アフサンが嘘をついている可能性はないだろうか。

唇を嚙みながら、パキスタンの最新ニュースを携帯で拾い読むと、コハトで爆破テロが発生したという記事を見つけた。死者は一名という記事と、二名だという記事の両方がある。どちらも、被害者はパキスタン人ではなく、外国人旅行者だという。二名とする記事では、うち一名は銃殺されていたと書かれていた。被害者の写真は掲載されていないが、オズとアノウならアフサンの報告とつじつまはあう。嘘ではなかったらしい。

ようやくひと安心した。

シンガポールに戻ったことを、志文には知らせていなかった。彼女は一応、職場の研修でドバイにいることになっている。かわいい志文は、毎日メールをよこす。研修が忙しくてと言い訳しつつ、それなりにつじつまのあう返事を送らなければならないので、毎日面倒だ。

——まあいいか。どのみち、すぐパキスタンに戻るつもりだし。

ドバイから戻ったことにするまでは、志文に会わないよう気をつけなければいけない。

鞄《かばん》の中には奪ったノートパソコンが入っている。さすがというべきか、持ち主のセキユリティ意識が高く、ハードディスクのパスワードにOSのパスワード、アプリケーションのパスワードと、いくつものハードルを越えられず、ウエシマという持ち主を誘拐するしか手がなかった。どうせ誘拐するなら、パソコンとセットでテロ組織に売るつもりだった。それが裏目に出た。

タマルの情報も、USBメモリからパソコンにコピーして取り込んである。これをボスに渡して、計画を練り直すつもりだ。

空港の女性用トイレに入り、鏡に映った自分の服装や顔を点検した。脱出用の車を盗んで持ち主を殺した時、血液が飛び散った。あの車は銃と一緒にイスラマバードの街路に捨ててきた。空港の近くはパキスタン軍の警戒が厳しい。イスラマバードの市街地から空港までは、タクシーに乗った。とうに死体は発見されただろうが、自分と結びつけるものはない。シンガポールのように、防犯カメラが通りを監視している国でもない。

ヒジャブの隅々まで点検して気がすむと、サラはようやく荷物をまとめて女性用トイレを出た。人通りの少ない通路を探し、携帯電話に「伯爵《アール》」と登録した番号にかける。この番号は、今週末までしか使えない。彼はセキュリティに極端なほど神経質で、二週間もすると別の携帯に変えるのだ。

『――はい』

低く響きのよい男性の声が応答した。

「サラよ」

『――サラ。君は無事だったのか』

穏やかな口調の背景に、チェンバロの音がかすかに流れている。電話越しに、グラスの氷が鳴る音が聞こえて、アールが住む「城」の、暖炉のある居心地のいい居間を思い浮かべ、サラは微笑した。アールは仕立てのいいツイードのスーツに身を包み、優雅に読書でもしていたのだろうか。あるいは、いつものようにバスローブにくるまって、ベッドの脇で寝酒を舐めているところだろうか。向こうはいま、午後十時半ごろのはずだ。

パキスタンの報告を、サラはかいつまんで話した。アールが小さく吐息を漏らした。

『「狂犬」などに、大事な君を貸すのではなかったな』

それは、サラが聞きたかった言葉だった。自尊心をくすぐられ、微笑む。アールと呼ばれている自分たちのボスが、本当にどこかの国の爵位を持っているのかどうかは知らないが、いかにもそういう優雅な雰囲気を漂わせる男ではある。ありあまる富の香りを、ふとした拍子に嗅《か》がせる男だ。シンガポールも富める国だが、アールには桁《けた》の違う何かがあった。母親と、新しい父親に誘われて米国に移住した時、サラは新しく目の前に開けた世界に夢中になったのだ。アールもそのひとつだった。

「データは持ち帰りました。取引は私たちがオズの代わりに続行できます」

『――アルベルトがそちらにいる。彼にデータを渡すといい。君が手を汚す必要はない』

「アルベルトはムスリムではないから、彼らに信用されないわ」

『――「狂犬」もムスリムだったが、取引は失敗した。彼のやり方は、スマートではなかったからね。アルベルトに任せなさい。君にはもっと大切な仕事がある』

アールの声はゆったりとして音楽的だ。サラはその豊かな響きに耳を傾けた。

『私たちの仕事は、未来に対する投資だよ、サラ。大事なのは「今」ではない。次の世を生き抜くための知恵だ。アフガニスタンの件は、アルベルトに任せなさい』

「――わかりました」

水割りの氷の音が揺れた。アールが喉《のど》を湿らせたようだ。

『私たちの仕事は、世界中にある。ひとつにこだわることはない。そちらが落ち着けば、次はアフリカに飛んでもらうかもしれない。失敗を引きずっている暇はないんだ』

「ええ、アール」

一度決めたことを、アールは覆さない。サラは無理に我を通さず、引き下がった。どのみち、データは持ち帰った。あれをムジャヒディン解放運動にいるオズの知人に渡せば、こちらのメンツは立つ。結果的にオズが死んでしまったことも、データさえ渡せば償えるだろう。

＊

サラは空港を出ることにした。隠れ家に置き去りにしたパシュトゥーン人の青年のことは、もはや頭から消え失《う》せていた。

ペシャワールの中古車販売店に立ち寄り、シャヒドがホンダの古いCBを選んできた。その間に、安濃は青年にサラの携帯電話に電話をかけさせた。相手は出なかったが、留守番電話に任務完了の伝言を残させる。

「まだ充分走る。子どもにはもったいない」

自分が欲しそうな顔でシャヒドが言い、マーケットの裏で青年にバイクを渡した。

「約束の報酬だ。本当に村に帰るつもりか」

シャヒドの通訳をとおして、泊里が青年に尋ねている。警察や軍から守り、無事にコハトを脱出させる代わりに、安濃を撃ったことにして、サラに報告させた。留守番電話に吹き込ませたのだが、疑われた時の用心に、シャヒドが現地の知人に電話をかけまくり、爆発で死んだシンガポール人とは別に、銃で撃たれた外国人の遺体が見つかったという偽情報を流させた。きっと、どこかのネットニュースあたりが信じて記事を書くだろう。シャヒドは実に達者な役者だ。

「これを持っていけ。たいした金額じゃないが、助けになるだろう」

李高淳から借りた金が、いくらか残っている。安濃はそれを彼の手に押し付けた。

アフサンは黙って頷き、バイクにまたがった。ヘルメットはないが、拳銃を腰に差し、ライフルを背中に掛けている。そうして見れば、若いがいっぱしの戦士のようだ。慣れた様子でバイクのエンジンを押しがけし、そのまま走り去った。アフサンの背中が小さくなり、角を曲がって消えるまで、彼らは黙って見送った。

「あいつ、あっさり行きやがって。すこしは別れを惜しめよな」

泊里の感慨に、安濃は苦笑した。

「——可愛がっていたのか」

「そんなんじゃない。あの子の仲間に聞いたんだ。あの子は、無人機の攻撃で両親と兄夫婦を亡くしたんだと。兄貴の結婚式の日にな」

泊里が不機嫌に顔をしかめ、言い訳がましいと思ったのか、頭を掻《か》いた。

「まあ、あんな息子がいたら、毎日楽しいだろうとは思ったな」

程が面白そうに泊里と安濃を見ている。日本人は人がいいとでも、思っているのだろうか。安濃はアフサンの今後を考えていた。肉親の仇を討つつもりで組織に身を投じたのだろうに、組織に帰れなくなってしまった。彼はこれからどうするのだろう。

「——おい」

石を蹴っていたシャヒドが、ふいに顔を上げた。エンジン音が聞こえた。今しがたアフサンが消えた角から、バイクが戻ってくる。泊里がびっくりしている。アフサンは、泊里の前できれいにバイクをターンして止め、埃よけに顔に巻いていた布を下ろした。

何か言ったが、みんな呆然《ぼうぜん》として彼を見つめていた。アフサンがシャヒドを黒々とした目で睨んだ。

「シャヒド？」

「——あ、ああ。こんなものをもらう筋合いはなかったと言ってる。あんたらの親切に、礼を言ってるんだ」

泊里がアフサンに近づき、バイクにまたがったままの小柄な青年を抱擁した。

「お前の神様が、お前を助けてくれるように祈るよ。元気でやれ」

アフサンが何かを短く告げた。シャヒドがはっとした様子になった。

「何だって」

「――村の名前を言ったんだ。国が落ち着いて、あんたらがまた来ることがあれば、訪ねてきてくれと。必ず連絡が取れるようにしておくと言ってる」

「行くよ。必ずいつか、お前を訪ねていく。それまで元気でな」

泊里は心を動かされた様子で、何度もアフサンの手を強く握り、激励するように肩を叩いた。アフサンが再びバイクを駆って走りだしても、じっと見送っていた。今度は、アフサンも一度だけちらりと後ろを振り返った。

「シャヒド、どうかしたのか」

シャヒドが苦い表情でアフサンを見送っているのが気になり、安濃はそっと尋ねた。

「――いや。あいつが言った村は、もうないんだ。この半年に何度か攻撃を受けて、住民の大半は死に、残りは散り散りになったと聞いた。あいつが帰っても、今じゃ誰も住んでないよ」

――そんな。

泊里はこちらに背を向けていたが、シャヒドの説明を聞いたはずだ。頰のラインが、ナイフで削ったように鋭くなった。何か言いかけて、泊里は黙り込んだ。

世界は悲劇で満ちているが、自分たちにできることなどほとんどない。ただ静かに歯がみして、肩を角ばらせて、背中で弱さを拒絶しながら、一歩ずつ前に進んでいく。

——あの青年は、めめしい別れを喜ぶまい。

泊里がそう呟いたような気がした。湿った空気を振り払うように、程が咳払いした。

「それでは、私たちもここでお別れですね。私はUSBメモリを取り返した」

程と安濃でペシャワールのネットカフェに行き、USBメモリの中身を確認した。サラは中身を消さなかったらしい。

程とも思いがけず長いつきあいになった。命懸けの戦いに免じて、中身は偽のデータだと教えてやろうかと仏心を起こしかけたが、なんのかんのとケチをつけて、約束の金を値切った程にあきれ、黙っていることにした。それでも、いくらかの現金を手に入れた。

「契約終了だな」

程は、USBメモリを大切そうにポケットにしまった。色白な肌が、任務を完了してホッとしたせいか、かすかに赤らんでいる。

「なんだか、山本さんとこれで別れるのが寂しいですね」

——しらじらしいことを。

安濃は肩をすくめた。こちらの力量を測り、利用することばかり考えていたくせに。

ただ、程にはひとつだけ、感謝していることがある。コハトに向かう途中の銃撃戦で、安濃が敵にとどめを刺す覚悟を固めた時、程が止めた。

（いちど殺せば、歯止めが利かなくなります）

程の言葉が、今でも耳に残っている。今まで、暴力と無縁だったわけではない。しかし、常に正当防衛だった。無抵抗の傷ついた相手を撃ち殺すのとは、わけが違う。

ふと、自分の手を見下ろす。程は正しかった。あの時、あの男を殺さなくて良かった。あの時、同時に、自分を制止した程自身が、無造作に敵を撃ち殺したことも、思い返す。あの時、安濃を止めたのは、どういう仏心の発露だったのだろう。

「あんた、面白い奴だな。またパキスタンに来いよ。ご馳走《ちそう》するよ」

シャヒドの手を、しっかり握り返す。

「世話になった」

肩を抱くついでに、耳もとに口を寄せた。

「程さんが、車を買ってくれると言っていたぞ。いい奴を頼むといい。どんな車を買ってもらったのか、後でカラチのアパートに電話して聞くよ」

「それ、本当か？」

シャヒドの顔が輝いた。程にこのくらいの悪戯《いたずら》を仕掛けても、罰はあたらないだろう。

「何の話です？」

探りを入れる程に、何でもないと手を振る。

「程さんにも、世話になったな」

「とんでもない。また何かの折に、お会いできることを祈っていますよ」

程は意気揚々と国に帰り、USBメモリの情報を使って研究を進めさせるだろう。田丸が彼に売るはずだったのは、3Dの映像解析ソフトだ。だが、程に渡したデータには、それに情報を盗むためのスパイウェアが追加されている。このソフトを、ネットワークにつながった環境で利用すると、解析対象のデータが能任の配下に届く。――丸見えだ。

微笑みながら、程の手を握った。

「またどこかで」

タクシーを捕まえ、泊里と上島を後部座席に座らせて、安濃は助手席に乗り込んだ。程とシャヒドが見送っている。彼らの姿が見えなくなるまで待ち、運転手に行き先を告げた。

「イスラマバードの日本大使館まで。どこにも寄らずに、まっすぐやってくれ」

「イスラマバード？　二時間以上かかるよ。お客さん、現金いっぱい持ってる？」

安濃は黙って、程から受け取った封筒のなかから、適当に紙幣を引き出して運転手に押し付けた。思わぬ長距離の客に、運転手の表情も輝く。

「――上島さん。大丈夫ですか」

後部座席に声をかけた。

「大丈夫です」

唯一気がかりなのが、上島の表情だった。まだ気を張っている。自分は大丈夫だと、しっかりしようと神経を張り詰めている。しかし、安濃の見たところ、彼は既に限界を通り越していた。いや、上島だけではない。平気そうな顔をしている泊里も、本当はどうだかわからない。

――それに、自分自身も。

後部座席から、泊里がもの言いたげな顔でこちらを見ている。

「――奴に、あれを摑ませたんだな？」

程のことだ。上島がいるので、安濃はバックミラー越しに泊里を見て、ただ頷いた。泊里の目に愉快そうな表情が浮かんだ。

――任務完了。

初めての任務の成功――大成功だ。

安濃は、長いため息をついた。程たちと別れてほっとしたせいか、どっと疲れが出て、シートに身体が沈み込みそうだった。しかし、まだ電話を一本かける用事が残っている。相手が出るのを、まだかと焦りながら待つ。

『安濃さん？』

高木摩子の声が飛び込んできた。

「上島さんを、ぶじ取り返しました」

朗報に興奮した高木が早口で喋りだすのをさえぎり、安濃は手短に状況を説明した。

「お願いしたサラの件です。彼女はシンガポールに戻りました。神崎さんと警察に事情を話して、彼女を捜し出して監視をつけてほしいんです。サラは、パキスタンで何人も殺してます」

『物騒な女ね』

高木はそれ以上、無駄な時間を費やさなかった。警察に知らせると約束し、通話を終える。――パキスタンでやるべきことは、これで本当に終わった。

「何がどうなってるんだ」

事情を知らない泊里が、首を傾げる。安濃はたまらず、あくびを嚙み殺した。

「こっちも、お前に聞きたいことがたくさんあるよ。道中、お前はずっとトランクルームの中だったしな。だが、今はとにかく――イスラマバードまで、寝たほうがいいな」

次の瞬間には、ほとんど気絶する勢いで、まぶたが落ちた。

18

「お帰りなさいと言うべきですかね」

マイクロバスを降りたとたん、冷たい声を聞いて安濃は振り返った。ずっと、カーテンを閉めた車内にいたので、陽光に目がくらむ。

警察署の玄関で、神崎が不機嫌さを隠そうともせず待っている。彼の仏頂面を見て実感した。

──ああ、シンガポールに帰ってきた。

泊里が上島を支えてバスを降りた。上島は、誘拐されていた間の疲れがいっきに出たのか、昨夜から発熱している。歩くのもゆっくりで、辛《つら》そうだ。ストレスがたまっているはずだ。PTSDを発症する恐れもある。早い段階で医師に見せねばならない。

パキスタンで、イスラマバードの日本大使館に駆け込んだ。とにかく大使館に駆け込めば、後はどうにかすると能任に指示されていたからだ。ともかく、ふたりをぶじに救出した。胸を張って、大使館に助けを求めることができる。大使館から能任に連絡が行き、すぐさま善後策が講じられた。

その後は、パキスタン警察から二日連続で事情聴取を受けた。泊里と上島はシンガポールからパキスタンに拉致《らち》された被害者だ。アジアン・パール号の乗組員が、船長の客として乗り込んだ中に、ふたりがいたことを証言した。ふたりは、パキスタンに連れてこられ、人質として拘束され暴力を受けていたことや、船長が殺される場面も見せしめとして見せつけられたことなどを証言した。

誘拐の目的が、ドローンの開発に転用できる研究データと研究者だったと発覚すると、警官らは色めきたった。

誘拐犯は、オズを入れて四人の男と、後で合流した女ひとり。それから、テロ組織の構成員と思われるパキスタン人ふたりがカラチからコハトまで彼らを案内した。

女とパキスタン人の青年以外は、死ぬか既に逮捕されている。

（どうやって脱出したんですか）

警察官の質問に、ふたりは口裏を合わせて、よくわからないと答えた。自力で脱出したわけではない。目隠しされ、コハトの隠れ家から連れ出された。気がつくとペシャワールの街に放置されていた。周囲に誘拐犯の姿がなかったので、とにかく大使館に逃げ込んだ。ひょっとすると犯人は、仲間割れでもしたのかもしれない。

そんな説明では納得できなかったろうが、どんな裏取引がされたのか、それ以上、泊里たちが事情を聞かれることはなかった。カラチからコハトまで、事故車輛《しゃりょう》や死体、負傷者、逮捕者、脱線列車など、異常が累々と積み上がっている。逮捕されたオズの仲間は、警察の事情聴取にも沈黙を続けているらしい。話せば、さらに罪が重くなると考えているのかもしれない。

安濃の役まわりは、シンガポールからパキスタンに観光で小旅行に来て、パスポートを失くしたうかつな日本人だった。ペシャワールで汚い格好をした日本人ふたりに助けを求められ、大使館まで連れてきた好人物だ。

日本人がパキスタンに入国する際は、ビザが必要だ。安濃のビザが発行された記録はないはずだが、そのいい加減な説明もなぜか通用した。なんとかすると約束した能任の言葉は、嘘ではなかったらしい。

今では、パキスタン警察もサラの存在をマークしている。

――シンガポール警察が、誘拐の被害者から事情を聴きたいと言っている。

そういう名目で、大使館がパキスタン警察と交渉し、泊里と上島はシンガポールに移送されることになった。同じ便で、安濃もシンガポールに帰ってきた。公用旅券ではない新しいパスポートを、日本大使館に発行してもらった。

「サラは見つかりましたか」

安濃の最初の言葉に、神崎は苦虫を嚙《か》み潰《つぶ》したような顔をした。

「まだです。三日前、空港に着いたことは確認しました。その後の足取りはわかりません」

「住所もわからないんですか」

「ふだんはパスポートに記載の住所にいるようですが、そこには帰っていません」

――志文に、帰国したことがばれるからだ。

「なあ、上島さんを休ませてやってくれないか。だいぶ熱が高いんだ。人質生活が長かったから、疲れてる」

泊里が声をかけた。

「いえ、大丈夫です。ちゃんと事情聴取を受けますから」

泊里に肩を借りてぐったりしていた上島が、無理に身体をしゃんとさせる。

「上島さん、少し寝たほうがいい」

安濃も声をかけた。上島の顔はげっそりして目は落ちくぼみ、白髪も増え、プレゼンテーションの資料で見た写真の顔と比べると、まるで十歳も老けたように見える。彼は、この上まだ無理を重ねようとしていた。

「私が最初からちゃんと説明しないといけないんです。弊社がＦＦＳを違法に輸出しようとしたから、こんな騒ぎが引き起こされたんだと思っています。その結果、こんなに多くの人にご迷惑をおかけして、本当に申し訳ない」

「――上島さん」

頭を下げようとする上島を制止する。

「あなたのせいじゃない。あなたに責任はありませんよ」

「まず医者に診せましょう」

神崎も、気のきかないことをしたと思ったらしく、すぐ車椅子を持ってこさせて上島を乗せ、医務室に運ばせた。どうやら彼は、シンガポール警察でそれなりの信頼を勝ち得ているらしい。

「あんたが警察庁の神崎さんか。本当に助かったよ。ありがとう」

泊里が手を差し出すと、神崎が居住まいを正して握り返した。

「――いや、皆さんがご無事で良かった。能任政務官も、喜んでおられました」

それは当然だろう。カラチに到着したアジアン・パール号を急襲したが、人質が連れ去られた後だとわかった時には、これで終わったと思ったに違いない。それが、みんな無事で戻ったのだから。

「それはこいつが頑張ったからだ。本音を言えば、何度もダメかと思ったがね。こいつも来るのが遅いし」

泊里が磊落《らいらく》に安濃を指差し、笑う。その言葉に、神崎がちょっと複雑な顔をした。安濃をパキスタンに行かせまいとした張本人だ。

「とにかく、シンガポール警察の事情聴取がすめば、一刻も早く皆さんを帰国させるようにとの、能任政務官の指示です。こちらは被害者ですから、事情聴取は早く切り上げてもらうよう、交渉しますよ。明日にはふたりとも、東京行きの飛行機に乗れるようにします」

真顔で言う神崎に、安濃は首を振った。

「私はまだ帰れません。サラの逮捕を見届けたいんです」

——またこいつは。

そう言いたげに神崎が顔をしかめた。

「いけません。サラの件は、シンガポール警察に任せましょう。上島さんのインド出張予定を洩《も》らしたアルバイト女性が、そそのかしたのはサラだと写真で認めましたしね。彼女は、誘拐を含む数々の事件の重要参考人です。シンガポール警察がしっかり追いますよ。それより安濃さんには、パキスタンで何があったのか、詳しく聞かせてもらわないと」

安濃はまじまじと神崎を見つめた。

「本当に、そんな話を聞きたいですか」

「――何ですって」

面喰《めんく》らったように問い返し、安濃の言葉に含まれる不吉な響きに気づいたようだ。

パキスタンに密航し、人質ふたりを救出したうえ、犯人の何名かは死亡または重傷を負い、銃撃戦の末に逮捕された。警察官相手に本当のことなど話せるわけがない。

「真実は諸刃《もろは》の剣《つるぎ》です。聞いてしまうと、警察官であり続けられなくなるかもしれませんよ」

事情を知っても安濃を罰することはできない。神崎が不満げに黙りこくった。切れるビジネスマン風の外見に、影が射したようにも見えた。

「後で、シンガポール警察にも提出できるように報告書をまとめます。それで満足していただけませんか」

「――なるほど、いいでしょう。あなたにはあなたの役割がある。そんなやり方が、いつでも誰にでも通用すると思ったら大間違いだが」

「肝に銘じておきます」

警察署の奥から、硬いヒールの足音と疲れを知らない豪傑笑いが聞こえてきた。

「安濃さん！」

高木が、あいかわらず真っ赤な唇で笑顔を見せ、手を振っている。手放しで喜んでくれているのがよくわかる、満面の笑みだった。

「信じられない！　いま奥で、上島さんと少し話してきましたよ。よくまあ三人とも無事で戻りましたね！　本当に良かったわ。こちらが、撃たれて誘拐されて、パキスタンまで行っちゃったお友達ですか」

　高木が好奇心旺盛《おうせい》に泊里をぶしつけなほど見つめると、泊里はおかしそうに口元を緩めた。こういうあけっぴろげな女性は、変な意味ではなく泊里の好みだ。

「正確には、誘拐されたわけではないんですけどね。遺骨収容対策室の泊里です」

「経済産業省の高木です。おふたりには、聞きたいことが山ほどあるんですよ！　少し、お時間をいただけますよね？　上島さんにも事情を聞かなきゃいけないんですが、彼はいまドクターストップがかかっていますから、奥の部屋で眠っているんです」

　青い顔をしてそろそろと逃げだそうとする神崎を、高木が不思議そうに呼びとめた。

「ちょっと神崎さん、どうしたの？　あなたも聞くんでしょ、おふたりの大冒険を！」

「いや——、いや、私は遠慮します。まだ警察庁を辞めたくない」

「はあ？　何の話？」

　神崎が表情を凍らせたまま、そそくさと逃げていった。少し、薬が効きすぎたかもしれない。

「ほんとに変な人ね。まあいいわ、会議室を用意してあるんです。こちらへどうぞ」

「報告書で勘弁してもらうわけには、いかないですよね」

「あら、安濃さん。本気でそんなことを？」

高木がにたりと笑った。お堅い神崎を言いくるめることはできても、高木の好奇心を無視することはできないだろう。彼女には、パキスタンから調査を依頼した借りもある。

「高木さんを敵に回したら、怖いでしょうね」

「もちろんよ！」

高々と笑い声を上げ、彼女は会議室に案内した。勝手知ったる他人の家らしい。

「高木さんは、上島さんからの内部告発を受けて、東洋イマジカの内情について話を聞こうと、シンガポールまで来たんだ。ところが、面会の前に、上島さんが誘拐されてしまった。助けを求めたのが能任政務官で、上島さんを保護するよう、我々に指示がくだったというわけだ」

事情を知らない泊里に、かいつまんで話す。高木が身を乗り出して頷《うなず》いた。

「そう——ホテルから上島さんが消え、保護するために向かった泊里さんも撃たれて行方不明と聞いた時には、ぞっとしましたよ。もう怪我は大丈夫ですか」

「ええ、おかげさまで。撃たれたのは脇腹でね。ちょうど船着き場の手すりに身を乗り出して、向こう岸を捜していたところで、バランスを崩して川に落ちたんです。傷はそんなに深くなかったんですよ」

「んまあ、見せてくださいよ、その弾傷」

高木のとんでもない頼みに、泊里が笑顔でシャツの裾《すそ》をまくり上げた。仔細《しさい》に覗《のぞ》き込んだ高木は、もうかさぶたになっているが、赤黒く肉がえぐれた痕《あと》を見て、満足そうに頷いた。子どものような好奇心だと思ったが、彼女なりに証言が本当かどうか確認しているのかもしれない。

　敵がまだ銃でこちらを狙っていたのを目にしていたので、すぐに川面《かわも》に浮上せず、少し離れた下流まで泳いで、陸に上がった。そう泊里は説明した。

「そうしたら、近くにバンが停まっていましてね。自分は、敵と同じ方向に移動していたらしくて、上島さんらしい日本人が、無理やりバンに乗せられる現場と鉢合わせしちゃったんですよ」

「偶然？」

　まるで、泊里が超人的なスパイの洞察力をもって、犯人の行動を見抜いていたと証言してほしいみたいに、高木が目を瞠《みは》った。

「まあ、自分も敵も、人の少ない方向を探して移動したんでしょうね。川の流れは、上るか下るかしかありませんからね。最初から狙ったわけじゃないし、偶然といえば偶然ですが、クラーク・キーみたいな観光地なら、必然だったのかもしれません」

　感心したように高木が目を輝かせて頷く。

「それで、捕まったのね？」

「向こうは自分に気づいてなかったので、そのまま川に戻れば逃げられましたがね。そうすると、上島さんがどこに連れていかれるのか、わからなくなってしまうでしょう。こっちは水びたしでスマホは水没して壊れたし、相棒とは離れ離れだし、車のナンバーは記憶できても、途中で車を替えられたらアウトです。連中が上島さんを小突きまわすのも見えたので、こっちから連中のふところに飛び込むことにしたんです。当初のもくろみでは、シンガポールのどこかに監禁されるだろうから、どうにか脱出するか、相棒に居場所を知らせる方法をひねり出すつもりだったんですが、まさかパキスタンまで行く羽目になるとは思わなかった」

「それじゃ、上島さんを助けるために、自分から人質になったんですね？」

高木がさも感心した様子で深く頷いている。

「まあ、そういうことになりますか」

プライドをくすぐられたのか、泊里がはにかむように笑った。安濃は苦笑いするしかない。たしかに泊里が同行したおかげで人質の居場所は確認できたが、こちらの心労が二倍になって、人手が半分になった。

「連中の目を盗んで、次の目的地や自分たちがそこにいた証拠をメッセージとして残してね。こっちもたいへんだったんだぞ、安濃」

泊里がこちらの心中を読んだように、にやりとする。

「それで、泊里さんはそのまま犯人や上島さんと一緒にパキスタンに行ったのね。安濃さんはどうやってパキスタンに入ったのかしら」

高木の好奇心は際限がない。どこまで明かしてよいか、彼女の表情を読みながら、安濃は慎重に話し始めた。田丸から情報を買おうとしていた工作員を利用して、パキスタンまで連れていかせたこと。もちろん、密航という言葉は使わない。高木は気づいたかもしれないが、そこは質《ただ》さない。両方に逃げ道を残す、なかなかうまいやりかただ。カラチで襲撃され、反撃して人質を得たことや、目的地がコハトだという泊里のメッセージを見つけたこと、コハトでの人質交換に至る経緯などをかいつまんで話すと、高木は愉快そうに聞き入っていた。高木がどこまで能任と「遺骨収容対策室」について知っているのかわからなかったが、工作員につかませたのが偽の情報だと明かすと、彼女は声を上げて笑った。

「それは最高だわ。それじゃ、おふたりともたいへんな思いをしてパキスタンに行ったわけだけど、そのぶん収穫があったわけですね」

――収穫か。

話の間ずっと、泊里がアフサンというパシュトゥーン人の青年について触れなかったことに、安濃は気づいていた。収穫はたしかにあったが、泊里にとっては何の力にもなれなかった無念のほうが、大きいのかもしれない。

「まだ、サラが上島さんのノートパソコンを持って逃げています。田丸の偽情報もパソコンにコピーしたんでしょう。彼女はまだ、あれをテロ組織に売るつもりなんです」

安濃は話題を現実の脅威に引き戻した。高木も表情を曇らせた。

「ノートパソコンのパスワードは、上島さんが解除したそうですね」

「つまり、ドローンの情報が、いつテロ組織に渡ってもおかしくないということです」

「それじゃ、東洋イマジカの外為法違反より、さらに悪質かつ危険ですね」

そもそも、東洋イマジカの技術を悪用させないためにシンガポールまで飛んで来た高木が、深刻な顔つきになる。

「我々は、明日にも日本に帰れと厳命されましたが、サラが捕まるまで私は帰る気はありません。彼女はとんでもないやり手で、シンガポール警察の力量を疑うわけではありませんが、若い女性だと思って舐《な》めてかかると、ひどい目に遭うでしょう」

安濃は、サラが李家に取り入ろうとしている事実や、万が一、彼女が海運事業に携わる李家の嫁になった場合、犯罪に利用される恐れがあることもあらためて説明した。

「わかりました。私もまだしばらく、こちらに残るつもりです。上島さんから話を聞いて、東洋イマジカの件を片づけなきゃならないし、こちらの食事は美味《おい》しくて飽きがこないしね」

大きな口を横に引いて、高木は笑顔を見せた。

「思いがけない縁でしたが、おふたりと会えて楽しかった。もしご縁があるなら、そのうち東京でも会えるでしょう」

高木が泊里に握手を求め、次にこちらにも手を差し出した。安濃は、彼女と普通の状況で知り合わなかった不運を残念に思いながら、握手した。遺骨収容対策室は、極秘任務についている。東京で彼女と会っても、場合によっては知らないふりをしなければならないかもしれない。

――残念なことだ。

夜になって、ようやく安濃は解放された。まだ警察の事情聴取を受ける泊里と上島を残し、先に李家を訪問するつもりだった。シンガポールを発《た》つ際に、あれだけ世話になったのだ。真っ先に無事を知らせておきたい。

――もちろん、妻と娘にも。

シンガポールに行ったきり、ほぼ二週間、なんの連絡もよこさない夫を、紗代はどう思っているだろう。

李家に向かうタクシーの中で、スマホから自宅に電話したが、留守番電話になっていた。またかとがっかりし、しかたなく短いメッセージを吹き込む。

「僕だ、なんとか元気でやっているよ。長くシンガポールを離れていたので、電話できなかった。まだしばらくシンガポールにいると思う。このメッセージを聞いたら、電話をくれないか」

――紗代はもう、僕を待つのをやめたのかもしれない。

結婚して間もない頃、安濃が長期の訓練に出かけたり、自宅を空けたりするたびに、帰ると紗代は痩《や》せていた。その後も、何度も単身赴任で別居を経験させたし、安濃が事件に巻き込まれるたびに、死ぬほど恐ろしい思いもさせたはずだ。

――彼女は強くなった。

安濃の不在を寂しいと思わないほど。ひとりでも平気な顔をして生きていけるほど。鉄は打たれて強くなる。紗代はどんどん、強度を増している。

「お客さん、この通りでいいんですよね」

オーチャード通りからふたつ筋を入った大邸宅の前に車をつけ、運転手が確認した。

「ああ、ありがとう」

料金を支払い、李家の門構えを見上げた。

——帰ってきました。

心の中でそう告げ、粛然とする。

呼び鈴を鳴らすと、ヤシの木の陰に隠れた二階の窓から、白髪の紳士が外を覗いた。李高淳だった。彼は窓越しにこちらを確認し、かすかに微笑んだ。

玄関の扉を開き、メイドが近づいてくる。

中に入ると、車椅子に乗った高淳が、ホールで待っていた。端整な、俗事を超越したような涼しい表情を見て、自分を信じて帰りを待っていてくれたのだと悟った。

「——ぶじ、戻りました」

「ああ、ご苦労さまでした」

——諜者《ちょうじゃ》は死なず。

ふと、その言葉が脳裏に浮かぶ。責任を負うものは、まず生きて帰らねばならない。死ねば、情報が失われる。どんな手段を使っても、諜者は生還しなければならない。それが任務だ。

「あなたは必ず戻ると思っていました。なぜなら、私にはあなたが必要だから」

高淳が安濃を招いた。

安濃は、ゆっくりと車椅子の後ろに従って歩いた。

高淳に会ったら、聞きたいことと話したいことが、山のようにあると思っていた。パキスタンで程たちと行動しながら、気がつけば、高淳ならどう考えるかと、指標のようにちらちらと脳裏に浮かべては、自分の道を探った。

しかし今、高淳がテーブルにつくのをうやうやしく介助しながら、言葉はいらなかった。痩せて、骨と皮ばかりのような高淳の清潔な手をとり、七十年の戦後を思うだけで、自分のちっぽけさをつくづくと感じる。その高淳から、お前が必要だと言われるとは、なんという光栄だろう。

「――パキスタンは、いかがでしたか」

思い出したように高淳が尋ねた。彼が聞いているのは、事件の詳細などではないだろう。自分が〈アナリスト〉として生きていくうえで、何を摑《つか》んだかと尋ねられている気がした。

程のこずるい顔が浮かび、シャヒドや若いアフサン、死んだパキスタン人の男の顔も浮かんだ。自分が手を汚さなかったことが、高淳の前ではなぜか卑劣に感じられた。ほんの一瞬でも、データは偽物だと程に教えてやろうと考えたことが、恥ずかしくなった。

「――迷いの多い日々を過ごしました」

正直に答え、今度は自分が高淳に甘えすぎているような、申し訳なさも感じた。能任は、高淳を安濃のベビーシッターとして紹介したわけではないだろう。

高淳が頷き、唇にうっすらと笑みを浮かべた。何かが、彼の意にかなったようだ。

「そして、そのつどあなたは正しい判断をされた」

高淳が、穏やかだが歯切れのいい口調で断じる。

「だから、今ここにいるんです」

安濃はそっと頷いた。高淳は彼に、自信を授けようとしてくれている。

「迷うのは、住み慣れた国を一歩でも出ると、世界があまりに混沌《こんとん》としているからですよ、安濃さん。正義も悪徳も、右も左もまったく見当がつかなくなる。自分がどちらに向かって歩いていけばいいのか、方向感覚が狂います。信じていた規範が崩壊する」

「――その通りでした」

シャヒドの、二重人格ではないかと思うほど裏表のある性格に面喰らったことを思い出す。テロ組織に所属するアフサンを、泊里が可愛がっていたことも脳裏に浮かぶ。信じていた自分の芯《しん》が、ぐらぐら揺れる。

「あなたはやはり、この仕事に向いている」

筋張った指が、テーブルに置いた安濃の手の甲をトントンと叩いた。

「迷わない人は、変わらない人です。世界の変化を無視できる人です。でも、それではうまくいかない。自分の規範に凝り固まり、硬直した人ではね。――あなたは柔らかい粘土のように、とことん迷って、ゆっくり変わればいい。ただ、心の底に、変わらないものをひとつ持てばいい」

「心の底に――ですか」

高淳が持ち続けた、変わらないものは何だったのか。それを聞いてみたいと思った。ポケットで、スマホが鳴りだした。出ないつもりだった。今夜こそ、高淳の話を聞くのだ。

高淳が、電話に出るようにと身振りでうながした。ためらいつつ、スマホを手に取る。知らない番号からだった。

「――安濃です」

『神崎です』

こんな夜遅い時刻に、神崎のような男が突然電話してくるのは、良くない兆候だ。

『高木さんがいなくなりました』

「いなくなった？」

つい数時間前に、警察署で話したばかりではないか。

『例のサラの件ですよ。彼女には何か心当たりがあったようなんです。出かけてくると言ったきり、連絡が取れなくなりました。安濃さんたちと話した後、警察署を出たようです。いったい、彼女に何を言ったんですか』

サラを逃がしてはいけないと言った自分の声が、はっきり耳に甦《よみがえ》る。

――まさか。高木さんは、自力でサラを捜しに行ったのか。

呆然《ぼうぜん》としていると、高淳が静かに微笑んだ。

「行っておあげなさい。あなたの力を求めているのでしょう」

「――しかし」

――やっと、ここに帰ってきたのに。

「私は七十年待ちました。あと一日や二日くらいは待てますよ」

高淳の辛抱強い微笑みに、自分の甘さと弱さを思い知りながら、彼の手を両手で包み込んだ。どんな言葉も、この場にはふさわしくない。ただ深々とお辞儀をして、高淳のもとを辞去した。高木を捜さねばならない。

19

警察署に引き返すと、廊下の長椅子に李志文がいた。

「――友達と遊んでいたら、警察から呼び出されて」

若い志文は不安な面持ちだった。ひと通りの事情聴取はすんだそうだ。

「全然、信じられないよ。この数日間、サラがパキスタンにいたなんて」

彼を不用意に傷つけないように、サラの正体を明かすのは事態が落ち着いてからでいいと考えていたが、警察は待てなかったようだ。

「私も、自分の目が信じられなかったよ」

安濃は志文の隣に腰を下ろした。

「アノウさんが見たの？」

「彼女に撃たれそうになった。サラに似た女性じゃないかと、最初は考えようとしたんだが」

志文が目を丸くし、信じられないという意味か、首を力なく横に振ってうなだれた。

「彼女はドバイに研修に行くと言ってた。この数日間も、メールでやりとりしていたんだ。勉強しなきゃならないことは多いけど、やりがいのある研修だと書いていたのに」

家族の反対を押し切り、改宗してでも結婚したいと考えていた相手が、自分に嘘をついていたと聞かされ、志文の動揺は激しい。

携帯に届いたメールを見せてくれた。こちらが気恥ずかしくなるくらい甘いセリフが並んでいた。会いたい、早く帰りたい、キスしたい。

——これが全て偽装工作なら、若い志文が動揺するのも無理はない。

「今日は？」

「一昨日からは毎日、別のメールアドレスからメールが届いてるよ。携帯の調子が悪いからって。ほらこれが今朝のメール」

「警察は、サラが今どこにいるか、わかったんだろうか」

「ずっと電源を切ってるそうだよ。だけど、最後に基地局と通信したのは一昨日の昼前で、シンガポールの空港にいたらしい。——サラが、マリーナ・ベイ・サンズとクラーク・キーで起きた連続発砲事件の重要参考人だなんて、冗談だよね？」

嘘で塗り固められたサラのメッキが、どんどん剝《は》がれていく。志文が気の毒になったが、彼のためにも、この際、サラの正体をはっきりさせたほうがいい。

「こんなことを言いたくはないが、パキスタンで、彼女は私を殺すために爆弾をしかけた。そのせいで、彼女の仲間がひとり死んだよ」

啞然《あぜん》として声をつまらせた志文は、悲しげに眉《まゆ》を寄せて俯《うつむ》いている。

「——何かの間違いだと思います。サラが、アノウさんを殺そうとしたなんて」

「彼女と仲間は、テロリストに兵器を売ろうとしていた。私はそれを阻止するためにパキスタンに行った。私を殺そうとしたのは、パキスタンで彼女の顔を見てしまったからだろう。生きて帰れば、君に話すから」

「——とても信じられない」

志文が泣き笑いの表情で唇を歪《ゆが》めた。彼が感情を鎮めるまで待たねばならなかった。穏やかだが鋼の強さを持つ高淳の孫にしては、志文は芯から繊細でおっとりしている。彼がいずれ李家のビジネスを継ぐのかと思うと、若干の不安を感じないわけでもないが、この青年はひとに好かれるだろう。サラが目をつけたのも、志文の素直で優しい性格のせいかもしれない。

「サラについて教えてくれないか」

「――あなたのお話が本当なら、僕がサラについて知っていることは、みんなでたらめかもしれません」

自嘲《じちょう》気味に言う志文に頷きかける。

「サラが君に話したことを知りたいんだ」

――サラ・ビンティ・イブラヒム・ムハンマド。イブラヒム・ムハンマドの娘、サラ。それが彼女の、パスポートに記載されている正式な名前だった。シンガポール国籍だ。マレー人には姓がなく、子どもの名前を初めに、父親の名前を後ろにつける習わしだという。男子の場合は「ビン」、女子の場合は「ビンティ」などという言葉を、間に挟むそうだ。

「両親は早くに亡くなって、勉強がよくできたので、奨学金で米国に留学したと言ってました。こちらに戻り、米国の金融機関のシンガポール法人に勤務していたんです。会社からゲイラン地区のコンドミニアムを貸与されていて、広い部屋にひとりで住んでいました」

勤務先の名前や、コンドミニアムの住所などを教えてくれたが、職場の友達を紹介されることは一度もなかったとも言った。こうして安濃に話すうちに、話のつじつまが合わない部分に気づき、少しずつサラに対する信頼も揺らいでいるようだ。両親は亡くなったと聞いたが、親戚《しんせき》を紹介されることもなかった。ただのひとりもだ。

「──サラが僕を騙《だま》していたなんて、考えたくないんです。きっと何かの間違いで、彼女は危険に巻き込まれたのかもしれない。だって、僕にそんな嘘をついて、どんな得があると言うんです？」

口にしてから、自分が海運業でそれなりに名を成した李家の跡取りだと気づいたようだ。ますます不安そうになった。

「安濃さん、来たんですね」

制服警官と話しながら歩いてきた神崎が、こちらに気づいて手を上げた。

「李志文君は、自宅に戻っていいそうです。警察官が、自宅まで送りますよ。サラについてまた話を聞くかもしれないので、連絡が取れるようにしておいてください」

志文は頷き、立ち上がった。

「それから、サラとメールのやりとりをするのはかまいませんが、警察が彼女を捜していることは絶対に言わないでください。本当にドバイにいるのかと問い詰めるのも、今は我慢してくださいよ。信じられないかもしれませんが、それをするとあなた自身が危険なんです。いいですね」

神崎の硬い口調に、それ以上に硬い表情で応じている。

「──でも、アノウさん。僕はまだ、サラを信じていますから」

志文がこちらを見て、それだけ呟《つぶや》くと肩を落とし、悄然《しょうぜん》と立ち去った。一瞬、李高淳か陽中に電話したほうがいいかもしれないと思ったが、過保護すぎる気もして思いとどまった。李家に戻ってから、彼らにサラの正体を教えたほうがいいだろう。

神崎が、志文の後ろ姿を見送っている。何か考えている様子だったが、安濃は黙っていられず声をかけた。

「高木さんは、まだ連絡がつかないんですか」

「まだです。ホテルにも戻っていない」

――あの高木のことだ。上島が無事戻ったので、ひとり祝杯を上げている可能性もある。

そんなことも考えたが、神崎に頭から否定された。高木は夕方四時過ぎに、李志文の事情聴取に立ち会った後、警察官にサラについてあれこれ質問し、ちょっと出かけてくると言って警察署を離れたそうだ。いくら彼女でも、資料を入れたボストンバッグを警察署に残したままで、飲みに行ったりするわけがない。それが神崎の言い分だった。

携帯の電源は切れているようだし、何度もメールしているが返信はない。電波が届かないエリアにずっといる可能性もゼロではないが、神崎が心配するのももっともだ。

「本当にすぐ戻るつもりだったんでしょう」

――それが、戻れなくなった。

神崎に促され、会議室のひとつに入った。泊里と上島は、まだ事情聴取を受けていると言われた。上島の体力が回復し、事情聴取に堪《た》えられると判断されたのだ。

志文の事情聴取を記録した報告書を読んでみた。先ほど本人から聞いた話より、少し詳しい話が書かれているだけで、目新しいことは何もない。

「志文君が聞いていたサラのプロフィールは、どこまで正確なんですか」

神崎が肩をすくめた。

「名前は正確でしたよ。それ以外はほぼ嘘で塗り固められています。勤務先も嘘をついてます。その米国企業で、サラは一度も働いたことがありません」

サラはシンガポール生まれ、両親はともにマレー系で、父親はトラックの運転手をしていた。子どもの頃に両親が離婚し、母親が米国人の実業家と再婚して渡米している。サラは母親とともに米国に渡ったが、国籍はシンガポールのままだった。母親は米国で健在だが、実の父親は数年前に交通事故で他界している。

「ゲイラン地区のコンドミニアムの住所は正確でしたが、名義はサラ本人です。百五十万シンガポールドルはくだらないそうです」

日本円にすれば一億三千万円近い物件だ。物価や年収も異なるので、いちがいには比較できないが、若い女性の資産にしては巨額すぎる。

「実の父親の遺産とか？」

「いえ、父親は再婚していて、子どももふたりいます。事故で亡くなった後、実家は新しい家族のものになりましたし、彼女には特に財産を残しませんでした」

それなら、武器商売で稼いだのだろうか。

志文についた嘘より、現実のサラのほうがずっとたくましく生を謳歌《おうか》している。奨学金で留学したり、会社から貸与されたコンドミニアムに住んでいたりという嘘を、サラがついた理由について考えた。もちろん、武器商人の仲間であることを隠したいのは理解できる。しかし、それだけではないような気がした。

子どもにとって、両親が離婚して母親とともに海外に移住するというのは、あまり楽しい経験だとは思えない。英語は通じたかもしれないし、義理の父親はいい人だったかもしれない。それでも、新しい環境で少女のサラは何を考え、何を感じたのだろう。

しかも、彼女は敬虔《けいけん》なムスリム女性だ。やることは無茶だが、ヒジャブを身につけていないサラを見たことがない。——パキスタンでの銃撃戦に参加している時ですら。

「サラが米国に渡ったのはいつですか」

「二〇〇〇年ですよ」

神崎の答えに心がざわつく。

米国で同時多発テロ事件が発生したのは、二〇〇一年だ。それ以来、米国内でのムスリムに対する視線が厳しくなったとも聞いている。そんな時に、彼女は米国で新しい環境になじもうと頑張っていたのか。

「サラの自宅には警察が張り込んでいますが、今のところ誰も現れません。彼女はシンガポールに戻ってから、一度も自宅に帰っていないんです」

「帰ると、志文君に姿を見られる可能性があるからでしょう。今でもドバイに研修に行っていると思わせておきたいんです」

神崎が頷いた。

「李家の坊やのガールフレンドとはね。空港の防犯カメラには、帰国した彼女の姿が映っていました。これです」

ボストンバッグを提げているサラは、Tシャツとジーンズに着替えたようだが、パキスタンで見かけたのと同じヒジャブを身につけている。特徴のある柄だ。

「高木さんは、志文君や警察官の話の何からヒントを得て、サラを捜すべき場所を思いついたんでしょうね」

いくら聞いても、高木が何を考えて行動に移したのかは、さっぱりわからなかった。

「まったく、高木さんときたら無茶をする」

安濃は思わずこぼした。

東洋イマジカの内部告発情報を得るために、シンガポールまで飛んできた人だ。能任いわく、上司が「鉄砲玉」と評したとか。

「高木さんが何を考えたのかはわかりませんが、ひょっとすると、サラを捜せば高木さんが見つかるかもしれない」

「安濃さん。サラについて、シンガポール警察の立場は微妙なんです」

神崎が思いがけないことを言いだした。

「彼女が、シンガポール国内で犯罪に手を染めた証拠はない。彼女が、田丸氏を射殺した犯人や、上島氏を誘拐した犯人の仲間で、パキスタンで人を殺したと主張しているのは、安濃さんだけなんです。しかも、あなたの証言は、正式には使えないんですよ。なにしろあなたは、泊里さんたちを助けた、通りすがりの観光客ですしね。——言うまでもなく、彼女がパキスタンにいたことは確かです。出入国の証拠がありますから。あくまで重要参考人として、パキスタン側から事情を聞きたいと言われてますが、テロリストに武器を売ろうとした件についても、物証がなにひとつないんです」

「彼女の仲間が、パキスタンの警察に捕まったはずです。彼らは何と？」

「黙秘しているそうです。たとえ投獄されても、仲間を自由にしておけば、助けてくれると信じているのかもしれない。結束が固いんでしょう。連中の自白はあてにできませんよ」

——なんとずる賢い女だ。

安濃は呆《あき》れて、サラが関係した事件をひとつひとつ心の中で数え上げた。コハトに入る前の銃撃戦でトラックを運転していた。バイパスの人質交換では、貨物列車から銃撃してきた。コハトの隠れ家を爆破して、オズを殺した。脱出するために、持ち主を殺して車を奪ったとアフサンが話していた。

——誰が証明できる？

仲間が白状しなければ、彼女の関与は立証されない。アフサンは村に帰った。彼の証言は望めない。シャヒドや程は、むろん証言などするはずがない。

「銃や車に、指紋は？」

「残念ながら。いろんな場所から、安濃さんの言う通り銃と死体が見つかっています。トラックにも、イスラマバードで見つかったコハトナンバーの乗用車の中にも。しかし、サラの指紋も、誰の指紋も見つからなかった。これが全て彼女のしわざなら、彼女はプロです。むしろ安濃さんが疑われてもおかしくない状況ですよ」

「――そんな馬鹿な」

安濃は疲労を覚えて、長椅子の背にもたれた。銃器の所持に厳しいシンガポールでは、サラが拳銃《けんじゅう》を握るところなど見たことがない。彼女は、この国では優等生の姿を崩していない。志文に信じてもらうためだ。李家の海運業は、彼女にとってそれほど魅力的なのだ。

「イスラム女性は外出時にヒジャブをかぶります。パキスタンは防犯カメラなど少ない国ですが、もしどこかの防犯カメラに犯行中のサラが映っていたとしても、顔が隠れているので彼女だと証明できない可能性もあります」

そんな馬鹿な、と安濃は再び呻《うめ》いた。あれだけのことをした女を、警察は捕まえられないというのか。

「神崎さん。彼女は、シンガポールにいったん戻り、態勢を立て直してまたパキスタンに来ると言ったんです。この国に、武器商人の仲間がいるということですよ」

「もちろん、あくまで重要参考人として、サラから話を聞こうとはしていますが、容疑者として彼女を指名手配することはできないでしょう」

恋人に過去や勤務先を偽ったり、ドバイに行くと嘘をついてパキスタンに向かったりしたことは、罪には問えまい。事件にサラが関与した証拠はない。知らぬ存ぜぬで押し通されれば、どうしようもない。

「つまり、こちらの警察は、サラの捜索に全力を注ぐことができないということですね」

「だから高木さんは、ひとりでサラを捜しに出かけたのかもしれません」

「――サラには誤算がひとつあります。私が生きているということです」

彼女は、安濃が死んだと考えて安心しているはずだ。しかし、安濃は生きていて、警察や李志文にサラの正体を喋《しゃべ》った。証拠がないので逮捕は難しい。だが、李高淳や陽中が志文とサラの結婚を許すはずがない。その事実を、彼女はまだ知らない。

神崎の携帯に着信があった。彼は電話の相手と日本語で喋りだした。しばらくぼんやり聞いていたが、気づくと神崎の手が携帯をこちらに差し出していた。

「あなたに。能任政務官からです」

――なぜ能任が。

「安濃です」

『能任です。手短に言います。事件から手を引いてください』

「――状況がよくわかりません。既に、奴らの仲間をパキスタン警察が捕え、シンガポールに戻った一名を追っているのですが」

『事情が変わりました。シンガポールにいる一味には、手を出さないでください』

能任は硬い声で言った。

安濃がむっとしたのを感じとったのか、能任の声が和らぐ。

『例のエアロゾル化した炭疽菌《たんそきん》が、見つかって押収されたんです。当面の脅威は消えました』

それは朗報だったが、ここに来て突然、サラを追うなと言われる理由がわからない。

『あなたがたが、初めての任務を最高の形で達成したことは、高く評価しています。石泉総理も今回の結果に満足されています。いずれ直接、お話しされるでしょう。あなたは偽のデータを産業スパイに流し、上島さんも無事に救出した。泊里さんも取り戻した。おめでとう、ミッションを全てクリアしましたね。もう、充分じゃないですか』

能任が、宥《なだ》めるように言う。

『サラという女の件からは、手を引いてください。上島さんと泊里さんを、明日の飛行機で日本に帰らせるよう、手配済です。あなたは、おって次の指示があるまで、シンガポールでそのまま待機してください』

――サラからは手を引き、シンガポールでひとり待機せよだと。

安濃は混乱し、短気な能任が電話を切る前に、急いで言葉を継いだ。

「待ってください。まだ上島さんのパソコンを取り返していません。サラの手に無人機の情報があり、いつテロリストの手に渡るかもしれないという危険がある限り、彼女を放置するわけにはいきません。他にもサラを追うべき理由があるんです。なぜ今、手を引かなければならないんですか」

必死で食い下がった。高木は行方不明だし、サラはこのまま李家に食い込むつもりかもしれない。こんな中途半端な状態で、仕事を投げ出すことはできない。それでは、何のためにパキスタンまで行ったのかわからない。

『何もかも説明することはできません。言われた通りにしてください』

ふいに、遠く離れた東京の安全なビル内にいて、遠隔操作のように指示を出す能任に、猛烈な怒りを覚えた。現場の人間にしか、理解できない事情がある。能任が何と言おうが、言われるがまま行動する操り人形になるつもりはない。

パキスタンにいた時、自分の周りには敵しかいなかった。程もシャヒドも、みんなが自分を試し、隙あらばつけこもうと狙っていた。

――最後はいつもひとり。

頼れるのは自分ひとりだ。それでいい。

そう思い切った時、自分を縛る最後の鎖が、解けて落ちたような感覚がした。何か大きなものから自由になった気分だった。

『安濃さん、また何かよけいなことを考えていますね』

沈黙から不満を嗅《か》ぎ取ったのか、能任が苦い口ぶりになった。

『あなたが知らないこともあるんです。とにかく、手を引いてください。いいですね』

能任が指示を繰り返し、こちらの返事を待たず通話を切った。携帯を返しながら神崎を見ると、彼は話を聞いていたかのように首を横に振った。

「今夜はまだ時間がある。とにかく高木さんを捜します」

安濃は立ち上がった。その進路に神崎が立ちふさがる。

「いけません。あなたから目を離すなと言われました」

しばし、安濃は絶句して神崎の顔を見つめ、顎《あご》を上げた。ふざけるなという強い言葉が、口から飛び出しそうになるのをかろうじて抑え込む。

「──それでは神崎さんは、能任政務官の使い走りに甘んじるつもりですか」

痛いところを突いたらしく、彼は酸っぱいものを口に入れたような顔になった。なまじプライドの高い男は、弱みを顔の前にぶら下げて歩いているようなものだ。

「高木さんにもしものことがあれば、どうするつもりです」

神崎は明らかにひるんだが、軽々しく口を挟まないだけの分別はあった。安濃はこれ見よがしにため息をついた。

「困った人だ。あなたは何も手を汚さずにすむんですよ。泊里と上島さんがさらわれた時、あなたは私に日本に帰れと言いましたね。だが、警察の奪還作戦は失敗し、私がふたりを連れて帰ってきた。私や泊里が表舞台に立つことはない。上島さんを無事に取り返したことは、あなたの手柄になるでしょう」

「私は、君の手柄を横取りするような、うす汚い真似など──」

頰を紅潮させる神崎の面前に、つと手を上げて制止する。

「あなたがそんな人だとは、考えたこともありません。しかし、今回ばかりは、そうしてもらわないと私が困る。上島さんが無事に戻ったのは、あなたがシンガポールで司令塔の役目を果たしたからだと総括するんです。私もそのように、能任政務官に進言します。誰かが脚光を浴びなきゃならない。私は現地で起きたことを国内に知られたくない。おかしな言い方だが、誰かに手柄を押しつけたいんです」

神崎の戸惑いが最高潮に達し、彼は眉間《みけん》に深い皺《しわ》を刻んでいた。彼はつまるところ、まっとうな警察官僚で、安濃のものの考え方が理解できないのかもしれない。

——あっという間に、遠くまで来た。

ほんの少し前まで、自分だって神崎の側にいたのだ。

「高木さんの件も同じです。私が高木さんを捜しにいっても、あなたに何の損がありますか。能任さんは東京にいる。私の動きが見えるわけじゃありません」

「——そうとも限らない。意外と千里眼ですよ、能任政務官は」

そう答えたのが、神崎の精一杯の抵抗だった。

「大丈夫ですよ、神崎さん。私に任せてください。——ひとつ、教えてください。サラは自宅に戻っていない。警察は、ホテルなどをしらみつぶしに当たって彼女を捜したんでしょうね」

「——ホテルからドミのような安宿まで捜しましたが、手がかりはありません」

神崎が素直に答えたので、内心ほっとした。ということは、サラは知人の家に転がり込んだと考えるのが妥当だ。この国には、ベッドルームが三つあるようなコンドミニアムがたくさんある。だが、経歴も職業も嘘で塗り固めたサラに、普通の友人がいるとは思えない。

五百万人以上の人口を抱え、ビジネスで訪れる外国人や観光客も多く、人口密度の高さでは世界第二位だというシンガポールのような国で、人間ひとりを捜すのがどれだけ骨の折れることか、あらためて考えた。

「サラがテロリストとの取引続行を考えても、シンガポールからは出られません。空港や港には、重要参考人として彼女の写真が回っています。パスポートを見せれば、チェック機能が働きますよ。彼女は、この東京二十三区ほどの広さの国に閉じ込められたわけです」

宥めるように神崎が言ったが、安濃はそこまで楽観的になれなかった。パキスタンでの再取引に、サラ自身が赴く必要はない。仲間がいる。安濃自身も、田丸の事件にからんで出国を制限されたが、無事にパキスタンに行き、戻ったではないか。

――サラが、どうしても姿を現さなければならなくなる条件が、ひとつある。

安濃が生きていると知らせることだ。サラは、自分の計画が風前の灯《ともしび》だと気づいて焦るだろう。

「それは、許可できません」

急に黙り込んだ安濃の考えを察したのか、神崎が探るような視線を向けた。

「囮《おとり》になるつもりですね」

「──聞いてください。生きているが、重傷を負って意識のない状態で、パキスタンからシンガポールに搬送されたと、志文君にメールを書いてもらうんです。彼女はきっと、とどめを刺すために現れる。私が消えれば、彼女の犯行を証言する人間はいなくなる」

志文が協力するかどうかが問題だ。サラを罠《わな》にかけるのに、手を貸さないかもしれない。神崎がきっぱり首を横に振った。

「彼女が来るとは限りません。仲間をよこすか、殺し屋を雇うかもしれない。彼らにとって、李家の中心部に食い込めるサラは、大事な駒です。パキスタンでは、まさかあなたが追ってくるとは思わなかったでしょうが、彼女をこれ以上、危険な目に遭わせるとは思いません。運よく仲間を捕えても、彼らの口は固い。それは、パキスタンで逮捕された連中が黙秘しているのを見てもわかります」

神崎の言葉にも一理ある。サラ本人が現れなければ、この罠は機能しない。

会議室の扉を慌ただしくノックして、返事も待たずに若い警察官が顔を覗かせた。

「例の青年が、サラにメールを送りました」

志文の話だ。神崎の顔色が変化した。

「──なんと送りましたか」

「シンガポールに戻っているとアノウさんから聞いたが本当かと確かめています。会って話がしたいと」

安濃は神崎を見つめた。

「――まさか、志文の携帯を盗聴させているんですか？」

「彼を守るためです。警察が携帯の盗聴と行動確認を行っています。警護というほうが正確かもしれませんがね」

志文が知ったら怒るだろう。だが、神崎のとった警戒措置が正しいのも確かだ。安濃は、志文を信用しすぎていた。彼の若さを疑うべきだった。志文を自宅に帰らせた時点で、高淳か陽中に事情を説明し、サラに連絡させないよう頼むべきだった。

安濃は警察官を見た。

「どこにいるんですか、志文君は。メールの返事が届いたら、内容は盗聴できますか」

「できます。返事はまだありませんが、彼は警察の車でいったん自宅に戻った後、抜け出してクラーク・キーのクラブにいます。あのへんの店は、朝まで開いてるので」

「彼は、サラをそこに呼び出したんですね」

サラの返事はこないだろう。彼女は黙って店に行く。罠ではないかと疑って、周辺を探索する。

「私服の警察官がひとり、そばで彼の安全に目を光らせています。大丈夫ですよ」

警察官が請け合ったが、安濃はまっすぐ扉に向かい、クラブの名を尋ねた。

「サラは、クラブに警察官がいるのを見て、志文が警察とグルになって自分を陥れようとしていると思うかもしれない」

――志文を巻き込むのではなかった。

雑巾《ぞうきん》を絞るように胃がねじれる。

「クラブには大勢ひとがいます。観光客もたくさんいるし、めったなことはできない」

安心させようとしたのか、警察官が両手を広げて言う。

「安濃さん、あなたは行かないほうがいい。警察官の増援を頼みましょう」

「ますますサラの疑念が増すでしょう。私が行ったほうがマシです。もし見つかっても、サラの怒りは私に向くだろうから」

神崎が迷っている。安濃のアイデアを、志文がアレンジして勝手に実行したようなものだ。危険だが、これはチャンスでもある。

「私に任せてください」

安濃は神崎に近づいて、囁《ささや》いた。

「うまくいけば、高木さんを助けられるかもしれません」

高木の名前がダメ押しだった。黙ってしまった神崎を尻目に、会議室を出た。

警察署を出る間際に、ガラスに映る自分を見た。サラはこの顔を何度も見ている。

迷ったのは、ほんの一瞬だった。署内に引き返し、会議室を覗いて神崎に声をかけた。

「カミソリを持ってないですか」

「――いや」

若い警察官が、ひげそり用に常備しているのを貸してくれた。頼むと、サングラスも貸してくれた。男性用トイレに向かい、髪をざっと濡《ぬ》らした。鏡を見ながら石鹸《せっけん》を泡立てて髪の生え際に塗り、急いでカミソリを当てる。思いきりよく、坊主頭にしていく。近ごろ、ものごとの踏ん切りをつけやすくなった。カミソリが進むにつれ、頭部が軽くなる。鏡のなかの自分が、少しずつ自分らしくなくなる。自分の正体に自信がなくなってきた安濃には、似合いの容貌《ようぼう》かもしれない。

途中で入ってきた中年の警察官が、トイレで剃髪《ていはつ》している男を見て目を剥《む》いた。

「やあ。——床を汚してすみません。後で掃除しますから」

頭のおかしな男だと思ったのか、警察官は首を振りながら用を足して出ていった。完《かん》壁《ぺき》とは言い難かったが、ざっと頭を水洗いし、短い髪がざらざらと手に突き刺さる頭をひと撫《な》でして、剃り残しがないかチェックする。慌てて剃ったように見えると怪しまれる。シャツを脱いで髪を払い落とし、床に落ちた髪の束は、約束どおりかき集めてゴミ箱に投げ込んだ。

髪を剃ってサングラスをかけると、ちょっと見は別人のようになった。

「カミソリ、ありがとう。サングラスは、もうしばらく貸してください」

会議室に戻って、呆気《あっけ》にとられている神崎と警察官に告げ、警察署を後にした。

20

腹に響くドラムの低音と、電子音楽。カラフルなビームライトが、ダンス音楽で盛り上がる客を隅々まで舐めていく。

安濃は観光客を装い、入店してすぐビールを頼んだ。丈の高いグラスを掲げ、フロアの隅から隅へと移動しながら志文を捜す。店に来るまでに、シャツのボタンを三つ外し、近くのアクセサリーショップでコインのペンダントを買って首からさげた。まるで遊び人。泊里の面白がる顔が、目に浮かぶようだ。

——いた。

志文はサラを見つけやすいようにと考えたのか、吹き抜けの二階にあるテーブル席に陣取り、浮かない表情で視線をフロアにさまよわせていた。ひとまず胸を撫で下ろす。

志文のテーブルから二列後ろのテーブルに、尾行の警察官らしい男が座っている。カジュアルな雰囲気のシャツを着て、お洒落《しゃれ》をしているが、派手なピンクの飲み物がひと口も減っていないし、すり寄る若い娘たちを見ても、曖昧《あいまい》な笑みを浮かべるだけで視線を泳がせている。警察官臭が、そこはかとなく漂う。

店内を見渡し、志文や警察官に注目する人物を捜したが、音楽に合わせて身体を揺らしたり、酒を呷《あお》ったりしている客はみんな楽しげで、気難しい顔をしているのは志文たちくらいだ。

ポケットでスマホが震えた。安濃は、一階フロアと二階のテーブル席で起きていることを見逃さないように、視線をほうぼうに送りながら、電話に出た。

『安濃さん、さっき――が――』

「神崎さん？　どうしました」

電波の状態が良くないのか、神崎の声は途切れがちだった。店内の雑踏のせいもある。曲の変わり目で、耳をつんざくようなドラムとシンバルの連打がドーム状の屋根を満たし、大歓声が上がった。

「すみません、よく聞こえないんです」

聞きなおそうとした時、志文がスマホを耳に当て、席を立つのが見えた。彼も同じように聞き取りにくいらしく、顔をしかめて反対側の耳を手でふさいでいる。途中でメールに変更したのか、スマホの画面を見るとすぐ、らせん状の階段を下り始めた。

――サラが連絡してきたな。

少し時間を置いて、無関係を装いつつ警察官が立ち上がったが、見る人間が見れば志文を尾行していると気づくはずだった。サラは、志文を移動させて、尾行の有無を確認するつもりだ。

「後でかけなおします」

神崎に告げ、電話を切った。

夜の十一時を過ぎても、クラーク・キーの周辺は人影が絶えない。広場の噴水で観光客が子どもを遊ばせているし、若い女性の集団が、楽しげに路上で語らっている。それに見向きもせず、志文はもの思わしげに俯いて、足早に通りすぎていく。

カジュアルなバーから出てきた若い男女が、ふざけて大声を上げながらはしゃいでいる。女をからかいながら後ろ向きに歩きだした男が、志文をつけている警察官に、まともにぶつかって転んだ。すまない、と謝って歩き続けようとする警察官に男がからんでいる。

――やられたな。

安濃はそ知らぬ顔で彼らの横を通り抜けた。

サラの仲間ではないだろう。小金を掴ませたのかもしれない。あの男を足止めしてほしいとでも頼んだのだろうか。ずいぶん自然な演技だった。警察官もすっかり引っかかっている。慌てて無線で知らせようとしているが、若い男が言いがかりをつけて無線機を払い落とした。警察官だと名乗ろうかどうしようか、逡巡《しゅんじゅん》している。

志文はどんどん先に行ってしまう。

――むしろ、このほうがいいかもしれない。

あの警察官は目立ちすぎる。任務だから、無理をしても志文を追おうとするだろう。

離れて歩きながら、安濃は神崎に電話をかけた。

「志文が店から移動中。サラから届いたメールに、行き先が書いてありませんか」

『店を出て、MRTの駅に来てくれと書いています。クラーク・キー・セントラル駅です。安濃さん――』

神崎が何か言いかけたが、志文が橋を渡るのを見て、安濃は続く言葉を遮った。

「警察の尾行が足止めされました。私が追います。サラは志文の尾行に気づいています」

神崎が息を呑《の》んだ隙に、電話を切って橋を渡る。つかず、離れず。大勢の観光客を間に挟み、周囲の景色を楽しむふりをする。訓練はともかく、実地に尾行した経験はない。うまくやれているという自信はない。しかし、やるしかない。

志文と安濃の位置は、今ごろ警察がスマホで追跡しているはずだ。スマホが命綱だった。

夜風がなまぬるく感じられた。シャツの前をはだけて、金のペンダントをした男にふさわしく、両手をポケットに突っ込み、やや足をひきずって肩を揺らし、だらしなく歩く。

知らないうちに、そんな偽装になじんでいた。自分の変化に気づいて、複雑な気分になる。

ふいに、志文が橋の真ん中で立ち止まり、欄干に肘《ひじ》を乗せて川を覗き込んだ。立ち止まるわけにはいかなかった。これはサラの入れ知恵だ。もし他にも尾行者がいれば、撒《ま》くつもりなのだ。

なにげない様子で歩き続け、橋を渡りきる。志文のすぐ後ろを通りすぎたが、彼はこちらに気づかないようだった。

橋を渡りきったところで、手近なレストランに飛び込んだ。シンガポール名物のハイナン・チキンライスの看板が出ている。店員が来る前に、ドアの陰から橋を振り返り、志文を捜した。姿を消したかと不安にかられたが、彼はいま来た方向に引き返すところだった。

「ごめん、店を間違えたらしい」

がっかりさせた店員に謝りながら、安濃は店を出た。志文の姿がもっと離れるまで待って、追いかける。この頭は、ナイトクラブでの監視には都合が良かったが、深夜の尾行には悪目立ちしそうだ。

志文は橋を渡りきると道を折れ、シティホールや、以前安濃が警察官に呼びとめられた、アジア文明博物館がある方角に向かっている。英国統治時代の建築物が数多く残る、風情のある街並みが、照明に浮かび上がる。

志文が立ち止まり、道路脇のゴミ箱に何か投げ込むのを見て、はっとした。

――スマホを捨てたな。

サラが指示したのだろう。

志文はまっすぐ、シティホール裏の広大な芝生の広場に向かっていた。クリケットクラブのグラウンドにもなる、パダン広場だ。そこに入り込んでいく志文を見て、ほぞを嚙んだ。遮るものがない。追いかければこちらの姿が丸見えになる。シティホールに見とれる観光客のふりをして、エンタシスの柱の陰に姿を隠し、パダン広場の真ん中にいる志文を観察する。

彼はしばらく、グラウンドの芝を軽く靴の先で蹴《け》ったりしていたが、やがて腰を下ろし、座り込んだ。いつまでも待つという、意思表示のようだった。

神崎に志文の場所を知らせるべきだった。携帯を操作していると、シティホールの回廊をこちらに歩いてくるカップルが見えた。女性はヒジャブを巻いている。驚いてそちらに向き直った時、背後にも気配を感じた。スーツ姿の男性が四人、ゆっくり歩いてくる。前後を挟まれた。とっさに携帯をポケットに落とし込んだ。

「本当に、しつこい男」

醒《さ》めた目で突き放すように言うサラは、新しいヒジャブを巻いていた。デザインはどこか、以前のものと通じる雰囲気がある。同じブランドの製品かもしれない。

「髪まで剃ったのね。アルベルト、オズを殺したのは、この男よ」

サラの言葉に、隣にいた肌の浅黒い男が顔を歪める。アルベルトと呼ばれた男は、背が高く髪は真っ黒で、中南米の出身か、その血を引くのではないかと思った。麻のスーツを品よく着こなし、胸ポケットから深紅の絹のチーフを覗かせている。

「――待て。じきに警察が来るぞ」

前後の気配に注意を払いながら、安濃はサラを見つめた。

「かまわないわ。私は今から志文に会うし、警察にも出頭して、事件とは無関係だと説明するの」

つまり彼女は、志文を諦《あきら》めていないのだ。事件に関係したという証拠がない限り、警察の追及をかわせると考えているのだ。

「君は、まだ志文と結婚するつもりでいるのか？」

サラがゆったりと微笑んだ。志文と一緒にいた時の、愛らしい若い女性の姿はどこにもない。怖いものなど何ひとつない、女王の尊大な笑みだった。

「あなたのスマートフォンを渡して。早く」

安濃には従う意思がないと見たのか、背後から男が近づき、ポケットを探ろうと手を伸ばした。その手を摑もうとしたが、かわされ顎に頭突きをくらった。思わずよろめいて顎をさする。とりあえず、スマホはまだ無事だ。

「よして。こんなところで、あなたを刺したりしたくない。志文に血を見せたくないから」

サラがため息をついた。アルベルトが、折りたたみナイフの刃を開いた。英国紳士風の仕立てのいいスーツに身を包んでいるくせに、下町のチンピラが持ちそうな代物だった。殺して、チンピラの仕業に見せかけるつもりかもしれない。

もうすぐこの一帯に警察官が大挙して現れるのは確実だ。拳銃を持ち歩くのは避けたのだろう。

――六人か。

彼らはそれぞれに、身のこなしに隙がなかった。こちらは武器もない。全員を相手に逃げきる自信はない。

「さあ、早く渡しなさい」

「君は、志文をどう思ってるんだ。君にとって、李志文とはいったい何なんだ？」

「あなたには関係ない」

「関係あるさ。彼は私にとって、いわば恩人の孫だからな。君は志文を本当に愛してるのか。欲望や野心のためでなく」

ヒジャブに包まれた白い顔で、サラは唇の両端をうっすらと吊《つ》り上げた。

「欲望や野心と、愛を切り離せるの？」

彼女の合図で、背後の男がナイフを突きつけながら安濃のスマホをポケットから出した。それを持ち、男は立ち去った。スマホの位置情報を利用して、警察の追手を引き離すつもりだろう。すぐに、オートバイのエンジンをかける音が聞こえてきた。

「サヨナラ、アノウ」

サラは日本語で言ってチャーミングに手を振り、シティホールの階段を優雅に下りていった。道路の向こうにパダン広場が見える。芝生の真ん中に志文が断固として座り込み、彼女を待っている。会えるまで立ち退かない。そんな頑固さが窺《うかが》える。

サラのヒジャブが風に揺れた。彼女は清楚《せいそ》に装っているが、自信たっぷりだった。志文に会うのに、迷いはないようだ。しばらく離れていた恋人に会う、初々しい喜びが全身に溢《あふ》れている。安濃はほんの一瞬、舌を巻く気分で彼女の後ろ姿に見とれた。なんと自分の欲望に忠実な女だろう。彼女はもう、志文への愛情と、執着心の区別がつかなくなっているのではないか。

「お前は俺たちと来い」

アルベルトが言った。敵は四人に減った。前方はアルベルトひとりだ。

パダン広場が、目の前に広がっている。

後ろから、ひとりが腕を取ろうと近づいた。安濃は大きく前に出た。スピード勝負だ。多人数の敵がこちらを舐めて、油断している隙をつく。突進する安濃を見て、反射的にナイフを突き出したアルベルトの右手をブロックする。背丈の差を活《い》かしてふところに飛び込み、顎に頭突きをくらわせた。声にならず呻いたアルベルトがうずくまるのを振り向きもせずかわし、安濃は駆けた。しゃにむに走った。

追ってくる。奴らが銃を使わない自信はあった。ここはシンガポールで、すぐそばにはサラと志文がいるからだ。

サラの仲間は、無言で追いかけてくる。安濃は階段を飛びおりるように駆け抜け、パダン広場に向かって道路に飛び出した。車は少ない。右のふくらはぎに鋭い痛みが走り、前につんのめりそうになった。誰かが投げたナイフが、スラックスごとすっぱりとふくらはぎを斜めに裂いていた。痛みより熱さを感じる。右足の膝《ひざ》から下が、生温かい湯につかっているようだ。

スピードが落ちた。足を引きずって道路を渡る。ナイフと特殊警棒を手にした男たちが追いついてきた。振り向き、闘志をかきたてる。相手が三人だろうが四人だろうが、こんなところで簡単にやられるわけにはいかない。アルベルトが、一番後ろから唇の血を拭《ぬぐ》いながら近づいてくる。舌を噛んだのだろう。

「この――」

アルベルトが何か言おうとしたが言葉にならず、痛みに顔をしかめただけだった。口から血が溢れている。ひとりが特殊警棒を振りかぶり、こちらの肩をめがけて振りおろす。右足がいうことをきかない。のけぞってぎりぎり避《よ》ける。

「誰か来て、人殺しよ――！」

シティホールの向こうで、女が金切り声を上げた。誰か来て、と叫び続けている。複数の男の声と、靴音が通りに響いた。

「何の騒ぎだ」

「警察を呼べ！」

「あそこにいるぞ！　ナイフを持ってる」

彼らは勇敢にも、こちらに向かって走ってくる。アルベルトたちが浮き足だった。安濃を睨《にら》み、この場で刺し殺すか、迷っている。

ふいにひとりの男が、さっき安濃に投げつけたナイフに駆け寄り、拾い上げた。それが合図のように、彼らは逃げだした。ここで安濃を刺して、万が一ナイフを残せば、指紋という証拠を残すことになる。アルベルトが、真っ黒な炎のような目つきでこちらを睨みつけ、唾《つば》の代わりに溢れる血を吐き捨てた。

彼らは走り去ったが、救い主の足音は彼らを追いかけていった。中のひとりが、安濃のそばで足を緩めた。

「──」

礼を言おうと顔を上げる。背の高い金髪の男が目の前にいた。派手な柄のTシャツにジーンズを穿《は》いた、若い観光客のようだった。彼はサングラスを一瞬外し、真っ青な冷たい目を見せた。一度も会った覚えがないのに、はっきりと見下すような敵意を感じる。

「女はくれてやる。女だけだ。これ以上、邪魔するな」

歯切れのいいアメリカ英語で告げ、男は走り去った。安濃は呆然と、後ろ姿を見送るしかなかった。

「安濃さん！　大丈夫？」

駆け寄ってくる女性を見て啞然とした。

──高木さんじゃないか。

彼女は、警察署で別れた時と何も変わらないような顔をしている。

「高木さん──さっき叫んで人を呼んでくれたのは、高木さんですか？　今までいったい、どこにいたんですか」

「だって、サラを見つけたの！」

意気揚々と告げる高木に、開いた口がふさがらない。

「空港で撮られたサラの写真があったじゃない。あれを見て、思いついたの」

「な、何を──」

「ヒジャブよ！」

二の句が継げない安濃に、高木が口早に説明する。彼女は、サラが身につけているヒジャブの柄に見覚えがあった。よく似た柄を、アラブストリートとオーチャード通りのファッションビルで見かけていたのだ。面白い柄だと思って、記憶していた。シンガポールに来てから、仕事の合間にあちこち歩きまわっていた彼女の好奇心と、記憶力のたまものだった。

「サラは一度も自宅に戻っていないでしょう。着替えが必要なのよ。ひょっとすると、買いに来るんじゃないかと思って、サラの写真を店の人に見せたの。そしたら、アラブストリートの店では知らないと言われたけど、オーチャード通りの高級店では、よく来てくれるお客さんだっていうじゃない。だから、オーチャード通りの店の近くで、何時間か見張ってみたの。そしたら夜になって、案の定──」

「今日現れるとは限らなかったでしょう」

「シンガポールに戻ったのに、サラはまだその店に一度も顔を見せてなかった。一昨日と昨日は、仕事の善後策を相談するので手いっぱいだったかもしれないけど、そろそろ来てもいい頃じゃない。またすぐパキスタンに戻るつもりなら、特に」

店に現れたサラを尾行し、彼女が金融街のとあるビルに消えるのを見た。途中で神崎に電話をかけ、サラがいま目の前にいると報告した。

——神崎の電話はそのことだったのか。

クラーク・キーのクラブにかかってきたが、電波の状態が悪くて聞き取れなかった。高木がサラを見つけたと知らせたかったのだ。

「その場で応援を待ってたんだけど、サラたちが外出するのが見えたの。車とバイクに分乗して、どこかに出かけていくようだから、慌ててまたタクシーで追ってきたのよ。場所も全部、神崎さんに知らせてある。間に合って良かった」

——まったく、とんでもない人だ。

安濃は、自分を棚に上げて唸《うな》った。

周囲を見渡したが、パトカーが大挙して押し寄せる気配はない。安濃の携帯を追いかけて別の場所に行ってしまったのかと心配したが、高木が場所を知らせていたのなら、そろそろ着いても良さそうなものだ。

「とにかく、無事で良かった。携帯の電源が切れているというから、心配したんです」

「上司がしつこく電話してくるのよ。いつまでシンガポールで遊んでる気だってね。うるさいから切ったの。タクシーから降りて、連中を捜していたら、安濃さんが囲まれてるじゃない。びっくりして叫んじゃった。その怪我、ずいぶん痛そうね。大丈夫？」

高木はけろりとしている。彼女の頭のなかでは、危険な目に遭っていたのは安濃のほうで、助けたのは高木なのだ。足から力が抜けそうになった。

――そうだ、サラ。

ふくらはぎの傷から、生温かい血が流れ続けている。革靴は歩くと湿った音をたてた。痛みと失血で気分が悪くなってきたが、高木の肩を借り、足を引きずって広場に向かう。芝生のグラウンドで、サラが志文と対峙《たいじ》していた。サラはゆっくり志文に近づいている。獲物に近づく蜘蛛《くも》のようだ。志文の硬い表情を見て、両手を広げ、彼の首に抱きついた。

「――志文。どうしたの。どうしてそんな顔をするの」

志文は何も言わず、されるがままになっている。その目はどこか遠くを見ていて、サラの抱擁に困惑しているようでもあった。サラは戸惑ったように身体を離した。

「私は何もしていない。ドバイに行くと話したのは、あなたが心配すると思ったからよ。アノウさんがどんな話をしたのか知らないけど、彼は誤解している。たまたま私を見かけただけよ。空港ですれちがっただけで犯罪者扱いされるなんて、あなただって、おかしいと思うでしょ」

万が一、サラが志文に暴力を振るおうものなら、取り押さえるつもりだった。安濃は彼らに近づいた。ふたりはこちらに気づいていない。シティホール横でのちょっとした騒ぎも、ここまでは届かなかったようだ。

「携帯を捨てさせたりして、ごめんなさい。あなたとゆっくり話をする前に、警察に踏み込まれるのが嫌だったの。あなたにちゃんと説明してから、警察に出頭して疑いを晴らそうと思って」

かきくどくようなサラの弁明を、志文は悲しげに聞いていた。

「僕も信じたかった」

「——今は、信じられないの？」

「サラは賢くて、いろんなことを知っている。いつも前向きだし、一緒にいて楽しい。君といれば、僕ももっと頑張ろうと思えるし、強くなれるんだ。だから、いつまでも一緒にいたいと思っていた」

「一緒にいましょうよ。私もそうしたい」

サラの手が、そっと志文の腕を摑む。彼女の指が、ピンク色のしゃれたネイルアートに彩られていることに、安濃は今ごろ気づいた。虚をつかれる感覚だった。

志文がサラの頰に片手を当て、さりげなく摑まれた腕を外した。

「たぶん君は、悪くない」

志文の声は優しかった。サラが、さっと志文の顔に強い視線を向ける。

「君は、誰にも負けない強さを持っているだけだ。僕らのなかに、突然ガリバーが飛び込んできてうっかり僕らを踏みつぶし始めた時、僕らはその巨人を責められるだろうか。僕らが知らずにアリの群れに足を下ろしてしまった時、それは僕らの罪だろうか」

「――私はそこまで、強くなんかないわ」

サラが声を押し殺す。黒々とした瞳《ひとみ》は、ひたと志文に据えられていた。

「かいかぶりよ、志文。私はそんなふうに、生まれついて強いわけじゃない。ただ、自分が正しいと信じる道を歩いているだけ。強くないから、必死に生きているだけ」

――サラは珍しく本当のことを言っている。

そう感じて、安濃は彼女の声に耳を澄ました。彼女が歩いた道を知りたかった。なぜ武器商人などという、普通ならたどりつきそうにない商売に手を染めたのか、動機を聞きたかった。

「誠が全てなんだ」

志文が諭すように静かに告げた。

「僕は今、こう考えてる。もし君が、僕と知り合った直後に、本当のことを教えてくれていたら。本当の人生について話してくれていたら。でもそれは、今さら言ってもしかたのないことだ」

志文が、背後を振り向いた。

安濃はようやく気がついた。パダン広場の端に建つ、シンガポール・クリケットクラブの建物から、大勢の人影がこちらに向かってくる。警察官たちが輪になって守っているのは、李高淳の車椅子だった。いつものように、李陽中が大切そうに押していた。

「家族に紹介するのは、初めてだったね」

志文が両手を広げた。

「お嬢さん」

高淳が車椅子から呼びかけた。紳士的で、よく通る声だ。

「こんな形でお目にかかることになって、残念に思いますよ」

サラは悪びれず、凛《りん》と胸を張った。志文の父と祖父に初めて会って、白い頬を紅潮させ、ひょっとすると晴れがましい気分でさえいるのかもしれない。

「志文君のおじい様ですね。初めまして。全て不幸な誤解なんです。皆さんは、きちんと説明させてくださると信じています」

高淳の口元に、うっすらと笑みが浮かんだ。サラのしぶとさを、賞賛するようでもあった。

「――お嬢さん。残念だがそれは」

サラが、高淳の言葉を遮り、手を振った。

「いいえ、聞いてください。志文君は私が強いと言います。そうかもしれない。私がずっと求めてきたのは強さだから。強さは力、力は正義です。力なきものは、常に虐げられ殺される。李家の方なら、よくご存じのはず」

高淳は車椅子の上で、面白そうに聞いていた。違う会い方をしていれば、サラは高淳のお気に入りになったかもしれない。ふと、そんなことを感じた。

「なるほど、お嬢さんの言いたいことは理解できるが、私の考えは少し違う」

高淳が、車椅子の上で身を乗り出した。

「力を得たものは、とりわけ慎重にふるまう必要があるのです。でなければ、志文の言ううかつなガリバーになってしまう。あなたは力を妄信していますね。誰かがあなたに、力だけが正義だと吹き込んだのでしょう」

サラがむっとしたように黙り込んだ。

高淳の車椅子の横に、神崎が立っていた。彼は携帯電話を取り出し、操作した。

『よして。こんなところで、あなたを刺したりしたくない。志文に血を見せたくないから』

再生された声に、サラが身を硬くする。

『欲望や野心と、愛を切り離せるの？』

志文がイヤフォンを耳から外し、持ち上げてサラにも見えるようにした。

「僕も、もうひとつの携帯で録音を聞いた。うちでは、おじい様の命令は絶対でね。携帯をふたつ持って、君と連絡を取れと言われたんだよ。最初、意味がわからなかったけど──。おじい様は、君が携帯を捨てろと言うのを予想していたんだ」

神崎が頷いた。

「あなたに追い詰められる直前、安濃さんは私に電話をかけようとしていたんです。回線がつながった瞬間、彼は近づいてくるあなたに気がついた。それで、通話状態のまま、とっさに携帯をポケットに入れたんでしょう。会話は全て筒抜けでしたから、録音しました。携帯はその後、オーチャード通りに捨てられたようですが、いま警察が回収しに行ってます」

「間違ったことは、言ってないわ」

サラがつんと顎を持ち上げた。逃げる余地があると思っているのか、素早く周囲を見回し、少し離れて見守る安濃に気づいた。安濃は痛む足を引きずり、彼らにゆっくり近づいていった。

「あなたは確かに、間違ってはいない」

高淳が穏やかに告げた。

「その歳で、そこまで厳しい人生哲学を身につけたことに感心します。環境があなたを鍛えたのでしょう。ただ、あなたは今回、相手を間違えた。李志文はやわに見えるでしょうが、李家の男です。〈誠が全て〉。最初はささやかな疑惑でも、水面に落とした一滴の墨のように、いつしか水の表面を全て薄墨色に汚してしまう。だから、疑いは芽のうちに摘まねばならないのですよ」

高淳が車椅子の上で両手を組み合わせた。李家の男と呼ばれて、志文が複雑な表情で俯いている。

制服警官がふたり、サラに近づいて腕を取った。彼女は抵抗せず、冷たい視線を安濃に向けた。

「――どうせ、私はすぐに釈放される。証拠なんて何もない」

「上島さんのパソコンのありかを、教えてもらうわけにはいかないかな」

安濃の問いを、彼女は冷ややかに無視した。警察官に連れられて、パトカーへ歩み去る。彼女は、警察にもパソコンのありかを話さないだろう。話せば、事件への関与を白状したも同然だ。

「高木さんのおかげで、彼らのアジトがわかりました。警察が家宅捜索をしています。例のパソコンが見つかるよう、祈りましょう」

神崎が静かに言った。

高淳が車椅子を自分で操作し、そばにきた。

「安濃さん、ありがとうございます。志文を守ろうと、心を砕いてくださった」

「いえ――」

「警察にいる知人と連絡を取り、志文を使ってサラをおびき出そうとしたのです。あなたがたにそれが伝わっていなかったのは、私のミスです」

志文が高淳の指示で動いていたとは、思いもよらなかった。嬉《うれ》しい誤算だ。

「その傷はどうしました」

高淳が、道路上に点々と滴る血痕《けっこん》に気づき、驚いたように安濃の足を見た。

「いえ――ちょっと、ナイフを避けきれなくて」

「ひどい出血だ」

サラが連れていかれると、緊張が薄れた。疲れが急に出たようで、ふわりと意識が遠のいていく。

救急車を呼ぼうとする高淳を止めた。大丈夫です、と言ったつもりだったが声にはならなかったようだ。

神崎が近づいてくる。ずっと肩を貸して、支えてくれていた高木が、切迫した口調で「安濃さん！」と叫んだ。その声も、ずいぶん遠くのこだまのように聞こえた。

21

遠野真樹は、遺棄化学兵器処理担当室の駒川室長が机に載せたリストを見て、目を丸くした。

「視察団ですか？」

――日程が急すぎないか。

「急遽《きゅうきょ》、有識者によるハルバ嶺《れい》の視察を実施することになった。施設の処理スピードを大幅に改善する、新しい機器の導入を検討しているんだ。試作機の運搬などについて、計画を立てなければいけなくてね」

駒川の声に、猫の喉《のど》を撫《な》でるような響きがあるのを真樹は怪しんだ。

リストには、道明寺誠も含まれている。遺棄化学兵器対策について早くから尽力したという引退した政治家だ。そのほかにも、現役の政治家や有識者会議に参加している学者たちが名前を連ねていた。見覚えのない名前もいくつかある。遺棄化学兵器の処理はもう十年以上も引き継がれているから、協力者も多彩な顔ぶれになるのだろう。

「それでね、君、ついていってくれ」

「え？」

駒川の言葉に、顔を上げた。

「君が行くんだよ。視察団と一緒に、現地へ。エスコート要員だ。高齢者ばかりだから、どちらかというと見守り要員かな」

駒川はとぼけた調子で言い、軽く首を傾げてみせた。

──それは。

戸惑ったのは、あまりに急な話だったからだ。ハルバ嶺へは、行ってみたかった。その機会が、こんなに早く訪れるとは。

「本当に私でいいんですか？　私ひとりだけですか？」

「向こうで作業に当たっている自衛隊員がいるし、管理要員もいる。さしあたって、こちらの添乗員はひとりでいいだろう。時間がないので、準備がたいへんだと思うがよろしく頼むよ。書類仕事は私も手伝う」

添乗員扱いされたことはさておき、真樹は慌てて立ち上がった。航空機から宿の手配、全員のパスポートを確認して、ビザを取る必要もあるだろう。──たいへんだ。

「それから、別ルートでシンガポールからも、視察に来る企業がある。問題の機器を製作していろメーカーが、その会社を通じて部品を買っているので、意見を聞きたいそうだ。航空機の手配は必要ないが、民間人の立ち入り許可を取るのと、宿の手配は併せて頼みたいんだ。これがそちらの組の参加者だ」

渡されたリストを見て、真樹は今度こそ絶句した。

――安濃将文。

先日、安濃の妻、紗代と夕食を食べて、とんでもない話を相談されたばかりだ。

（――私、安濃と別れようと思うの）

子どもを抱えて、シングルマザーの生活に不安はある。しかし、実家の両親も、離婚するなら迎え入れると言ってくれているそうだ。

紗代を責める気にはなれなかった。なにしろ、真樹が知るだけでも、安濃がどれだけ彼女に心配をかけたかと思えば――。

――安濃さん、何をやってるんですか。

こんな時期に、家庭の危機の自覚もなく、のんびり視察団のエスコートなどしているのかと思えば、腹立たしかった。

＊

よう、と手を上げて病室に現れたのは、泊里だった。安濃は上半身を起こそうとして、ふらつきを感じ枕に頭を落とした。

「よせよ、医者は、あと二、三日は安静にしとけと言ってたぞ」

泊里が快活に言って、ベッドの脇に椅子を引き寄せた。

「お前、一昨日の夜、サラの仲間にナイフで切られただろう。刃先に何か塗ってあったらしい。危なく死にかけたんだ」

死にかけた実感はない。広場で意識を失って、気がつくと病院の白い部屋で寝ていた。浅い眠りのなかで、夢と現実を行ったりきたりしていたようだ。

安濃は何度も目をまたたいた。

死にかけたのではなく、お前はもう死んだのだ、と言われたほうがしっくりくる。そんな曖昧《あいまい》な感覚がした。

――そう言えば、泊里は一昨日と言った。

「お前、日本に帰ったはずだろう」

「帰れるかよ、お前がこんな状態なのに。能任さんに報告して、何日か延ばしてもらった。ああ、それから、紗代さんにも電話して、お前がシンガポールで、暴漢に切りつけられて軽い怪我をしたから帰りが遅れるが、命に別条はないから心配するなと知らせておいた」

「紗代に？」

妻の名前を聞いても、安濃はまだぼんやりと雲の上を漂う気分だった。シンガポールに来てから、彼女と話していない。

真っ白な天井を見上げるうちに、気絶する直前のことをだんだん思い出してくる。

「あれから、サラは――」

「ずっと黙秘しているよ。自分は関係ない、の一点張りだ」

予想通りだった。口の中に苦味を感じ、安濃は黙り込んだ。彼女はこのまま黙秘を続けて、パキスタンでの犯行を闇に葬るつもりなのだろうか。

「彼女の仲間は？」

「ダメだ。高木さんがつきとめたオフィスを調べたが、連中は逃げた後だった。ひとりも捕まらなかったよ」

覚悟はしていたが、誰ひとり捕まらなかったとは無念だった。

「ほれ」

泊里がいきなり、透明なポリエチレンの袋に包まれたノートパソコンを見せた。

「まさか、それは――」

「上島さんのノートパソコンだ。中身は上島さんに立ち会ってもらって確認した。例のUSBメモリのデータも、中に入っていた。ついでに指紋も調べて、キーボードにサラの指紋の一部を確認した。シンガポールに戻ってからも、触っていたんだろうな」

「どこで見つけた？　連中のオフィスか？」

もっと誇らしげでもいいはずなのに、泊里がなぜか浮かぬ表情をしている。奇妙に感じて追及すると、彼はノートパソコンをサイドテーブルに載せ、頬を撫でた。

「――実はな。外国人の男が警察署の受付に預けていったそうだ。お前あてだと言って」

「預けていった？」

安濃は顔をしかめた。

「こんなふうにポリ袋で包んであって、中に英語のメモが入っていた。『道は遠し《The way is long》』って。神崎さんも警察の連中も、誰のしわざか怪しんでる。お前あてだったのも含めてな」

――連中、俺たちをからかっているのか。

安濃は、サラの仲間を追い払った男の話を、泊里に聞かせた。あわせて、能任が事件から手を引けと指示したことも話した。

「女はくれてやる――と言ったのか」

「そうだ」

安濃は泊里と顔を見合わせた。言葉には出さなかったが、ふたりとも同じことを考えていたようだ。

「パソコンはＣＩＡのお情けか。あるいは、俺たちがあくまで連中を追いかけて、また邪魔されるのを恐れたのかもな」

「俺たちは、飴玉《あめだま》で黙らされるガキか」

泊里の苦笑いが、だんだん仏頂面に変わる。

「向こうから見れば、ガキみたいなものさ」

彼らにはこの程度のこと、朝飯前だろう。新入りが、でかい面をして澄んだ池の表面をひっかきまわすなというメッセージかもしれない。

観光客のような装いで、きつい目をした金髪青年の冷ややかな表情を思い出す。安濃より五つか六つは若く見えたが、はるかに場数を踏んだ自信を感じさせた。

泊里が顎《あご》を撫で、ふう、と息をついて片手をノートパソコンの上に置いた。

「──俺はそろそろ帰国の準備をするよ。お前はしばらくのんびり寝てろ」

意地の悪い笑みに、安濃も苦笑しそうになり、ふと気がついた。

「──泊里。お前は大丈夫なのか」

上島は拉致《らち》監禁のPTSDを発症し、動悸《どうき》や発熱、食欲不振などに悩まされている。いくら訓練を受けているといっても、泊里がまったく精神的なダメージを受けなかったはずはない。

泊里が戸惑うような表情になった。

「──わからん」

「わからんとはどういう意味だ」

「何もないんだ。ただ、自分でも何も起きないことが不思議だ。平気なのかどうか、自分でもよくわからない。今はまだ緊張しているからで、時間を経てPTSDを発症するかもしれないと、医者に脅された」

胸に小さな棘《とげ》が刺さるような感覚がした。

「でなけりゃ、俺は常人よりとびきりタフなのかもしれないな」

冗談にまぎらせようとしているのがわかる。何と返していいのかわからない。

「まあいい。とにかく安濃は、ゆっくり傷を治せ」

朗らかな笑い声とともに、泊里が立ち上がった。思い出したように真顔になり、懐に手を入れて分厚い封筒を取り出した。

「そうだ。お前に渡してくれと、頼まれていたんだ。李高淳さんからだ」

「高淳さんに何か？」

シンガポールに帰れば話を聞くと約束しつつ、結局いままで延び延びになっている。

「いや。高淳さんはお元気だ。お前や俺より元気なくらいだ。彼はいま、旅の支度で忙しいんだよ。見舞いには行けないが、お前の一日も早い回復を待ちわびていると、伝えてくれとのことだった」

――旅の支度。

封筒を開いて毛布の上で逆さにすると、高淳に託した安濃の公用パスポートと、細かい字でびっしりと埋められた、分厚い便箋《びんせん》の束が落ちてきた。

「じゃあな。お前の意識も戻ったし、今度こそ俺は上島さんを連れて日本に帰るよ。神崎さんと高木さんも、じきに帰国するらしい。今ごろ、空港に向かってる頃かもな。お前によろしく伝えてくれと言われた」

手を上げてウインクし、泊里が病室を立ち去ると、安濃は高淳の手紙を膝《ひざ》に載せ、しばしためらった。クリーム色の紙に銀色のインクで罫線《けいせん》を印刷した便箋には、香を焚《た》きしめてあるようだ。すぐに開いて読み始めたい心と、読んでしまうのを惜しむ心との間で、安濃は揺れた。李高淳の過去に何があったのか知りたい。それ以上に、知ってしまえば自分はこの世界から逃れられなくなるのではないかという、畏怖《いふ》も感じる。

おそるおそる、手紙を開いた。

『謹啓 病床の友に、このような手紙を差し上げるのは酷との思いを禁じえないが、まずは筆を執らずにいられませんでした。一日も早い貴君の回復を祈りつつ、いつぞやの約束をこのような形で果たそうとしています。――……』

いかにも書き慣れた万年筆の、端正でなめらかな日本語の文字が、高淳の人柄を表すようだ。胸の高鳴りを覚え、安濃はふと、笑いを洩《も》らした。

――まるで、恋文を読むようだな。

便箋を封筒にしまい、身の回りを確認する。身につけているのは、病院で貸与されたパジャマだ。ベッドの下にスリッパが用意されている。血圧計を外すと、ベッド脇のモニターがおかしな電子音を流した。異常発生を看護師に知らせているのかもしれないが、看護師が駆けつける気配はない。

ずっと寝ていたせいか、身体を動かすとふらついた。ベッドから足を下ろし、スリッパをつっかける。立ち上がるのに、ベッドの柵《さく》につかまってしまったのは、屈辱だった。

だが、足の裏がしっかりと体重を支えている。

──なんだ。まだ生きてるじゃないか。

高淳の封筒を握りしめ、病室を出た。病室は個室で、トイレや風呂《ふろ》までついている。高淳が手配してくれたのかもしれない。

無理やり足を動かすうちに、だんだん痺《しび》れが取れてきた。高淳の手紙を、薄暗くて薬品臭い病室で読みたくなかった。日のあたる、明るい部屋がいい。

病棟の長い廊下を歩き、サンルームのように眩《まぶ》しいロビーを見つけた。長椅子が置かれ、その場所だけ真空のように人影のない不思議な空間だった。忙しそうに行きかう看護師やスタッフ、点滴のスタンドを握りしめて歩行練習をする患者、病院につきもののそんな姿はどこにもなかった。かすかにスープの匂いが漂っている。昼食の時刻なのかもしれない。違和感を覚えたが、高淳の手紙を開くのに、あつらえたような状況だった。

長椅子に腰を下ろして、ほっとひと息ついた。手紙を開こうとした時、エレベーターのチャイムが鳴り、足音が聞こえたので、とっさに手紙を封筒に戻して膝に置いた。

「──ここに座っても？」

安濃は顔を上げた。銀髪にスーツ姿の男性が、慇懃《いんぎん》な微笑を浮かべている。米国の現職大統領のような発音だった。年齢は六十歳前後かと思ったが、見た目だけで外国人の年齢を当てる自信はない。

どうぞと言うかわりに、安濃は端に寄った。男性が隣に腰を下ろした。顔を見ただけでもう、嫌な予感がしていた。

「そう言えば、あなたがたの遺骨収集事業は、順調に進んでいますか？」

——こいつ。

安濃は無言で眉《まゆ》を上げた。うかつなことを言わないほうが良さそうだ。相手は上品に会釈して片手を差し出した。

「私としたことが、自己紹介もせず失礼しました。ジョン・スミスです」

明らかな偽名をぬけぬけと名乗る男だ。安濃は差し出された手を無視した。

「うちの者があなたに失礼な態度をとったようなので、ひとことお詫《わ》びをと思っただけです。そう警戒なさらないでください」

それでは彼は、シティホールで安濃を助け、サラの仲間を追いかけていった男の、上司にあたるわけだ。

「お詫びだなどと。むしろ助けられました」

嫌みに聞こえないよう、せいぜいしおらしく言ったつもりだったが、相手はその言葉を聞き流して微笑んだ。

「パキスタンで起きたことは、全て私の耳にも入っています。デビュー戦にしては立派な成果でしたね」

男の言葉に、虚をつかれた。米国は長年にわたり、パキスタンに軍事的な指導や支援を行ってきた。彼らがまだパキスタン国内から情報を得られる立場にあっても少しも不思議ではないが、男が示唆しているのはもっと具体的な話のように感じられる。

――シャヒドか。

安濃の行動を詳細に知るのは、程とシャヒドだけだ。程が眼前の男と組んでいるはずはないから、残るはシャヒドだった。

男はハエでも払うように、顔の前で手を振った。野暮なことを詮索《せんさく》するなという意味らしい。

――シャヒドがCIAの要員なら、いろいろ説明はつく。

程に雇われて、密輸や密航に手を染める憎めない小悪党を演じていたが、ときどき人格が変わったのかと思うくらい、すさまじい強さを見せることがあった。

――程は気づいていないのか。

あの男なら、知っていて利用している可能性もゼロではないが――。

「おかげで、いろいろわかりました。　あなたがたについても」

安濃は黙った。お釈迦《しゃか》様の手のひらの上でぐるぐる回っている、孫悟空《そんごくう》の気分だった。

「我々は全て見ていたんです。マリーナ・ベイ・サンズで撃たれて亡くなった男性の事件から、ずっと」

「ずっと？」

安濃はシンガポールに来て以来のことを、慌ただしく脳裏に思い浮かべた。程に技術情報を売るはずが、別人に殺された田丸のこと。会社を内部告発しようとして、拉致された上島のこと。

「おめでとう。どちらの事件も、みごとに解決しましたね」

男が小さく拍手した。

当然ながら、彼らは上島のパソコンを調べ、安濃たちが程に渡した偽造データも見たのに違いない。

「ご心配には及びません。我々は同盟国じゃないですか」

男がにっこりと笑った。こちらの不安を見透かされているのが癪《しゃく》に障る。

「誤解しないでください。ひとつ、お詫びしなければならないことがありましてね」

安濃は用心深く彼を見やり、続く言葉を待った。穏やかな微笑の裏に、不気味さが隠れている。

「実は、例の女性を釈放させるつもりです。お詫びというのはそのことです。うちの者が、あなたに余計なことを言ったそうですね」

――女はくれてやるという、例の言葉か。

この紳士然とした男は、あの野卑な言葉遣いを繰り返すのは好まないのだろう。

「あなたが追っている彼女は、我々がアールと呼ぶ、ある男とつながっているのです」

安濃は無言で男を見つめた。男は微笑みを浮かべているが、目は笑っていない。

「アールは世界中の紛争地で、敵味方の区別なく、ありとあらゆる方面に武器を売りつけて富を築きましたが、ここ十年ほど表舞台には姿を現していない。彼女は、アールの子飼いの部下なんですよ」

「彼女を泳がせてアールを追うと？」

「ひとことで言えば」

男は日差しの強い待合室で目を細めた。

「現時点で彼女を失うことは、我々にとって痛手です。彼女の事件への関与を証言しているのは、あなたひとりだ。あなたが証言をひるがえせば、彼女は釈放されます。そうでなくとも、結果的には釈放されるのですが」

どうせすぐに釈放されるとうそぶくサラの、勝ち誇った表情が一瞬、目に浮かんだ。

「──待ってください。彼女を捕らえたのは、ボーイフレンドやその家族に危害を加える恐れがあると考えたからです」

相手は、長椅子の上で軽く身を乗り出した。淡い色の瞳《ひとみ》が宝石のようにきらめいた。

「──相手は李高淳ですよ？」

安濃は警戒して口をつぐんだ。ジョン・スミスのからかうような口調には、不穏な気配が漂っている。

「彼のような手練の潜入スパイ《スリーパー》が、そう簡単にテロリストの小娘に危害を加えられたりしますか？」

彼がためらいもなく「スリーパー」と言ったので、安濃はたじろいだ。

「私は彼を尊敬しています。どれだけ昔から李高淳を観察しているか、あなたには想像もつかないでしょう」

この男は、高淳の正体を知っている。シンガポール独立運動を支えた華僑《かきょう》のひとりで、急速に事業を拡大した企業家としての高淳ではなく、その仮面の下に隠れたひとりの工作員を熟知しているのだ。

──魑魅魍魎《ちみもうりょう》。

安濃の脳裏をよぎったのは、その単語だった。この世界に棲《す》むのは化け物ばかりだ。

男は皮肉な笑みを浮かべた。

「我々は、自分の業績を誇ることができない世界にいます。どれだけ輝かしい任務を果たしても、家族にも友人にも決して明かすことはない。知りえた情報は墓まで抱えていく──近ごろは、生きている間に口をすべらす、口の軽い輩《やから》もいるようですが」

男の茶目っけたっぷりな表情から、安濃は目をそらした。

「しかし、彼は中でも特異な存在だ。七十年前の命令のもとで動いている。お国にも、彼の役割を知る人は、ほとんど現存しないでしょう。昔いちど、彼が〈中秋の名月〉をひとり路上で見上げているのを目にして、バーボンのグラスを彼に向かって掲げてしまいましたよ」

銀髪のアメリカ人から、中秋の名月などという言葉を聞くとは思わなかった。安濃は目を伏せた。高淳の背中が目に浮かぶようだ。

「彼に比べれば、私もひよっこです」

「サラを解放して李家に何かあれば、あなたが責任を取ってくれるんですか？」

ジョン・スミスがやや身体を引き、次の言葉を選ぶかのようにかすかに首を傾げた。目尻《めじり》に細かい皺《しわ》が寄った。

「彼女とアールの線を見失えば、我々の与《あずか》り知らない場所で、アールがとんでもない兵器をテロリストに売るかもしれない。たとえば、化学兵器とか——原爆とかね。それが我々の国に対して使われる恐れもあるのに、私が李高淳ひとりの心配などすると思いますか？」

——言葉もない。

安濃は静かに膝の上で手を握りしめた。

「テロも戦争も起きない、平和な世の中なら良かったのですが」

ジョン・スミスが肩をすくめた。

「七十年経っても、あなたは、百万人を超える旧日本軍の兵士の遺骨を収容しようとしている。中国では、日本軍が遺棄したとされる化学兵器を、いまだに日本政府が地道に廃棄処理している。遺族は遺骨を求め、殺された人々の恨みは晴れない。癒《い》えかけた傷口を互いにかきむしり、いつまでも血を流し続けるようにね。七十年程度では、人間は憎しみを忘れられない、忘れたくもない。正直、恐ろしいと思いませんか。我々は憎しみを愛しているんですよ」

「——いちど血が流れると、理性を取り戻すのは難しいのでしょう。あなたがたのお国も、ずいぶん恨まれているようだ」

一度くらいはチクリと針を刺してやらねば、気がすまなかった。男がにやりと笑った。

「誰かがアフガニスタンでジハード戦士を育てなければ、今ごろあの地域は共産国家になっていたかもしれませんよ。パキスタンやインドも危なかったかもしれない。ソ連もいまだ健在だったかもしれませんね」

それは仮定の未来だった。どこまで時計の針を巻き戻してやり直せば、世界は平和になるのだろう。あるいは、今より少しでもまともになるのだろう。甘くて不毛な問いかけだ。

男は立ち上がり、スーツの裾《すそ》を軽く払った。

「サラの件は早めに証言を取り下げてください。取引というほどでもないが、こちらからの贈り物は、前払いでお渡ししましたよ。——これから、私のような人間を味方につけておきたいでしょう？」

かすかに浮かべた笑みの裏に、敵に回すなよという警告が潜んでいる。

「こんな仕事をしていると、愛する人と、国のどちらかを選ばなければならない日が必ずきます。その時あなたがどちらを選ぶのか、楽しみにしていますよ」

それではと言いながら、ジョン・スミスがエレベーターに向かうと、病院のフロア全体が急に息を吹き返したように、看護師やスタッフ、患者たちの姿が廊下にあふれ始めた。何が起きたのかわからないが、たった数分間、安濃とふたりきりで話す時間をつくるために、男が何か仕掛けたのは間違いない。病院のロビー。周囲に人さえいなければ、盗聴される心配も少なく、誰かに話の内容を聞かれる心配もない。

男が姿を消しても、まだ安濃はぼんやりと座っていた。手のなかには高淳の封筒があったが、すぐさま開きたいという気持ちが薄れていた。

——心の乱れが静まってから、ゆっくり読もう。

その程度の時間、サラの釈放が遅れたとしても、あの男は文句を言うまい。

＊

村までの道は途中で土砂が崩れ、横倒しの巨木にふさがれ、車では先へ進めなくなっていた。道路にはあちこち穴が空き、爆撃でもくらったかのようだ。

——どうして放ってあるんだ。

バイクで山道を登ってきたアフサンは、邪魔な倒木に顔をしかめた。村は、ここからまだ十数キロ登ったところにある。食料も日用品も、ほぼ村で自給することができるが、この道はたまに郵便物を運ぶトラックが走ったり、村の若者が街で買い物をしたりする時に使われていた。道路が完全にふさがれ、復旧の意志すら感じられないことに、嫌な予感がした。

アフサンは、バイクを巨木の陰に停め、枝や枯葉をかけてなるべく隠した。もうガソリンがほとんどないから、どのみちこれで村まで帰るのは無理だ。大量の土砂と倒木を避け、どうにか歩いて乗り越えていく。

村を出た時、半壊状態の自宅には、弟のサイードと妻のアーイシャが夜露を避けて暮らしていた。

――サイード。アーイシャ。

心の中で名前を呼びながら、一歩ずつ乾いた砂を踏みしめて登る。付近一帯は針葉樹の森だったが、周囲の樹木はほとんどが焼け焦げていた。焼けた森には、奇妙に乾いた明るさと、いまだ焦げ臭いにおいが染み付いている。日が暮れるまで、まだしばらく時間はあるはずだが、ねぐらに帰るカラスの鳴き声が、遠くに聞こえた。

山道を歩いていく。半年ほど前には、逆に下りた道だ。ここを下りて、途中で仲間のジープに乗せてもらい、遠縁の男の家を目指した。彼は以前、イスラム神学校《マドラサ》の教師だった。何年も前に聖戦《ジハード》に身を投じ、学生に反政府的思想を広めたとして当局の監視を受け、身を潜めていた。仲間に加えたい若者が現れた時だけ、導きを与えるために姿を現す。

その男を頼り、アフサンが少年兵になったことは、村でも知られているはずだ。村の住民たちは受け入れてくれると思うが、警察や軍の締めつけが厳しくなっている可能性はある――。

モスクの尖塔《ミナレット》が見え、足取りが弾んだ。あと少しだ。

駆けだす力は残っていなかった。ひと足、ひと足を慎重に運ぶ。砂に足跡を刻んでいく。

──帰ってきた。

華やかだった兄の結婚式のしたくと、突然始まった爆撃とが、どうしようもなく脳裏によみがえる。土煙とともに、崩れ落ちる煉瓦《れんが》の家と、爆風でひるがえる白い毛織の天幕とが、今でもはっきりと目に焼き付いている。瓦礫《がれき》の下から覗いていた、ヘナで美しい模様を描いた、兄嫁になるはずだったひとの、ふっくらと白い手も。

坂道を登りきると、村の様子がはっきり見えてきた。家の形をとどめている建物は、ほとんどない。あれからまた、空爆があったようだ。井戸との位置関係から、これはハサンの一家が住んでいた家、これはアジーズの一家が住んでいた家と数え上げることができたが、生きた人間が住んでいる気配はどこにもなかった。どこに隠れていたのか、痩《や》せた茶色い鶏が一羽、甲高い声で鳴いて地面をつつきながら、目の前を横切っていった。

廃墟《はいきょ》の中に、モスクのミナレットだけがすっくと立っている。モスクの建物も、爆撃を受けたようだ。崩れた家々を、一軒ずつ覗《のぞ》いてまわり、村に残って暮らす人がひとりもいないことを確かめた。この様子では、アフサンが立ち去ってすぐ、村ごと放棄されたのだろう。

何もかも、破壊しつくされていた。生き残った村の人間がどこに避難したのか、何もわからない。壊れなかったものは、わずかな財産として、避難する時に持ち去ったのかもしれない。もう、何も残っていなかった。

――何の匂いもしない。

村があった時、家の竈《かまど》では香ばしいナンを焼いていた。羊や山羊《やぎ》の乳の、甘ったるい匂いもしていた。

もう、何も匂わない。村は死んでしまった。

胸が締めつけられる。

アフサンは黙然とたたずみ、とぼとぼと煉瓦工場に向かった。父と兄とアフサンの三人で、毎日ここで赤い土を練って煉瓦を成型し、焼いたのだ。

工場と呼んではいるが、煉瓦を焼く窯があるだけの、赤土の色に染まった土地だった。両親と兄が殺されたあの日、アフサンが窯から取り出した煉瓦が、まだそのへんに転がっている。ここは爆撃の目標にならなかったようだ。

煉瓦を積み上げただけの、腰までの高さの塀に座り、アフサンはぼんやりと窯を眺めた。何かを考える気力が湧かなかった。自分には何も残されていないのだという実感だけが、冷気をともなって足の先から忍び寄ってくる。

――俺たちが何かしたか？

半年と少し前まで、ごく普通の村だった。ジハードに加わると宣言して村を出た若者が、何人かいたことは知っている。アフガニスタンの現状を見て、やむをえず武器を取った男たちもいれば、ジハードに加われば金や地位が得られると考えた奴らもいたはずだ。この村にいても、暮らしは上向かない。

彼らは、たびたび村に戻って仲間を募り、親族から支援を受けていた。政府軍に追われ、自分たちの身に危険が迫ると、生まれ故郷の村を隠れ蓑《みの》にするために逃げ込んでいた。

兄の結婚式にも、式への参列という名目で、村に戻ったジハードの戦士が来ていた。組織に参加した後で教えられたが、米軍は主だった戦士たちの携帯電話の番号を押さえ、GPSで居場所を特定しているそうだ。結婚式に参列した戦士は、ひとりやふたりではなかった。米軍はそれを、テロの兆しと見たのかもしれない。

――怒りは涸《か》れない。

身体の奥底で、静かに赤く燃えている。真っ黒な炭の奥でちらちらと燃える炎のようだ。

しかし、自分は誰を恨めばいいのか、だんだんわからなくなってきた。

赤土をひとつかみ、手のひらからこぼしてみる。風に流されて、赤土はすぐに散った。

――やっぱり組織に戻ろうか。

作戦は失敗し、手に入るはずだった兵器のデータは、あの女が持ち帰ってしまった。自分の英雄だったラシードは殺された。組織に持ち帰れる土産は何もない。

――なぜ生きて帰ったのかと、詰問されるのが落ちだ。罪に問われて殺されるかもしれない。

何の力にもなれず、自分のとるにたりなさ、ふがいなさをつくづく感じただけで終わった。今さら、組織に戻って戦う気力もない。

どのくらいそうしていたのか、いつの間にか煉瓦の上に自分の影が長く伸び、煉瓦と足の見分けがつかないくらい、夕映えに赤く染まっていた。

足音を聞いて、アフサンは反射的に塀の陰に身を隠した。この村は、テロ組織に与《くみ》してテロリストをかくまっていると疑われた。そのせいで何度も攻撃を受けたのだ。軍の残党狩りかもしれない。背中に回したライフルを、静かに持ち直す。何かあれば、これで戦うつもりだった。戦って死ぬなら本望だ。

ひそひそと抑えた話し声が聞こえてきた。本当に見たの、と問いかける女の声はまだ幼く、砂を踏む足音は子どものようだ。

「――！」

アフサンは立ち上がった。宵闇に包まれつつある、村の通りを透かし見た。

一瞬、ぎくりとすくみ上がったふたりの身体が、こちらの正体に気づくと跳ねるように飛び上がった。言葉にならない声を上げて駆けてくる。アフサン、アフサン、と何度も呼びながら駆け寄った小柄なふたりに飛び付かれ、アフサンは後ろによろめいた。

「やっぱりアフサンだ！」

サイードとアーイシャだった。衣服はうす汚れ、サイードは背が伸びて身体に合っていない。アーイシャは大きなヒジャブで髪からすっぽりと身体を覆い、一人前の女のような姿をしていた。彼女は別人のように痩せこけていた。背が伸びたせいだけではない。疲れた表情で、目の下にクマをつくっている。サイードは、育ち盛りなのに食事が足りないのか、こちらも目ばかりがぎらぎらと大きい。

「もう会えないかと思った――！」

アフサンは嘆息し、ふたりをきつく抱きしめた。

「村にはもう誰も住んでいないんだな。どこにいたんだ。親戚《しんせき》の家にでも逃げたのかと思った」

アーイシャが首を振った。

「ふたりで近くの村に逃げたの。小さいテント小屋を建てて。サイードがみんなの雑用を手伝って、食べものを少し分けてもらったりして。遠くに行ってしまったら、アフサンが村に戻った時に、どこに行ったかわからなくなるでしょう」

「下にバイクが隠してあったから、もしやと思って来てみたんだ」

たった半年見ない間に、おちびのサイードの顔つきはしっかりして、大人びていた。

「このまま村に戻ってくるの。それとも、また行ってしまうの」

アーイシャが不安そうに尋ねる。半年前、彼女の家族も攻撃で奪われた。その時の怒りと恨みに満ちた目が、今はむしろ生活苦に怯《おび》えている。村人が離散し、この半年間、サイードとふたりきりでどれだけ心細い目に遭ったのか、聞かなくてもわかった。誰にも頼れない。周囲の大人たちも、ふたりを哀れに思っても、どうしてやることもできなかっただろう。女は外で働くこともできない。幼いサイードが生活を支えてきたのだ。申し訳なくて、アフサンは弟の小さな頭を脇に抱えた。

「――村に戻るよ」

その言葉が口をついて出た。

「俺、みんなの仇《かたき》を討てなかった」

声がわずかに震えた。

「これから討つの！」

アーイシャが短く応じた。その一瞬だけ、半年前の気丈な彼女が戻ってきたようだった。彼女は廃墟になった村に向けて、大きく両手を振った。

「私たちは強くなるの。サイードを学校へやりたいわ。強く、賢くなりたい。奴らは私たちの村を消した。私たちが村を立て直せば、仇を討ったことにもなる」

強く――もっと強く。

アフサンは握り拳《こぶし》を見つめた。この手が、腕が、ラシードより強く、太くなった時に、自分はまた戦いに行くだろうか。

彼らを組織に導いたイマームは、ムスリムの天国を説いた。殉教したムスリムの男は、天国で七十二人の処女に囲まれ、決して酔うことのない酒と、美味《おい》しい食べ物のなかで幸せな生活を送る。それが本当なら、ラシードは今ごろきっと、天国にいる。

ラシードが死に、自爆するしか役に立たないとオズに言われた時、心の底から強くなりたいと願った。誰にも負けないように。ひとりで生きていけるように。

アーイシャが、足元の赤い土をすくった。

「絶対——絶対、負けないわ。この土を食べてでも、生きてやる。私たちがいる限り、村を消させない」

アーイシャの双眸《そうぼう》は、真っ黒で力強い宝石のようだった。アフサンがいない間、その激しい気性だけでここまで生き延びてきたのだ。そう思うと、アフサンの胸にもふつふつと力が湧いた。

「——ここに住もう」

「ここに？」

「煉瓦を焼くんだ」

「ほんとに？」

サイードがそっと尋ねた。くらい瞳《ひとみ》に、ようやく小さな灯《あか》りがともる。

「村の井戸は、まだ使えそうだった。煉瓦を焼いて、近くの村に売りにいく。やり方は知ってる。父さんが生きてた頃、やってたように。荷運び用のロバはもういないけど、なんとかする」

「僕も手伝っていい？」

「あたりまえだ」

坂道の下に置いてきたバイクは、何かに使えるかもしれない。誰かに売って、当面食べていくための資金に替えてもいい。煉瓦を売るならロバもいる。崩れた土砂をどけて、あの木も切って、どかさなければいけない。うまくいけば、窯にくべる薪《まき》として使えるだろう。道が通れるようになったら、ひょっとするといつか、村の人たちが戻ってくるかもしれない。そうしたら、モスクだって建て直すことができる。うまくいくかどうかは、やってみなければ誰にもわからない。

そっと、ふたりの肩を抱いた。

「——行こうか」

怒りは、胸の奥深い場所にしまい込んだ。それは、胸の底でたぎるエネルギー源のようだった。この怒りが自分たちを活《い》かしてくれる。アフサンはそう悟った。

憎しみを水に流すつもりもない。いつかまた、自分は銃を取り、戦いに戻るかもしれない。

しかし、それは今ではない。

22

何から書こうか迷いますが、あの戦争が始まる前まで遡《さかのぼ》れば、昭和十六年の正月、私はもうマレー半島にいたのです。米国と英国に宣戦布告をしたのはその年の十二月八日ですから、一年近く前ですね。

昭和十四年の十一月に、陸軍の後方勤務要員養成所に入学し、途中で陸軍中野学校と名前を変えた養成所を昭和十五年の十月に卒業しました。当時、乙I長と呼ばれたクラスの南方班にいたんです。商社マンを装い、いったんバンコク入りして、それから当時マラヤと呼ばれていた、マレー半島やシンガポールの担当になりました。ちょうど昭和十六年から、台北に台湾軍第八十二部隊ができて、これは別名を台湾軍研究部とも言う通り、開戦やむなしと見られた戦争を有利に導くために、南方での戦闘経験が少ない日本軍をどのように展開すべきか、装備や戦闘方法、衛生、欧米の植民地だった各国の事情や兵要地誌——軍事地理学ですね——そういったことを、わずか半年で、泥縄式に研究しようとしておりました。

特に、シンガポールは英国海軍の要衝で、東洋のジブラルタルとも呼ばれ、難攻不落をうたっていた。ここを落とさなければ、南方戦線の勝ち目はない。英国軍の海側の守りは鉄壁ですが、マレー半島へと続く背面の、ジョホール水道方面はさほどでもないという情報もあり、機会をとらえてはカメラを抱えて航空機でマレー半島上空を飛び、空から半島の地形を撮影して、第八十二部隊に送ったりしていたわけです。

安濃さんはよくご存じでしょうが、当時のマレー半島は植民地として英国の統治下にありました。天然ゴムの木は、もともとアマゾン川流域にしか生えていませんでしたが、英国はそれを東南アジアに移植して栽培し、ゴム産業を独占していたのです。

もちろん、現代シンガポールがアジアの金融センターとして発展した背景には、英国統治時代の恩恵も多々あるわけですから、いまさら英国を責めることもないでしょう。そういう時代だったのです。

ただし、主としてマレー人、インド人、中国人からなるマレー半島の住民たちが、英国の統治に満足していたわけでもありません。当時既に、自治回復の運動も静かに動き始めておりました。

それとは別に、マレー半島に在住する華僑《かきょう》たちは、昭和十二年に起きた盧溝橋《ろこうきょう》事件に反発し、大がかりな抗日運動を起こしていました。中国大陸における抗日運動を、物心両面で支えているとも言われていました。

中野学校の教官でもあった、藤原岩市《ふじわらいわいち》中佐が率いるF機関が活躍したのもこの頃です。私自身はF機関とは別行動をとっていたのですが、その命令体系などについては、さしさわりがあるといけないのでここには書きません。ただ、私の業務とF機関の業務とは、時に深く関わりを持ち、重複する任務もあったとだけ申しておきましょう。

開戦後、日本軍は驚くべき速さでマレー半島を侵攻し、シンガポールを背後から襲って、ほぼ当初の計画通りのスケジュールで陥落させました。それには、中国大陸で苦戦する日本軍を見くびった英国軍の油断や、英国軍に従軍していたインド人兵士らの不満といった事情もありましたが、幸運もおおいに味方したようです。

山下奉文《やましたともゆき》将軍が訪独した際に、シンガポールの攻略には一年以上かかると助言されていたのですから、およそ七十日で英軍の無条件降伏を受けた時の喜びときたら。

シンガポールの陥落直前、多くは華僑であったマレー共産党の党員らが、英国軍のもと、ダル・フォースと呼ばれる抗日義勇軍を組織し、ブキテマ高地で徹底的に日本軍に抗戦しました。この時の苛烈《かれつ》な抵抗が、陥落後の華僑粛清につながったとも言われています。

シンガポールを落とした日本軍は、時をおかず、抗日運動を支援する華僑の粛清にあたりました。そのとき殺された華僑の数を、日本軍は五千人といい、シンガポールは六万人とも十万人ともいう。ここでは、数を問題にするのはよしましょう。日本軍は証拠を残さず、なかには一家が全滅して、証言すら取れないケースもあるといいます。

シンガポールの陥落は一九四二年二月十五日ですが、英国のパーシヴァル将軍の要請により、当面は治安維持のため日本軍の憲兵隊のみがシンガポール市内に入ることになりました。だが、その憲兵隊は重大な任務を帯びていたのです。すなわち、「敵性華僑」の処分でした。戦争中に華僑義勇軍として英国を助けたり、抗日運動に関わったり、重《じゅう》慶《けい》の国民党政府に献金したりした者は全員粛清すべしというのが、日本軍の方針でした。ダル・フォースの必死の抵抗に、日本軍は懲りていた。ブキテマで大勢の仲間を殺された恨みもあったのでしょう。

後でわかったことですが、この頃、英国の工作部隊が、マレー半島で列車の爆破工作などを実施していた。日本軍はそれを、華僑の抗日活動と誤解していたふしもあったようです。一部の参謀らが、強硬に華僑粛清を推進したともいいます。

二月十九日、昭南《しょうなん》市と改名されたシンガポールの街角に、軍司令官の名前で布告が出されました。

いわく、「昭南市在住華僑十八歳以上五十歳までの男子は、来る二月二十一日正午までに左の地区に集結すべし」。

集合場所と、飲料水や食糧の携行も指示され、フェンスのようなものでしきられた街路に、日本軍の監視のもとに押し込められ、選別を受けたのでした。

華僑のインテリが抗日運動に参加しているという話もあり、とにかくおっとりしたインテリ風の男や、メガネをかけた男、自分の名前を英語で書いた男、体格のいい男、それから資産家はみんな引っ張られた。なにしろ、「敵性」かどうかの区別がつきませんからね。抗日ゲリラを見つけて殺すのが本来の目的だったかもしれませんが、それだけではすまなかった。シンガポール攻略以前に、日本軍は抗日華僑の名簿をこしらえていたという話もあります。「検証」と呼ばれた「敵性」華僑の振り分け作業は、その名簿に基づいて行われたとか。とはいえ実際には、単に反抗的であったり、インテリに見えたりしただけで殺された者も多いでしょう。

日本軍の中には、治安維持に名を借りた虐殺に、抵抗を感じた者も多かったでしょうが、当時、上官の命令は絶対でした。

華僑らはまとめて銃殺されたり、銃剣で突き殺されたり、あるいは船の上から海に投げ込まれて殺されました。たまたま弾が逸《そ》れたりして、死んだふりをして生き延びた人々がいて、多くの証言が残っています。後の一九五九年、東海岸に近い土地を開発した時、大量の白骨遺体が掘り起こされたのをきっかけに、それまで噂として日本軍の行いが伝えられていたのが、明るみに出ました。あまり日本国内では伝えられなかったようですが、一九六七年にシンガポールと日本のあいだで「血債」協定を結ぶまで、シンガポールでも反日運動が起きたのです。私は、過去の話を蒸し返すつもりで、こうしてあなたに書いているわけではありません。日本人が過去に鬼畜の所業を行ったことを責めたいわけでもない。

ただ、戦争は人間を狂わせる。ごく普通のひとに、人間性を捨てさせる。

それを忘れないようにしようと思うのです。

加害者は忘れ、被害者はいつまでも記憶している。しかし、本来は加害者こそ謙虚に記憶しなければならないと思いませんか。どんな人間のなかにも、獣性がひそんでいる。普通の生活では人格者だったひとも、極限の暮らしのなかでは思いがけない素顔を見せることがある。それを肝に銘じているのと忘れてしまうのとでは、ずいぶんな違いだ。

――もちろん、こんなことを言うのは、私自身が戦時中、ひどい行いをしたからです。

当時の私は、マレー半島での調査を行うにあたり、李高淳という名の華僑に扮《ふん》して彼らの内情を探っていました。少しばかり語学の才があったようで、中国語が得意でした。中国は広いので、多少の訛《なま》りがあっても、別の地方から来たと言えばたいていは信じてもらえます。私は彼らのなかに入り込み、情報を得ようとしていた。そのためには華僑に信用されねばならなかった。それで、シンガポールで小さな船を何艘《そう》か持ち、海運業者――というよりは、当時はまだ小舟の荷運び業者でしたが――として事業を行っていた李清燕《リーチンイエン》という男の一家を、粛清の嵐から救うことにしたんです。李清燕の叔父《おじ》が、重慶に献金をしている疑いがありました。それに、私の偽名と李という姓が同じだった。血縁関係があるのではないかと誤解してくれるかもしれない。抗日組織について知りたければ、彼らに近づくのが一番でした。

李清燕の自宅があるアッパー・セラングーン地区は、二月二十八日の早朝に、日本軍がトラックを出して華僑の男を全員連れていくという情報を軍部から得ていました。私は李清燕とは商売上の顔見知り程度でしたが、トラックが到着する二時間前に、彼らの家の戸を叩《たた》き、日本軍が華僑を殺しに来ると聞いたから、すぐ逃げようと言ったのです。李清燕は、兄弟や親戚、友人、近隣の住民にも教えて一緒に逃げようと言いましたが、時間がないからと私はそれを止め、兄弟に伝えるのだけは許しました。情報を信じた弟は逃げましたが、疑って様子を見ていた兄は逃げられず、トラックで連れ去られました。数日間閉じ込められて「検証」を受けたうえ、殺されたようです。

私は李清燕の一家を連れて、ゲイランに住む知人の家に隠れました。そこは、既に「検証」を受けた後で、ほとぼりが冷めるまでそこに隠れていれば、一家を救えると考えたからです。私自身も命懸けの逃避行でした。私が日本人で、日本軍のために働いていることを知っているのは軍のひと握りの上層部のみで、下士官は知りません。ましてや兵士らが知るはずはないし、私も自分の正体を誰にでも明かすわけにはいかない。万が一、李清燕一家とともに捕まれば、私も粛清されたでしょう。幸いなことに逃げきることができたから、今こうして生きているわけですが。

ひと月あまり隠れていて、その間にも私は外部の情報を得ながら、今後の方針を考えていました。日本軍は、最初の数週間にわたり何度かの苛烈な「検証」を行った後、生き残った華僑たちから、恭順の証《あかし》として多額の奉納金を拠出させようとしていました。私の考えでは、その時までにはむしろ李清燕一家を自宅に戻らせたほうがいいと思った。タイミングを計っていたんです。

隠れて過ごすあいだに、私は李家のひとり娘、美美《メイメイ》と心安くなりました。彼女は十八、私は二十五。彼女にしてみれば、私は一家の命を救ってくれる頼もしい若者だったのでしょう。美美はとりわけ目立つ美人というわけではありませんでしたが、しっかり者で気立てが良かった。あなたもお気づきのとおり、私は終戦後、彼女と結婚して陽中をもうけることになるのです。

機を見て、アッパー・セラングーンの家に李清燕一家とともに戻った後、私は彼らに感謝され、家族同様の扱いを受けました。なにしろ、周辺には、あの日、トラックで連れ去られた後、戻らなかった男たちも多かったから。近隣の住民は、李家が家族ぐるみで姿を消したのを知って、全員が連れ去られたのではないかと心配していたようですが、うまく隠れていたと知ると喜んでくれました。

日本軍のシンガポール占領は、それから一九四五年の終戦まで続くのです。その間、私は常にふたつの顔を使い分けていました。

ひとつはもちろん華僑の李高淳であり、ひとつは日本人の山岡敏明です。そう――安濃さんにはまだお話ししていませんでしたが、山岡敏明という私の本名は、中野学校の名簿には載っていません。入学する際、偽名を使いました。他にもそういう学生はいたはずです。故郷に知られたくない事情があった。私の場合、それは――故郷でひとを殺めたからです。詳しくは語りませんが、事故のようなものでした。私はその件から逃れ、東京で素性を隠して陸軍に入り、なんの見所があったのか知りませんが、部隊から中野に推薦されて入学しました。名簿には、その時に名乗っていた偽名で載っているはずです。

私は李高淳として李家を支え、山岡敏明として情報を収集し日本軍に報告した。一九四五年まで。三年半の歳月はあっという間でしたが、美美との仲を育《はぐく》むには充分な期間でした。私自身に、戸惑いと恐れがなかったわけではありません。私は工作員で、彼女の敵でしたから。私の報告がもとで捕えられた人がいたでしょう。殺された人もいた。それでも美美とは離れられなかった。裏切りと秘密の日々、私の心もささくれだっていて、美美が与えてくれる安らぎが、何ものにも代え難くなっていました。

あの戦争が終わると――。

安濃さん、あなたはよくご存じですね。

中野の仲間のなかには、アジア解放を唱えて現地の人民とともに闘ううち、終戦後も彼らを見捨てることができず、そのまま解放運動に身を投じた人間が、何人もおります。見捨てることができなかったというより、その土地と役割を愛してしまったのだろうと思います。私も、三年半の間に、李高淳という存在を手放すことができなくなっていました。日本に帰る選択肢を、捨てるつもりでした。故郷に戻れば、人殺しの罪を問われるかもしれない。それなら、いっそこのまま、李高淳として生きていこうか。

ただひとつ恐怖したのは、日本軍の誰かが、連合軍に私という工作員の存在を洩らすことでした。結果的に、それはなかった。私をかばってくれたのかもしれません。あるいは、工作員の存在など、もはやどうでも良かったのかもしれない。彼らが次々に戦争裁判にかけられ、華僑虐殺などの罪に問われ処刑されたためでもあるでしょう。私の正体を知る人間がひとり、またひとりと処刑され、最後の中将が絞首刑に処された時、心のなかで手を合わせながら、お恥ずかしいことですが、私は心底ほっとしました。これでもう、私の正体が露見することはないのです。

怖かったのは、もちろん連合軍ではありません。美美や、李家の人々に知られたくなかった。三年半にわたる親交は、私にとっても決して、嘘や偽りだけではなかった。しかし、日本軍の工作員だったことが明らかになれば、李家の人々は私を許さないでしょう。

その日、私は亡くなった彼らの霊に約束しました。彼らは私を守ってくれた。かわりに、私は今後、シンガポール華僑のひとりとして、必ず日本のために働く。――必ず。

その後、日本はめざましい復興を遂げ、東洋の奇跡とも呼ばれるようになりますが、当時はまったくの焼け野原だったんですから。

中野の仲間たちは、復員した後、さまざまな分野で活躍していました。先ほど書いたように、インドネシアやインド、マレーシアの独立運動に進んで身を投じた者もいます。あるいは、台湾と日本の架け橋になった者もいる。連絡を取り合ったわけではありませんが、彼らが志したことは、話を聞かなくても理解できます。

――中野は言挙げせず。

成し遂げたことを、いちいち言葉にする必要はないのです。天と自分が理解していればいい。仲間もきっと理解してくれる。言葉にして自分の手柄を誇らずにいられないのは、恥ずかしいことです。だから、私はこの七十年間、口を閉ざしてきました。

七十年の締めくくりに、ここにあなたが現れなかったら、私は死ぬまで口を閉じていたかもしれません。

戦時中の自分の行いを恥じていた。それもあります。

その間に、美美と所帯を持ち、李家の海運業を継いで、大きく育てました。日本の敗戦後、英国人がシンガポールに戻ってきた。これは、どの植民地でも似たりよったりの状況でした。彼らは植民地を取り返したつもりでした。たとえばインドネシアにはオランダ人が戻り、元通りの統治を行おうとしました。しかし、現地の人間の心は、とっくに変化していたのです。日本軍が攻めてくると、自分たちの身だけを守って現地の住民を救おうとしなかった英国人から、シンガポール人の心は離れていました。

マレー半島の独立運動はおさまらず、戦後十二年を経て一九五七年にマラヤ連邦が独立します。一九五九年にはシンガポールがイギリスの自治領となり、一九六三年にはマラヤ連邦、ボルネオ島のサバ・サラワク両州とともに、マレーシアとして独立するのです。

私はその間、独立運動を陰で支え続けました。私の存在が表に出ないように気をつけてはいましたが、金銭面でも情報面でも、私にできることがあれば何でもやりました。アジア諸国の解放は、中野学校卒業生の悲願でもありましょう。あの不毛な戦争の結果として、アジアの独立が実現するなら、これほど喜ばしいことはない。

あの戦争が、アジア各国を西洋諸国のくびきから解放するための聖戦であったというおとぎ話は、私は信じておりませんよ。もちろん、日本はそれをスローガンとして掲げていましたが、それほど人の好《よ》い理由で、戦争をして自国民を危険にさらし、あまつさえ何百万人も殺すような国家はありません。

あれはアジアの雄として覇権を唱えたい、拡大したいという野心と欲望が引き起こした戦争だったでしょう。土地が欲しい、資源が欲しい、西洋諸国のように植民地が欲しい。第一次世界大戦の後、ベルサイユ講和条約の場で山東《さんとう》半島における自国の権利ばかりを声高に主張し、ついには会議から締め出されてしまったわが国の代表団を思えば、それは明らかではありませんか。もちろん同情の余地はある。周囲を見れば、アジアの国々は日本とタイ王国を除いて、ほとんどがイギリス、フランス、オランダなどに植民地化されていました。アジア諸国を決起させ、自分の身を自分で守らせねば、いずれはこちらが危ない。その危機感もあったでしょう。資源を持たないわが国は、資源の供給路を断たれれば死ぬしかなかった。我々はまんまと連合国の罠《わな》にはめられた。そういう見方もできます。

他国のために命を投げ出し、戦って負けたお人好しと言われるより、自国の権利と未来を守るために欲望むき出しで戦争を始めたほうが、たくましい。我々は生きるために戦争を始めるという過ちを犯した。そして若干、天狗になりすぎていて、楽観的すぎた。ただ、利己的な理由で始めた戦争であっても、現場に出た将兵の中には、衷心から現地の人々を愛し、彼らに人生を捧《ささ》げたものもいた。他国の子どもたちのために学校を建て、教育を施し、私財をなげうってダムを建設し、解放運動に文字通り命を賭《と》した。

それが日本の良心だ。

――あれから七十年。

七十年経っても、私は死んだ妻や陽中、孫の志文たちに、本当のことを話す勇気はありません。意外に思われるかもしれませんが、戦争中でさえ、私はこの手で誰かの命を直接奪ったことはないのです。しかし、密告によって敵の命を奪わせるのは、銃や刀で誰かを殺すより罪が重い。祖父がそんな卑怯者《ひきょう》だったという事実を、志文に告げることはできません。いや、告げないほうがもっと卑怯かもしれませんが――。

いま、あなたにこんな手紙を書いている自分が、正直すこし信じられません。あなたには、本当のことを知ってもらいたいからでしょう。七十年前の私と、よく似た道に足を踏み入れようとしているあなただから。

あなたはこれから、本当のことを誰にも言えない人生を送ることになる。

妻にも、子にも。いいえ、愛する妻と子だからこそ、決して打ち明けられないことがあるはずです。この国やパキスタンで起きたことを、家族に話せますか？　あなたのなかに、秘密は積もる。それはやがて、家族との間に乗り越えられない壁を作るでしょう。

引き返せるのは、今しかない。――もし、あなたがそれを望むのなら。

いま私は、いずれ向こうで妻の美美に会った時、何と言われるか恐れています。向こうでは私の正体などお見通しでしょうから、どれだけ叱られることか。そう思うとなかなかあちらに行く気になれなくて――おかげで長生きをさせてもらっているのかもしれません。

もっとも、戦時中は抗日派の仮面をかぶり、シンガポール独立運動の支援者になり、独立後には華僑きっての親日家として日本びいきになった私のことを、妻や義父の李清燕らがどう思っていたのかは知りません。妻に聞かれた時には、日本軍の占領時代は悲惨だったが、おかげでシンガポールは独立する勇気を持つことができた。ある意味、日本には感謝していると答えましたが、その答えに彼女が納得していたかどうか。

あるいは彼女は、私の正体にうすうす気づいていたのかもしれません。いつの世も、女性の直感ほど鋭いものはないですからね。

――これはいけない。少々、多弁が過ぎました。

そろそろ筆を擱《お》きましょう。あなたの身体が、はやく回復することを祈っております。実は少々、利己的な理由からですが。その件は、あなたが健康な身体を取り戻された時にお話しいたしましょう。

そう言えば、私は以前あなたに、心の底にひとつ、変わらぬものを持てばよいと、よけいなことを申し上げました。

私にとってのそれは、中野学校での教えだったろうと思います。

――謀略は誠なり。

いかなる国に赴き、策略をめぐらせようとも、そこには相手に対する誠の心がなければならない。

思えば、ずいぶん矛盾した話です。誠をもってこの国の人々に接しようとすればするほど、私は苦しんだ。自分の正体を隠し、本来の目的を明かさず、そのうえで妻や家族に誠と情を尽くす。そんなことが可能かどうか。

まことにきわどい、綱渡りのような日々でした。しかしどこかで、誠さえ尽くしていれば、なんとかなるはずだという楽観的な気持ちもあったような気がします。妻にそんなことを言えば、私があなたを黙って許していたからよと叱られるかもしれませんが。

——あなたがいずれ、ご自身の「中野」を見つけられることを心から祈っております。

エピローグ

なだらかな稜線《りょうせん》を描く緑の山々に分け入るように、車は走り続けている。中国と北朝鮮との境界にあたる、吉林省延辺朝鮮族自治州の敦化市から、車で四十三キロほど南東に向かったところに、ハルバ嶺は位置している。

車内は、敦化のホテルを出発した時からずっと静かだった。安濃は時おり気になって、そっと後部座席の様子を窺《うかが》ったが、息子の李陽中と並んで腰を下ろした高淳は、ひとこともロをきかず、周囲の風景に目を凝らしている。まるで、この光景をひとつも洩らさず目に焼きつけておこうと試みるように。髪は、きれいに後ろへ撫でつけられている。隣で、陽中も興味深げに周囲の景色を眺めていた。彼にとっては、李海運が手がける事業の一環、単なる視察にすぎないはずだが、高淳の態度から何かを感じているかもしれない。

ふと、陽中はどこまで父親の正体を知っているのだろうと考えた。彼は献身的に安濃たちを支えてくれた。それは父親の命令だからと単純に考えていたが、あるいはそれだけではないのかもしれない——。

安濃の視線を感じたのか、陽中がこちらを見て、かすかに微笑んだ。

「——いや、緊張します。機材の適性を見分けてくれと頼まれましたが、私にそれができるかどうか。自分が扱う商品については詳しいですが、ただの海運業者ですからね」

「陽中、いいんだ。先方は、機材ではなく、取引相手が信頼できるかどうか、お前に見極めてほしいと言っているのだよ」

高淳が嗄《しやが》れた声でようやく口を開く。陽中は恐れ入ったように頷《うなず》いた。

高淳は、シンガポールを発《た》つ時から、いつもより少し神経質で気難しくなっていた。彼の体調を案じ、陽中は旅行用の軽い車椅子を持参している。それは車のトランクに納まっていた。少しでも高淳の身体にかかる負担を軽くしようと、車は緩めにエアコンをかけていた。外の気温は、三十度近くになっている。

敦化は、七世紀から十世紀にかけて栄えた、渤海《ぼっかい》国の都が置かれた街だ。現在は五十万人近い人口を抱える都市で、市街地は開発が進んでいる。

市内を出ると、現れるのはどこまでも続く緑の山並みだ。

日本政府が差し向けた車を運転しているのは、ハルバ嶺の化学兵器遺棄作業に携わる陸上自衛隊員だった。小西《こにし》と名乗った彼は、安濃とさほど変わらぬ年齢の陸曹で、安濃が航空自衛隊の自衛官だと聞いているからか、親しみをこめた笑みで迎えてくれた。

「先行した視察団のマイクロバスは、もうすぐ現地に到着するそうです」

携帯に届いたメールを見て、安濃は後部のふたりに英語で声をかけた。高淳が重々しく頷いた。

舗装された国道を逸れ、埃《ほこり》っぽく、トラックの深い轍《わだち》が何本も彫ったようについている未舗装の道路に入り込む。車はその曲がりくねったでこぼこ道を、がくがくと揺れながら登っていく。

安濃は後部座席のふたりを心配したが、彼らは口を閉じたまま、草木を刈って整地された、荒涼とした風景に目を奪われているようだ。

冬場はがちがちに凍りつくので、掘削が不可能になる土地柄だ。この土地に遺棄処理施設を作るのは、ずいぶん苦労したそうだ。いまだに電気が足りず、掘削と遺棄処理を並行できない。ここに、トラックを走らせる道路を作るだけでもたいへんだっただろう。

視界が開けて、かまぼこ形の発掘テントや、プレハブの建物がいくつも見えてきた。埋設された砲弾に衝撃を与えず掘り出し、砲弾の種類の特定や、無力化処置を行うための建物が並んでいるのだ。

遺棄化学兵器処理事業は、今もなお論議のまとになる、暗い歴史を持っている。そもそも、日本軍は撤退時に中国軍やソ連軍に武装解除されており、それは日本軍が「遺棄」したものではないという意見もある。コンサルタント企業が事業に絡む人件費を水増しして請求したり、議員の口利きが行われたりと、事業の利権に群がるアリたちのおかげで、長期にわたる事業に、血税の無駄遣いという良くない印象が植え付けられてしまった。

――だが、これは高淳流に言うなら、「日本の良心」だ。

安濃は処理施設を黙然と眺めた。

小西は、マイクロバスの隣に、丁寧に車を停めた。

「いま車椅子をご用意します」

飛び出していこうとする小西を、高淳が「ああ、いや」と手を差し伸べて制止した。

「ここからは、歩いていきます」

陽中がわずかに不安な表情を見せたが、父親の気性を呑《の》み込んでいるせいか、何も言わない。

照りつける日差しに安濃は目を細めたが、東京よりはまだ涼しいようだ。湿度は高く、むっとする気配が足元から上ってくる。周囲の夏草の、むせるような匂いは万国共通だ。

高淳は、陽中に助けられながら車を降りると、杖《つえ》はついているが、意外にしっかりした足取りで駐車場を横切り始めた。

「お待ちしておりました、李陽中さんですね。こちらへどうぞ」

建物のほうから、スーツに作業帽姿の男性が、にこやかな笑みを浮かべてこちらに向かってくる。今回の旅行は、表向き、李陽中が会社の代表として視察を行い、前代表の李高淳が同行するという体裁をとっていた。李海運は陽中がとりしきっているが、いまだ高淳の意見が院政のように尊重されていることを、周囲はよく知っている。

「私はいいよ。お前、行ってきなさい」

高淳がそう言って送り出すと、陽中はけげんそうな顔になった。

「どうぞ、視察団に合流なさってください。高淳さんは私が」

安濃の言葉に、陽中は深々と会釈して作業帽の男の後についていった。この視察には、何か事情があると確信したのだろう。

陽中が姿を消すのと入れ替わりに、建物からふたつの人影が現れた。ひとりは高淳と変わらぬ年回りの男性で、かくしゃくとして杖も持たずに歩いてくる。短く刈った白髪頭で、まぶしげに目を細め、にこにこしながら高淳を見つめている。その顔に、安濃は見覚えがあった。昔、新聞やテレビで見た顔だ。道明寺誠といえば、大蔵大臣を務めたこともある、政権与党の大物だった。今は政界から引退し、栃木の自宅に引きこもっているのだとばかり思っていた。

そして、もうひとりは――。

視察の件で何度もメールや電話で直接やりとりし、彼女が今日ここに来ることも知っていたのに、安濃はやはり軽く驚いた。

――遠野真樹だ。

彼女はあいかわらず、怒ったように見える顔つきで、周囲に視線を配っていた。道明寺のボディガードのようにも見える。

「いったい、シンガポールで何をやっていたんです？」

そばに来た真樹がささやいた。

「あとで話すよ」

「いいです。どうせまた、ロクでもないことに巻き込まれたんでしょうから」

安濃は真樹の横顔を見た。なぜか彼女は本当に怒っているようだ。それも、カンカンに。

——自分は何かしただろうか。

理由がわからず、戸惑った。

高淳がゆっくり歩きだしたので、安濃は一歩後ろに離れてついていった。万が一、彼がよろめいたりすれば支えるつもりだったが、高淳の足取りは危なげがない。

「山岡さん！」

道明寺が両手を広げ、日本語で声をかけた。

「またあなたにお会いできるとは」

高淳はその手に触れられる場所まで歩き、唇の端を持ち上げた。

「大江さん——いや、今は道明寺さんでしたね。七十年前のあなたが、まだ目に焼き付いています。目元の涼しい青年でした」

そう言えば、道明寺誠は戦後、道明寺家の婿養子に入ったと何かで読んだことがあった。安濃は少し離れて彼らを見守ることにした。およその事情は高淳から聞いている。ふたりはともに陸軍中野学校の卒業生だ。山岡敏明は中野の二期生で、道明寺誠——結婚する前は大江誠——は在学中に終戦を迎えた。同じ時期に中野で机を並べたことはないが、道明寺が中野に入学するきっかけを作ったのは、高淳だったそうだ。旧制高校にいた道明寺の聡明さ《そうめい》に、どうせ兵隊に取られるならと、高淳が上層部に話したそうだ。

七十年ぶりのふたりの再会に立ち会えるとは、光栄なことだ。そう考え、真樹を見る。硬い表情をして、何を考えているのかは窺いしれない。今年から、内閣府の遺棄化学兵器処理担当室に出向しているそうだ。彼女とともに府中基地に配属されていたのは、まるで前世のように遠い昔のことに感じる。

「山岡さん、こちらへどうぞ。ほかのみんなが廃棄処理施設の見学をしている間に、私たちは坑を見ておきましょう。掘削作業は行われていませんから、ガスが洩れる心配はありませんが、念のためにこれをつけてください」

道明寺が合図すると、真樹が袋からガスマスクを出して全員に渡した。安濃は高淳の装着を手伝い、真樹は道明寺を手伝っている。

準備を終えて、彼らはゆっくり歩きだした。この向こうに、発掘中の坑がある。何十万発もの化学兵器と見られる砲弾が、いまだ土の底に埋まっている。マスクをつけると喋《しゃべ》りにくいのか、高淳と道明寺も無言で歩みを進めた。

斜面の裾に、巨大な穴が広がっている。茶色く湿った土を掘り返した跡だ。底は掘削の途中で、重機を使えないから手作業で砲弾をひとつずつ丁寧に取り出すのだ。

――ここにまだ、三十万発から四十万発の砲弾が眠っているのか。

考えると、気が遠くなる。

七十年も昔の砲弾だ。

高淳たちは、しばらく黙然と坑の底を覗き込んでいた。脇の下を汗が流れ落ちていく。

呼吸が苦しいのはマスクのせいなのか、じっとり湿った大気がそう感じさせるのか。

いきなり、高淳が自分のマスクをはぎ取った。制止しようとした安濃は、高淳の曇りのない目で見つめられ、何も言えずに彼のマスクを受け取るしかなかった。

道明寺がかすかに首を振り、彼もマスクを外してしまった。

「——こんなに話しにくいとは思わなかった。これをつけて坑を掘る人たちに感心するよ」

朗らかに笑っている。脂っけの抜けた飄々《ひょうひょう》とした老人の顔に、ほんの一瞬、目元の涼しい青年と高淳のいう、若者の面影が甦《よみがえ》る。

「山岡さんのご要望は、山岡敏明氏としての戸籍を回復し、パスポートをお渡しするということでしたね。ご希望に添えず、こんな場所にお誘いして申し訳ない」

高淳がうなだれ、しばらく何か考えるように首を傾げた。彼は、安濃を経由して、山岡敏明名義での日本政府発行のパスポートで、日本に行きたいと申し出ていた。

「——いや。がっかりしなかったと言えば嘘になりますが、そもそも無理なお願いではありましたから」

「いや——時間をかければ、無理ではなかったかもしれません。山岡さんの故郷には、お兄さんの親族が残っておられる。住所もわかっています。そちらを通じて、DNA鑑定であなたが山岡敏明であると証明することは、今の技術なら可能だとは思います。しかし、私はそれを私の一存でやらなかったのです」

長い沈黙が落ちる。数々の疑問が、ふくらみすぎた風船のように張り詰めて、今にもはじけ飛びそうになった時、高淳が口を開いた。

「良ければ、その理由をお尋ねしても――？」

道明寺が、ちらりと含羞《がんしゅう》を帯びた笑みを浮かべた。安濃はふと心を摑《つか》まれた。

――このふたりは、まるで双子のようだ。

容貌《ようぼう》が似ているわけではない。七十年も離れていたのに、笑い方が奇妙なほどそっくりだった。

「私の勝手な思い込み、あるいは思い上がりかもしれません。あなたの七十年を、台無しにしたくなかった」

高淳は何も言わず、道明寺の言葉に耳を傾けている。その目にさまざまな表情が、浮かんでは消えていく。じっと感情の嵐に耐えているようだ。この七十年、常に耐え続けていた。仮面をかぶり、胸の底に真実と〈誠〉の思いを隠し続けていた。

「山岡さん。――よくまあ七十年も、たったひとりで戦い続けてこられたものだ。あなたの戦争は終わっていなかった。日本が高度成長期にがむしゃらに突入し、もはや戦後ではないと宣言し、バブルに浮かれ、日本とアメリカが戦争したことすら知らない子どもたちが生まれているこの時代になっても、あなたの戦争はまだ終わりを告げていない」

高淳は無表情に聞いている。杖を握る指が一本、ぴくりと撥《は》ねるような動きをしたのが、彼の内心を表しているようだった。

道明寺が、静かにため息をついた。

「もっとも、あなただけではない。私たちはみんな、いまだに『あの戦争』を引きずっている。七十年経っても、アメリカの基地はわが国の土地に置かれているし、南京《ナンキン》虐殺の被害者数が彼我で一致しないのはともかくとして、そもそも虐殺の存在すら認めたくない人々もいる。広島や長崎に住む人が、原爆の存在を忘れたことなどないでしょう。沖縄は、悲惨な地上戦の犠牲になったことを、今でも忘れていない。日本人だけではないんです。中国も、韓国も――『あの戦争』における被害者も加害者も、みんなまだ忘れられない。『あの戦争』は、大きく深い傷跡として、多くの人の心を蝕《むしば》み続けています。むしろ、アメリカのように他国で戦争を繰り返した国のほうが、太平洋戦争のことなど忘れているかもしれませんね。彼らにとっては、ベトナムやアフガニスタンやイラクのほうが、よっぽど切実な記憶ですよ」

道明寺の口調にこもるかすかな皮肉に、高淳はそっと目を瞬いた。

「――戦争を始めてしまうと、終わることはないのかもしれない。少なくとも、終わらせるためには、始める時よりもずっと大きな努力と犠牲が必要になるでしょう」

高淳と道明寺は、しばし黙り込んで、彼らの足元に広がるその大いなる証拠を眺めていた。いまだに多くの人々の心に血を流させている、七十年前の負の遺産のひとつだ。

「――私には自信がなかった」

ぽつりと道明寺が洩らした。

「いまの日本を見て、あなたがこの国を七十年間、外から見守り続けて良かったと、心の底から感じてくれるかどうか、自信が持てなかったのです。——それだけの値打ちがあったのかどうか。あなたの眼裏《まなうら》には、美しい故郷の風景が焼きついているでしょう。私たちの原風景、中野学校の校舎とともに」

道明寺の心情が、安濃にもようやく少し理解できる気がした。彼は心底、高淳を案じているのだ。七十年、高淳は一度も故国の土を踏まず、ただ郷愁を募らせてきた。彼のなかにある日本という国の姿は、どれほど理想化されて美しく気高いのだろう。道明寺は、この七十年の間に、ひとつ、またひとつと自らの理想に裏切られながら、現実との折り合いをつけてきたのだろうか。

「ハルバ嶺にお招きしたのは、もうひとつ理由があるんです。私はどうしても、あなたにこの場所を見せたかった。ここは我々の〈誠〉ですから」

道明寺が、荒涼とした坑を見渡しながら、ひとり静かに頷いた。

「——遠く離れてはいても、現実を見つめてきたつもりではありますが」

高淳がどこか途方にくれたように呟《つぶや》き、それから一瞬、肩をさっと揺すった。その仕草ひとつで、目に見えて強張《こわば》っていた、高淳の緊張が解けた。淡い悲しみの色が、彼の目元から消えることはなかったが、唇に微笑が戻ってきた。

「なるほど、美しい幻は美しいまま残したほうが、お互いのためにいいのかもしれない。

故国の土を踏んだとたんに、私の志はぽきりと折れて、終わってしまいそうな気もする。しかし、そう言われると、なおさら今の日本を見てみたい気もしますね」

道明寺の困った顔を見て、高淳はさばさばと笑った。何かを無理にふっ切ったようだった。やがて笑いおさめた彼は、生真面目な表情を取り戻した。

「──道明寺さん。私はこれで、約束を果たせたでしょうか。あの世で中野学校の盟友たちに、胸を張って会えるでしょうか」

「会えますとも。あなた以上に胸を張れる人が、そういるとは思えない」

道明寺のしわだらけの両手が、杖を握った高淳の手を包み込んだ。

「──おかえりなさい、山岡さん。よくぞご無事で戻られました」

道明寺の声が震えて割れたとき、安濃は真樹がそっと視線を逸らすのを感じた。彼女は慎み深く、彼らの目からあふれる熱い涙を見ないと決めたらしかった。

互いにしっかりと手を握り、彼らは深い坑の底をただ静かに見つめていた。

戦後七十年を耐え抜いて、いまようやく、ひとりの諜者が生還した。

【参考文献・資料】

『陸軍中野学校』　中野校友会編、中野校友会
『シンガポール占領秘録　戦争とその人間像』　篠崎護著、原書房
『大東亜戦争とマレー、昭南、英領ボルネオ虐殺の真相』　加藤裕著、朱鳥社
『華僑虐殺　日本軍支配下のマレー半島』　林博史著、すずさわ書店
『謀殺の航跡　シンガポール華僑虐殺事件』　中島正人著、講談社
『シンガポール攻略』　辻政信著、毎日ワンズ
『シンガポールを知るための65章』　田村慶子編著、明石書店
『多民族国家シンガポールの政治と言語　「消滅」した南洋大学の25年』
田村慶子著、明石書店
『苦悩するパキスタン』　水谷章著、花伝社
内閣府遺棄化学兵器処理担当室　ＷＥＢサイト　http://wwwa.cao.go.jp/acw/
厚生労働省　ＷＥＢサイト（戦没者慰霊事業の実施）
http://www.mhlw.go.jp/

解説

吉田《よしだ》大助《だいすけ》（ライター）

なんて驚きと感動に満ちた物語だろう！　だが、偶然でもなければ、突然変異でもない。福田和代という作家がこの頂に辿《たど》り着くためには、少なくとも三つの要素が味方したように思われる。

一つ目は、本作が「安濃将文シリーズ」の第三部であるという事実。二つ目は、デビュー作からまっすぐ「和製冒険小説」のトライアルをし続けてきたという事実。そして三つ目は、執筆時期に関わるものだ。本作の原稿はもともと、月刊誌の二〇一五年二月号から二〇一六年一月号にかけて連載されていた。雑誌の発売日で表記し直せば、二〇一五年一月から二〇一五年一二月だ。つまり、「戦後七〇年」の節目に執筆された作品であるという事実。

全ての始まりはもちろん、二〇〇七年六月刊のデビュー作『ヴィズ・ゼロ』だ。香港発福岡行きの旅客機がハイジャックされ、一五〇名の乗客とともに関西国際空港に着陸した。警視庁捜査第一課でサイバー犯罪の捜査を専門とする甲斐《かい》は、宿敵のハッカー「ファントム」を追う過程で偶然、関空に居合わせていた。それは偶然ではなかった——

―というところから話が二転三転、大きく動き出す。まるでハリウッド映画のような「でかい話」だが、物語をコントロールし切れている理由は、作者の一〇年にも及ぶ関西国際空港への取材によるものだったろう。主人公が全面的に「正義」に寄りかかるのではなく、ことの善悪を悩みながらも自ら判断し、時に「正義」とは反対の方向へと踏み出す姿には、熱く胸が掻《か》き立てられるものがあった。なお、本書の巻末に記載された著者紹介文がチャーミングだったので引用しておきたい。〈1967年、神戸市生まれ。ハードSFを愛するあまり工学部に進むが、途中でミステリ（冒険小説）に転向。本業は金融機関のシステム開発を手がけるシステムエンジニア（現在は人事を担当）。システムアナリスト資格保有〉。サイバー犯罪モノでもある本作のリアリティは、作者の職能からも培われたのだった。

この一作を執筆した経験が、「安濃将文シリーズ」の第一作に当たる二〇一一年一月刊の『迎撃せよ』へと繋《つな》がっていったことは明らかだろう。デビュー作以来となる、航空謀略サスペンスだ。今回の主人公は、自衛官。航空自衛隊府中基地に所属する安濃一等空尉は、ミサイル防衛に関する知識や勘に秀でたものがあるものの、心身に不調をきたし退職願を鞄《かばん》に入れていた。実家に帰ってしまった妻子との暮らしをやり直すためにも、今日こそ上司に提出する……と思っていた矢先、基地にサイレンが鳴り響く。「北」がミサイルを発射したのだ。なんたる不運なタイミング。不運は連鎖する。ミサイルを積んだ航空自衛隊の国産戦闘機F―2が、テロリストに奪われたという。犯人の声明によれば、明日夜二四時、日本の主要都市に向けてミサイルを発射する――。安濃は、かつての上司で恩師である加賀山元一等空佐がテロに関わっていると疑い、命令を無視して単身で事件解決のために走り出す。

主人公の不遇極まりない「巻き込まれ体質」は、二〇一三年一〇月に刊行されたシリーズ第二作『潜航せよ』でももちろん健在だ。前作の一連の事件のほとぼりがようやく冷め、安濃は長崎県対馬《つしま》市の北方にある海栗島のレーダー基地へと異動になった。ほぼ同時期に、中国の戦略型原子力潜水艦が日本海で原因不明の爆発事故を起こした。狙いは、核弾頭を搭載した新型ミサイルなのか？　作家は本作の文庫刊行タイミングで、次のように記している。〈いま、文筆業の末席を汚している私が目標のひとつに掲げているのは、「現代日本を舞台に、痛快な冒険小説を書くこと」〉（文庫版あとがきより）。この文章は、決意表明ではなく、成果報告だろう。ポイントは「痛快な」の一語だ。なにしろ主人公である安濃将文は、「日本一、運の悪い自衛官」（同あとがき）。「和製『ダイ・ハード』」と呼んでもいいかもしれない。突然事件に巻き込まれ、良かれと思って動けば不運が不運を呼ぶ、和製ジョン・マクレーンの七転八倒を読者は楽しみ、起死回生の一手の到来を喜ぶ。ただしネタバレギリギリの表現をさせていただくと、第二作の安濃は実はぜんぜん活躍していない！

この二作を踏まえたうえで、時系列の先に展開される物語はどんなものとして構想されるべきか。作家にとって手がかりは、自衛隊が「陸海空」の三部門に分かれているという事実にあったと思われる。第一作『迎撃せよ』は「空」の物語だった。第二作『潜航せよ』は「海」だ。ならば第三作は当然、「陸」でいく。しかし、ここで作家はこれまでと異なる想像力のルートを辿った。「陸」の一語から「陸軍」へと連想をジャンプさせ、「陸軍中野学校」に接続。先の大戦中に実在した、日本で初となるスパイ養成学校を物語の基軸に盛り込んだのだ。そうした想像力の裏には、この作品がこのような物語として書かれた三つ目の要素として冒頭で挙げた、「戦後七〇年」の節目に執筆されたという事実があったはずだ。作中時間も二〇一五年であることが明記されたこの物語はさまざまな点で、二〇一五年だったからこそ書かれた意味がある。

もう少し事実関係を確認しておこう。二〇一六年六月に単行本が刊行された本書、「安濃将文シリーズ」第三作『生還せよ』は、過去二作にはなかった想像力を「解禁」している。まず、主人公の安濃が活動する主舞台は日本ではなく、外国だ。そして、現実には存在しない(と現実の日本政府は「公式発表」している)、政府お抱えの「スパイ」組織がひそかに立ち上がっていた……という世界改変の想像力を発動させている。

物語の冒頭、第一作の肩書きから(ついに)一階級昇進し「三等空佐」となった安濃は、同期の泊里三等空佐とともに、シンガポールが誇るマリーナ・ベイ・サンズホテルのカジノで人を待っている。二人は航空自衛隊から内閣府の遺骨収容対策室へと出向中の身だ。建前上は、先の大戦におけるシンガポールの死者の遺骨を調査するための出張だが、その内実は、内閣府が極秘裏に立ち上げた諜報《ちようほう》部門としての初仕事だった。精密機器メーカーに勤める邦人技術者が、重要なデータを海外の産業スパイに売ろうとしている。それを食い止めるだけでなく、取引相手に渡すUSBメモリの中身をすり替え攪《かく》乱《らん》させようとしていたのだが……待ち合わせの時間に邦人技術者は来なかった。ホテルの受付で問い合わせてみると、部屋で死んでいるのが確認されたという。しかも、さらなる邦人ビジネスマンの保護要請を受け任務に向かうと、その人物は煙と消え、泊里は何者かに撃たれて行方不明になってしまう。物語の序盤は、「日本一、運の悪い自衛官」の面目躍如たる展開が二重、三重に連鎖する。

しかし、現地協力者である李《リー》家の長老・高淳《ガオチュン》から激励と支援を受け、新たな情報を持つ経済産業省安全保障貿易検査官室の豪快ウーマン・高木摩子と合流した辺りから、安濃を取り巻く空気が変わる。泊里を救うためならば手段など問わない、とする殺気が漂い出し、頭脳の回転が速まり肉体のポテンシャルも引き出されていく。暴力を振るうことへの逡巡《しゅんじゅん》が内面のモノローグとして当初は記録されていたが、徐々にそれすらもなくなっていくのだ。安濃という人間の変化や成長のみに注目するならば本作は、新米スパイが本物のスパイになる物語であると言える。

……という要約が通用するのは、最終二二章およびエピローグを読む前までだ。それらを読むことによって、それまで読み進めてきた物語は、新たな可能性へと切り開かれていく。

以下、ネタバレ込みで記述していきたい。

最終二二章は全編、ある人物が安濃に宛てて書いた手紙だ。日本の厚生労働省が進める戦没者慰霊事業および内閣府の遺骨収容事業と、大戦下に実在した日本初のスパイ組織・陸軍中野学校、両方に関わる人物がこれまで誰にも言えずにいた「告白」の記録だ。そしてエピローグでは、その人物と別の人物との七〇年ぶりの「再会」が描かれる。

単行本刊行直後に読んだ際にも、最終二二章およびエピローグで開示される一連のドラマに、大いに驚き感動を味わった。だが、三年後(作中時間で記せば五年後)の二〇二〇年の初めにこうして文庫化されるにあたり、再読してみると、ラストの驚きと感動が倍増している事実に直面した。理由は二つある。一つ目は、エピローグの時点で「再会」の当事者たちは九〇歳前後(=終戦時に二〇歳前後)だった。彼らの二〇二〇年の姿を想像する時、鬼籍に入っていると考えるのが自然ではないだろうか？　少なくとも、この物語を二〇二〇年の時代設定で書くことは、リアリティの問題で叶《かな》わなかったはずだ。本人たちも体力的に、何かしらの行動を起こせるのはラストチャンスであると自覚していた。二〇一五年だったからこそこの物語、このドラマは、ギリギリ存在することができたのだ。

もう一点は、それまで二年半に一冊ペースで刊行されてきた「安濃将文シリーズ」が、本作を機に休止している事実と関わってくる。最終二二章の手紙の中で、書き手は己の実存を懸けて、安濃にこんな言葉を記している。〈引き返せるのは、今しかない。――もし、あなたがそれを望むのなら〉。もしも本作の時系列の先にある物語を執筆するならば、安濃が引き返したか否かの選択を描かなければならない。作家は「続編を書かない」という選択肢を三年間選び続けたことによって、この物語自体が求めてくる余韻を、物語のためにたなびかせたのではないか。その意志を感じて、大いに驚き大いに感動したのだ。二〇二一年、あるいはもっと未来に読んだならば、なおさらだろう。

とはいえ、今後「安濃将文シリーズ」の続編が書かれることは、まったく不思議ではない。本作の余韻を愛する読者にとっては不安かもしれないが、そんなことは百も承知な作者が書き出す続編に、マジックがかかっていないわけがない。とりあえず二〇二〇年の今は、三作を頭から読み返すことからまた、新たに始めてみよう。

本書は、二〇一六年六月に小社より単行本として刊行されました。

生還《せいかん》せよ

福田和代《ふくだかずよ》

令和2年 1月25日 初版発行
令和6年 4月30日 再版発行

発行者●山下直久

発行●株式会社KADOKAWA
〒102-8177 東京都千代田区富士見2-13-3
電話 0570-002-301(ナビダイヤル)

角川文庫 21984

印刷所●株式会社KADOKAWA
製本所●株式会社KADOKAWA

表紙画●和田三造

ISBN 978-4-04-108749-7 C0193

角川文庫発刊に際して

角川源義

第二次世界大戦の敗北は、軍事力の敗北であった以上に、私たちの若い文化力の敗退であった。私たちの文化が戦争に対して如何に無力であり、単なるあだ花に過ぎなかったかを、私たちは身を以て体験し痛感した。西洋近代文化の摂取にとって、明治以後八十年の歳月は決して短かすぎたとは言えない。にもかかわらず、近代文化の伝統を確立し、自由な批判と柔軟な良識に富む文化層として自らを形成することに私たちは失敗して来た。そしてこれは、各層への文化の普及滲透を任務とする出版人の責任でもあった。

一九四五年以来、私たちは再び振出しに戻り、第一歩から踏み出すことを余儀なくされた。これは大きな不幸ではあるが、反面、これまでの混沌・未熟・歪曲の中にあった我が国の文化に秩序と確たる基礎を齎らすためには絶好の機会でもある。角川書店は、このような祖国の文化的危機にあたり、微力をも顧みず再建の礎石たるべき抱負と決意とをもって出発したが、ここに創立以来の念願を果すべく角川文庫を発刊する。これまで刊行されたあらゆる全集叢書文庫類の長所と短所とを検討し、古今東西の不朽の典籍を、良心的編集のもとに、廉価に、そして書架にふさわしい美本として、多くのひとびとに提供しようとする。しかし私たちは徒らに百科全書的な知識のジレッタントを作ることを目的とせず、あくまで祖国の文化に秩序と再建への道を示し、この文庫を角川書店の栄ある事業として、今後永久に継続発展せしめ、学芸と教養との殿堂として大成せんことを期したい。多くの読書子の愛情ある忠言と支持とによって、この希望と抱負とを完遂せしめられんことを願う。

一九四九年五月三日